太阳是方的

温皓然——著

作家出版社

目　录

序

——从传统中汲取写作的资源

温儒敏

长篇小说《太阳是方的》是一部浪漫主义与现实主义相结合的力作。作家以史诗的雄浑笔力、浪漫色彩和抒情笔触对当今社会中的芸芸众生以多视角、多元素的创作手法，进行了深入精微的剖析。故事跌宕起伏，引人入胜。

这部小说主要写的是，人与人之间的缘分之难得，真爱之难遇，一如盲龟追寻浮木，百万年才得一线之机，万万年也未必就能修成正果。人世上有一种感情，就叫作：除却巫山不是云。

作家将热情澎湃的文字化为了一条神秘的"捆仙锁"或"黄金绳"，缚住了读者的心灵。这时，你既奈何不了她的实中有虚，又不免要屈服于她的虚中有实。有时，索性就甘愿听从她那"光华馨采，涉笔成趣"的驱使摆布了。

现在的小说出产太多，从另一方面看，也是选择的口味多了。放眼看去，真是五花八门，异常活跃。名家的、新秀的、言情的、侦探的、校园的、官场的，等等，各路诸侯都在大显身手。但也有趋同的风气，那就是迎合大众的流行趣味，偏向于调侃、搞笑、颠覆、无厘头，或怪诞、刺激。在这种创作与阅读风气中，温皓然的这部《太阳是方的》，就显得尤为特别。它带有浓重的传统文学色彩，追求典雅的风致，有意和当下"媚俗"的风尚拉开距离，同时又不泥于古典，随处都呈现了作家青春而又现代的独创。作家将传统文学的题材、语言，充分糅和在现代文学的结构、手法当中，带有某种"寻根"意味，把那种类似阅读古典小说的审美感觉召唤出来了，却又将当下的生活气息收拢到了小说里。"古典"与"现代"的混和，反差中有效的统一，转换得相得益彰。就如同某些漂亮夺目的时装融入了传统的元素，所形成的那种特别的张力，给人以陌生感，却又格外新鲜别致。

这部小说的故事性很强，内容非常丰富。它的成功之处，很大程度上得益于对传统文学的借鉴。向传统致敬并不是坏事。当代读者往往因文体不同而对作品设置不同的标准。在诗歌上，他们时常用"古典主义"的试金石来裁定当代诗歌的得失。但在小说上，却又求新求变，反对因袭传统的写法。其实任何一种文学样式都既要创新，又无法拒绝传统延续下来的庞大力量。当代小说从"先锋文学"发展到"70后""80后"，此后还将有"90后"等等，作家在主题、形式或语言方面作出了各种各样的尝试，西方的种种"主义"，各样大师，都逐一被拿来膜拜、模仿、借鉴，以至于我们要深入理解某一位当代写作者的作品，不得不像个侦探似的追踪他身后潜伏的一位或几位西方大师。

《太阳是方的》这部小说，似乎在说明：当小说穷尽了这些花样之后，它开始沉静下来，潜入真实的生活、潜入本民族的文化传承及小说传统当中。它开始"回归"或说"后退"。这有点类似于"五四"后的三十年代写作，在狂飙突进之后"后退"到传统中寻求写作的资源。由于已经过西方写作精神的洗礼，此时小说更能呈现出技巧的圆熟与内容的深沉。而相较于上世纪八十年代的"风头"出尽，它显得不那么吸人眼球。但这是一件好事，"后退"是为了更好的"前进"。

最后说一说语言。这部小说的语言异彩纷呈，有类似《红楼梦》《三言二拍》等古典小说白话的韵味，有俗语谚语、诗词歌赋，有佛道用语，也有当下的流行词汇。从标题中就可以分明的感受到小说语言上的杂色，如"闲荡木兰舟·误入双鸳浦"到"紫丁香·在天井里开花的时光"；再如同一个标题之内，也有这样的反差，如"枉凝眉·悲伤的月亮在空中"等。这种古今杂糅的"语境"，常常会产生某种"间离效果"，让读者停下来思考与体味，甚至获得某些超越感，重新打量作品所写的那些"古已有之"而又"今尚有之"的事物。语言的陌生化追求，更加靠近了文学之为文学的属性，强化了作品的审美效果。

温皓然是一位才女型作家，有女作家特别的细腻精巧，但又舒徐大气。《太阳是方的》给人以生疏而新鲜的感觉，并不是那种可以畅快阅读一览无遗的小说，需要慢慢琢磨体会，享受那种过程，这犹如一场盛宴，其中会有许多奇妙动人的享受。我们有理由相信以温皓然的才力、笔力，她还会为文坛带来更多的"盛宴"。

温儒敏：山东大学文科一级教授，北京大学语文教育研究所所长，教育部中小学语文教科书总主编；曾任北京大学中文系主任，中国现代文学研究会会长。

第一章 灵异·梵净山

1

中国历来便有"五岳归来不看山，黄山归来不看岳"之说，却不知从何时起，又多了句"梵净归来不谈山"的说法。位于贵州江口、印江、松桃苗族自治县交界处的梵净山，乃武陵山脉主峰，海拔二千四百九十二米，奇峰异秀，百态玲珑；崔巍不减五岳，灵异足播千秋；仰观有象，如登三十三天；俯瞰无涯，但数九十九溪；天桥荡荡，金顶巍巍。山内古木参天，各种珍贵稀有动植物多达千余种，有原始森林十五万亩，风景四季如画。其中，最为名闻遐迩的，便要数与乐峰上盛产的旃檀了。因此峰状如牛头，故又名牛头旃檀。是一种香飘百里并能安身除疾的神树，有赤、白、紫色诸种。与之相反的，便是生长在凤凰顶、白云寺等局部地段的那些极其古老的，在经历了冰川之后仍旧奇迹般幸存下来的冷杉了，多少年来，它们一直冰美人一般地沉睡在梵净山顶部的莽莽林海之中，少人知晓。

花溪渔村就娴静地傍依在这座势镇汪洋、威宁瑶海的与乐峰和两座小山丘之间，远远望去，这山，这村，以及两处小山丘，就像一把天然形成的太师椅一般。村中那条数百里花溪，长年奇花不谢，四季瑞兽半隐。

在日新月异、繁华璀璨的二十世纪末，世居在这里的人们，仍然生活在农耕的村落文明阶段。

　　小可爱秦婳的家，就安在这花溪的深处。她们一家三代人，都住在同一座繁荣美丽的院落里。全院由住宅和园林两部分组成，园林内种满了珍贵树木，有首屈一指的鸽子树——珙桐，有和大熊猫同被列入国家动植物保护名录的濒危物种——金铁锁。其间，斑状散布着各种奇花瑞草——仙人掌、夜叉头、昆仑草、蓬莱花、千岁蔂，万年藤、锁严子、红姑娘、石斛、苁蓉、龙女花、扇叶槭、旋花、舞草、瑞香、九节兰……四时各异其趣。

　　住宅的正屋中间设有中堂，里面供奉着神龛。这里是拜祭祖先和宴请宾客的地方，也正是将秦婳的爷爷奶奶姑姑们（小姑姑秦芙，半年前考进了中央音乐学院）与其父母姐弟隔开的所在。东凉房外面的窗根下，立着一个捣糕用的石碓子和奶奶的一架旧纺车。南凉房旁搭着一个茅草窝棚，里面住着这整座院子里的忠诚卫士——"红红"，它是爷爷心爱的宝贝，有着一身棕红色的、华光沃沃的毛，两只蓝眼睛，终日虎视眈眈的。一见着有陌生人来，立刻便将脖子上那条碗口粗的铁链子挣得"当啷啷"乱颤起来。南凉房和西凉房的中间，是一排低矮的土粮仓，既能盛放不同季节收回来的粮食，又是小孩子们捉迷藏时的上等藏身之地。旁边分别搭有鸡圈和羊圈，那里面有秦婳和姐姐秦姮最喜欢的"红花花""蓝花花"和刚刚落生不久的"小咩咩"。

　　每当姑姑们追赶上小姐俩漂亮的"红花花"或"蓝花花"，并霹雳般地拔下它们那美丽的翎羽，要去做毽子时，秦婳和姐姐总是心疼不已地在后面跳着脚直嚷："够了够了！拔得太多了！"

　　这是临近春节的腊月末。

　　秦婳的一家人，已经开始忙碌着置办各种年货了。一大清早，爷爷便和爸爸忙着在院子里捣糕，推磨绿豆粉，请来至亲近邻帮忙杀猪宰羊，而妈妈这时候早把秦婳远远地送到了一户乡邻的家里去了。因为秦婳只要一听到动物挨宰时的号叫，就会哭得惊天动地。随即，妈妈一路小跑赶到镇上，给家中的老老少少添置了新衣、新帽、新鞋子，买了炮仗、香纸和要紧的年货，转而，还要赶回去给大家做杀猪饭。

吃完了闹哄哄、香喷喷的杀猪饭之后，小秦妲才被接了回来。转天，大人们依旧是一通不遑启居的忙碌。打扫的打扫，汲水的汲水，糊窗的糊窗，扇炉的扇炉。穿梭往来，登高爬低……一个个忙得两鬓苍苍十指黑，各屋里才被粉刷、装饰得焕然一新起来了。大姑姑和她邀请来帮忙的几个女孩子们，仍旧埋头扎在一堆五彩的丝线里，赶绣各式美丽的西兰卡普。大姑姑的挑花、绣花的手艺，是远近闻名的。经由她挑绣而出的"嫦娥奔月"呀、"阆苑仙葩"呀、"呦呦鹿鸣"等等，统统都是巧夺天工，令人赞不绝口的。

小可爱秦妲东瞅瞅西望望的，真不知自己到底能为哪边帮上忙。她一会儿跑上前去，跟姐姐抢着给妈妈递窗花，才刚递了两三个，姐姐就一迭声埋怨她毛手毛脚，说不是弄坏了花边，就是碰坏了花角。她很是不服气地向她吐了一下舌头，扮了个鬼脸，就跑出去问爸爸什么时候贴对联。爸爸说要等到二十九的下午。她掰着手指头，郑重其事地数了几下，一看还要好几天呢，就又跑过去问爷爷什么时候给她熬糖稀吃？爷爷笑呵呵地将她一把抱了起来，向着空中高高地抛了几个来回，说："你这个小馋嘴儿，天天就想着吃！"说罢，在她红彤彤的小脸上狠狠地亲了一下，把她放了下来，便又开始忙碌起自己的事情来。这样，秦妲便又跑回去看姑姑们绣花，跑到鸡窝前清点数目，给它们撒下了两大缸子的饲料。又跑去羊圈看"小咩咩"是否一切安好，看过便又跑回家里，爬上炕去翻跟斗，逗小粉团儿似的胖弟弟笑。每次，弟弟一看到她翻跟斗，就会兴奋得手脚齐舞，"嘎嘎嘎"笑个不止，就好像她的好友罗瑞芳家里饲养的那些个鸭子们的欢叫一般。

在翻最后一个跟斗时，不知是因为想着要去找罗瑞芳玩的缘故，还是怎的，她竟险些一头栽下地来。直定了好半天的神，才过去在弟弟红扑扑的小脸上亲了一下，跳下了地，跑出去找罗瑞芳玩去了。

不一时，大门外便响起了她和罗瑞芳欢快不已的拍手歌：

我打花花一月一，牛头小鬼立起鼻；

我打花花二月二，二郎庙上穿梁快；

我打花花三月三，三舅骑马跑南山；

我打花花四月四，四个铜钱四个字；

我打花花五月五，雄黄烧酒过端午；

我打花花六月六，六盘花菜六盘藕；

我打花花七月七，天上下雨地下湿；

我打花花八月八，糜子开花结疙瘩；

我打花花九月九，大肚媳妇扭一扭；

我打花花十月十，大肚媳妇包点什；

一次包了一百一，不够放牛娃一口吃……

晚上回来时，姐姐忍俊不禁地直问她："秦婳，你怎么老是把'六盘包子六盘肉'说成是'六盘花菜六盘藕'呢？"

秦婳说："因为吃花菜和藕比吃包子和肉有福气呀！"

2

春节，在孩子们的眼中是多么的繁荣而又令人激动。满眼都是红彤彤和喜气盈盈的。贴在家家户户院墙外、门楣上的红对联，大门外开得莹心晖目的朱砂梅，院里屋外红簇簇的灯笼，窗棂上那些花样迭出、参灵酌妙的红窗花，满墙上满眼随风飞舞的红辣椒，锦绣辉煌巧夺天工的红织锦，瑞气盈眸风神万种的红心结……一切一切都是那么铺天盖地、辉光灿烂的红！

三十晚上的团圆饭，是在全村此起彼伏的爆竹声中迎来的。香气扑鼻的四大碗（粉蒸肉、黄坨肉、酥肉、扣肉），油滋滋肥腻腻的炖羊排，蘸了芝麻面、豆面和焦糖汁的糯米糍粑，炸得金金黄黄的年糕，一碟碟酥脆可口、色彩缤纷的馓子，一坛坛香醇醉人的米酒，一屉屉玲珑诱人的花溪素饺……无不令人眉花眼笑，红霞如醉。

爆竹声声中，锣鼓喧天。村子里自发组成的跳茶灯的队伍里，欢歌笑语直传上了天际：

> 锣又圆来鼓又圆，说起唱歌当过年。
> 去年唱得粮满仓，今年唱个大丰年！

这时候的秦婳，宛若年画上走下来的福禄童子。乌黑秀软的头发，被大姑姑精心设计成了两个童子髻。眉心处，粘着一个红莹莹的美人痣。这便愈发衬出她那鲜洁如雪的肤色，饱满莹润的额头来。她穿一身桃光粉艳的花呢裙，领口边缘是一色藕金妆缎折枝蝴蝶刺绣。就连胸际，也绾着一对云霞闪金藕丝蝴蝶结。项上挂着长命锁，腕上戴着响铃。一对胖嘟嘟的小脚，藏在一双秀雅可爱的红绣靴里……现在，就是这样一个绚丽精华、红彤彤的小人儿，抱着自己满是小窝窝的胖手，带动一串叮叮当当的悦耳祥音，为众人连声送出祝福："过年呀（啦），过年呀！我给大家拜年呀！祝福你们岁岁平安，人人都吉祥又快热（乐）！"

一语未落，满屋子的轰然大笑。

咳，也真是没办法，现在的秦婳，正处于咬舌的阶段，凡以"L"开头的字，她都发音不准。可巧这时，给"红红"和牛喂完年庚饭的爷爷走进门来，把她接"红喜星"一般，一把抱在了怀里，叫了声："爷爷的小福星！"便吩咐全家人正式开饭。

一顿欢喜热闹了几个小时的年夜饭，不断增加着花絮。最令秦婳激动和兴奋的是，交子时分，由爷爷亲自带领全家人一起到神厅，在神龛前点燃香烛后，依序走出院子，此时，庭院中央早已堆好了一座小山一样的柴火。爷爷用准备好的春草将其引燃，爸爸将家里大半的烟花爆竹四下引爆，顿时，面前便滚起一座烈焰熊熊的火焰山来。耳内，全部都是爆竹的轰鸣声了。放眼望去，左邻右舍的院子里，也都高高滚着这样的一座火焰山，此起彼伏的爆竹声、欢笑声，响彻了整个村庄。秦婳高高挥舞着手中的五彩风帽，笑声震天，一迭声喊着：

年年守岁到通宵，
年年跳得鸿运高！

待那火势逐渐变得微弱下去之时，全家老少便开始由长至幼跳起了火盘。小孩子们就由大人抱着再跳一回。跳过火盘，依然由爷爷带领全家人从正门进入神厅，大家依序在神像前虔诚祝祷一番。再走出院子时，那堆燃烧的火焰已变得微光荧荧了，爷爷手持扁担，将那火堆往大门方向一打，那火星就四下散开了。

接着，便是比拼耐力的守岁时分了。

十二点刚过，罗瑞芳便和三儿一起来了。

秦婳便忙得了不得，一面给她们拿最好吃的东西，一面忙问她们，跳火盘前去祭拜过村口的那株紫薇神树了吗，一面又指着罗瑞芳胸前那只金线绣的小鹿直问："是谁绣的？真好闻。就像果糖的味道。"一面又亲自走到炉子边，去为她们炼制果糖。秦婳新近从三儿那里学会了一种糖果的新吃法——把糖果剥出来，放在糖纸上在大铁炉盖子上烧炼成汁儿，用筷子搅着吃。这可是一项技术活儿，一点不留神，糖纸也烤煳了，糖汁也渗到炉盖子上冒起了青烟，再一着急，手也被烫了，甚至于嘴角也会跟着被烫起一串子燎浆大泡来。现在，那三儿便不时以手抚摩着自己嘴边的几个燎浆大泡，满口笑嚷道："今天我看见你们两个的姐姐，偷了大人的大褂子，在紫薇树下扮演白娘子和小青，花了那么长的时间，把脸都画成了妖精，上了台之后，一个说了句'我、是、白……爱爱……蛇'，一个说了句'我、是、青……嘤嘤……蛇'，然后一齐说了句'我们的戏……噫噫……演完了'，就真的谢幕了呢！"说得秦婳和罗瑞芳都笑了。

秦姮在旁听见了，不好说三儿什么，就向秦婳发话道："就属你伶俐，你什么都好！你的绕口令说得多好呀！'一爱三，三爱一，一爱三四五又七，奇特树上七样朵，苹朵、桃、葡萄、戏子、椅子、义子、姨！'不知道的还以为你要吃人，或者是栗子的干妈和梨的外甥女呢！"

秦婳笑道："咦，我又没说你们，你干什么说我？再说，你说的那都是以前的事了，我现在都不那样了！要不然你听听，一二三，三二一，苹果苹果，哼，怎么样？"

秦姮便也笑道："那你再说个柿子、李子、栗子、梨给大家听听呀！"

大家便又都笑了起来。秦婳只顾着笑，手下一滑，那已然烧化了的汁糖眼看就要烫着了手，罗瑞芳急得直跳了起来，拿起一只筷子就上去搅。三儿眼见那焦黄的汁糖丝拔得老长，便忍不住伸脸去吃，谁知不小心又吃急了，嘴角又被烫起两个泡来。

罗瑞芳笑得直颤，说："该，说人笑人不如人！看你以后还再随便笑话人不笑话了！"

3

初一的早晨，瑞彩腾霄。

秦婳心里惦记着许多尚未完成的美好事情，并没有睡得踏实。早早地就一骨碌爬了起来，笑着直问妈妈，罗瑞芳和三儿是什么时候回去的，自己昨晚明明一点也不困的，后来怎么就睡着了？一面又问："今天还是穿舅舅给买的那套衣服吗？还是穿舀舀（姥姥）给寄来的那身？你给我买的那套裤子上用金线绣着小褥（鹿）的衣服什么时候穿？一会儿出去给人家拜年时，要不要系上姑姑给我织的那条红围脖？"等她问完了，妈妈已经将一身崭新的中式大红百蝶花袄套在了她的身上。那衣服的领子、袖口处都镶有紫金色的花边，右面一侧，绣着一只栩栩如生的大鹧鸪。由于一夜的小心翼翼，她的发髻并没有多少的损坏，只需蘸着清水稍稍归置一下，也就完好如初了。可毕竟妈妈是了解女儿的，她麻利地拆下了别在她发髻上的一切零碎，将那秀发轻轻打散，用梳子蘸着清水一遍遍地通了又通，直到那头发顺滑成了一匹锦缎，才低下头去问她："今天戴花帽还是系蝴蝶结？"

秦婳忽闪着眼睛，很是认真地想了一回，一时竟也难于取舍。妈妈忍不住笑道："系蝴蝶结吧，正好配你这身衣服。"说着，将她前面的头发分成了五绺，先用小鬓卡大致固定好位置，便先挑起中间的一绺来，将其漂亮地拧了几拧，牢牢地固定好，再依次挑起其余的几绺来，或是左拧或是右拧，也都一溜固定好之后，再将后面剩余的头发全部梳起，梳成一个光溜溜的马尾，将那马尾绕着辫根盘成一个圆润的大髻，再以七八个小鬓卡隐形将之环行固定好，最后，将一只秀色夺人的大红蝴蝶结，别在了那大髻上。这样，昨晚那个福禄童子就变成了一个中西合璧、精华秀丽的小妇人了。

秦婳约上了罗瑞芳。

四只粉手抬着一个用红布盖着的竹篮，满脸庄严激动地向着村口的那株紫薇神树走了去。篮子里装满了祭祀的供品，也装满了她们美妙的心愿。

秦婳是花溪村最惹人喜爱的"小明星"，大家都以"小福星"或是"小洋人"称呼她。一路行来，凡遇到她的人，都会忍不住停下脚步，这样喊她一两声，或由衷夸赞几句。不一时，迎面走来了一群坏小子，一面将点燃的炮仗四下里乱扔乱掷，一面扯着嗓门喧呼笑叫不止。一看见秦婳，便都扮着鬼脸一起上来把她围住，这个伸手掀她篮子上的红布，那个让她学"快板王"说个段子，也有让她背绕口令、讲笑话的，人多嘴杂，秦婳被纠缠不过，索性示意罗瑞芳将篮子放在了地上，将小手拍了拍，给他们讲起了笑话：

几只熊，和一只五色鹿交上了朋友。临别之际，双方都拍着胸脯表示，为了证明对方在自己心里的位置，就以各自赠送对方的房子为证。分手之后，几头熊顾不得回家，到处忙着四处打听，挑选风水宝地，最后用重金为五色鹿建起了一座豪华的宅子。它们就兴冲冲地一起去找来了五色鹿，请它参观新居。五色鹿一见，不禁伸着大拇指对几头熊夸赞不已。众熊非常得意，就问五色鹿，什么时候能带它们也去看一下新居？五色鹿只好敷衍说三天。因为人家根本就没把和它们交朋友的事放在心上，又哪里会把那个所谓的约定当回事呢？可现在，一见几头熊竟是这么当真，自己也不好让它们太过失望。于是分手之后，五色鹿就赶忙找了一处地方，把些被丢弃的破石头烂木头胡拼乱搭了一顿，很快，也建起了一座宅子。三天后，几只熊如约前来参观了。可是当它们一看，当下就都傻了眼。就忍不住一起埋怨起来："鹿兄弟你这都哪是哪啊？我们给你建的宅子，地段又好又朝阳，又有卧室又有厅的，和我们的比起来，你这也能算是房子？抛开其他的先不说，你总不能连个厅都不给我们造吧？"五色鹿听了，很不高兴地对那几头熊说："看你们那个熊样吧，你们还厅（听）呢！"

众顽童轰然大笑起来。有几个听出了弦外之音的，不免又与之恢逗了一会儿，也就都嬉笑着散去了。

秦婳和罗瑞芳相视一笑，抬起篮子继续前行。

很快，二人便来在了紫薇树下。

这株巨大的神树高约三十米，树干周长近六米，冠幅东西约二十三米，南北约十八米五。此际，正拱起一树粉红色的花骨朵来。枝干上挂满了来自各村寨朝拜者们系绾着的红绸带。据考证，它已有上千年的树龄。一年开花三次，或雪白或粉红。结子实，但落地不生，嫁接不萌芽，截枝扦插也不能活。它究竟是怎样繁殖的，多少年来，在人们的心中一直是个猜不透的谜。更为神奇的是，假若以刀砍树身，开始刀伤处呈现白色迹印，少时就会变为红色，之后便又自行愈合。它的叶子，可以煎水当药，当地百姓皆视为天降神树。一旦遇到瘟疫病灾，就纷纷来此烧香祭祀，求树神赐叶治病或乞佑一方平安。平常无事，绝无人擅动一枝一叶。也有老人们说，听祖辈相传，这里正是传说中的"金线吊葫芦"之地。

据说，这里在若干年前，原本叫牛头村，只有夫妻二人居住。那男主人原是上古时周天子的姬姓后裔。先祖姬奭，当年与周公旦同负贤名，后人被封于谯地，后来便归隐于此。只说那夫妻二人闲来无事，或于虚窗静室把樽濯罍之际，看石藓堆蓝，光摇烟霞，衬着三点五点梅花，转轸拨弦；或于秋风思浩彩云神飞之日，看鸳鸯戏水、绶带飞逃、云豹潜踪、石蚌遁迹，感天地兴衰荣悴之变。可谓览尽天性野逸之趣，动静游息之态。

一日，一个正午时分，和那与乐峰隔岸相望的莫名崖的东西两端，不约而同地来了两位追赶龙脉的阴阳先生。二阴阳各自打坐运神之际，面前同时出现祥异。睁眼看时，却是对面的两座小山丘忽然变得红光迸射、华彩腾霄起来。二阴阳喜不自胜，忙起身一路追赶那团红光而去。无奈道路崎岖，既阻且迁，及至牛头村方才赶上。那时天色已如墨染。先赶上来的阴阳，大笑着从怀中摸出一枚方孔铜钱来，顺势抛下道："莫道世间无宝地，一钱打在真龙头！"这才感觉神乏力竭，一转身，见前面不远处有户人家，便忙忙地过去抄化造访去了。

开门迎接的，正是那对神仙眷侣。只是，如今二人皆已是年逾半百之人了。阴阳告扰之后，分宾主坐下。才刚坐定，外面竟又响起了敲门之声："过路之人，腹中饥渴，特来贵处叨扰，望乞方便！"

那贤夫人闻声，忙起身相迎，忽觉腹中孩儿一阵蹈舞，便连忙招呼丈夫前去开门。那男主人打开房门，一见又是一位秀骨清相的方外之人，大为喜出望外。忙招呼进来一并入座。夫妻二人久居此仙地，数年来并无人造访。今见天降奇缘，便拿出家中最为丰盛的食品加以款待。那夫人还强忍着身体的不适，同丈夫商量之后，烹杀了家里唯一的一只老母鸡。二阴阳先生吃得芳馨透脑，又与男主人投契，便天上地下，无所不谈起来。直至东方渐白，男主人方从他二人的言语中参悟，他们竟同是为了追赶龙脉来至此地。只听一个犹向另一个打听："尊兄可曾在那龙脉处留下了记号？"

那一个说："只因赶得匆忙，身上并无他物，就随手丢下了一根绣花针。"又说了三言五语，二阴阳便相邀着直奔昨日的龙脉宝地而去了。待到那里一看，却见一根绣花针不偏不倚，恰好投在了那枚铜钱的方孔正中央。二人好一阵的唏嘘感叹之后，便为到底是谁最先发现并赶上了那龙脉而争执起来。甲说肯定是自己先投币于此，绣花针才能穿孔而入的！乙说："如果那绣花针是倒了的，又是落在铜币之上的，小弟便无话可说，而如今却是直挺挺地立在那里，又岂能否认是小弟先投针于此，而后才是兄台投方孔钱币穿针而过的呢？"

甲又说："只从你我二人谁先进得那户人家的门，便不难判断谁先谁后。"

乙又争辩："想必尊兄投下钱币之后，再无别事，就直接向那户人家叨扰去了，难道，就不许小弟又因为别有奇遇，而致耽搁吗？"

就这样，你说天地玄黄，我说蚕丛鱼凫，直争得舌底澜翻、斗转星移。也不知这样对峙了多少天，忽一日，闻得牛头村那户人家的男主人仙逝的消息，二人才算作罢了。过后各自细一寻思，觉得也是天缘巧合，便将此风水宝地让出来给那贤主人做了墓地。说来也怪，自那男主人下葬之后，每天都有无数的奇禽瑞蚁，于各处衔来仙种异卉或是成颗的土粒置于坟上，没多久，那座新坟已宛若一座山丘一般了，满眼都是宝树夹道、兰绕鸾舞的景象。而那家女主人也在此后不久，竟然连产双子。

当这家人的小孩长大之后，便越来越人丁兴旺、鸿运亨通起来。那些在外面的子子孙孙或成了商贾巨富，或是官场得意，或成为文坛奇俊而扬眉吐气、百世流芳。据说，在某朝某代，还出过一位宰相呢。因而，便有那口无遮拦、略知内情之人，将其祖坟葬于龙脉宝地之事泄露了出去，一时众口轰传，惊动朝野。

此事一经传扬开来，不久，那牛头村便又来了一位鸱目虎吻的阴阳先生，出于强烈的嫉妒之心，他欲为破坟毁灵。而这时的"牛头村"，早已是一座物阜民丰之地了。

为取得村民们的信任，那阴阳接连走访了几户在当地享有崇高声望的人家，并对各家的主人说，如果他们能将自家大门前的台阶垫高一尺，他们那些在外面做官的亲人，就会高升一级。垫高二尺，就会高升二级。而若是垫高三尺，便会连升三级。但要谨记，决不能超过三尺，否则便会招灾惹祸。村民们对此半信半疑，有的冷笑一声，转身便走了。有的却倾想再三，回去就将自家的门阶垫高了。

时过不久，那些分别垫高了门阶的村民，果然得到了他们在外面做官的亲人们升迁的消息，不禁喜出望外，奔走相告。

消息迅速传播开来，这个阴阳便成了众村民心中的活神仙。

于是，今日东家宴，明日西家邀，一时热闹不休。一天，这阴阳竟亲自设盛宴回请众乡亲。酒过三巡，他故作神秘地说："草木，乃山川之精华，风水，乃一郡之气脉！据我观察，你们之所以能安享这样的太平安逸，而你们那些在外面的亲人，又总是能接连升迁，这一切，全都是仰仗你们的祖坟占了风水宝地之故，不过，你们若是能再把祖坟迁至其西南端五百米处的'金线吊葫芦'的上上宝地，你们全村人的福运就会更好，你们那些在外面做官的亲人也就会越做官越大。'金线吊葫芦，金线吊葫芦'，保不准，还会吊出个帝王来呢！"

此言一出，众村民中立刻便鼎沸起来。大家激动不已，议论纷纷，最终决定：就按阴阳先生说的去做！

4

却说那梵净山群山耸峙，九龙分秀；中拥一峰，孤秀插空，横陈天际；仙梯接斗，飞彩流丹；赫赫然天造灵境，炳炳分阆苑圣地；佛神司命，百仙是依。这日，莲花部部母多罗菩萨正于其处与功德天论讲《最胜王经·大辩才天女品》，忽听得半空中一声惊天响亮，射冲仙府。忙遣座下仙童到外观看。仙童领命而去，须臾返回禀报："刚才那霹雳起处，原是密迹金刚为阻止与乐峰下一概愚众受妖人挑拨，以致不顾毁伤灵脉，故以金刀劈破红云顶，以示预警之故。"

二女神听罢，俱各点头叹息："自古天运循环，总不免庆尽殃来，或许此际下界别有垂兆，故而才有此骇目惊心之事发生，也未可知。"便双双结跏趺，入定观察。

再说那多罗菩萨有两个弟子，一名丹枫，一名尤鹿，此时正于妙音殿中诵习经文：

> 若人欲得最上智慧，应当一心修持，勿生疑慢，遂可增长诸福慧，圆成胜善根；求出离者得出离，求解脱者得解脱……

诵至此处，那尤鹿觑眼四下一望，便向丹枫说："哥哥，你我二人成天在这里诵经拜忏，殷殷苦修，好生无趣！小弟适闻下界发生了一桩奇事，令人魂耸骨栗，不如哥哥和我一同下去看个究竟如何？"

丹枫经不住小师弟的一番怂恿，心下便有些活动，欲待随他同去，又恐多不稳便。正在作难，又听尤鹿说："连日来，风闻各路神仙哄传，下界将有一番惊天之变，莫不是就应在这件事情上？你我弟兄何不趁此机会，前去查看查看？回来，也好在众位师兄弟们面前说个来龙去脉，不然，岂不是白白错过了这大好的机缘？"

丹枫听他如此说，便点头道："这也使得，不过我们要速去速回才是，如果让师尊发现我们私下凡界，不是闹着玩儿的。"

"是啦是啦！"尤鹿喜得眉花眼笑。少时，两个小顽皮便双双隐身下界而去。

牛头村此际已是一连三天黑雾浸天，风狂雪怒的景象了。

狂风啸雪中，携卷着刀箭般的冰雹，劈天盖地地漫山滚落，遇树树毁，碰石石裂！那些个连日来想要前去迁移祖坟的村民，都被阻在了家中，人人都焦惧万分地望着外面那千年不遇的天灾。

只说两个小仙童，不一时便来至这牛头村，一见眼前景象，不禁吃惊道："不是都说，这下界的牛头村美丽胜似仙境，吉祥可比瑶池的吗？怎么竟是这般的疮痍满目？"一语未毕，只听身后"咔嚓"一声巨响，却是一株婉婉婷婷的红枫被拦腰折断了。紧接着，林内逃窜出一只五彩麋鹿来。二仙童一看，真是好个精灵：浑身瑞彩，华光沃沃，再是世间少有的，只是一双眼睛惊恐得可怜。

尤鹿便不觉动了恻隐之心，可巧这时，眼见那尤物就要被一块巨石般的冰雹击中，尤鹿惊呼一声，忙于怀内拿出师尊的青蚕宝衣来，抛向了空中。顷刻间，那宝贝便化成了一片修广青莲，霞光万道、华彩腾霄地罩在了半空中，一时风雪俱止。

丹枫认出了师尊的宝贝，惊惶失色道："师弟，你也太大胆了！师尊的宝贝，也是随便拿出来玩耍的吗？"

尤鹿嘻嘻笑道："早就听说师尊这件宝贝法力无边，小弟一时心痒难挠，就顺手拿了来，想要借机试验一回，万没想到，竟就这么巧！这下，总算开了眼，果然是个好宝贝！"

丹枫见他如此顽劣，便说："你只顾自己任情任性，看师尊发现后你又该如何收场？还不快些收了回来，速速离开这是非之地要紧！"

尤鹿却全无一丝怯色，满嘴只说："师兄此言差矣，师尊自来便教导我们要心存仁爱。况且，上天历来都有好生之德，小弟方才以我仙家宝贝，救下了那只五彩珍麖，兼换这满目疮痍之地于风清日朗，虽说不上是大功一件，但也总还不致获您问罪吧？"

丹枫见他又在调弄伶牙，深知说他不过，便也不再争辩。内心却一阵紧似一阵地恼恍不安。总觉得，刚才又是红枫被折断，又是麖鹿要遭殃的，竟像是预兆着自己和小师弟的什么不幸一般。

却说那个居心叵测的阴阳，原系不端峰下恶见潭中的一只鳖精。前生乃阿修罗门下弟子，因其面貌极其丑秽，又且行为不端，常与帝释天挑起战端而被韦驮将军正法。一灵不灭，投生于此处。落劫之后，恶行不改，依旧整日拨弄战端、涂炭生灵，致使原来居住于周围的百姓，纷纷携家带口逃往龙脉宝地寻求庇护去了。那鳖精嫉愤不过，竟生出这毁损龙脉宝地的弥天恶念来。而当他幻化成人形之后，凭着一张如簧巧舌，眼看即要功成圆满之际，却不料，上天竟屡屡作难，先是密迹金刚现身于红云顶，以手中金刚杵变为屠妖宝刀，那宝刀果然名不虚传，照着他就一刀劈将下来，万幸是他逃得快，否则，此际早又不知往哪里投胎去了。听说，那一刀就将红云顶劈为两段了呢。接着便是倾天的狂风暴雪，将那些准备前去迁坟的村民全部阻在了家中，致使他们疑窦丛生……

"咳！如此下去，一番心血岂不要付诸东流？"这鳖精正是怨气填胸、五内摧伤，不期漫天风雪竟戛然而止。接着，便是满天异彩、霞光万道。他不禁大叫一声"天助我也！"便又立即现身在村民们的门前，连番催促着说："你们大家不趁此天赐良机前去迁坟，更待何时？我已经为你们推算过了，如果过了今日午时，可就不灵验了！"

众村民一见了他，便蜂拥而出，将他团团围住，乱滔滔讲论起来。一位老者心乱神昏地说："老师父，既然迁坟是件好事，又为何会接连数日发生如此的凶险之兆呢？依我看，这坟，还是不迁为好罢！"

众人听了，也有应和的，也有横鼻子竖眼不知所措的，也有满眼希冀又满怀忧虑的："老师父，若一会儿迁坟时，再遭遇暴雪冰雹可是怎处？"

那假阴阳笑道："这一切都早在我的预料之中了，俗话说的好，'天下将有非常之事，必先经惊天之变'！此乃仙机，不可预泄也。只望各位少安毋躁，如果有害怕再遭风雪的，可速速卸下自家的门板，以备不时之需。时间紧迫，不容拖延，就请各位快快行动起来罢！"

一言未了，那些愚夫蠢妇们便又轰然响应起来。

5

且说那多罗菩萨，正于定中观察到自己的两个弟子丹枫和尤鹿不知何故获愆，堕落在漫漫红尘，受火宅囚陷之苦，苦海沉沦之难。正诧异间，忽有小童进来禀报："密迹将军和韦驮将军前来拜访师尊。"

多罗菩萨缓缓睁开慧眼道："有请。"

小童答应一声，转身而去。不一时，带着两位白脸金甲的武将走了进来。

多罗菩萨并功德天一同起身问候，二位将军忙上前见礼。

多罗菩萨见他二人似有慌张之色，便问："二位将军何事到此？"

密迹金刚便说："只因近日，下界一班民众受妖人蛊惑，不辨真假，意欲毁损龙脉宝地，我和韦将军受命保护，不想却……"说到这里，便戛然止声，涌上了满脸愁容。

多罗菩萨见他如此，深知必有古怪，连忙追问究竟。

韦将军便接言道："尊者，我们正在施法阻止之际，不料却被尊者的青蚕宝衣给挡了回来。"

多罗菩萨闻言大惊道："这是从何说起，岂非咄咄怪事？我那件宝贝向来都是藏在内阁之中，除我之外，谁敢擅动？况我连日来，一直都与功德尊者在此间论讲经文，并未出府半步。"一语未了，忙命小童进内阁去取自己的宝贝出来。

小童遵命而去。很快便将一个霞光迸射的宝匣捧至师尊面前，多罗菩萨伸手将那宝匣打开时，顿时惊得目瞪口呆。

且说那假阴阳，率领着牛头村的一干民众来至龙脉宝地，一声号令，亲自率众挖坟掘墓。当那棺材露出地面之时，众人见那外棺上面居然被千丝万缕的仙藤瑞脉层层包裹缠绕着，就好似是一幅道不破的玄机八卦图一般。那假阴阳一见，心中诅咒一声，于腰内摸出一把刀来，暗施魔咒后，寒光闪处，手起刀落。可怜那些数千年生成的仙藤灵脉，顷刻之间无一幸免，荡悠悠惨凄凄地落了满穴。再看那口棺材，竟是鲜红如玉，光可鉴人，四下里还散发出一阵阵旃檀的妙香。众人都不觉称奇不已。

那假阴阳一面命人将棺盖速速打开，一面于布袋中取出一只画满了符咒的大碗来，令一个妇女向近处取来了一碗水，便以口含水喷向了棺内。那位长眠于其中的老祖宗，顿时便由原来的颜面如生变为了朽骨一堆。

再说尤鹿和丹枫，正是相持不下，忽见一班村民有的抬着门板，指天画地神秘兮兮地跟着一个阴阳摩肩而行，觉得甚是有趣，便嘻嘻一笑隐身跟了上去。忽然看见那些人在一块郁郁葱葱的坟地前停了下来，听那阴阳指示挥霍了一番，大家便铆足了劲头，开始挖坟掘墓了……尤鹿正在诧异，忽见一团白光自那墓穴之中四下分散出来，好似一团被人打散了经脉的魂魄，昏昏惨惨地渐行渐远，愈散愈稀。

尤鹿这时才猛然惊醒，惊呼一声"不好！"连忙于腰间取出法宝，飞身赶了上去。

那假阴阳终于阴谋得逞，如愿以偿。

看着一班蠢夫愚妇就这样轻而易举地中了自己的圈套，他绕着那个被迁至"金线吊葫芦"的新坟，足足踱了几圈，一脸凶光毕现地说："金线吊葫芦，吊得着你就吊，吊不着你就掉！"

话音未绝，只听半空中一声霹雳，直震得山崩地陷。再看时，早不见了那假阴阳的踪影。

那霹雳响处，正是多罗菩萨施法收回宝贝，密迹金刚、韦将军纷纷现身与乐峰，以金刚降魔杵击杀那鳖精之故。正一心追赶残脉的尤鹿，闻此惊天霹雳，猛抬头，见师尊驾着祥云出现在了上空，不禁吓得魂飞天外，慌忙驾起云头，向师尊伏首请罪而去。

那边丹枫也慌忙驾起云头，赶了上去。

多罗菩萨一见了他两个，顿时气得面如金纸，怒喝一声："劣徒！你们平日里疏于修行，一味懈怠倒也罢了，今日竟酿出这等弥天大祸来！"一语未了，举起手中的绢索，便要责罚。

丹枫尤鹿双双崩角在地，满口告饶不止。

忽见那边密迹金刚和韦将军双双返了回来，齐向多罗菩萨作揖道："尊者，我二人已将毁损灵脉的罪魁祸首就地正法，现正要携其魂魄，到玉帝处领讫法旨，听候处置。"言罢，韦将军看了看面前两个栗栗危惧的仙童，不免嗟叹一回。密迹金刚少不得再次向那尊者施礼道："也请尊者暂息雷霆之怒，此一切皆是天命造定，尊者还是顺应天数，从长计议罢！"

多罗菩萨便心中一动，忽然想起，自己先前于定中所观察到的那番景象来。不觉暗自点头道："天数如此，毫厘不爽，也是莫可奈何！只是那数千年的灵脉，受了天地间多少精华真秀方才凝聚而成，如今就这样毁于一旦，岂不令人万分可惜！"叹罢，收了绢索，向二位将军拱手作别，说了句"回府"，便转身一路去了。

回至仙府，那尊者仍旧闷昏昏满面愁容，待要发挥，二徒各个葛耳辑首，哀告不绝。功德尊者见状，忙也上来百般劝释。

多罗菩萨不觉落下泪来："尊者，你哪里知道，这两个劣徒平日里只顾恣情任性，全然不将我的教诲放在心上，以致，竟酿成今日这等无可挽回之劫！想那娑婆世界，众苦充满！此番他二人难免要去受那轮回之苦，可叹他们这般的根浅行薄，到了那时，必然很快便要全部脱了根基，从此头出头没，将要永无休止地沦没于六道五趣之中，想是再无回头之日了！"

丹枫尤鹿闻言，俱各吓得哀声不止："师尊救命！弟子们不愿去受那轮回之苦！"

尤鹿一面痛哭失声，一面慌忙从腰间取下自己的紫旒葫芦，递了上去说："师尊！徒儿自知一时莽撞，酿成了大祸。可师兄他是无辜的，他对其中一切俱不知情，私下凡界，也是弟子强诳师兄下去的。况且不幸中之万幸，徒儿已将那四下飘散去了的残脉收回了大半，还请师尊明察，减免师兄罪责！"

多罗菩萨这才止泪将那葫芦接在手中，少时，微闭双目念动灵咒。不一时，睁开慧眼向功德天说道："尊者，这劣徒此时却也并没有虚言妄造，里面果然是那破散的残脉！只是，要使这残脉重新复原，怕也并非易事。"

功德天微微点头道："话虽如此说，收回这许多来也总算是万般侥幸了。少不得你我现在就携了此物，前往玉帝处禀明真相，或许玉帝会因此酌情宽免，也未可知。这，岂不是强过让他二人堕落凡尘，去受那轮回之苦吗？"

丹枫尤鹿闻言，自是磕头感念不尽。二菩萨便齐往玉帝的灵霄宝殿而去。一时来至，二菩萨忙据情回禀。玉帝正因下界灵脉被毁一事大为震怒，此时，不禁被二位菩萨说得转怒回嗔。又有众护法在旁纷纷说情，玉帝便点头道："既然如此，就谪丹枫尤鹿到那'金线吊葫芦'之地去护持残脉，何日灵脉复本还原，方许他二人重新返回仙府！再稍有差池疏怠，那时二罪并罚！"

众神听罢俱各点头称是，不一时，奏毕朝罢，众神一一散去。

那多罗菩萨与功德天作别回府之后，少不得将二弟子严饬深嘱一番。丹枫尤鹿闻得躲过一场大劫，俱各喜极而泣。次日，双双领命携带残脉，来至"金线吊葫芦"之地，殷勤守护。

再说牛头村那一班民众，时日不多，便纷纷得到他们那些在外面做官的亲人们的消息：有被贬谪罢黜的，有被抄了家，满门下了大狱的……总之，其惨无比，其状难述。众人这时方才如梦初醒，知道上了那假阴阳的当。无奈，天涯海角，钻天入地，哪里还能寻到他的鬼魂影子？

第二章　神曲·禅空

1

光阴荏苒，岁月如梭。

丹枫尤鹿受命护持残脉，一过就是多少年。只因前番的那场教训，二人这多少年来再不敢有丝毫的松懈怠惰，终日殷勤精进，眼见得那个盛脉的紫荫葫芦日渐变得毫光闪烁起来，二人自是欢欣不已，信心倍增。

这日，二人正在运神打坐之际，忽然耳畔响起一阵笑声。睁眼看时，却是文曲星君门下的一名小童，正站在一株青枝馥郁的优昙婆罗树下，向他们取笑。二人想要问他几句，又恐怕口角生嫌，便只当不见。

谁知那小童偏不知趣，依旧一迭声取笑不止。直把尤鹿惹得一脚跳将起来，指着他的脸喝道："你这小厮，哪层天上掉下来的粪缸，砸疯了你的脑壳！见我们兄弟落难，也不是这样的开心法儿！"

那小童一听，忙走上来连连作揖道："哥哥不必动气，适才小弟见二位兄长竟如同那入定的高僧一般，因想起哥哥们往日的翛然洒脱，一时忍耐不住，绝非有意取笑，还望哥哥莫怪。"

尤鹿见如此说，方敛怒坐定道："此一时彼一时也！我们就如此用功，还不知这祖宗何年何月才能复本还原呢，还顾得什么以往不以往的！"

那小童便笑道："哥哥，不瞒你说，方才小弟听见我家星君和地母神说，'人杰，乃天地之真秀。奇文，乃宇宙间亘古不朽之精华'，还说什么，人世间之所以有那物华天宝、清明祥瑞之地，都是因为那里的那些圣贤奇俊们，造下了天大的福缘，地厚的善庆，写就了可与日月同辉的不朽奇文之故。既然如此，哥哥何不使法，到那昌明隆盛之地，去摄一位旷世才子前来，也可令他写下一二篇奇文来祭这宝贝，到那时，众口哄传，天人感应，两位哥哥或许会就此而功德圆满，亦未可知。"

尤鹿一闻此言，不禁喜得眉眼俱开。丹枫却因深记着前番的教训和师尊的严令，便向尤鹿发话道："师弟，你我还是安时顺命，不要动辄就心迷神乱、追虚逐妄罢，倘若再生异端，那时落得个二罪并罚，或沦于六欲五趣之中，头出头没，受尽无量诸苦，或被贬于九幽之外，万劫不得翻身，那时节，可就再没人能救得了咱们了！"

那小童一听，顿觉百般无趣。便说："小弟也是一番好心，二位兄长如果不愿领情，也就算了，又何必说出这种话来？让旁人听着了，倒好像是我在设着法儿地陷害你们似的，什么意思！"一面说，一面便悻悻地走了。

尤鹿本是要赶上去说些好话将他哄转的，又怕惹得丹枫不悦，只得暗暗念动咒语，使了个金蝉脱壳之法——真身继续留在原处，元神飞出体外追赶那小童而去了。

那小童正是一面走，一面气咻咻地埋怨个不了，不曾提防，那尤鹿竟忽然从旁边现出身来，再三向他作揖赔礼道："小师弟别恼，一切都看在哥哥的面子上了。"说罢，又是再三再四地打躬作揖。

那小童见状，便回嗔作喜地问："哥哥可是还有什么事情么？"

尤鹿长叹一声道："正是！贤弟啊，愚兄此番正是要向你讨教，这下界，此际何方最为隆盛祥瑞？又是哪一位英才俊彦，堪与日月同辉？还望贤弟不计前嫌，如实相告，为兄的自当感激不尽。"

那小童见他这般诚意殷殷，加之早已按捺不住要在他面前卖弄一番，便少不得将那灵地人杰一一列举起来。急得尤鹿捉襟跳脚地说："好兄弟，你只拣那其中最最要紧的说出一个来就是了！牵带太多，愚兄也没法抓挠不是？"

那小童便忍着笑，甚是神秘地附耳说道："前日，小弟听得我家星君与地母神说，如今有个绛州龙门才子，名叫王勃的，实是神宝旷世的'云烟霹雳手'！他所作的诗词文章，涉笔成趣，再是世间无双的了！"

只说那绛州龙门才子王勃，本是书香世家，其祖父是隋末大儒，父亲王福畤曾任雍州司功参军。王勃自幼禀赋非凡，神俊异常。年少能文，十四岁便应举及第，授朝散郎，为沛王李贤府修撰。其所作诗词文章，神采绝代，风流无匹。

这一日，赴交趾省亲，途中被一阵神风摄在一处诡异辉煌之处，历经了大半夜的惊愕忧愉之变，方得神风复送回原地。第二天，途经洪州，适逢重阳，都督阎公大宴宾客于滕王阁，王勃参加了这次别开生面的盛会，并当场一挥而就，写下了一篇煜耀千秋的奇文——《秋日登洪府滕王阁饯别序》，当时众口哄传，震惊海内！

只说盛宴之后，那王勃如约将那序文誊写一遍，沐手焚香，表彰效天罢，便继续赶路，前往交趾探父去了。

再说那丹枫尤鹿，这日正在殷殷苦修，忽见那只祭于碑顶的紫旈葫芦，顷刻之间变得瑞彩腾霄起来，不禁都喜极泪下。尤鹿这才把自己悄悄施法摄了一位旷世才子前来，恳其代作一篇奇文，并表章效天之事说了一番。

兄弟二人正在欢喜，半空中倏忽飘下一朵祥云来，却是自家门下的一名小师弟。那小童按下云头上前施礼道："小弟奉师尊之命，特来通禀二位师兄，师兄自奉旨到此处守护残脉以来，信心不逆，终日精勤，致使灵脉终于得以重新返本还原，二位师兄亦将灾消难满。明日午时，师兄们便可回返本处，向师尊交旨复命去了。"

丹枫尤鹿闻言，忙一齐向天叩谢师尊深恩。那小师弟满面含笑向他二人道贺之后，便返身离去了。

不久，文曲星君门下的那名小童竟也又一次出现了。

丹枫尤鹿忙双双上去向他致谢不已。那小童却涌上了一脸愁容说："哥哥们大约还不知道吧？那才子王勃，已于三天前，溺死在大海中了。"

二人如闻霹雳，尤鹿震得两眼睖睖睁睁，一把抓住那小童的手直问："小师弟，这是从何处听来的消息？莫不是讹传罢！"

小童一脸凝重地说："这是我才从土地和山神那里听来的，怎会有假？我还听见说，那才子的尸首，现已被不端峰下恶见潭中的一只千年母鳖给摄了去，那母妖还扬言说，要取才子的灵骨炼制什么'风月宝丹'呢！"

尤鹿闻言，怒不可遏，向天骂道："前番我兄弟获愆被谪，就是拜那不端峰下恶见潭中的混账妖鳖所赐。不想，今日它的族人又要暴殄我们的恩人！这才真应了那句'不是冤家不聚头'！想我尤鹿前世，定与这班齷齪之辈结下了不解的仇怨！也罢，我这就前去和那一干异类见个高低上下！"一语未落，飞身擎起那只紫斿葫芦，双脚一蹬，驾起云头，便直往恶见潭飞去。

2

却说那恶见潭，有名的又叫"鬼见愁"。潭深莫测，秽恶逼人。上耸一峰，险峻莫能视其深广，终日黑雾阴风，鬼哭怪啸。

尤鹿不一时飞至，左手高举法宝，后演为八臂，双足蹈滔滔恶水，望那潭中厉声喝道："底下那一班污秽丑类们听着！速速将那绛州龙门才子王勃送上岸来，不然，看你家小爷法宝的厉害！"如此喊了两三遍，就见那潭中一阵波浪翻涌，波澜起处，钻出六七个水妖海鬼来。众妖一见竟是一个粉妆玉琢的小娃娃在那里呼天叫骂，俱各气得乱骂不止。话音未绝，早被尤鹿抛出去的宝贝连毙数命。剩下的两个见势不妙，转身便逃，又被尤鹿飞身赶上，一脚踏住一双。

尤鹿怒咻咻地问道:"你们这两个丑鬼败类,先别在这里鬼哭狼嚎!让我饶你们的性命却也不难,我来问你们,这潭中,近日可是摄来了一位名叫王勃的绛州才子吗?"

二妖一听,俱各一迭声道:"确有此事。那本是我家夫人使法摄来的,与小的们无干!"

尤鹿闻言,不觉五内摧伤,满脸滚下泪来。二妖见了这般情景,心下便明白了几分:想来,那才子不是这娃娃的亲知,便是故交。便眼珠一转,有心讨好几句,不期,话未出口,一个已被当头一拳,打得四脚朝了天。另一个,也被踩得肚破肠穿,一命呜呼了。

再看那尤鹿,怒气昂昂,锐不可挡,将手中法宝念动灵咒,抛向潭中。顷刻间那宝贝便放出万道金光,翻波搅浪,把一潭恶水搅得地覆天翻,水波涌沸。不一时,便呼啦啦钻出半潭的鳖鳖鼋鼍来。那群怪物少不得又是一阵诅天咒地、秽语污骂,仗着人多势众,便要一起上来将尤鹿生擒活捉。不料,骂声未绝,俱被法宝摄住,展眼,便都哀号而绝。这工夫,早惊动了潭中那只千年母鳖。她一听说自己的一班先锋猛将全都被一个少年打死了,不禁气得火燎肝肠,怒喝一声,召集了一帮蟹兵虾将,分开水路,亲自迎上阵来。一见了尤鹿,不觉三昧火贯顶冲霄:"我把你这嘴上没毛的小畜生,擅敢无端行凶,看你家奶奶法宝的厉害!"一语未落,抛出手中兵器,便与尤鹿打在了一处。

二人直战得地暗天昏,日月无光。看看已过了半日,那母妖委实难搪,便将兵器虚晃一招,转身欲逃。早被尤鹿一眼识破,将法宝照那母妖的顶梁骨,一把抛了出去。那母妖当即哀嚎一声,栽倒在了地上,再也动弹不得了。尤鹿赶上前去,一脚踏住,怒声不绝:"你们这群污秽败类,尽日不存一丝善念,一味兴风作怪,珍悴生灵,简直天地难容!想那王勃,神宝旷世之才,百代千年,何处可期!不料却惨遭尔等泼物毒手,小爷就是立即将尔等拆骨寝皮、碎尸万段,也难消心头之恨!"

那母妖气喘喘、战兢兢地连声分辩道:"小英雄教训得极是!只是，把那才子摄来此处，实非奴家的本意，却是魔王的命令！只因当年，魔王不能信服于释迦佛尊所宣讲的法门，不能相信一切众生皆可成佛之说，便与佛尊打下赌赛，即日起，以娑婆世界为证，看那地方五百年以内，究竟是修行敬佛、慈悲良善之人多，还是好祸乐淫、凶奢贪戾之人多。魔王原本以为，娑婆世界众生素来愚顽昏淫，彼此欺诈无休。更兼贪得无厌，非庸即俗。因而魔王料定自己定是胜券在握。又岂知，近年来，那世间众生竟纷纷弃恶向善、敬天礼地，修行证果之人，可谓与日俱增。魔王不甘心就此认输，因而就选中了奴家这恶见潭，命奴家取潭中阴淫最盛之水，为其炼制'风月宝丹'。眼见得万事俱备了，他却又说什么，尚缺少一味才子的灵骨做药引子。因而，便命人将那才子摄了来，交与了奴家。所有种种，皆是魔王所为，与奴家并无关系！还望小英雄千万手下留情要紧！"

尤鹿直气得三昧真火七窍齐喷："你们这一起异味相投、灭绝人寰的败类！我来问你，那老魔叫你炼制那什么风月丹，意欲何为？"

那妖忙道："奴家也并不深知其详，只是听他无意间说起过，此丹一旦炼成，他就可以令娑婆世界怪异当道，丑秽横行了……"

尤鹿气得怒啐一声道："好个阴毒的老王八，真是异想天开！"

话犹未毕，忽然卷起漫天的狂风黑沙。风过处，黑云团上现出一个魔怪来，生得狰狞无比。那怪端坐于云端之上，以手点着尤鹿的头骂道："哪里来的小畜生，擅敢信口雌黄辱骂本王，真是不知死活！"那声音直让人有地动天摇之感。一语未了，抛出手中黑莲，径向尤鹿打来。尤鹿慌忙让身闪过，遂抛出自己的紫葫芦与之大战起来。那母妖和她那班蟹将虾兵们，早都趁势"哄"地溜进水底里去了。

尤鹿同那魔王你来我往，逞威鏖战，看看又是半日。尤鹿瞅准一个机会，将法宝猛然打向魔王的脑际，只听轰隆一声响，那魔王站立不住，跌下了云端。尤鹿收了法宝，赶上前去一看，面前竟是一堆喷薄着黑气的碎石。

尤鹿这时才知是中了魔王的金蝉脱壳之计，正气呼呼地没个发泄处，忽听身后有人叫"师弟"，回头看时，却是丹枫急惶惶地赶了过来。

再说那魔王波旬，此番正是为了向那母鳖精索取"风月宝丹"而来，以便带回自己的他化自在天宫去，再加精心培炼，使其阴淫更盛。不料，半路里竟碰上个多事好战的小将，本欲施展法术，令其备尝苦楚。又恐因小失大，就此耽搁了炼宝时机。因而，趁其不备，使了个障眼法，将一块魔石幻化成自己的模样，与其抵挡。自己却化作了一阵风，钻入潭底向那母妖讨取丹药去了。

就在他甚是得意地捧着那盒丹药，要返回自己的魔宫之时，不料，密迹金刚与韦驮将军竟带领着众护法神一起现身，挡在了半空中。

那魔王一见，好不恼怒："你们这一起毛神，为何屡屡要与本大王作对为难？"

众护法异口同声说道："只因你心存不端，专夺慧命，屡屡滋众造恶，坏人道法功德善本，实在天地难容！"

那魔怒啸道："你们这般死心塌地地护持那释迦牟尼，请问，他又造下了何等的福业？谁是证明？"

一语未了，地天涌现出地面，露出半身，呼曰："我是证明！"顷刻间大地出现六种震动，魔王立时吓得神魂无主，转身便逃。

众护法紧追不舍，不一时便将那波魔裹在中间，展开了一场惊天恶战。

那魔王渐渐便觉力不能支，恶恼之下，不禁暗暗盘算："就是不带它回去也罢！"想至此，把心一横，狞笑一声，便将那"风月宝丹"顺势抛了下去。

也就那么巧，恰好这时丹枫尤鹿双双踏祥云而来。一见上面落下个黑光淫淫的物体来，正不知该如何处置，就听密迹金刚在上空连声高喊："两位小仙童速速将那秽物接住，千万别让它落入下界去祸害众生！"

尤鹿顿时明白，此物大约就是那"风月宝丹"了。说时迟那时快，他连忙将自己的紫斾葫芦抛出去接挡。不承想，两般物体撞在一处时，只听"轰隆隆"一阵倾天轰鸣之后，周围的一切俱都烟消云散，恍若地陷天塌的一般了。

轰鸣过后，下界与乐峰亦随之轰然崩摧了大半。众人再看时，哪里还有丹枫和尤鹿的影子？只见那梵净山的主峰和凤凰山上一带麻霰霰、煜重重地落满了各种散碎的结晶体。

3

多罗菩萨正于洞府中为两个徒儿的不幸遭遇感慨嗟叹，忽有小童进来禀报："师尊，尤鹿师兄的魂魄现在洞府外飘飘荡荡，惨惨切切，说无论如何都要见您一面。"

多罗菩萨闻言，忙起身出府而去。果见那尤鹿的魂魄在那株瑞霭芬馥的龙华树周围如絮飘举。一见师尊出来，顿时双眼垂泪道："师尊！徒儿即要随业受报，堕落凡尘了，这也是定数毫厘不爽！只是师尊，师兄他自始至终都是被徒儿牵累，以致获您并枉送了性命。更因为在前日的那场恶战中，为免弟子蒙难，师兄他在危急关头挺身而出，将弟子遮挡在自己的身后，致使那崩溅出的秽物射穿了他的整个身体！弟子自知万死难辞其咎，万望师尊念在师兄实属无辜的分上，垂怜搭救，千万不要让他就此脱了宿慧，永无回头之日……弟子深感慈恩甚于天渊！"

多罗菩萨闻言，暗自惨伤不已。半日，方道："此一切莫不是天数造定，纵使为师欲有一番计较，无奈，却也强不过你们各自的造化去！"一语未了，伸出手来，在尤鹿的印堂点了一下，口中默诵神咒，演法端正，径自回府去了。

……

　　阳光的金粉是透过那一片冷逸凌云的腊梅林，一束束洒进这花溪水面上的。水面上碧绿赤华一片，一如瑠珌映水一般。河中央的小岛上，鸢尾闪灼，幽篁飘舞，鸥鹭飞鸣枝头，鸂鶒嬉戏水中。一只火眼金鸥从天而降，一个收翅俯冲，扑向了水面。一对耐不住性子的山鹊，于梅林深处飞了出来，向那只悠然自得的红尾锦雉报告着险情。十几个脸蛋红扑扑的小孩子，在一片空旷的野地里，相互忘情地追逐、争闹着……

　　远天，群山环抱、洞天清幽。山中出没着各种珍禽瑞兽。与之相映成趣的，是那些不具名却美不胜收的大大小小的溶洞，以及岩壁上千状万态的穿窿洞穴。相传，这些神奇的洞穴都是由洞神守护着的。传说中，洞神的外貌与普通老者一样，多是鹤发童颜、慈眉善目的样子，常与各路神仙联合宥护本土的安宁祥和。此地还有一个极为有趣的传说——洗山，假若一个人心存不端，品行败坏，那么，他在上山的时候，就必定要遭遇漫天大雨，而无法到达目的地。因为，洞神是开了天眼的，能看到那些人周身所发出的污秽之光，而洞神性好洁净，见到脏物，自然就要下雨来冲洗的。

　　沧海桑田，事过境迁。原来的牛头村，如今已经成为了花溪村。但在每个孩子们的心中，对于这个世代相传的美丽传说，却都是深信不疑的。有关那丹枫尤鹿落劫之后的故事，老人们却又都是众说纷纭、莫衷一是了。有的说，那丹枫转世投胎在了帝王之家，后来做了皇帝，就是历史上的唐武宗。由于前世被那魔王的"风月宝丹"射穿了身体的缘故，因而宿慧全脱，成了一个空前绝后的昏庸狠毒之人，在位短短几年的时间里，一手创下了我国历史上最大，也是最为触目惊心的一次灭佛事件——会昌法难。由于其罪孽之深，涂炭生灵之重，被阎君削减了几十年的寿命。"会昌法难"之后的第二年，便暴病身亡了。之后，魂神堕于无间地狱，受尽了万般苦楚，而不得出离。也有的说，虽然那丹枫在世的罪孽能敌须弥，能深巨海，总还是又因为有着尤鹿的累番善行的回向，而被减免，得以重新投胎到了人世。而至于尤鹿本人，则因宿慧深厚，虽不免在世间历尽坎坷悲辱，却依旧百折不挠，造下了天大的福缘、海深的善庆，最终成为了一代大德高僧。至于是历史上的哪位高僧，老人们便又是众口不一了。当被自家的小孩子们纠缠不过时，就笑呵呵地说，他成了高僧之后呀，就回到我们这大山里做洞神来喽！

秦婳和罗瑞芳将篮子里的供品一一拿出，将之井然有序地摆放在了紫薇神树前的神案上。供品中最为惹眼的便是那只玲珑幽洁的宝青色琉璃葫芦了，里面装满了各色鲜艳的花籽。一切就绪，秦婳首先虔诚地拜祭并祝颂起来：

> 福祸无门，惟人自召。善恶之报，如影随形。是以天地有司过之神，依人所犯轻重，以夺人算。算减则贫耗，多逢忧患。人皆恶之，刑祸随之，吉庆避之，恶星灾之，算尽则死。又有三台北斗神君，在人头上，录人罪恶，夺其纪算。又有三尸神，在人身中。每到庚申日，辄上诣天曹，言人罪过。月晦之日，灶神亦然。凡人有过，大则夺纪，小则夺算。其过大小，有数百事。欲求长生者，先须避之……

罗瑞芳紧随其后，惊悚地模仿着。不过秦婳所诵的经文，她大多学不来。拜祭罢，秦婳小心翼翼地收拾了自己的琉璃葫芦，罗瑞芳拿起地上的空篮子，二人走出几十步远，罗瑞芳才悄声问："怎么样，神树显灵了吗？告诉你丹枫和尤鹿现在究竟投胎在哪里了吗？"

秦婳刚要说话，忽然听见有人叫"小洋人"。转身一看，竟是村里有名的恶棍——吕窦银，此人整天游手好闲，专爱干些人所不齿之事。所以，人送绰号"绿豆蝇"。他自幼年时，父亲便不知去向，家里全靠体弱多病的母亲和年纪幼小的姐姐操持。三年前，他母亲得了重病，乡邻们百般周济，无奈却已病入膏肓，很快便撒手人寰了。家里的重担，就全部落在了刚满十九岁的姐姐吕艾艾的身上了。后来，那吕窦银在外乡痛输了一场之后，经不住别人的怂恿，竟拿出了阿Q要革命的决心，跟着邻村的几个暴发户，一起闯深圳捞钞票去了。不久，便托人捎来了消息，说他在深圳已经站稳了脚跟，并给姐姐也谋着了一份好差事。吕艾艾听了，便匆匆收拾了，直奔深圳而去。可怜的姑娘万万没有想到，自己刚到的第二天，就被弟弟那个一脸横肉的胖老板威逼着当起了三陪小姐。听说逃跑了几次，都被捉了回去，现在是死是活都还不知道。后来，据一些知情人透露，这一切，都是这个嗜赌成性的吕窦银，因为欠下人家巨额赌债，而同那追债人一起策划出来的阴谋。消息一经传出，不止本村，就连邻寨的村民，都对这滔天恶行大加诅咒。以致，一些大人们，在吓唬自己家不听话的小孩子时，就会说："再不听话，就把你送给吕窦银去"！

秦娅一眼看到吕窦银时，吓得连手中的琉璃葫芦都差点掉在了地上。如果不是猛然间想起了妈妈的叮嘱："小孩子过年时不可以哭闹，因为那样不吉利"，她大概就会忍不住要放声大哭了。而她每次一哭起来，总是惊天动地久久不能停止的。罗瑞芳那只和她紧握在一起的小手，也早已满是汗水了。她翻着白眼向吕窦银说了句："'小洋人'也是你叫的吗？！"一语未毕，忙拉起秦娅，撒腿就跑。一口气跑回到自家的大门前，二人才气喘连天地停了下来。

罗瑞芳一面伸出手，拍打着自己发疼的胸口，一面惶悚地直问："萨梵茑（秦娅的妈妈姓萨，她的另一名字又叫作萨梵茑，平时，只有和她最亲近的人才会这么叫她），你怎么也这样怕他？"

"那是因为你没看见，那个人从头到脚，都冒着黑光。比传说中的魔鬼还要可怕呢！"

"啊？真的呀？"罗瑞芳的一双细眼瞪得圆滚滚的，一面就不禁"呸呸呸"地直吐口水，"真晦气，大过年的，碰到这个倒霉鬼！"

秦娅能看到别人身上冒光，在全村是人所共知的事。在她只有三岁多的时候，村里来了一个摄制组，欲到鸡冠峰、鱼坳一带去录制节目。当时，刚会咿呀学语的秦婳，便指着其中的三个人，让他们千万不要到山上去，以防危险。大家听了，觉得十分莫名其妙。笑了一回，就都不顾而去了。说也奇怪，那些人才行至半山腰，原本晴空万里的天气，就突然变得电闪雷鸣，暴雨如注了。摄制组的一干人被暴雨打得七零八落，随身带去的机器也丢得满坑满谷……第一次摄制未能成功，于是就有了第二次、第三次……后来，那个气急败坏的大胡子导演，只好按照秦婳的话，让那三个人留在了山下。而这一回，竟果然是吉星高照，如愿完成了任务。事后，人们都觉得蹊跷，就都纷纷来问秦婳，为什么那三个人不能上山？秦婳便说，因为他们的身上冒着黑光。又说，这一带的洞神性好洁净，见到脏物，定然就会下雨来冲洗的……总之，类似这样的事情，简直不胜枚举，而且是屡试不爽。

因而，全村人对她的这种"特异功能"，都是深信不疑的。

4

一对小人儿惊魂甫定，耳畔忽听得一阵人欢马叫，却是一队耍龙灯和舞花扇的队伍，一路吹吹打打地走了来。

每经过一户人家，主人都要跑出来放一挂鞭炮以示欢迎。他们就越发舞得生龙活虎了。在他们的两旁，不远不近地跟着几个小捣蛋，不时将点燃的鞭炮扔进队伍里，众人却浑然不觉。那一个又一个的"观音捧莲""凤凰展翅""犀牛望月""孔雀开屏""狮子滚球"，舞得精灵百变，令人目不暇接。

两个小可爱正看得出神，迎面嬉笑着走来了她们的姐姐和她们的一伙玩伴。来至近前，众姐姐你言我语，将秦婳好一通盛赞，又拉着两个小可爱，一并加入了她们的游戏队伍。玩了半天的打花球，秦婳就开始吵着要玩"挑急急令"了，没有人忍心扫她的兴，当即便猜手心分成了两队。再由双方选出来的队长猜拳，暂时分出胜负。之后，双方队员于一处空旷之地，相对站立成相距十几米的人数相当的两列，手拉手形成人墙。甲队开始喊："急急令！"

乙队便喊："跑马城。"

甲队喊："马城开。"

乙队喊："打发格格送信来！"

甲队喊："请问你要谁？"

乙方队员就趁机选要对方队列里和自己要好或是人缘最好的那个人，经集体一致通过后，就异口同声喊出该人的名字来。之后，彼此将手紧紧拉在一起，等待被大家叫出名字之人的闯阵过关。假如对方冲过来之时，撞开了人墙，就算赢了，就可以随意选走自己喜欢或是认为比较强壮的人，以壮自己队列的实力。如果没有撞开，就只有留在对方的队列里，充当人家的队员了。最后哪队的人多，哪队便获胜。

秦婳和罗瑞芳这对小密友，偏偏被分在了两个队列里。她们都在心里盼望着能将对方拉到自己的一列来。可偏偏不如意的是，大概众姐姐们认为罗瑞芳太过弱小，因而一直都没有人喊她的名字。她们倒是每隔一会儿，就会高喊着"要秦婳"的，可是小小的秦婳几次铆足了全身的力气，向对方冲击，都没能将那人墙冲破。还有一次，竟被姐姐们强而有力的臂膊重重地弹倒在了地上，把个鼓梆梆的后脑勺摔得耸人听闻。而她一旦被留在了对方的阵列里，却又每每都是还没有和罗瑞芳的手握热，对面的姐姐们，就再一次纷纷高喊着"要秦婳！"了。就这样，来回往返了不知多少次，撞得火都上来了。早上那个精华灵秀的小贵妇人，已然变成一头好斗的西班牙小公牛了！

这边秦婳正攒得火盛，两个小拳头握得紧紧的准备再次闯关，未曾提防，竟被人从身后一把高高提在了半空中。直把她吓得一阵乱蹬乱叫。定神看时，面前竟是舅舅萨向中的一张盈人笑脸。她立即回惊作喜，一张小脸绽成了迎春花："舅舅！怎么是你？你怎么来了？"

"当然是我了，舅舅想我家小丫头了，就过来看你了呀！"萨向中说着话，将小人儿抱回怀里，在她秀挺的小鼻头上爱昵地刮了一下，吃惊道："哦，全是汗，这是玩什么呢，这么卖力？"

秦婳正要说话，早又一眼看见了站在舅舅旁边不远处的小姑姑秦芙，和一个特别英俊的小伙子。这时的小姑姑，已经全然一副大都市里的摩登女郎的装扮了。尽管如此，她那天生恬静的气质，依旧使她从内而外都散发着一股清新怡人的韵味。俗话说，养女像家姑。秦妲的俊美静穆，秦婳的钟灵毓秀都随了她。

晚饭开始前，秦婳姐妹已经与那位随姑姑、舅舅同来的名叫墨麟羲的英俊小伙子熟识了起来。

她们已经从他那里认识并记住了舅舅的那身 CERRUTI 的西装，还有小姑姑的那套博柏利女装、江诗丹顿手表和卡地亚丝巾。小姐俩被这些新奇的词汇，吸引得眼冒金光，乐此不疲地学了又学。秦婳的记忆力，令大才子墨麟羲吃惊不已。这时，他正点着她的小脸，由衷称赞道："眉如远黛，齿如编贝……"

秦婳立刻歪着头，闪动着两颗黑珍珠般的眼睛问他："什么是'编贝'？"

墨麟羲说："整齐洁白的牙齿。"

小人儿忽然指住正在一旁发笑而露出两颗虎牙来的舅舅，又问："那么他的呢？"

墨麟羲怔了一下，随即忍着笑说："也算是吧。"

"啊？他那也能叫'编贝'呀？"

"不然该叫什么呢？"

"丑贝！"

话音未落，便是满堂的哄笑。

妈妈嗔了句："不许没有礼貌！"

她吵吵得越发欢了："丑贝丑贝，就是丑贝！"

妈妈扬起手臂，吓唬着要打她。舅舅早已笑着抢上前来，老牛舐犊般地将她护在了怀里。

很快，一桌子丰盛的花溪年夜饭便又摆好了。

畅谈中，一家人才知道，萨向中这次来花溪，是作为《绝代明妃》剧组的总导演，而秦芙则是女一号——王昭君的饰演者，前来拍摄电视剧的。墨麟羲是原著加客串演员，自然少不了也要来凑这份热闹。现在，剧组的大部分演职人员都被安顿在临时租用的外景区了，明天，就要正式取景开拍了。

秦婳的妈妈就问："那王昭君不是出塞到内蒙古的呼和浩特去了吗，怎么到这里来拍呢？"

萨向中笑着说："可她最初的出生地，是在山青水秀的湖北秭归，那里背靠纱帽山，面临香溪水，可惜原本美丽的景致遭到了严重的污染破坏，幸亏听了秀君（秦芙的小名）的建议，我们才最终选定了花溪这块风水宝地。"

秦婳便忙歪着头问："那你们是不是会像那些拍摄 MTV 的人一样，还要到山上去拍摄呢？那你们可懂得朝山的规矩吗？"

"哦？朝山还要规矩呢？那么，就请你这个'小地主'告诉告诉舅舅吧。"

"朝山期间，是必须要吃素的，称为'净身'。也不能在祭祀场所和附近的地方随意涕唾和吵闹，因为那样会亵渎神灵。对山上的动植物都要小心爱护，绝不能随意捕杀生灵，损害花草树木。假如有伤病者，也只能掐一点可以治病的花木枝叶带走。梵净山可是灵山，山上的一草一木一生灵都是神仙的。所以，进了山以后，就要如同到了神的殿堂一样。还有就是，心存不善的人不能上山，身体冒黑光的人也不能上山……"

萨向中不由扑哧一声，笑道："我说丫头，你以为你舅舅火眼金睛呀，还能看出来谁冒不冒黑光啊！"说着话，便又热火朝天地和他身边的大人们聊在了一起。

秦婳觉得有些受了冷落，就蜜糖一样地去缠墨麟羲去了。

也不知是谁先提起了梵净山金顶上的《茶殿碑》，两个人便争先恐后地考起了对方，都问知不知道那碑文是谁写的？结果，竟异口同声地说："清代拔贡张鸿翮！"

墨麟羲当即吃惊得瞪圆了眼睛。不料，秦婳紧接着又说："我还能把那上面碑文全都背下来呢，你能吗？"

墨麟羲不禁又是一惊："当真？那你先背两句让我听听。"

秦婳当即便扬头背诵起来："尝谓天下有非常之事，必出天下非常之人；然天下出非常之人，必树天下非常之功……"

5

饭后，秦芙被父亲叫过一旁，十分严厉地训斥道："你的专业不是唱歌吗，怎么又学起了演戏？为人三心二意最是要不得！还听说，光是你那一块什么'江湿胆疼'的手表，和那块'卡爹呀'的围巾，就是十几万！这是真的吗？谦虚朴实的品质，什么时候也不能丢！你才刚离了这里多长时间，怎么就学得这么铺张浪费起来了？'江湿胆疼''卡爹呀'！一块手表，一条围巾，就是一户农人家多少年的收入，能不让人胆疼？真正要卡死老爹呢！"

秦芙略有些尴尬地分辩了几句，只好又说，那些东西，都是嫂子的兄弟萨导送的，是为了避免让剧组里那些个以金钱衡量一切的演职人员小看，才不得已而为之的。

秦父这才渐渐消融了脸上的怒色，半天又说："不管是谁送的，那钱，都不应该是这么个顾头不顾尾的花法！"说完，便转身一路去了，一面忍不住自言自语道："我说那个伢儿，那也不像是那种浮夸的子弟。"显然，他后面的这句话，是在说墨麟羲。

第二天，秦婳早早地就醒了。在妈妈的帮助下，一切收拾停当，就准备着要和舅舅们一起到外景地去了。

谁知，才一出院门，就一眼看见罗瑞芳一路呜呜咽咽地走了来。

秦婳忙上去一把拉住了她，直问，到底是怎么了？

原来，竟是昨天晚上，罗瑞芳的妈妈将村里有名的风流女子"小白果"，留在家里闲聊，很晚才散，因而，在其前脚刚迈出屋门，罗瑞芳的爸爸就不耐烦地埋怨起来，说，放着那么多的正经人不来往，偏和这种人鬼缠！罗瑞芳的妈妈不听还罢，一听这话，顿时沸声反击道，她是哪种人，我倒是清楚得很！只是，我一个女人留她在这里，还能对她有什么非分之想不成？反正就是不像某些假正经，暗地里想人家想得眼睛里都要滴出血来了呢，嘴上却还把人家说得一文不值！

罗瑞芳的爸爸听了，顿时满脸变色，质问她是什么意思？罗瑞芳的妈妈没好气地吼道，自己做了什么寡廉鲜耻的事，自己心里最清楚！以为谁是傻子，趁着人家的男人不在家，大晚上跑去调戏人家，让人家给啐了回来，难道，还非要让我当着孩子们的面，把你这假面具给戳穿吗？罗瑞芳的爸爸顿时怒发如雷，大骂那个神经病女人，吃饱了饭没事干，整天就知道满世界里嚼蛆！大凡见着个男人，只要给她个正眼，就说人家看上她了，要不然就是暗地里调戏她了。上次张大夫给她看病，她跑去给人家的老婆告状，说张大夫摸她的手了。结果，不是让人家好一通抢白？人家说，大夫给病人看病，别说是摸手了，就是摸你的屁股蛋子也是正常现象。看看人家的老婆！哪知，话未说完，罗瑞芳的妈妈便咆哮起来，说人家的老婆当然好啦！不好，你就让人家给啐回来啦！罗瑞芳的爸爸便又争辩说，那个疯女人自以为是镶了金的，还以为没有了她，天下就会大闹女人灾呢！

就这样，你来我往的，一个祥和喜庆的大年初一，就变成了夫妻们诅咒和讨伐的战场。而今天一大早，罗瑞芳的妈妈索性噔噔噔地过去把那"小白果"找了来，与丈夫当面对质。结果，不上三言五语，双方就按捺不住激愤对骂了起来。现在，罗瑞芳家的院子里、大门外，围满了前来劝架和看热闹的人们。

第三章　别调·琵琶叹

1

一双春燕窈窕飞来，向那些潜在粼粼碧波中的水鸟渊鱼报告着春的醉人讯息；四只绿草蛙呱呱地跳出了水面，对着那只翩然飞去的白天鹅，泄露着心中的全部秘密——

《绝代明妃》剧组，就在这洞天清幽的景色中展开了摄制进程：

> 以中常侍贾行说为首的大队人马，从皇宫里浩浩荡荡地出发了。皇上下诏征选天下美女一事，早已是举国皆闻。整个西汉，上至文武百官，下至市井走卒，人人都在议论着此事："啊！听说，皇上夜梦神人点化，暗喻明妃转世，真是祥瑞之兆啊！"

> "是啊是啊，早就听老人们说，明妃就是佛教莲花部部母多罗菩萨呢！都说她生得色若莲葩，皎洁无比，是专为泽被苍生而来的！"

> "你们可知那多罗菩萨又是谁呢？相传，她是由观音眼中所生，观世音在过去无量劫，听千光王静住如来说'广大圆满无碍大悲心陀罗尼'之后，因发愿言：誓利益一切众生，于是生出千手千眼，是观音破'地狱道'三障的化身，多罗菩萨就是从其中一只眼内所生出来的。"

> "老天爷！难不成，皇上是要按着多罗菩萨的标准来

征选美女吗？那还不得愁死女娲？想来人世间的女子，就算再如何出众，毕竟都是肉身凡胎，又怎么能去和菩萨相提并论、同日而语呢？"

"喂，我说，快闭上你的乌鸦嘴，乱讲话是要被割掉舌头的！妇道人家嘴尖毛长见识短，你懂什么！"

"说得是呢！皇宫里下旨要征选绝色美女，那还不是易如反掌的事？尤其是那位中常侍贾行说大人，他的神通可大着呢！没听见说吗，就算是能把皇上难倒的事，都难不倒他呢！就说宫中各权贵们的党派纷争有多酷烈？明争暗斗彼此倾轧，那是各不相让。可无论是哪一派的人物，对他却都是纷纷俯首听命。就算是后宫嫔妃们之间的粉阵厮杀，那也是不容小觑的！可只要他想出面调停，马上就能化干戈为玉帛的。听说有一次，西域王来拜谒皇上，偏偏那天皇上得了非常严重的痔疮，直疼得坐卧不宁，十几位御医都被弄得人仰马翻束手无策。结果，只有人家贾大人神情自若地把皇上扶去了密室，不消片刻，就替皇上解决了那场难以言说之症。"

"哎呀，他可真是个大能人呀！真不知道谁家的女儿才能有如此好命，被他选中，那她的全家，可都要跟着平步青云、享尽荣光喽！"

这边，一干人等正热火朝天地演绎着绝世传奇，殊不知，另外一处，还有一拨人正三尸神咋、喧如鼎沸地上演着一幕真正的人间闹剧：

罗瑞芳的爸爸指着"小白果"的鼻头，沸声大骂："你这个满嘴嚼蛆的狐狸精，你就说全花溪的男人都把你给睡过了，不是更有脸！"

"小白果"气得满脸泪如瓢倾，气咽喉咙："罗文生！别看你长得漂亮，可我'小白果'就是不从你！"

罗瑞芳的妈妈冲开劝架的人群，铁青着脸喊道："'小白果'，你哭什么？尽管上去打那个臭不要脸的就是！"

罗瑞芳的姑姑婶子们听了，不禁又急又怒，又无法，一个个虎视在旁，终于还是有人忍不住站出来了："嫂子这是说的什么话！哪有看着自己人遭了冤枉，还反过来给鬼壮胆的道理？这才什么时候呀，闹猫闹狗还有个消停日子呢，青天白日的，她也不怕遭报应！她以为自己是谁呀，就那么让人惦记，天上的嫦娥，老秦家的秀君呀？"

"小白果"听了这番奚落，愈发急气攻心，浑身打颤了。忽然，给她一眼看见了躲在人群里乐得直拍巴掌的白碧桃，她顿时气得怪号一声，鼻涕都流过了河，冲着那白碧桃就扑了上去，一面咬牙切齿地直骂："我让你这个'死人脸'幸灾乐祸，我让你拍巴掌！"

那白碧桃未曾提防，竟被她死死地裹住了。她略怔了一怔，便鹰拿燕雀一般，一把揪住"小白果"的衣领，满嘴大骂起来："你这个到处撒呓症，满世界嚼蛆的破鞋下三滥！好好的，鬼上了你的身不成？你那一屁股的骚账烂账，该跟谁算跟谁算去！你倒又来纠缠起我来了！我让你再没完没了，让你不长记性！"话落手起，照着"小白果"的俊脸，就是一顿霹雳般的大耳光。

"小白果"哪里是她的对手，没两个回合，就被打得乱发纷披，直挺挺死在了地上。

人群内拉架的、叹气的、笑嘲的、丢白眼的，越发乱成了一锅粥。最后，还是罗瑞芳的妈妈上去，将已经哭死过去的"小白果"救灌了起来，一面愤慨不已地向白碧桃骂道："呸，什么东西！自己家男人欺负了人家，娘们还这样三番五次地下死手毒打人家！我可警告你，少在我这里胡说八道，别让我抽你！"

白碧桃被骂到痛处，待要上去和她理论，无奈对方也是这十里八乡出了名的厉害角色，加上目前正人多势众，前思后忖了一番，只得甩手悻悻地去了。

不料，才刚走出院门几步，就被脚下的石子绊了个趔趄，顿时引来了一阵哄笑。几个爬在墙头上看热闹的顽童，趁势学着她刚才和"小白果"的一番对骂，相互嬉戏起来。她心中不禁越发羞恼激射，指着那些孩子们，便只管有天没日地乱骂起来。

2

秦姬为了安抚好友，不得不放弃了与舅舅们的同行，才子墨麟羲也因为太过喜爱秦姬之故，不愿舍其独行，加上今天组里并没有他的戏，因此，便也随着一对小人儿，一起来到了紫薇树下。

在这株巨大神奇的紫薇树前，墨麟羲深深地感叹着造化的鬼斧神工。他神情庄重地听着秦姬给他讲述的有关这方神奇宝地的传说，只觉得心中一阵阵惝恍迷离的，接下来的一整天，心里都总是怪怪奇奇、纷纷扰扰的。

后半夜里，秦姬竟从梦中哭醒了。

全家人皆被惊动。妈妈抚摩着她满是汗水的小脑瓜，直问："宝贝儿，这是怎么了？"

秦姬涕不可止地说看见"小白果"了。一家人诧异万分，都问："看见'小白果'有什么好怕的？怎么就哭成了这样？"

她哀天动地地说："她身上脸上全是血，头发散了一地……"说着，便又大哭了起来。一家人只有使尽了浑身解数，去哄劝，待她哭声稍止，已经是拂晓时分了。

令人惊愕的是，没多久，村里竟果然传出了"小白果"的死讯。原来，她昨天被白碧桃当众痛打回家之后，不但没有得到她丈夫的一丝怜悯，反而被其怒骂了一场。"小白果"惨伤彻骨、指天画地向他诉说着如何被辱之状，她丈夫竟愈加出言毁骂："你她妈的以为自己镶金了呀，就那么遭人稀罕？老子周围的人，都快让你这个神经病给得罪光了！"接着就愤然摔门而去了。

"小白果"悲怛欲绝，辗转空床，思前想后，竟无了生路。半夜里，就寻了短见。

《绝代明妃》剧组，依旧在外景地紧张而忙碌地拍摄着：

　　王昭君被中常侍宣去驿馆的消息，不胫而走。

　　小小的秭归县立刻沸腾了起来。从王家那座红墙碧瓦的院门外，一直到前往驿馆去的近半里的路上，挤满了沸腾的人群。堪堪地，已过了半日，人们仍旧没能如愿见到那位传说中的绝色佳丽。

　　倒是府中有人接连两次，将那些替贾行说传话的使臣们送了出来。

　　众百姓不禁交头接耳、乱纷纷地议论起来。性子急一些的，便向那些跟在后面的护卫们喊道："使臣大人，怎么不见'香溪仙子'出来？你们不是奉命前来宣诏的吗？"

　　那些护卫们和走在前面那个一脸不痛快的使臣，谁都没有理会众人的声音，都是默默无言地低头而行。

　　人群内便越发乱滔滔地议论起来：

　　"依我看，十有八九，是'香溪仙子'不愿意去呢。听说，她早就已经有了意中人。"

　　"我也恍惚听见说，就是那位名震西汉的大才子——文彦子呢！"

　　"原来是他！那文彦子可是位了不得的人物！"

　　"嗯，是世间少有的英才！"

　　"是千年不遇的凤凰！"

　　"我可是听说，那文彦子生性放诞不羁，花前月下常留影，谈笑风生亦多情，是个十足的调笑宿将呢！"

　　"我也听说，他是'醒写华盖文，醉卧美人膝'呢！"

　　……当娴静明丽、美貌动人的王昭君，终于从她家那扇朱红色的大门内走出来之时，人群中立刻爆发出一片排山倒海的欢呼声。兴奋激动的人们不顾一切地向着她这边直涌过来，任凭两旁的护卫如何拦阻，都无济于事。

人们一个个挤得衣斜帽歪，龇牙咧嘴，胖子被挤成了瘦子，高的挤成了矮子，李二嫂挤掉了银簪，尤大娘挤丢了玉坠，赵五挤失了祖传的金龟，王七挤没了昨夜于相好的那里溜来的一面上等宝镜……

3

秦婳病了。

浑身烫得吓人。现在，她的家人，她的小密友罗瑞芳、三儿，以及才子墨麟羲纷纷守在她的身边寸步不离。乡邻们闻讯，也都纷纷前来探望问候。有的建议请神送祟，她妈妈坚决不同意，就一次次将其抱去了诊所，奇怪的是，只要她被送去诊所，马上就变得精神焕发了。可一旦回到家里，病情便又再次复发。

最后，还是墨麟羲心中一动，与她的密友罗瑞芳去到了紫薇神树下，将她的那个祭拜在隐秘处的、盛满了神奇花籽的琉璃葫芦重又拿了回来，安放在她的枕边，她的病情才得以彻底稳定下来。

墨麟羲刚忙完了这里，便奉命匆匆赶往了外景地。此时，剧组已在紧锣密鼓、争分夺秒地赶拍着昭君离乡的场景了：

香溪岸上清风徐徐，看不尽满眼琼林琪树簇胭脂，留云修竹绿婆娑；涧壑边，泉流碎玉，地蕈堆金，仙人掌、夜叉头、昆仑草、蓬莱花，傍依着欺雪罗汉松；怪石旁，麒麟独卧，云豹半隐。

恍若洛浦惊鸿、凌波飞仙的王昭君，对着岸边的众乡亲们深施一礼之后，满怀深情地来至文彦子的古琴旁，泪洒双颊，缓缓而坐，抚琴歌道：

秋木萋萋，其叶萎黄。有鸟处山，集于苞桑。

养育毛羽，形容生光。既得升云，上游曲房。

离乡绝旷，身体摧藏。志念抑沉，不得颉颃。

虽得委食，心中徊徨。我独伊何，来往变常。

翩翩之燕，远集西羌。高山峨峨，河水泱泱。

君兮君兮，道里悠长。呜呼哀哉，忧心恻伤。

……

　　这时，趁机混进拍摄现场来伸头探脑地观看"西洋景"的吕窦银，竟如入无人之境一般，只管一路乱撞了进去。结果，被剧组的几个工作人员一路推搡了出去。

　　那恶棍不禁气得泼声大骂起来："你们这群势利眼的乌龟臭王八，也不好好打听打听去，你吕窦银爷爷什么大世面没见过！我还稀罕看你们这群杂种羔子们装神弄鬼！"他这一吵嚷，竟将那位饰演贾行说兼制片人的殷肃先生，惊得险些从马上跌了下来。他惊悸万分、心头乱跳地向那吕窦银直看了过来，一阵霹雳般的震颤之后，便忙让萨向中停止了拍摄。

　　剧组临要返回北京的前一天，墨麟羲带着秦婳和罗瑞芳来到了外景地。两个小人儿被组里的演职人员们爱若珍宝地哄逗着。正是无限欢喜之时，却见那殷肃一头走了进来。

　　秦婳一见到他，顿时两目瞪视，眼内结霜。接着竟一头扎进了墨麟羲的怀里，深深地呜咽了起来。众人不禁你看我，我看你的，谁都不敢再说一句话了。

　　萨向中连忙插科打诨地说："哈哈，小丫头哪见过殷老总这么大派的人物？是您身上的光环太大，把我们丫头给吓住了呢。"

　　一句话说笑了满屋子噤若寒蝉的演职人员。殷肃也勉强地挤出一个笑容来，匆匆向萨向中吩咐了几句，便又忙忙地转身离开了。

　　看看两旁无人时，墨麟羲才悄悄地去问秦婳："刚才为什么哭？"

小人儿依旧心有余悸地说，是被那个什么殷肃先生浑身冒出来的汹汹黑光给吓的。又说，她以前也见过几个身上冒黑光的人，可是，从来都没有看见过像殷肃和吕窦银那样通体都被黑污污的光笼罩着的人，而那个殷肃身上所冒出来的黑光，比那吕窦银的还要可怕万分！

很快，这答案便传到了萨向中的耳中了。

晚饭过后，他有些难以置信地向姐姐、姐夫询问着有关外甥女的所谓特异功能之事，他们的回答，倒是让他不能自已地猛拍了一下大腿："咳，还真是邪了！我说怎么一连几天到山上去拍摄，都连遭大雨，可只要在山下拍，就什么事都没有了。原来，竟是这么个原因。"话音未落，又满腹狐疑地说，"这些事情，可信吗？明天我们就要回北京了，依我的意思，"接下来，他本想说，"不如把小丫头也带过去，就势到大医院去检查检查。一切正常当然最好了，如果真得了什么怪病，也省得耽误了这么好的孩子。"可话到了嘴边，又深觉不妥，于是就变了样，"正好，孩子的姥姥也总惦记着，不如趁这个机会带过去，让老人家也跟着高兴高兴。"

腻在妈妈怀里的秦姮一听，竟也羞怯怯地探出头来问道："那我呢？姥姥难道就不想我吗？"

第四章　悉昙·失败的青春涉过悲伤

1

殷肃破天荒地与一名不文的吕窦银的一番倾心长谈之后。

当听到他母亲已于三年前撒手人寰，而他姐姐又因遇人不淑，此际正过着不见天日的生活时，殷肃顿时觉得轰的一声，血液里沸腾的音波直扑出了几丈外。

转天，他在电话里匆匆吩咐了萨向中一番，便与那吕窦银辗转踏上了去深圳的飞机。

与此同时，紫薇树下走来了一个绚丽灵秀的小人儿。她每走一步，便带动一串清脆悦耳的响铃。那声音，仿佛是来自天国的祥音。

此际，她神情静穆，尽量摒除一切杂念……

很快地，她便自己称之为"悉昙"的那个莹洁的宝青色葫芦里，看到了一幕幻境：多少年前，那殷肃竟也和那吕窦银一样，是个人所厌弃的穷光蛋加倒霉蛋，那个时候，他也不叫什么殷肃，而是叫吕鳌。他出生于距离花溪不远的古松桃县，父亲是个屠户，母亲生性放荡，终日明目张胆地和一些恶棍流氓厮混，全然不顾丈夫和孩子的脸面。后来，吕鳌的父亲得了一种怪病，临死之前，疯魔鬼嚷地非叫人把他吊起来拼命捶打，说只有那样，他才能感觉气畅……因而，死状非常凄惨。他家乡的老人们都说，他的父亲、祖父以及曾祖，都是年纪轻轻就突然得了这种怪病死去的。因而，那些相信因果的人们就说，这是因为他家的杀业太重，折了子孙们的寿命之故。也有的说是现世现报，他们在世的时候怎么杀猪，临死前，就要亲自体验一回自己曾经造下的罪孽。吕鳌的父亲一死，他母亲便越发变本加厉起来，终日和那些恶棍们坑蒙拐骗，凡世上的坏事恶事，无所不涉。乡邻们都像躲避瘟疫一般地躲着他们，无辜的吕鳌也时常跟着遭殃。在学校里，他被同学们骂作是"不要脸的娼妇生出的野杂种"，而每每被驱逐出课堂，遭受各种凌辱。放了学，那些牛高马大的同学，更是会一拥而上，直把他打个臭死。

就连一些大人，竟也不是对他白眼相加，便是恶语相向。更有甚者，有时竟也像那群顽劣的孩子们一样，不问皂白，一把将他揪过来，就是一通毒打。而他的母亲，面对儿子屡屡遭人毒打的情形不但充耳不闻，还每每大加毁骂："你也不睁眼看看自己是生在什么样的家庭，居然还天天想着去上学！自不量力的野杂种，也不掂量掂量你的斤两，你是那块料吗？你家那历代屠户的祖坟上冒那股香烟了吗？"

吕鳌略大些时，因为一次偶遇，在父亲生前的一位好友的帮助下，进了一个临时包工队，每天都累得人色全无。到了晚上，睡在浊恶滔天的工棚内，思及自己苦难的人生，不禁泪如瓢倾。常于无人处呜咽失声，不能自禁。

半年后，结算工钱时，他也算拿到了一笔不菲的回报。就在他满心欢喜地打算回家去好好改善一下母亲的生活时，不料，当晚就慌慌张张地跑来了一个自称是她母亲的"亲戚"之人，那人一脸焦惶地告诉他说，他母亲因为欠下了一个恶霸的巨额赌债无法偿还，被追债人打得奄奄一息。人家扬言，要是到了明天还不把钱还上，就要把她丢到后山去喂狼了！吕鳌一听，几乎没被吓死，想也没去细想，就把自己的工钱全都拿了出来，随着那"亲戚"一起，飞走过去赎救他母亲去了。当他一脚迈进那追债人的院门时，才发现，那个正被人家吊起来毒打之人，竟是他母亲的那个十恶不赦的奸夫！吕鳌这时才知上当，可那追债人的手下早已一拥而上，将他身上的钱悉数抢了个罄尽。吕鳌气得两眼喷火，但他并没有去和那些人拼命，而是惨伤彻骨地看着他的母亲——直到那一刻，他还是无法相信，自己的母亲居然丧心病狂到了如此地步！

她居然就为了这么一个毁她、害她的恶棍人渣，不惜如此践踏他们的母子之情！当晚，他悲怛欲绝，辗转空床，思及自己苦痛无边、来日茫茫的人生，气得一口气跑到一个悬崖峭壁之处痛哭了一场之后，就把心一横，想要寻短见。多亏了一位采药的老者及时赶上去施救，才总算有惊无险。

老人家在了解了他的全部境遇之后，笑呵呵地劝释了他大半夜。最后，又说："年轻人，你要知道，受苦是了苦，享福却是消福！记住我的话，你现在吃的苦越多，将来，享的福就越大呢！"老人家这一句善心美言，顿时把吕鳌心中积压的万种伤痛全部都消解了。

后来，在老人家的热心成全之下，吕鳌一面跟着他做学徒，一面又重新恢复了学业。平心而论，他的禀赋的确非同凡响。几年之后，他的学问在当地就已经无人可与比肩了。然而，却不知为何，命运之神总也不肯青睐这个勤劳刻苦而又胸怀大志的年轻人。尽管他才华横溢，经纶满腹，却根本没有正经人家愿意把女儿嫁给他。后来，还是又一次在那位老人家的慷慨资助之下，他才勉强从邻村迎娶了一个老姑娘。尽管他的那位挈耳龇唇的跛脚妻子也十分勤劳能干，可婚后的好几年里，他们的生活仍旧如同霜后寒雀、冷月秋虫一般的凄贫彻骨，让人心寒而绝望。数十年的寒窗苦读与满腔的凌云之志，终于让他不甘心，也不能继续忍受那彻骨的贫寒了，就在那一年，他踌躇满志地告别妻儿，到大城市里撞大运去了。结果，因为一场奇遇，他救出了一个不慎落入冰窟的女学生，那女学生竟是当地一户高干人家的女儿，一家人对他感激不尽。那家的家长甚至认为，他俩人的这段奇遇，也算天缘巧合。于是便在吕鳌有意向他们隐瞒了已有家室的情况下，把他招了上门女婿。

人非草木，夜深人静的时候，吕鳌的心中总不免会想起发妻和一对小儿女的音容笑貌来。有好几次，他甚至梦见一双儿女伸着脏兮兮的小手，有气无力地向他乞讨，他刚要去抱他们，他们竟一头栽倒了，就那么僵冷地死在了他的脚下。醒来之后，早已是泪透枕畔……后来，他想尽无数办法，才终于辗转找到了一位同乡，让他悄悄为发妻和孩子们捎回去了一些钱物，临别之时，他再三剖腹深嘱，万不可泄露半点有关他现在的消息，那乡人也算善解人意，明白他的难处，点着头答应了。从那之后，他便是通过那位乡人，一次又一次地为家里捎去生活所需，和他的万分愧疚之情。

有一次，那乡人又给他带回来了新消息，他的发妻让他转告，再过几天，就是他们的女儿小艾艾的生日了，一家大小悬悬而望，都盼着他能早些回去团聚。临行前，他的小女儿还抱着那乡人的腿，一遍又一遍地问，我爸爸为什么不回来看我们，他现在到底在哪里？我每天都好想我爸爸啊！乡人学着舌，眼里就滚出泪来。吕鳌听了，更是禁不住泫然涕下。

世上没有不透风的墙，时隔不久，新夫人还是知道了他在乡下已有妻室，并且还是儿女成双的消息，不禁气得心狂火盛，也顾不得自己即将临盆，怒气昂昂地就从医院赶回去和他拼命。结果，一个不小心，从楼梯上滚了下去，弄了个一尸二命。

老丈人一家人接到噩耗后，一个个身似刀碎，意如油煎，无不痛恨吕鳌竟将其一家人如此愚骗于股掌之中！大舅子还扬言，从此，和他这黑心禽兽势不两立！吕鳌因从内心里惧怕他家族的庞大势力，只有趁着一干人众痛哭号啕、自顾不暇之际，悄悄回去席卷了家中的贵重财物，打算远走他乡。临行前，他也没有忘记再次找到了那位乡人，再三拜托他速速返回家乡去，通知他的妻儿不管哪里，立即找个地方迁移，以免受到牵连。

后来，秘密逃于海外的吕鳌，凭借自己睿智的头脑和他的那套"见风使舵，明哲保身"的人生哲学，迅速地暴发了起来。至于他的发妻与一双儿女，则因为与那乡人消息的中断，而从此变得杳无音讯了……

2

殷肃返回北京时，已经是一行三人了。

那个一手制造了吕艾艾不幸的淫棍，被殷肃在当地的几位朋友给予了极惩。

殷肃满意而去，留给朋友们的是无尽的猜议：

"听说，殷老总是那对姐弟父亲的生前好友？还别说，和他认识这么长时间，竟不知道，人家竟是这么重情重义的人！"

"正所谓日久见人心。真正行善的人，不一定全是彰显在外面的。不过话又说回来了，要不然人家怎么能发那么大的财呢，说到底，还不是全凭着这点厚道劲托着的吗？"

"要说也是，这人可真是太有钱了！不过，你们说，他怎么就能那么有钱呢？这也不是我在你们几个面前说大话，咱们这几个人里面，我也算是见过一些世面的了吧，就说去年，我和人家一起去美国，人家随便请我出去洗个澡，吃顿饭，那就是一笔惊人的数目。"

"这可有什么好奇怪的，没听人家说嘛，'杀人放火金腰带，修桥补路无尸骸'……"

与此同时，秦婳姐妹也即将随舅舅一同前往北京去了。

临行前，罗瑞芳泪水莹然地拉着秦婳的手，问她什么时候回来。又呜呜咽咽地说，她自己很快也要跟着就要离婚的妈妈回她姥姥家了，也不知道这一别，何时再能相见！

秦婳紧握着她的手，连声安慰道："白哭了，白哭了，我过去看看我舀舀，很快就会回来的。等我回来，一定给你带好多好多的好东西！听话，快白哭了啊……"

身边的人都忍不住笑出了声："到底是别哭了，还是白哭了呀？"

秦婳嘟着嘴巴，回过头来向那些人翻了一个大白眼，便又转过脸去继续安慰罗瑞芳去了。一面又红着眼圈，直说："你可不许再哭了啊，我的心难受得要命，一会儿把我也招哭了，今天就谁也——"她本来是要说"别想走了"，大概因为想到说"别"的时候又要被大家取笑，便只好改了样："就谁也走不成了。"

罗瑞芳强忍着眼泪，和她紧紧抱在了一起。众人一见两个小人儿竟是这般的情切意真，不免为之感叹一番。少时，也便各自洒泪作别了。

几经辗转，待到北京，已是黄昏时分了。

萨向中简单安顿了其他人之后，便招呼着秦芙、墨麒羲一起直奔他母亲家而去。

闻听两个外孙女到来，萨母欢喜得倒屣相迎。一进门，便老泪纵横地将两个小人儿一把搂在了怀里，再也舍不得撒开了。两个面如桃蕊的小可爱或热烈奔放或楚楚娇羞地喊着"舀舀"和"姥姥"，老太太越发好一阵的悲欣交集，泪不能禁。

萨向中站在后面大声笑道："嗬，好个偏心的老太太，见了外孙女就不管儿子了！您疼宝贝儿，也得让我们这些不招待见的先进门呀。"

萨母听了，"扑哧"笑道："不招待见你怨谁？明明说是下午就到的，这时候才回来。让我们这一通等，晚饭都快变宵夜了呢！"

萨向中便指天画地，大笑大说飞机怎么晚点，路上怎么拥堵。这工夫，家里的保姆早从他手中接过了行李箱，又按着人头，麻利地从鞋柜里为众人逐一拿出拖鞋来。屋里的其他人，也早都围上前来招呼问候了：萨向中的前妻黄芪，表妹安茜香，八岁的儿子萨迦，现任小舅子穆缔和现任妹夫的弟妹展昙娜。黄芪是那种典型的精明干练一类，洒落俏丽，满脸冒着精气儿；安茜香则温柔娴静，笑靥长开；展昙娜颀硕莹洁，皮肤白得甚至有些迫人眉睫，如果不是左边脸颊上隐约趴着一条状似蚯蚓的疤痕，她简直就堪比《诗经》中那位"肤若凝脂，蝤首蛾眉"的"硕人"了。

　　此时，已经出落得人高马大的萨迦，正望着秦妲姐妹哧哧而笑。他天生气质粗鲁，顽劣异常。两年前，他随萨向中到花溪探望姑母，村里的孩子们听说来了大城市里的小朋友，便都争先恐后跑去观望，很快便和他交成了好朋友。结果，他一声令下，众顽童言听计从地将一挂挂鞭炮，分别绑在马尾巴上，一起点燃，众马匹顿时四下里疯狂逃窜而去，险些没酿出惨祸来。他还空前绝后地想出了用秫秸插进竹鼠的肛门，拼命向里吹气，将那竹鼠的肚皮吹得像个吹弹欲破的大皮球，胀在地上一动不动，任他摆布的恶招。

　　这时，秦妲姐妹亦望着他偷偷发笑。少时，一对小人儿便在众人的簇拥之下，走过了那块铺在门厅边缘的纹饰繁多、经火不褪的比利时地毯，踏上了光可鉴人的瑞士木地板，绕过一只横陈别致的宽木椅，走过了一盆娇娜绚丽的扶苏，让过那款古朴怀旧的Thomasville 小矮柜，便再次踏上了一块十分富于生活情趣的鲜丽地毯，一番推让之后，大家依序坐在了分立于正侧三方的锦绣华贵的Vidal Grau 的沙发上。

　　才子墨麒羲一时只觉得满眼的锦绣华彩，贵气逼人。面前是绚烂华丽、错落有致的标有"Cappelletti"字样的，来自意大利的豪华家具。对于这些出自世界顶级古典豪华家具制造厂商的品牌，他一直都是只闻其名的。它们以石材、铜艺、硬木、金箔等为材质，诠释着非同凡响的设计风格。超豪华的质地，让看惯了木制家具的观赏者赏心悦目、叹为观止。立于正对面的豪华大酒柜，两边的玻璃门里摆满了各种宝气光华的物品。中间陈设着将近半堵墙大小的背投。一款华丽明快的落地式米黄色提花塔夫绸的窗帘，和超薄、透明的压花纱内帘的巧妙搭配，简直堪称风神万种。隔着那层薄纱看进去，里面则又是另一番的赫然景象：朦胧古雅、铺陈有序的红木家具，正显赫富贵、凤翥龙翔般地呈现着涅槃重生之后的生命辉煌，屋顶中央高悬着一盏荧煌闪烁的大水晶灯，满眼只见宝壁辉煌，琉璃照耀。

　　这时，保姆接连送上来了热毛巾。萨母亲自为一对心肝宝贝擦拭了小手之后，便将茶几上的素莲、冰桃、青花白橘，以及前任儿媳特地买来的独具澳洲风格的极品甜点"核仁巧克力布朗尼蛋糕"，频频递到她们的手中。那边，萨向中亦嬉笑着搂着自己的大胖儿子，招呼着墨麒羲与秦芙，亲自动手布让起来。秦婳一边吃着那些小甜点，一边忍不住直赞赏。她的那些"l""n"不分的话，把大家逗得轰笑不已。

萨母无限疼爱地抚摩着她的小脑瓜问："舅舅都领你们去吃了什么好东西呀？"

秦婳便历数起她吃过的那些美味来：荷塘月色、紫衣怀素、金刚萨，以及各式充满异国风情的自制冷饮"香桃雪芭""黄金海岸"……令墨麒羲、秦芙和秦婳之外的人们俱各惊叹不已。

萨母听得心花怒放，不觉连声向儿子称赞起来："你这个舅舅做得倒还真是有样儿，竟也知道心疼孩子。嗯，不错不错。"

"那是！"萨向中立即露出一脸孩子般的憨痴来。

萨母又笑道："不过，怎么尽带孩子吃了一堆的素食呢？"

萨向中便指着秦婳说："这小东西自小一口荤腥都沾不了，哪怕是喝一口带荤腥的汤，都要吐上好几天。好家伙，简直都快要赶上我那小姨子了！"

墨麒羲一听，就笑着说："般若小的时候，是连荤腥的味道闻都闻不了的。"

秦芙不禁低头一笑。他每次说到般若的时候，眼神中就会不由自主地流露出一种异样的温情来，就算在花溪的那儿天里，他也总是"般若长，般若短"地不离口。她在那里想着，要不是萨向中今天再三跟他说，般若前两天回了天津，今天晚上也未必能赶回来的话，他一定是无心来这里吃这顿饭的。

就见萨母拍手叹道："哟，怎么不早说，我还忙着给熬了这一天的鱼汤呢，这下也吃不成了！"说着话，才转过脸去问秦芙："家里一切都好吧？"

秦芙忙说："都好，您放心。"一面又说："那个白色行李箱里是我爸妈给您带来的特产，那两个藕色大皮包里，是我嫂子让给您带来的礼物。”

萨母十分欣悦地点了点头，她很喜欢面前这个娴静优雅的姑娘。每次看见她，都让她有一种错觉：只觉得她是一不小心从那天上掉下来的一个仙女一般。

“咳，这么天性纯净的孩子，却要跻身在那样一个充满了是非、争竞的环境里，会不会是一场错误？”这是萨母在第一次见到秦芙之时就产生的念头。

这时，她不由将目光落在了墨麟羲的身上，见他虽是一身的简素，却格外显得丰神俊逸，尤其是那一双眼睛，清澈得就如东海秀影一般。二人往那里一坐，还真是天造地设的一对儿佳偶呢。

这时，保姆走上来说，汤已经好了。

萨母便忙起身招呼着大家到餐厅去，一面再次一左一右，紧紧地攥着小姐儿俩的手说：“走，一起尝尝姥姥给你们准备的‘法式酥面神奇鱼汤’去。”一面又对秦婳说：“你就吃面包吧。”

秦婳悄悄吐了一下舌头，心想：“怎么又要吃啊？”

3

餐厅和客厅是以龙血树和洋长春藤打造成的一个绿色垂花帘隔开的，里面灯光通明，大餐桌上那盆玫瑰玉龙蕨的插花，十分不俗。

众人刚就座，那道“法式酥面神奇鱼汤”也就端上来了。第一次闻其名见其详的人这才知道，这是一道法式风味浓郁的、用多种深海鱼肉和法国香颗粒熬制成的汤菜。汤汁盛在晶莹剔透的白瓷碗里，上面盖着一块酥面做成的金黄的面包，鱼肉的鲜味早已隔着面包冒了出来。

刚端上来的时候，秦婳还以为就是一块面包呢。却见大人们都用汤匙在那面包上轻轻一捅，面包皮就破了，露出了下面鲜浓诱人的红汤来……

秦婳一面吃着萨母小心翼翼为她剔下来的那些没被鱼汤沾过的面包，一面歪着头问："哎呀，昭昭，你们家不光给椅子穿衣服，还给它们都穿着袜子呀？"

直逗得满屋子的笑声。

黄芪禁不住把她搂在怀里，在她的小脸上亲了又亲。

安茜香和展昙娜也都是爱意难抑，却终因与她隔着座位，就只能以眉眼间的爱意，代替着深切的喜爱之情了。

那展昙娜正笑着，忽然眉毛拧成了一团，两手不由交替着摸了摸下颌。

这细微的动作，竟没能逃过安茜香的眼睛，她忙悄声问："怎么，牙又疼了？那些药吃了不管用吗？"

展昙娜似乎有些越来越按捺不住痛苦似的点点头，又摇着头小声说："医院开的那几盒西药，吃了都对胃不好。我的胃病还没全好，所以，没敢吃。"

坐在她们身边的萨母，不禁疑惑地问："那怎么不去找中医看看呢？"经她这字正腔圆的一问，满桌子人的眼睛，便都朝展昙娜看了过来。

展昙娜是从内心里不愿意因为自己的这点小事，而影响到大家的欢乐氛围的，这时，不禁十分不安地笑道："中医我也是去看过的。我们家附近那家医院的中医说，凡是治牙疼的药，都对胃有伤害。唯一的办法，就是先忍着，等消了肿，再去医院拔牙……"

黄芪吃惊道："嗬，那得等到什么时候？真是活受了罪了！"

萨迦自顾伏下脸去，一口咬住了那块盖在鱼汤上的面包，整张脸都要覆在那只碗上了，面包没捞着吃两口，就全都掉进汤里去了。他便伸长了舌头，满碗里捞逐起来。他觉得这种吃法简直惬意极了，加上大人们的注意力现在都不在他身上，也就完全不会因此而受到呵斥，万分暗爽之下，不禁哧哧笑道："牙疼不是病，疼起来要了命！"

萨母一面兼顾着秦姮秦嫚，一面叹着气说："咳，难道，就没有同时既能养胃，又能治牙疼的药了吗？我就不相信了！"

黄芪不禁又向展昙娜的脸上看了看，便连忙起身到客厅帮她找来了她的包，又替她满包里翻找着药物。她首先拿出一瓶"西吡氯铵含漱液"来，握在手里晃了晃。

展昙娜一见，便忙忍痛笑道："快别忙了，还是先坐下来好好吃饭吧。"

黄芪笑道："怎么，这个不管用？"便又低头找出一盒"甲硝唑芬布芬"胶囊来，一面看着上面的说明书念道："不良反应：食欲减退，有胃烧灼感，恶心，少数严重者会胃溃疡，胃出血，甚至穿孔……"念到这里，不禁吓黄了脸。忙说："我看，你还是宁可先忍着些牙疼罢！"

展昙娜为此深觉抱歉，便忙站起来说："你们大家慢慢吃，我出去喝点凉水镇镇，一会儿就没事了。"

众人自然知道她这是不想影响了大家的欢乐氛围，正不知该要如何劝她时，就听墨麟羲笑道："我曾经跟一位老中医学习过几年，倒是知道有一种既能保胃，同时又可以医治牙疼的药方儿。"

众人一听，便都轰然去问他究竟是什么药。

墨麟羲便请展昙娜伸出手来，为她把了一把脉说："没错，这个药方一定对症。不妨，我现在就给你开出来，你回去试一下，看看效果如何吧。"

秦芙听见，笑嫣楚楚地从自己贴身的小包里拿出了纸笔，递了上去。

墨麟羲接在手中，当即便一挥而就：

生黄芪 15g　蒲公英 15g　牛膝 15g　川黄连 6g　补骨脂 10g　骨碎补 10g

鸡内金 10g　元胡素 10g　代赭石 15g　生麦芽 15g　山药 10g　连翘 10g

地骨皮 10g　柴胡 6g　车前草 10g　百合 15g　白豆蔻 6g　诃子肉 10g

陈皮 10g　石菖蒲 10g　生地 15g　云苓 10g　金银花 10g

只需看看上面那些遒劲不凡的字，众人便都再次轰然激赏起来。

萨迦一面又扎猛子般地向碗里猛嘬了几口鱼汤之后，一面就咧着自己的油嘴大笑起来："现在社会上都在哄传，说中医是伪医学呢！"

话音未落，就被萨母一脸罕然厉色地制止了："你听那些人胡说八道呢！也不想想西医才有多少年的历史！老祖宗传下来的这些好东西，都要叫他们这些人给葬送尽了才算，还中医是伪医学，真是滑稽！"

4

晚饭过后，萨母亲自领着小姐妹俩沐浴去了。

墨麟羲这时，早已先众人一步离开了。

临要告退的萨向中看看两旁无人时，将前妻叫到了一处僻静的角落，压低了声音，试探着问："黄总，跟你借点钱救救急怎么样？"

前妻阴冷着一张脸说："钱我没有，其他该给你的东西倒是不少，你要吗？"

"什么？"

"一顿让你找不着北的大耳光！"

"嘿，你说你这人，怎么就越来越这么小气刻薄了？我现在都离你八万丈之遥了，怎么还是这么大的仇呢？"

"那你干什么还要对我远距离骚扰？说实话，我倒真有心帮你，也省得你回去搪塞不过去，又给人家的妈妈打得满世界地狐奔鼠窜！哼，可我一看见你这副不长记性的德行，我真懒得管你！"

"不借就不借，牵带那么多乱七八糟干什么？什么'远距离骚扰''狐奔鼠窜'的，你可真是越来越怪语成灾了！"

"哟，还冤枉了你呀？"黄芪有心借机大加嘲讽一回，可认真想想，又觉得毫无意义。又想到，如果一时说上火了，保不准就会言语过激。再让他产生误会，以为自己到了这个时候，还会为他拈酸吃醋，岂不是自跌身价？于是便一脸正色地说："实话告诉你吧，人家穆丹都把电话打到我办公室去了！你说你，你让我说你什么好呢，就曹伊兰那么个人——，你说你这一出一出的，你还有完没完了？好家伙，把那么恶心的一个人拉去当第二号人物，你也不怕把观众给吓着！怎么，这回她没再把'拈花微笑'说成是'占花微笑'，把'尉迟恭'念成是'蔚迟恭'了吧？难怪就连你亲妈都说，你这个人天生的下贱坯子，不爱淑女爱村姑，不爱黄花闺女，专爱残花败柳！你拿着钱给那种人填黑洞，搪不过去了，就往我身上推，我说你还要不要脸啊？居然说我跟你借钱，亏你也能想得出来！那我现在就算把钱借给了你，你回去后能不能过关先放一边儿，如果穆丹以后知道了，这到底算是我借你的，还是还你的呢？"

萨向中一见竟是如此话不投机，连忙抱拳直喊："祖宗，拜托，您歇歇，怕您了！"就一阵风似的推门而去了。倏忽，又转将回来，说了句："有合适的，赶紧找个人嫁了吧。要不然，迟早你得疯！"

第五章 紫丁香·在天井里开花的时光

1

"舀舀家的门真多呀！这里也是门，那里也是门。"秦婳忍不住暗暗惊叹。这时，她看见了墙角花凳上的一盆艳丽非常、风神咄咄的花儿，便忍不住伸手去摸了一摸，这才觉出了它们与自家园子里的那些花儿的不同——从花瓣到叶片竟然都是干巴巴的。正在惊异它们的死而不枯，外婆已经在隔壁的卧房里连声召唤着她了。她戛玉鸣珠地答应着，连忙循声而去。

这间特意为她们小姐妹收拾出来的小卧房，十分温馨。床头柜上散发出的粉红色光束，使人有一种沐浴在梦境之感。墙壁上轻柔淡雅的水粉画，尽显着浪漫情怀。一款雪白的公主床，几乎占去了屋子的大半。床前的镂花椅上，放着一对憨态可掬的泰迪熊。在灯光的作用下，蕾丝窗帘上的玫瑰花影，洒得满地板都是。

秦婳忍不住走上去，将那对泰迪熊抱在了怀中。秦姮则随手摸了一下那张床的床栏，感觉十分滑腻。便问外婆，是用什么做的。外婆含笑告诉她说，那是把云石和纯铜压模之后，用手工雕刻出来的。这时，保姆又送进来一套全新的蚕丝被，萨母便让两个水仙似的小人儿都上了床。秦婳便吵吵着让"舀舀"也一起上床来，给她们讲故事。

萨母抚摩着她那一头微干的秀发笑道："到底是个小人儿，一点都不知道累！"

秦婳便又连连撒娇怂恿起来。萨母便也忙上了床,将两个小宝贝一左一右搂在怀里问:"想听什么故事?要不,姥姥就给你们讲讲你们妈妈小时候的事儿吧?"

小姐妹俩乐得一齐拍起手来。

萨母想了想,便说:"你们的妈妈她小时候可聪明了,又很懂事,你们姥爷去世得早,那个时候,我们都赶上了特殊的年代,家里成分又不好,一旦快到断炊的时候,"说着话,她看了看两个小不点儿,问,"断炊,你们知道是什么意思吗?"

秦婳娇怯怯地说:"就是没有饭吃了。"

萨母拍拍她的小脸蛋,继续讲道:"那时,你们的妈妈也就只有十一二岁大小,每次遇到这样的困厄,她都能主动为家里分忧,常常一个人跑去那些个你们姥爷在世时对人家很是有些好处的亲交故旧的家里,去向人家求助。也不管那些婶子大娘们给什么脸色,每次都能保证解决家里的燃眉之急。你们妈妈她小时候,脾气可倔犟啦,只要是她认准的事情,就是十头牛也拉不回来!有一年过春节,姥姥原本是答应要给她买一件红缎子袄的。结果,压在床铺底下的钱竟不知被谁给偷走了,哎呀,把姥姥给急的呀,满嘴都起了泡。我想来想去,那天,也就只有一个和你们的妈妈很是要好的同学来过。就让她赶紧带着我,到那个同学家里去问一问。哪知,说死说活,她就是不肯去,还生气地跟我直嚷,说她的同学绝不会偷人家东西!我就说,谁也没说一定就是她偷的,只是过去问一问还不行吗?哎哟,你们也难以想象,当时,你们的妈妈就像是一头小犟驴似的,无论说什么,她就是不听。后来,姥姥一生气,就说,你不去也行,过年就别想穿新衣服了!结果,那个春节,人家都穿着新衣裳,而你们的妈妈,就还穿着她那件洗得都发了白的旧夹袄……"

秦婳听得满眼是泪,不禁一头扎进外婆的怀里直说:"舀舀,我妈妈真可严(怜)!"

秦姮的呼吸中似乎也隐约有了啜泣之音。

萨母紧搂着两个小宝贝，顿了顿，又说道："唉，姥姥不是一个好妈妈，你们的妈妈小时候跟着我，几乎就没怎么享过福……"

秦嫚听出外婆的声音里也带上了几分哽咽，便连忙止了悲声，探出头来，骨碌着两只大眼睛说道："舀舀，快白难过了，我听我奶奶说，她还差一点就把我大姑姑给饿死了呢！我奶奶说，那个时候的人，可没有我们现在的人这么享福。那个时候，几乎人人都挨过饿。我大姑姑一岁多的时候，竟然饿得把我爸爸给她抓回去玩的一只还没长毛的小麻雀，都放进嘴里嘎巴嘎巴给嚼着吃了呢！哎呀，真恶心，我怎么又说起这件事了呢！"她立刻皱眉咧嘴地不停用小手扇了起来。

外婆和姐姐不觉都被逗得破颜而笑了。

欢声笑语也不知持续了多久，小姐妹俩终于哈欠连天起来。秦嫚在半睡半醒之间，还又笑了几回，才总算睡安稳了。

望着一对进入梦乡的宝贝，萨母的眼睛不由得湿润了。她陷入了深深的回忆和思念之中：大女儿萨扶苏，也就是这对小姐妹的妈妈，原本是被抱养来的。在此之前，萨母曾先后生养过两个儿子，可惜都意外夭折了。一天，她请了一位算命先生卜卦，那算命的说，她和自己的丈夫都属火命，必须要先有花（即女儿）才能有果（指男孩），如果先有果，根本就立不起来。因而，为了避免再出现不测，她便和丈夫商量了，辗转于千里之外的一户贫苦人家抱养了一个丫头回来。说也奇怪，半年之后便有了儿子萨向中，两年之后又添了小女儿萨曼陀。从此，两个亲生子女竟果然都是无灾无难。夫妻二人喜不自胜，将这一切，都归功于大女儿，因而一直对她视如己出。就连很多的亲戚朋友，都并不知道她是被抱养来的。扶苏刚满二十岁那年，她的那对贫病交加的亲生父母，因无力支付巨额医药费，还是千方百计地找上门来了。萨母虽然对他们的不守信诺感到愤懑不已（当初抱养女儿时，他们指天誓日，保证从此清清楚楚，就跟死了的一样，日后绝不会再有任何纠缠瓜葛），无奈目睹他们的惨状，还是于心不忍。有心救助，无奈自己当时也正处于危难时期，待要不管，又恐怕他们因怨生恨，道破了女儿的真实身世。

正在百般作难，不料，当时在一家剧团当演员的小女儿曼陀，又发生了晴天霹雳般的事件：不谙世事的萨曼陀，因禁不住自己团里的一个有妇之夫的诱骗，导致了未婚先孕。惶急无谋之下，被那男人哄骗到了千里之外的海拉尔，秘密做了流产手术。事后，那个衣冠禽兽居然连住院费都不肯再为她支付，甚至连招呼都没打一声，就一个人溜之大吉。悲痛欲绝的萨曼陀万般无奈之下，只有拜托医护人员给自己家里发了一份电报去，还不敢说明真相，只说自己在外地演出，患重病住进了医院，已经花光了所有积蓄，急盼家人前来。落款处也不敢署真名，深怕万一事情败露，将要落个万劫不复。因为忽然想起小的时候，常和自己的姐姐说，自己最羡慕天空中那些来去自由的云了。便署名为"萨来云"。她深信，聪明的姐姐一定会参透这其中的机关的。

果然很快，萨扶苏便带着钱，前来"营救"悲愤交加、度日如年的小可怜了。回去后，萨曼陀一改从前的性情，终日沉默寡欢，苦学各种经济之道，以此移情泄恨。萨扶苏则一面要想尽办法安抚她，一面还要替她百般向母亲隐瞒，一面还要一趟趟地赶往医院，去探望那两位身患重症的、被母亲告知是"远方亲戚"的亲生父母。

然而不久，萨扶苏还是在两位老人相继谢世之后，于少数几个知道内情的亲戚那里知道了自己的真实身世。在护送父母的灵柩返回故乡之际，她得到了那里乡邻们的极大顾料和帮助。同时，也意外地遇到了生父生前的远房侄子，也就是她后来的丈夫——一个十分英俊的青年。半个月后，被边塞的风雨吹打得又黑又瘦的萨扶苏返回家中之后，亲眼目睹了自己的未婚夫袁拓与妹妹曼陀之间目挑心许的微妙变化，看着妹妹日益恢复如初的灿烂笑脸，她辗转沸腾了许久，终于，还是向母亲说出了自己从此想于出生地长住的打算。母亲如闻霹雳，百般阻挠劝解，却根本无法令她心回意转。母亲一怒之下，便说出了一些"正根儿""旁枝"之类的，很是伤害感情的话来。就是那次，母女间产生了深深的芥蒂。

后来，本是可以借着秦姮出生的机会，过去化解的。只是，那个时候，曼陀的女儿也正离不开人。曼陀又几次大吵大嚷，埋怨母亲一味厚彼薄此，人家都两手一甩不管她了，还这么上杆子去讨好！萨母捉襟倾想良久，也就只有咬牙作罢了。

2

展昙娜当晚便拿着墨麟羲给她开的药方，到她家附近的中药房去买药了。那是一家同仁堂的分店。

医生擎着那张药方，禁不住看了又看。药快拿完时，忽然十分客气地问她："您这张方子是什么人开的？真是高明。不知我是不是可以抄一份留下来呢？"

展昙娜的心头立即涌上了一种难以言说的自豪之情来，想想这也是件好事，便满口答允了。

她也真是出乎意料，这墨麟羲年纪轻轻的，对医学竟也是这样的精通。她第一次见到他的时候，是在他的小说朗诵会上，那次给她的印象，大约就只能用感佩来形容了。至于是因为他本人，还是因为他的那些被朗诵的文字，她倒也说不清楚。第二次见面，是在一场古琴音乐会上，他身着一袭白色汉服，弹的那曲《忆故人》，是整场音乐会的压轴曲目。那缠绵悱恻、使人不知今夕何夕的乐音，仿佛至今犹在耳畔。今天是第三次，她居然又这般意外地知道了他还是精通医学的，而且，是连专业医生都表示赞佩的水准。

回到家中，一眼看见沙皮在地上，鹿蒙之在沙发上，都恶相狰狞地打着呼噜。一地的狗粮，满屋子浓烈的烟酒气。她深叹了一口气，只得忍气先走进厨房去，把那些药拿出来小心翼翼地泡好，洗净，煎在了炉上。去卫生间时，才刚坐上去，又"呀"的一声，直弹了起来。那马桶坐垫上竟又是冰冷潮湿的一片。再看看眼前的一切，也都又是狼藉一片。她气得直想冲出去把那鹿蒙之揪起来，让他亲自来收拾这局面。

鹿蒙之有着令人难以容忍的生活恶习，他洗脸，不是用两只手洗，而是把毛巾蘸了水之后，满脸满头满脖子地呼，那样的结果就是，当他洗完了，镜子上浴盆外打得满是水点子，毛巾或者他自己的头发上，常常被粘上黏腻的鼻涕。那真是洗后比不洗更让人看着恶心。通常都是他人都离开很久了，那块挂在墙上的毛巾还在噼啪往下滚水。因此，他的毛巾顶多用三天，上面便布满了恶气。他挤牙膏，从来不是由后往前慢慢挤出，总是图省事，照着正当中就是一个大扁儿，还每每都忘了扣好牙膏盖。他睡觉时，被子总是一半在身上，一半在地上，说了多少遍，嘴皮都要磨碎了，也完全不起作用。这不，今天就因为她临出门时，没有及时将卧室床上那几件叠好的衣服收到衣柜里去，他就宁可一头栽倒在客厅的沙发里去自得其便。最可恶的就是上卫生间，一个大男人，竟从来不知道去掀马桶圈，常常害她被这么冷冰冰或是热乎乎地浸一番才罢。

展昙娜站在那里，直气得眼中出火，最终，却还是又一顿把那坐垫拆了下来，丢进了水池。又忙着把满是水渍的镜子、掉在地上的沐浴瓶、积满水的香皂盒也都逐一清理了一回。这里正忙着，厨房的药锅又鼎沸了起来。她跑去关火时，又差点被满地的狗粮给滑倒。她想着她的这番牙疼，总是她长期以来这样不停地生闷气所致。但是，有关已婚妇女的这种闷气，又似乎是家家都有的。像她这种情况，除非是拿去跟那种尚在做梦的小女孩们去说，或许还能引发些许的同情，否则，凭你跟谁去说，都一定会被取笑："天呐，多大点儿的事呀，也值得这样较真！""男人嘛，哪个不都是这样的？都是油瓶子倒了都不扶的！"

这种无奈的人生，也真是令她黯然魂碎。鹿蒙之平日里简直是个两不见日头的主儿，每天不是白天出去晚上回来，就是晚上出去白天回来，回来了，百事不问，闷头就自顾睡去。如果还只是限于他四肢不勤，那倒也算了。要命的是，他们彼此间的人生观、价值观，现在已经越来越不是距离的问题，而简直就是天堑了。她对待感情对待家庭，从来都是别无二心，而他，却是越来越调笑无厌、恶相毕现了。就在昨天深夜，还有一个女学生给他发来了一条短信："你想吓唬谁！不就是又忘了'独'和'忽'是入声字了吗，屁大点事，你那么歇斯底里鼻斜眼歪脸红脖子粗的，难道是想把我也骂哭，然后任凭你像对待其他那些女生一样，趁机揽腰捏脸地无所不为吗？这破诗词，我不学也没什么了不起的！"

这可真是一语道破无限天机，想想，她真恨。

每每一想到自己接下来的人生，就是要同这样的一个人在一起厮守几十年，她的痛苦，她的挫败感，简直就达到了顶点。这时，她感觉自己就像是一个要把无底的牢洞坐穿的囚犯一般，只需想想，就无比崩溃。

不知什么时候，眼前竟然全部都是墨麟羲那令人如沐春风的笑脸了。

她不禁有些神碎，来不及理清头绪，恍惚地端起药碗，一面禁不住在想："他，肯定会是与众不同的罢。"

外面下起了雪，飘飘洒洒的。

穆般若还是在这样的雪夜里，一路飞赶回了北京。

墨麟羲的房间内，光是那几架大书橱，几乎就占去了整个屋子的三分之二。正面墙壁上挂着一幅《斫琴图》，面东悬着一张八宝髹紫漆梅花纹伏羲式古琴，旁边挂着他自己画的一幅《降灵文殊》。此时，穆般若正忙着摆放自己带过来的那两盆小小的绿植，他的那张大书桌，显然无论怎么打理，也不可能清爽的。光是各种砚台笔架，就堆得山林一般。

墨麟羲今天在萨家百般无心用餐，就是深恐般若来早了，要在外面挨冻。

现在，他看着她，不无惋叹地说："这次，你没跟着一起去梵净山，真是可惜了。那里可真是人间仙境。"又不吝词汇地将秦姮和秦姮盛赞了一番。

般若笑道："看到秦芙，就不难想象她们的样子了。"

墨麟羲便笑着问她这些日子都在忙些什么？

般若说："看了几遍《再世情缘》，哭了好些天。"

墨麟羲便又笑着问："有什么心得？"

般若说："一个人的灵魂确实是可以延续的，并不是虚妄不实的。"

墨麟羲点着头说："普通人的想法和佛法的真实含义真是两条道儿，要想扭转过来真是太难了。如果接触到一点佛法的真义，真是痛苦得不得了。稍微理解一点，都会如遭雷击。因为佛法与一般人的思想差异太大了。这也不是一言半语就能说得清楚的。"

般若说："所以佛经上才说'南阎浮提众生，刚强难化，以愚为智，执假为真'的是吧？我看《华严经》和《法苑珠林》里面还说，人类是从光音天来的。相比较而言，我倒是很难相信我们人类自己所说的'猿猴进化'这种说法。不过，要真是这样，我们人类岂不是太过悲哀可笑了？生不知从何而来，死不知去向哪里。"

墨麟羲点着头说："《起世经》上还说太阳是方的，是日天子所居住的宫殿。'正方如宅，遥看似圆。多有天金及天颇梨，间错成就'，而并非我们的天文学家说的那样，是个日夜燃烧着的无限大的火球。"

般若笑道："其实，我还是更相信佛经上的话。正所谓'佛是真语者，实语者，如语者，不诳语者'。不过，我们要是就这样堂而皇之出去对别人宣说，太阳是方者论，恐怕至少也要被认为是神经病一类了。所以呢，你刚才说的那句'如果稍微理解一点佛法的真义，都会如遭雷击'，我是能深切体会的。"

墨麟羲看着她，不觉笑了。好半天，又问："这些天里，有没有担心过我？"

般若心中微微一怔，脸上却笑道："你有那多的人跟着，想让我担心什么？"

墨麟羲便学着她的声音叹气道："咳，如今的演艺圈，男男女女宵倛昼傍，调笑无忌，久而久之，还能有什么好？"

般若噗嗤一声笑道："尽管如此，人性的'高贵'和'龌龊'也是有着本质之别的。就您老人家这块天命造定的正人君子的料，无论何时何地都一定是洁身自好的。更何况，您还只是个客串。"

墨麟羲笑道："原来打听得这么清楚啊，所以才这么放心地让我一个人去了是不是？"说着，两人都笑了，却都不约而同地想到了一则佛教故事——《盲龟浮木》。

墨麟羲想的是，自己和般若的这段奇缘，也算是天命造定。单就一直以来，她对自己这份坚定的信任之情，那也真不知他是修了多少世，才得遇上的缘分。这情形，多么像是那只无始劫以来，住在茫茫大海深处的盲龟——终日生活在无止境的黑暗里，每过一百年，才有机会浮出海面。在无际的大海中飘着一根长长圆圆的有孔浮木，浮木的中间，恰好有着如那盲龟头颈一般大小的孔洞。亘古洪荒以来，这块浮木就随着惊涛骇浪忽东忽西，载浮载沉。瞎了眼睛的盲龟却要凭借自己的感觉，在茫茫的大海中，追逐浮木漂泊不定的方向。只有当它的头恰好顶入浮木上那块小小的洞孔时，方能重见光明，获得人身。

然而，潮来潮去，一百年又一百年的岁月无穷无尽地更替流逝，盲龟却依旧只能沉浮于生死的洪流大海，找不到那决定自己命运的浮木。突然有一天，它一头撞进了那浮木的小小的洞孔，眼前霎时霞光万丈，它终于得以脱却久远以来笨重的躯壳，蜕变成为一个俊秀的童子，睁眼张望这滚滚的红尘……

般若想的是，《再世情缘》的原著星云大师，虽然身为一介佛教宗师，却能把俗世间的情感写得那么的风神万种，也真是令人感佩——前世无缘约来生，轮回痴梦苦无边……白玉莲和天仁的那段纠缠了八百年的轮回苦恋，换来的，却是此生的有缘无分。咳，缘分之难得，真爱之难遇，真如盲龟追寻浮木，百万年才得一线之机，万万年也未必就能修成正果的。

3

说到兴处，墨麟羲便向壁上取下他那把古琴来，调弦转轸，端身正座，抚了一曲《楞严一笑》：

> 此事楞严尝露布，梅花雪月交光处。
> 一笑寥寥空万古，风瓯语，
> 迥然银汉横天宇。
> 蝶梦南华方栩栩，斑斑谁跨丰干虎。
> 而今忘却来时路，江山暮，
> 天涯目送飞鸿去……

送般若出来时，他才发现，西墙根外那一大片野水连底都锢住了，冰面上冻结着各色落英，也认不出是何名色来。

细柔的雪粒仍旧若有似无地下着。

夜色中，般若的手机嘤嘤地往外冒着绿光。她看了一眼显示屏上的号码，没有接，却向墨麟羲的耳边说了句："我听人说，午夜图书公司请你主编的那套《谛视大师》丛书，早就已经正式上市了呢。"

第六章　瀑布·从梦中苏醒

1

清晨，萨母忙着给两个小人儿梳洗，一面喜悦地说："一会儿舅妈要过来，咱们可要给她个大大的惊喜。"

秦婳圆睁着眼睛直问："舅妈昨天不是已经看见我们了吗？她不是都直夸我们，不是还告诉我，椅子的衣服应该叫'椅罩'吗？怎么又说要给她惊喜？"

萨母不觉一怔，竟想不出一句体面的解释来。

秦婳却还在那里不住地说："哦，我知道了，听我妈妈说，爸爸还有个当大官的弟弟，就是我们的舅爷。他们家还有两个舅舅呢，是不是他们家的舅妈要看我们？昨天那个爱笑的香表姨，她不就是舅爷的小女儿吗？一定是她回去跟那些舅妈们说我们来了，她们才要来看我们的，是不是？"

萨母不禁笑道："瞧瞧我们宝贝儿的这张巧嘴！难怪上次你舅舅从花溪回来说，你爷爷说，你们老秦家祖宗八辈子都是些笨嘴夯舌之人，再没想到，就出了你这么个伶俐的！"顿了顿，又说："不过呢，一会儿来的这个，还是你们的亲舅妈。你们千万可别叫错了。要不然，她可是要难过的。她还要给你们带一个小妹妹过来呢。"

秦婳一头雾水地答应着，忍不住又问："那小妹妹是谁的孩子？"

"当然是你这个舅妈和你向中舅舅的呀。"

"哦？那么她和萨迦哥哥都是一个爸爸？怎么却有两个妈妈？

那他们可怎么叫人呢？萨迦哥哥管小妹妹的妈妈叫什么，也叫妈妈吗？那小妹妹又管昨天的舅妈叫什么？舅舅有两个孩子，为什么要两个妈妈生？我们家有三个孩子，可都是我妈妈一个人生的呢！还有啊，舀舀，她们到底哪个和我们更亲一些？"她因担心把"两"又说走音了，因而，每说"两"的时候，便伸出两个指头来。

萨母笑道："瞧你这张小嘴儿，当然都是一样亲了呀，你们可都是这世界上最亲的人。一会儿当着舅妈的面，可不能这么问，记住了吗？"

秦姮犹疑地点了点头。这时，萨母已在阿姨的帮助下，将昨天黄芪给买的那两件藕粉色羊毛裙分别套在了小姐俩的身上，那裙子的腰际各缩着一朵硕大的藕荷，从清新淡雅的浅色，到厚重富贵的深色，每一个细节都相得益彰。小姐俩瞬间就变身成一对藕荷仙子了。

那边，萨迦忽地一阵风般地走了来，将小姐俩一直拉进书房里去了。他教她们如何上网、发短信，给她们讲了很多趣事，又郑重许诺说，要带她们到故宫、天坛、颐和园、长城、雍和宫、植物园等诸多名胜去游玩。最后，一脸严肃地告诫她们："一会儿那个女人来了，你们可别理她，她可不是好人。"

秦姮眨着眼睛问："'那个女人'是谁？就是姥姥说的另外那个亲舅妈吗？"

萨迦的额上立刻暴起了青筋："哪有什么另外！亲个屁！她是狐狸精！"

"啊？"秦姮不觉吓了一跳。

秦姮本来想说："你这是骂人的话，我可不爱听！"可是一想，他还要带着她们到那么多的好地方去玩呢，于是只好变了样："那要是舀舀让我们和她说话怎么办？"

"你们就假装没听见。"

"那要是舀舀批评我们不乖怎么办？"

"你们也假装没听见。对了，要不然，你们两个看见那女人来了，就去卫生间。到了里面，就把门锁上。我也到另外那个大卫生间里去，咱们都不要让她上厕所，活活憋死她！”

这里，几个小人儿正在铺谋设计。门外，穆丹已经一脸春风地在按门铃了。这位风华正茂的少妇，虽则外表新潮，骨子里却也是那种遵循着一代又一代古训的厚重端方之人。一见到她，秦婳的内心竟立刻涌上了一种说不清的亲切感来。尤其是她怀里的那个粉妆玉琢的胖娃娃，那么粉茸茸、软绵绵的！两只小手握得就像一对儿小藕团似的，一双胖脚丫罩在粉嘟嘟的小袜子里，那么用力地向上蹬着，嘴里不时发出“咕咕”的声音，似乎是要用尽全身的力气，一下子就把自己给长大似的。

秦婳不觉有些管不住自己的脚了。她四下看了看，并没有萨迦的影子。这里才要向穆丹走过去，忽然听到那边一阵窸窸窣窣的声音，回头一看，果然是萨迦在那边晃了一下，便连忙止步说：“我要去卫生间。”

于是，她便被保姆送进卫生间去了。

她坐在那马桶上，实在无事可干，便踢着一只脚，默诵了几首唐诗。不知为什么，面前竟全都是舅妈的笑脸和她怀里那个胖娃娃的影子了。她无奈地叹了口气，只好又环顾起了卫生间，里面不但设有豪华浴池，还另有蒸汽房和化妆台。那个漂亮的化妆台上，堆满了她姨妈萨曼陀送来的一系列高级美容护肤品。什么抗皱紧肤保湿精华、高效提拉凝露、全新再青春活妍柔皙液、展颜精华素、控油洗颜蜜的……这时，她觉得时间实在足够长了，便跳下地来，准备离开。忽然身后传出一阵“呼噜噜”的响声。她吓了一跳，连忙循声看了过去。原来是浴池的水管子里发出的声音。她的一双黑珍珠般的眼睛滴溜溜转了几转，便忍不住伸手按动了那个金属按钮。这下可不得了，只听“唰”的一声，里面的水流竟淮洪一般地喷涌而出了。

她被吓得一连倒退出去好几步。她想往外面跑，想大喊“舀舀快来救命呀！”可不知道是因为害怕尴尬，还是想到了因此会给舅妈留下一个坏印象，她竟木在那里，既迈不动脚，也喊不出声……
慢慢地，她想到了许多可怕的事情，想着那水一会儿就会溢满整个
房间了，她就会被淹没，就再也回不了花溪，再也看不到那里的亲
人朋友，再也看不到紫薇树了。不但如此，它们可能还会流出客
厅，将所有的房间浸没……就在她快要哭出来的时候，穆丹忽然探
头走了进来。

她一见眼前的情形，忙上去一把抱起了吓呆在了地上的小可
怜，一面麻利地把水龙头的阀门关掉，一面轻轻提起上面的金属
阀。一池涌沸的水流，转眼就全被放掉了。一场让小人儿失魂丧魄
的灾难，就这样偃旗息鼓了。

小人儿在舅妈的身上感觉到了只有母亲才特有的气息，便索性
以双手环扣住她的脖子，将一张颇有些难为情的小脸，深深地埋了
进去。

吃午饭的时候，无论大家怎么招呼，萨迦都坚决不肯与"狐狸
精"同桌而餐。萨母百般无奈，只好把桌子上的好菜逐一挑拣了一
些，让保姆拿去客厅给他吃。

饭后，萨母不知忽然想起了什么，把穆丹上上下下打量了一
阵，说："丹丹，你可是越来越瘦了啊！以后，可不能光跟着别人学
吃什么素了，那对孩子可不好。"

话音未落，萨迦便一阵风地走进来箕踞地坐在了沙发上，精神
振奋地说要给大家讲个故事。故事的名字就叫作"吃素"，说的是：
一只凶残无比的猫，一天偶然在自己的脖子上挂起了一串佛珠，老
鼠见了，非常高兴地说："猫吃素了！"便率领自己的子孙后代，前
往猫的住处表示感谢。不料，那只猫立即大叫一声，凶相毕露，一
连吃掉了好几只老鼠。其余的老鼠们顿时都吓得四下逃窜，才脱
险，就纷纷跌足大叹说："它吃素念佛之后，更凶残了！"

穆丹听了，尴尬得竟说不出话来。

萨母说了句："这孩子，这也不知是从什么地方听来的这些个野
话！"就让保姆把他和秦姮带到别的房间去了。

2

　　婆媳正在倾心交谈，萨曼陀打来了电话。说她和新任丈夫鹿归之已于欧洲蜜月旅行回国了，在她旗下担任副总兼会计师的黄芪，现在已经如时抵达机场迎接他们了，他们所有人马上就要过来吃饭了。

　　果然，很快，一众人等就大包小裹地闹哄哄地进门了。萨曼陀挑着一双后天加工成的俏眼，拉着两个外甥女的手，一片惊呼连声："呀，这俩小东西，以后完全可以跟着我出去壮门面去啦！"说着话，就嚷嚷着让两个小人儿叫"姨妈"。小姐妹相形见绌地叫了"姨妈"之后，她又一片声笑道："嘿，不是说有个万里挑一的小伶俐鬼吗？怎么都和扶苏一样，像是木头一样的？"

　　萨母一听，向她直翻白眼说："看你这副疯样子，哪有个当姨的样儿？再把孩子给吓着了！"

　　萨曼陀咧着一张泼天海口，只管大笑起来。

　　那边，黄芪和穆丹一番由衷的"姐姐妹妹"之后，"姐姐"眉花眼笑地于"妹妹"的怀里一把接过了"小粉团"，引逗了好一阵，竟忍不住笑道："你们以前都说我们萨迦的'八万嘴'随了我，那这小丫头的这张'八万嘴'，又随了谁？难道也随了我不成？"

　　穆丹一听，立即说："可别给我们造谣啊，我们哪里是'八万嘴'啦？明明是'元宝嘴'嘛。"

　　"哟，你见过谁家的元宝是向下咧着的呀？"

　　"咦，还真是的，平时不是这样的呀？"穆丹甚是诧异，少时，不禁笑道，"我们这分明是给你吓得要哭了呢！"

　　"嘿，我要真有那么厉害，还轮得着她出生呢！"黄芪说着话，不禁又满脸柔情地望着"小粉团"，满嘴"宝贝儿""心肝"地叫着，让这尚不会说话的吃奶的孩子替她这个大娘评评理。

　　萨曼陀一见，不免也被感染，笑呵呵地一步抢了上去，一把便将"小粉团"抱了过来。那孩子立即便大哭起来。手刨脚蹬，瞬间，连眉毛都哭红了。萨曼陀气得满嘴直骂："这个倒霉孩子！怎么总是这样？怎么就这么见不得我呢？每次一见了我，就哭得跟个冤鬼似的，这也不知道是谁教给她的！"说着，一面就恶狠狠地将她给穆丹送了回去。

　　那边，鹿归之一脸沉稳地向丈母娘嘘寒问暖之后，将那些于各国度为她买回来的珍礼接连奉上：来自国际权威钻石机构 Hiersun 的"SANTA"项链和胸针，夏奈尔珍珠表链、香水，享誉全球的毕扬时装、睡衣。

　　岳母看一件，叹一声："真难为你这一片心。小鹿你也真是的，你们这是出去蜜月旅行，还这么惦记着我这个老太婆干什么？"老人家对这个姑爷，打从心底里喜欢。女儿萨曼陀先后结婚三次，她的第一个丈夫，是她姐姐萨扶苏曾经的未婚夫，名叫袁拓，是一个兼不得志的音乐人和失意的画家于一身的"艺术家"。与萨曼陀结婚之后的他，很快就与原来那个彬彬有礼、儒雅得度的少年才子变得判若两人起来，猜疑嫉妒，喜怒无常，神经过敏，忌讳多端。他对自己的所谓才华非常看中，进而膨胀到了一种近乎变态的心理，认为普天之下再没有人可以与自己比肩。终日以一副傲慢自大、骄横跋扈的形象面人，因而导致了一个又一个的同仁对他的强烈不满和猛烈攻击。而在家庭里，在妻子和小女儿的眼中，他所表现出的乖戾乃至冷酷，甚至使她们一度怀疑他不是人类。而他却以满不在乎的态度回击着人们对他的白眼和不满，他把自己平生的苦闷、失意，以及其矢志不渝的反抗精神，全部寄托在自己那些癫狂古怪的音乐作品和画作之中了。生性风流多情而又喜欢到处出风头，并且专以讨各类男人欢心为骄傲的萨曼陀，和他结婚不到几年的工夫，他们的感情就在一系列的风言风语中被折腾得奄奄一息了。后来，萨曼陀的第二任丈夫，只用他那张伪善的面孔暧昧地一笑，他们的爱巢便轰然崩摧了。尤为具有戏剧性的是，当自认为"亘古第一人"

的"艺术家"，怒发冲冠地跑去和"奸商"拼命之时，人家只是投其所好，为他背诵了一段有关后人对八大山人的评价：

> 他笔下的鱼鸟皆以白眼向人，满纸的悲凉冷寂。那些鱼鸟完全挣脱了秀美的美学范畴，而是夸张地袒露其丑，以丑直锲人心，以丑傲视甜媚。它们是秃陋的、畏缩的，不想惹人，也不想发出任何声响的，但它们却都有一副让天地为之一寒的白眼……

他竟立即回嗔作喜，与情敌化干戈为玉帛了。而萨曼陀的第二任丈夫与她可算是天造地设的一对绝配——一个深谙满足各种女人的虚荣心的情场老手兼商界巨奸。在先后与他们的婚姻中，萨曼陀日益养成了拿无耻当荣耀、拿投机倒把、游戏人生当作是人生的终极享受的品性。以致她的生活越来越颠倒糜乱、是非不分。幸亏鹿归之的出现，才总算让她免于继续一路滑坡下去。

萨曼陀一见丈夫抢了好彩头，便也立刻把她给众人带回来的礼物逐一展示了出来。这个花钱如她本人一样无度的女人，光是买回来的香水，就一举囊括了世界十大品牌。除了毕扬留她独享，不准观览，其他的那些，皆被其女巫施法般轮番喷试了一回，以让曾经和现在的嫂夫人们，挑选自己喜欢的香型。黄芪和穆丹互相推让了半天，最后，分别选择了艾佩芝和象牙。穆丹还因为在挑选时没有显示出应有的激动，被萨曼陀劈头盖脸地指责道："冷心冷肺，唧唧歪歪的！"

她一面自顾从那些色彩缤纷的箱包里尽情往外展览着，一面不耐剧烦地吵嚷了起来："我说你们，怎么都傻站在那里跟看热闹的一样呢？看着什么好，就自己过来拿啊，非得让我挨着个儿拿给你们呀！这要是换了别人家，还不早就抢疯了呀。上次我从瑞士回来，人家的那群亲戚，"她以下巴努着鹿归之说，"人家的那群亲戚们，当下就疯抢成了一团，好像我的东西什么都是好的。最后，就只差没把我们家房子也安个轱辘，给推走了呢。说起这事来，我到现在还不由得生气！我自己买回来的包包，我自己都还没捞着一个。那些人也真是好意思的，拿别人东西就像拿他们自己的一样！"

黄芪和穆丹便相视默然一笑，二人心里谁都知道她这话里的水分。鹿归之家里，就只有兄弟二人，要说那鹿蒙之向来和人不见外也就算了，展昙娜的为人，大家可都是看在眼里的。人家就连来萨母这里，那也完全是因为和安茜香是多年的同学的缘故。平日里，人家展昙娜躲她还嫌来不及，即便是她请人家去，人家也未必愿意登她的门呢，又怎么可能会像是她所形容出的那般不堪呢？更何况，她这种信口雌黄、极度扭曲变态的性格，黄穆二人，可是谁都没少领教过的。

总之，她要给你东西，你是要也会被骂，不要也会被骂；你是反应机灵、善察眼色也是错，木讷刚直、不善迎奉更是错。而且，如果你从来不懂得适时地回送她一些东西，以回报她的深恩大德的话，她会有本事当着全家人的面，把你骂得体无完肤、秽如粪土；可如果你送她的东西，稍微买得不合她心意了，她会当众毫不留情地给你甩出一大串的国际大品牌来，声称自己只用那些牌子，会让你由一个送礼的，变得比一个做贼的还要难堪。可如果你给她送的东西太过丰厚贵重了，她又会当即跳起来指着你的脸说，你一定是没安好心，一定是铆足了劲、想要用眼前的这点蝇头小利，来算计她，想要从她这里谋求千万倍的回报的！

萨曼陀一见她俩这时候依旧是一副不紧不慢的样子，正要数落，忽然一眼看见鹿归之和秦娴站在门口的那盆扶苏前，有说有笑的，就干脆两手一甩，丢了这里，一阵风似的赶了过去。

鹿归之正指着那盆扶苏，低头问秦娴，为什么管它叫"妈妈花"？

萨曼陀便咧着海嘴，从身后发出一串怪笑来："她妈叫扶苏。"

秦娴本来是又说又笑的，不知为什么，听见那笑声就有些不寒而栗，才一回头，又看见她的那张血红的大嘴就像个吃人的母夜叉一样，不禁越发凉气直浸心窝了。定了定，竟返身跑了。萨曼陀不由得心里来气，满嘴嚷道："怎么看见我就跑！我又不是鬼！"

3

可巧这时，萨向中带着穆缔也来了。

这一帮子冤家对头一旦相遇，少不得彼此尖讽恶嘲一番。

令人称奇的是，萨迦和穆缔倒是一对出奇的有缘人。一见面，两人便偎在一处，说说笑笑的，再也没分开过。

穆缔问萨迦，他送给他的那本书，是否已经看完了？

萨迦皱着眉头说："那写的是什么狗屁东西呀？还才女的文章呢，看得我是笑也笑不出来，尿也尿不出来！"

穆缔便大笑着提醒道："这种话，只能在私下里说说，你可千万要记着，将来等你长大了，可绝不能当着一个自命不凡的才女的面，去给人家的文章提批评意见哟！因为那样的后果，可远比强奸了她，还要严重！这么说吧，如果有人强奸了她，她最多也不过就是想着要去杀了那个人，报仇而已。可如果有谁胆敢当众或是当面批评她的文章，她可是恨不得立刻就去扒了那人的十八代祖坟，再让他断子绝孙的！"说着话，又连连拍着他的肩说："把别人用血泪换来的经验，化为自己的人生智慧，这是一件多赚的事情呢！"

吃晚饭的时候，黄芪接到了袁拓打来的电话。不上三言五语，她就悄悄走到外面接听去了。当她再返回来时，里边众人早已是一片笑声鼎沸了。萨曼陀合合合地笑着说："怎么，熬来盼去，准备把从前的姑父给招回来了？这倒也好，肥水不流外人田。"

黄芪局促地笑了一阵，连忙替自己排解着尴尬说："这都什么跟什么呀，人家是准备在下个月召开个人画展，资金一时没有到位……"

萨曼陀不等她把话说完，就打断道："所以，他就想从你这里寻求一笔'感情赞助'，以此来试探试探深浅，是不是？我可是听见说，前两天，就连向中跟你开口，都给碰了回去，我敢肯定，这回袁拓肯定不会是同样的结果，对不对？"正说得痛快，竟被萨向中在桌子底下狠踩了一脚。还好，他赶在她炸起来之前，向她使个眼色，她才总算把一张海嘴给止住了。

萨母本想说她几句的，可是一看到鹿归之那满脸敦厚的样子，就又老大不忍了。

萨迦忽然一脸专注地看着穆缔问："内蒙人把'麦子'和'不穿衣服'叫什么来着？"

穆缔笑道："'咩子'和'红麻不溜溜'。"

顿时引得满堂轰笑不止。萨迦更是都笑没了眼睛，又问："'芙蓉粉面'和'美貌红妆'呢？"

穆缔怔了怔，说："这个，没有。"

萨迦便叹气说："上回我在我爸的剧组，听见那些演员用内蒙话排练过的——绝嗣的坟墓里，埋的无非是轻薄狂生；妓女的祖宗，都是寻花问柳的浪子。本来命中应该富贵的，则玉楼削去禄籍；本来命中应当显赫的，则金榜除掉名字。活着的时候，遭受各种刑罚；死了之后，堕入三途受苦……普劝青年志士，知识名流，早发觉悟之心，破除色魔之障！须知，芙蓉粉面，都是带血肉的骷髅；美貌红妆，无非罩了华衣的粪桶！"

萨母和黄芪便一齐向他禁呵："你这孩子，这里还在吃饭呢！"

萨迦哪管那一套，只管一个劲催逼着穆缔，让他用内蒙话再给他说一遍。

被他们这一打岔，萨曼陀和黄芪的一笔账也就混过去了。

晚饭过后，各路人马纷纷告退。

这间隙，萨迦仍旧不忘吃吃笑着跟穆缔说，那天，他舅舅家的表哥打来电话跟他说，在路上看见几个女生吵架，骂出来的话，那叫一个难听！那哪还是女学生，简直就是一群女流氓！他哥说，那一刻，他觉得历史上的那些圣贤啊、英雄啊，其实都没有什么了不起的，要是哪天，谁能把世界上所有骂人的脏话都给彻底地灭绝了，那才算是真正的高人呢！他就跟他哥说，彻底灭绝估计是不可能的了，谁急了，还能不骂人？只是不要骂得太恶心就行了，比如，非要骂那句最难听的话时，可以用稍微书面一点的用语代替。他哥就问，那要怎么骂？他说，比如——"去你爸的生殖器，再加一个蛋！"可巧，被他姥姥走进来听见了，就满嘴直念着"阿弥陀佛"说，你这孩子！你怎么又学人说脏话呢？要知道，一句善心美言，就是天堂的花香，一声嗔恨恶语，那就是地狱刀剑啊！你也看看你姥姥！我们都快活了八十岁的人了，我们就从来不知道那脏话是怎么说的！话音还没落，他妈回来了，跟他姥姥说，她那几间老屋的拆迁款早就下来了，早都让萨迦的舅舅全给领走了。好家伙，再看他姥姥，气得满脸惨白，浑身打颤，脱口就骂："这个混蛋玩意儿，一天到晚就知道算计我！他妈那个臭——"后面的那个字，她是用鼻音哼出来的。

穆缔差点笑抽过去，满嘴直说："估计，这世界上的舅舅们都是一丘之貉吧。要不然，曹雪芹怎么会在《红楼梦》里那么痛骂那些舅舅们呢，就连给他们起个名字，都是一个叫'不是人'一个叫'亡人'。"

萨迦笑得捂着胸口说："你也是舅舅！"

两人正笑着，穆丹已经抱着小不点儿，领着秦姮，在门口招呼穆缔了。

萨迦只有眼睁睁看着穆缔走了。

原本，穆丹是打算把秦姮也一起接过去的，只是她死活也不肯去，只好随她去了。

送走了他们，黄芪见萨迦呆立在一个角落里，一脸的怅然若失，就笑着问他："嘿，我说你，怎么就和穆缔这么好呢？"

萨迦抬起脸来，有些生气地说："你看见人家多会儿是像你们一样的，天天不是按着人脑袋非让听你们的这废话那废话的，就是硬逼着人按着你们的心意去活的？还有，人家明明知道我恨那个人，可是从来都不利用和我的关系，掰着嘴教我，让我对那人怎么好一点的！总之，就是样样都比你们强。"

黄芪不禁笑问："'那人'是谁？"

萨迦气得"呼"地转过身去，满嘴怒嚷道："她爱是谁是谁！关我屁事！"

途中，应穆缔的要求，萨向中把他放在一个和朋友约定好的路口，少不得又叮嘱了些"别玩得太野了，早点回家"的话，才重又将车子启动了。

一路上，几次欲言又止的穆丹，终于还是忍不住向他问道："你跟黄姐借钱了？为什么事呀？"

萨向中一听，顿时就变了脸。好半天，才没好气地说了句："谁跟她借钱了？多会儿的事儿呀？"

穆丹一见他这副架势，心里就越发有数了。便说："刚才吃饭的时候，不是你妹妹说的吗？"

萨向中翻着白眼说："她的那张嘴你也能信！真够可以的了。"

穆丹说："那你怎么就急得直在桌子下面踩她的脚呢？"

萨向中顿时就炸了起来："谁踩她脚了？什么时候踩了？简直莫名其妙！我说你以后少这么捕风捉影、疑神疑鬼的好不好？放着好好的日子不过，天天瞎琢磨什么呢？每天盯我就跟盯贼一样！再这样下去，我非让你挤兑死不可！"说着话，猛然一脚踩向了刹车。前面是红灯，那车子"嘎"地一声，发出了一个长而沉闷的声音，就像是一个对生活失去耐心之人的喟然长叹。手机在他裤兜里"嘤嘤嘤"地直响，他也浑然不知。

穆丹见他竟是这样急赤白脸的，心中的怒火便也"腾"地升了起来，待要和他认真辩几句，又怕吓着了身边的两个小不点儿。可是让她就此装聋作痴，她又实在憋屈。她从十七岁就义无反顾、矢志不渝地认定的这个人，这一路上的崎岖挣扎、动魄惊心，都可以写一部感天动地的血泪史！可难道，自己熬来盼去，忍辱负重，就是为了要得到今天这样的结果吗？

他们现在的夫妻关系，已经越来越脆弱，越来越经不起任何的风吹草动了，已经到了只能维持表面的和平与客气了。这真让她痛心。她甚至根本就不敢相信，自己的婚姻，已然走到了这种令人绝望的境地。她并没有任何过错，她全心全意地付出，舍弃一切地维护，然而却一而再、再而三地受到无情的创痛与伤害。这个曾经让她充满柔情、心心念念挚爱着的人，居然就是给她造成万千伤痛的始作俑者！她真是灰心，她觉得自己冤枉极了。她不明白这个世界到底是怎么了？为什么，现实与理想，竟是如此背道而驰？

萨向中在反光镜里看见她竭力控制着情绪，陷入了沉思，一时摸不准她的心思，心里不禁愈发焦躁起来。她现在对他太戒备了，只要有一丝的风吹草动，她就草木皆兵，大发神经质。今天，他因为《绝代明妃》的制片人突然提出要更换女一号的事情而费尽唇舌，笑脸赔酸，已属疲惫不堪。而现在，自己的老婆又是这样一副审贼般的臭脸。

就在穆丹的泪水即要夺眶而出之时，秦婳突然挺身向她舅舅说："你干什么这样粗声大嗓的？难道，就不会好好说话吗？"

萨向中不禁破颜而笑："嘿，你这个小东西，连你也这么不向着舅舅，到底还给不给舅舅活路了？"

"怎么不给你活路了？难道你不知道女人是弱者吗？是弱者，就应该哄着她才对呀。"

"嘿，你倒是什么都懂。可你看看人家的那张脸，就像审臭贼一样，像是弱者吗？"

秦婳便深叹了一口气说："把人家惹生气了，诚心诚意说一句'白生气了，白生气了'，可有什么难的呢？"

"哈哈，这个还真绝，白生气了！"萨向中不觉放声大笑起来。

穆丹也不禁被逗得"扑哧"一声笑了。

4

穆丹和萨向中的家，位于 CBD 静巷名流府邸。

这里是京城经典生活的高视点，独拥上流而能保持一份清雅宁静。户型的设计，无处不显示出后现代品质。主仆分道、客厅大开窗、阳光浴室、百平米会客空间的四大财富生活理念，让上流生活有了界定的标准。

才进门，一位曾经在萨向中剧组里做过场记的蓝女士便也连喘带笑地赶了来，她人还在门口，就连环炮般地笑道："哎呀，丹丹你们这是去哪了？我一连过来几趟都没人！"说着话，自顾换了拖鞋，便直奔"小粉团儿"而来，"哎哟哟，看看我们的小宝贝儿！这又是到哪儿讨人爱去了呀？"

"小粉团儿"倒也很给她面子，在穆丹怀里一阵欢腾跳跃，又将舌头伸出来，满嘴使劲地"噗噗"着，一张小嘴都成了瘪嘴鸭。

蓝女士立即被逗得诡笑百出。

"也不知道什么时候学了这么个坏毛病。"穆丹伸手便将女儿的小舌头给打了回去，一面不冷不热地招呼对方坐下了。

蓝女士才坐定，又一眼看见了站在不远处的秦姵，便禁不住又是一通夸张的盛赞，直到她感觉出穆丹的冷淡，才总算言归正传了："萨导，真是谢谢您，给我们小妹找了那么好的一家艺术院校。我们一家人都觉得实在是太麻烦您了，就都商量着说，无论如何也得请您一家人出去吃顿饭的，地方都选好了，您可不能再推辞了啊！当然，如果到时候，您能把那位校长也一块约出来就更好了。不过要是不方便的话，也不妨碍我们自己人聚一聚。"

萨向中一听这话，就知道她分明是定心丸没吃足，便说："你们就别这么见外了，我现在正是最忙的时候，实在分不开身。要不是今天组里临时出了点状况，我连回家一趟都难。吃饭的事，还是以后再说吧。至于赵校长那里，你们尽管放一百个心，我们就跟亲弟兄一样，他亲口答应我的事儿，决不会变的。"

蓝女士一听，顿时柔波宛转、穷形尽相地向萨向中百般致起谢来。

穆丹在一旁看得直皱眉头，萨向中也强忍聒噪，再三向她暗示着时间已经不早了。

蓝女士只得起身告辞。才至门口，又耸肩缩脖地转回头来说："丹丹真是不好意思啊，上次我从你这儿借走的那套 Anna Sui，让我妹妹穿出去参加活动的时候不小心给烫了个洞。哎呀，拿去干洗店一问，织补一下都要赶上买的价格了……"

话没说完，就被穆丹打断了："算了，既然这样，我也不要了。"

蓝女士顿时轰的一声，血液里沸腾的音波直扑出了几丈外："哎呀，这可怎么好意思呢？这让我们可怎么过意得去呢？你说说，这事闹的——"

好容易将她送出门去，穆丹一脸讥嘲地看着萨向中问："怎么不出去送送，多让人家失望啊。"萨向中不满地向她翻了个白眼，小声咕哝了句："神经，有病！"便转身一路向卫生间走了去。

"咦，舅妈，怎么你们大人说话都是一样的呀？我妈也这样说过我爸爸呢！"秦嬿目送舅舅的背影，笑呵呵地向穆丹说。

穆丹不禁笑道："哦？是吗？那你给舅妈说说，你妈为什么要那么说你爸爸呀？"

秦嬿便忍不住笑道："有一回，有一个叫'小白果'的阿姨去找我妈，她走之后，我妈就非得让我爸爸追出去送送她，还说，她是来找我爸爸的。后来他们还吵架了呢，最后又好了。嘻，你说他们好玩儿不好玩儿？"

"那你妈为什么说那'小白果'是来找你爸爸的呀？他们经常吵架吗？

"我也不知道为什么。我们花溪的那些阿姨都特白讨厌'小白果'阿姨，其实，她长得可好看了。哎呀，快白说她了，她都已经死了！"

"啊？怎么就死了呢？"

"跟人家打架，打不过。她们家男的也不给她出头，想不开，就上了吊。哎呀，快白说她了，怪害怕人的。"

"哦，是这样啊！那你跟舅妈说说，你爸妈平时总吵架吗？"

"咳，有的时候也吵，有的时候也不吵。反正我爸爸生气的时候，我就吓唬他，让我妈把我的衣服全都打包好，说我到北京找我爸爸和舅舅去，再也不回来了！他就害怕了，就直哄我，嘻，我还敢拧着他耳朵让他给我妈道歉呢！”

正说得热闹，辛依米打来了电话。她在电话那端以一种近乎沸腾的、做贼般的声音向穆丹说：“你干什么去了，手机一直都关着。告诉你一个惊天喜讯，这回，我可终于找到真正的白马王子了！”

穆丹不觉吓了一跳：“你说什么？喝醉了？还没睡醒呢吧？”

辛依米笑得发癫一般：“清醒着呢，明天我过去找你，见了面再细说！”

穆丹再想说什么，她那头已经吃了兴奋剂似的一把挂了电话。穆丹忍不住骂了句：“这个疯丫头！”恰巧给萨向中走出来听见了，便满嘴笑道：“咦，你认识的人一个个那是多么有品位，怎么竟然也会有疯子呢？”

穆丹懒得跟他拌嘴，便低下头去教秦姵：“宝贝儿，以后再遇到以‘L’开头的字时，要用舌尖抵住上颚，慢慢地往下滑，就像这样……”说着话，就认真做起了示范。

秦姵饶有兴趣地跟着学了又学。正学得起劲儿，被“小粉团”一声响亮的喷嚏给打断了。

第二天清早，已为人母的辛依米打扮得一如待嫁的新娘，香风馥馥地袭进了穆丹的家。

正要出门的萨向中不免拿她大加打趣，被她针锋相对了一番之后，萨向中渐觉词钝，百般招架不住，便在一片笑声中出门去了。单等他一离开，辛依米便急不可待地向穆丹这般如此地铺陈起来。原来，竟是她在百无聊赖的庸常生活中，因为一次交通事故，结识了一名交警，一来二去，俩人就产生了浓烈的感情。为了能够长相厮守，依米已然决定要放弃自己的家庭了。临了，她又神魂皆醉地向穆丹补叙道：“你可不知道，那小警察，那真是帅得都没法形容了！哎哟，那性感的身材，那两条大长腿，那一双迷人的眼睛……

啧啧！要不是亲眼所见，我简直想都想象不出来，这世界上居然还有这么完美的男人！所有中外的男明星们，加在一起，都赶不上他的十万分之一！这回，我可终于找到我的真命天子了！"

穆丹也算把她的这副样子看惯了，她一向都是不分时间地点就能够魂飞魄散为情颠倒的。从上中学起到现在，她这一路至少爱过一打以上的异性。当她沉浸在爱河之中，被她爱上的男人，简直就是这人世间完美无缺绝无仅有的男神。但可惜的是，每每都过不了两三个月，该人便成了罄竹难书罪不可赦的头号大恶魔了。

穆丹咳了一声，不禁劝道："你现在已经不是小孩子了，你还这样，你也太感情用事了吧！你让韩鑫怎么办？孩子呢？怎么办？"

辛依米现出一脸只有小姑娘才有的天真表情来，指天画地地表示，她的生命中爱情至上。为了真正的爱情，她是可以牺牲一切的。

5

穆丹再三劝阻，无奈，磨破嘴皮，都难以说服心坚如铁的依米。

不但如此，她反拿出了她的一系列遭遇，做起了挡箭牌，振振言道："现在这个世道，薄情的，未必就比重情的更加不幸。你不就是一个活生生的例子吗？这也不是我夸你，像你这样要哪有哪，啥啥都好的女人，早就已经是如今社会里的孤种了！可结果又如何？他萨向中有没有好好地珍惜你？还不是自己手里握着金子，却照样像饿狗见了屎一样，专往外面那些下贱货们的身上扑吗？难道说，社会都已经发展到了今天这个程度了，还是只允许男人首先对女人背信弃义，而女人永远都只能'活该'吗？丹丹，我倒是要劝劝你，醒醒吧，人生苦短，干什么那么想不开？我也不用瞒你，那韩鑫外表看上去确实老实本分，对我的一系列表面功夫也做得相当到位。可是，哼！"

她重重地拧起眉毛，于记忆深处网罗着自己丈夫所有的缺点毛病——诸如他有事没事地，专爱去参加一些新潮才女们的诗歌活动和各种名义的新闻发布会，其实哪里是什么才女，一个个都是顶级残废才对。不但长相歪瓜裂枣、恶浊不堪，而且简直个个生性淫荡，鄙俗如妓女，一见着个男人，也不管人家是美是丑，有家没家，就恨不得当下就被抱上床去。让人简直是明骚易躲，暗贱难防。还有，他甚至同情那些人所不齿的三陪小姐，说她们也是人生父母养的，却沦落到如此地步……

"你说说，他这是什么变态理论？还有，我们刚结婚的时候，他的一个在国外留学的女同学，听见了消息就跑回来找他，说是向我们祝贺，可是，一看见他，哭得那叫一个声情并茂，那叫一个惨伤彻骨！他妈还在一旁替他们打掩护，说什么'才回国两天，就想家了……'哼，以为我是傻子呢！还有，你应该还记得那个叫尚金璐的女人吧，好家伙，那一张又黑又长的大寡妇脸，那么高的俩大颧骨，那一脸的大麻坑！那也不知前世积了多大的德、被拉去点了多少回的天灯，才能换来那么一副尊容！啧啧！一个女人，居然长着满嘴黑黢黢的毛，歌唱得就跟杀猪一样，偏他就不嫌恶心，每天专爱听她的那些驴鸣鬼吠。胃口也真好！最可恶的是，他这人特假，简直让人心寒。"

穆丹听得直皱眉头，终于忍不住说："你说的这些有影子吗？我们难道都没长着眼睛吗？"又问，"人家怎么假了？"

依米就怕她不向着自己，急得直跳起来，满屋子蹀躞道："你就是再多长两只眼睛出来，你还能比我看得更加清楚通透吗？你呀，一遇到我俩的事，你就没有一回是向着我的。也不知你到底是谁的朋友。他说吃了我做的饭，在外面再吃什么东西都不是正经味道了，这不假？那还要怎么才算假？依我说，他简直就是没安好心。他这分明就是想用他那套阴微狭劣的心术手段，把我骗得天天替他围着锅台转呢！那天，我们去饭店，才上来两道他家乡的菜，我就听见他在我耳朵边上咕噜噜直咽口水，活像是千年万代没吃过东西似的！好家伙，亏他还好意思跟我说外面的东西都不是正经味道呢，那要是个正经味道，那他还得成了什么样子了呀？"又愤愤地说，"总之，所谓幸福的婚姻，不过就是通过外人的眼球，给出的一个完全不切实际的空头概念而已。至于真实的情况如何，只有真正生活在一起的两个人，才最清楚不过。何况人生苦短，为什么就不能听从自己的心意，为自己痛痛快快地活一回呢？再说了丹丹，我这回可是真感情！绝不同于外面那些伤风败俗、淫滥苟合之类……"

她还要滔滔地为自己辩解下去，却被穆丹一脸愤激地打断了："依米啊依米，你说的这是什么话！有你这样的吗？你做事情多用用脑子，多用用心好不好？人家韩鑫对你多好呀，那人家夸你，用好话哄着你，都还是个错了？你怎么就能越活越连个好歹也不知道了呢？何况说句经验之谈，人就是无论到了什么时候，小时候爱吃的东西，也还是一样都爱吃的。这怎么都能让你拿出来说事呢？我看你就是生在福中不知福给闹的。依米，做人不可以这样凉薄的。更何况，为了一段根本就无法预料将来的所谓感情，而置自己的家庭于不顾，你也真是太豁得出去了！你有没有认真地想过，一个那么一点儿大的孩子，将来一旦离开了亲生母亲，你让他怎么活！他以后的日子该有多可怜？依米你说我，我无话可说。但我可以告诉你，任何一个首先背叛感情、践踏亲情的人，最后都不会有什么好结果的！这绝不是我危言耸听，我也决不是在诅咒谁，而是发生在我们身边的这类事情太多了，单是历史上的那些名人传记，就已经不胜枚举了。有时间的话，你也好好看看去。依米我现在必须要告诉你，爱人之间相处，最不能做的，就是伤了对方的心。就拿我和萨向中来说吧，以前，我是怎么对他的，你们也都是看在眼里的吧？而现在，又是怎么样的呢？我看他的影子都是黑的！要不是为了孩子，要不是我们奶奶一次次以死相劝，要不是就连你们都说，当初多少人劝我不要和他在一起，而我死活不听，现在经历了这么多的磨难才终于走到了一起，却又不肯珍惜了……如果不是这样，我早就另有一番打算了！大概你也是知道的，现在，这家里所有值钱的东西，都写着我的名字。我为什么会跟他动这样的心思？"

穆丹此时的痛苦显而易见。她为了这份感情，付出了惨痛的代价。那曾经使她充满了虔诚崇拜的理想式的婚姻，被严酷的现实彻底证实：所有的一切，都只是她典型的空想主义的构想。猛然的醒悟是可怕的。付出真情，却被他人任意践踏之后的运筹帷幄，更加可怕。

好半天，她又说："你不是总问我，家里为什么要买两台洗衣机吗？我现在就可以告诉你，就是为了要把他的衣服和我们娘俩的分开洗。到了这一步，他现在在我心里究竟是个什么位置，大概你也不难想象了。依米你大可去好好地想一想，一份曾经那么真挚的感情，被他一手毁成了这个样子，难道，他还想在以后的日子里，能有什么真正的幸福可言吗？"

依米一见老同学为了劝说自己，居然不惜如此大曝伤心往事，不禁把自己早已构想好了的底牌——韩鑫性欲太过旺盛，她有时甚至都怀疑他不是人类的话，都给生咽了回去。忙改容安慰道："丹丹，我就是这么一个有口无心的人，大嘴巴惯了，你千万别把我的话太放在心上。其实，向中他不算是个太坏的人，只是，你不知道外边的那些女人有多下贱。他只是还没有修炼到坐怀不乱的地步而已。其实，他心里还是特别珍惜你的，真的。上回你俩吵架，我很生气地问过他，问他到底是怎么想的，想要干什么。他说，他在外面和那些女人不过就是逢场作戏罢了。因为现在的社会就流行这个，一个男人如果太过清高和放不开，就别想在外面混了！可是又坚决保证说，自始至终，只有你一个人是真正被他放在心上的。此外，就连黄芪都不是。还让我过来问问你，每次你们吵架，就算吵得再怎么激烈，他有没有骂过你难听的话？坚决没有，他说。还说，没有哪个男人是傻子，会傻到里外不分、香臭不辨的程度，对于为自己付出了贞洁并一起共过患难的女人，男人永远都是把她放在心里第一位的。"说到这里，她的一张滔滔大嘴才戛然止住了。因为她忽然觉得，自己的一番宏论，简直就像是在抽自己的耳光一般。

穆丹满口冷笑了一阵，说："我只能说，他这种人，是倾世界上最坏的语言都无法形容的变态。作为一个正常的男人，为什么不是通过自己的真本事、真德行，去赢取朋友的尊敬和信任，而非要去借助那些下三滥的手段呢？尤其可笑的是，他们居然每个人还能脸不红心不跳地为自己找出一大堆冠冕堂皇的理由来，好像并不是他们污染了社会，而是社会污染了他们似的！"

辛依米如闻雷霆，虽然她深知，老同学这完全是在痛斥她的丈夫和眼下的社会风气，但还是情不自禁地把自己也给括进去了。

沉默中，她的心中蓦地发出了无限的悲戚：不幸的婚姻，就像是一座不见天光的铁围地狱，人们困陷其中，悲怛辗转，奇苦万状，死又死不了，活又活不好。而明知不幸却依旧不肯舍弃的婚姻，则更像是吸附在人们身上的邪魔，它咻咻地嗅着路，无比贪婪地噬咬着人性中原本的那点良善、美好、纯洁、柔软之情，直至它们耗损殆尽，或彻底扭曲变质。

第七章 命运·一支看不见的笛子

1

穆般若买到那套《谛视大师》丛书时，墨麟羲正在伯牙琴馆为学生们教授古琴。

现在对古琴感兴趣的学生倒是越来越多了，只是令人可惜的却是，真正发自内心热爱，而不单是为了凑热闹、赶时髦的，总在少数。

今天的课堂上，就有一位非常时髦的年轻姑娘，她不是认真地跟随老师学习指法要领，而是只管两眼水汪汪地望着墨麟羲，一再向他提出一些不着边际的问题。就像那些为了应付考试的学生，自己不去读书，尽日泡在网上搜索各种名著的读后感一样，考试时，将答案胡乱复制一通，蒙对了算自己造化高；不对，也丝毫不妨碍自己日后在人前滔滔卖弄。

这名女同学名叫蓝菊，在她一连串的怪问题之下，墨麟羲禁不住走过去看了看她的笔记，见她居然将古琴的六忌、七不弹，堂而皇之地写为：大喊、大叔、大疯、大欲、薰蕾、大血；闻桑、围跃、尸容、不静声、衣冠不真、不粪香、不语知音。

墨麟羲看得哭笑不得。他真为当下学生们的这种"有知识没文化，有技能没常识，有专业没思想"的现象，而焦惧愁痛。因此，他决定下次上课时，一定要把关键词都写在黑板上。但这女学生的水平居然低到如此程度，他作为授课老师，也不能不闻不问。因此下课时他叫住了她。蓝菊同学似乎很是意外，猛然转回身来，一脸惊喜地望住他。

墨麟羲郑重地给她指出了她笔记上所谓的六忌、七不弹中的十三处错误时，这时髦的女学生却并无一丝愧色，柔波宛转地向他凝望了半日，辗然竟去。

这时，穆般若打来了电话说，午夜图书公司邀请他主编的那套《谛视大师》读本，的确早已正式上市了。他们迟迟拖着不给作者样书的原因，是因为他们私下里做了一些见不得光的勾当。几天前，她的一个同学就在图书大厦看到了这套书，当时就打来电话说，整套书里，根本没有看到半个有关'穆般若'的信息。起先，她还有些不能置信，而现在，她也买了一套，事实就是这样，午夜图书公司非但没有按照最起码的职业道德，在书的封面打上墨麟羲这个总主编的名字，更是把率先为他们交去了两部完整书稿的她——穆般若的名字，彻底给遗漏了。更为滑稽的是，竟然还将他们公司里的一些排版打字人员的名字，也都一起罗列进了编委方阵。

说到最后，她简直愤激得有些煞不住了。墨麟羲忙问她在哪里。她说在她姐姐家。墨麟羲便说，这就过去，见面再详谈。

半个小时后，墨麟羲搭乘萨向中的便车，来到了他那个富贵典雅的家。

穆般若正抱着"小粉团"，和姐姐、秦婳争抢着引逗。

萨向中一见了小姨子，立即一脚赶上去满嘴直叫："小香皂！"又一把抱起正仰着头喊"舅舅"的秦婳直问："宝贝，小姨刚才亲你了吗？亲哪儿了？"

秦婳笑盈盈地指了指左边脸颊。

萨向中便立刻赶着那个地方使劲地亲了又亲。

顿时引得满堂哄笑，也引来穆丹和般若的一阵笑骂。

秦婳指着般若说："舅舅，你看这个小姨长得多好看呀，比我小姑姑还要好看呢！"

萨向中满口笑道："那是必须的。你也不看看那是谁的小姨子！"

又引发了一串大大小小的笑声之后，萨向中越发得寸进尺起来，两眼涎瞪瞪地看着般若说："姨子，怎么样，还没有找到心上人吧？依我看，干脆你也别费那个劲了，外面那些人哪能配得上你？往你跟前一站，一个个都跟那红脖子挑脚汉似的。不如你回家收拾收拾过来和姐夫一起过得了，咱们让你姐抱着孩子出国定居去。"

"做你的春秋大梦去！我们家有一个瞎了眼的还不够啊？"般若当即圆嗔着一双凤眼骂了起来。

"骂得好！活该，他这种人就活该欠骂。"穆丹也紧随其后助阵加油。

又是一番哄笑之后，秦娴被送到了墨麟羲的怀里。

墨麟羲不觉有些吃惊道："咦，你现在已经能清晰地叫出麟羲舅舅了呀？进步可真是不小。"

秦娴娇羞地指着穆丹说："是舅妈教会我的。现在我都能说清楚好多以'L'开头的字了呢，只是说的时候还不能太着急，就像刚才我差一点就把你给喊成'应羲舅舅'了呢。"

2

墨麟羲于般若那里翻看了一回那套《谛视大师》之后，不由双眉紧蹙，许久无言。

般若却忍不住气愤道："这帮奸诈邪恶的商人，看看他们干出的这些龌龊的勾当，真是蓄谋已久！我早就提醒过你，跟这些人打交道，光凭着单方面的厚道是不行的。你自己也去想想，光是类似的事，你就吃过多少次亏了？"一面说，一面忙于自己的包里拿出一个装着钞票的信封来，递了过去："这是我刚从那个姓肖的书商那里要回来的，你看看吧。虽然没有按最初说好的支付，但也很能说明问题的。"

墨麟羲大为吃惊。他和那位"姓肖的书商"，在前年联合主编了一套《中小学生自我安全防范必读》，说是联合主编，其实是那位肖教授应了他的几个当书商的学生之请，大张旗鼓邀请了几个以墨麟羲为代表的颇负名望的才子，口头许以每千字四百元的重金，让他们在一个月内各自奉上十万字的书稿。并坦言，之所以付给他们这么高的酬金，就是想让他们充当幕后枪手。出版该丛书时，不会署他们的名。当时在场的几位才子迫于生计问题，又考虑到只是编书，并不是著书，对他们来说也无关大碍，便纷纷应承下来。不过可惜的却是，他们中，学历最低的都是硕士的几个大才子，居然粗心到没有一个人首先想起来去和人家签订具有法律效应的合同。结果，书都轰轰烈烈、大卖特卖地上市两年了，他们几个"地下编著者"，除了各自最初拿到的两千元预付金之外，再连半文钱都没有拿到过。他们倒是多次打电话找过那肖教授，可每每都被他的一番抢先叫苦弄得束手无策："哎呀，你们可哪里知道，就连我也是上了弥天大当了呢！他们起先拖着不给大家结算余额，说是稿件的质量没有达标，影响了出版。可是等到书出版了，他们又都消失得踪影全无了。现在，就连派出所都在诸处冥搜，都没有办法找到他们呢。就连他们的之前公司，也都早被租给了别人。"

听说后来，有一位连房租都交不起的才子，为此还亲自到他家里去找过他，他奄丧着脸，只管望着墙壁上那幅大书着"但存心里正，何愁眼下迟"的书法作品出神，良久，忽泫然洒涕说，那是他恩师留给他的墨宝。又惨伤彻骨地蹦出一句："我堂堂一个大学教授，不幸竟被自己的学生带累。我免不得要做这个罪人。我真恨不得把这几根烦恼丝剃去，找个清静去处眼不见心不烦，也免得上负恩师教诲、下教恶徒之罪。"说着，便背过身去，把两只手揿在脸上擤鼻涕，抹眼泪。那涉世未久的青年才俊，一见如此情形，便再也无法向前施展了，灰心木立了好半天，只有抱憾离去了。因此，时间一长，所有的人，都只有自认倒霉了。

……可他万没想到，时间都已经过去这么久了，般若居然还能替他将余额追回来，这可真是太令他意外了。又见那信封里面还另外附着一封那位肖教授写给他的说明信：

《中小学生自我安全防范必读》第一卷余额结算：
一、条目录用情况：共写 119 条，实际录用 21 条。包括校园篇 12 条，录用 5 条；家庭篇 41 条，录用 6 条；自然灾害 50 条，录用 5 条；交通安全篇 16 条，录用 5 条。二、字数计算：由于原稿进行了删除、修改、整理以及重写，原交初稿 119 条计 112000 字左右，只剩 21 条，约 11600 字。
三、稿酬计算：11600×0.4=4640（已付 2000 元），实剩：4640−2000=2640 元正

肖士弥

看罢，墨麟羲不禁摇头苦笑道："你是怎么向他要到的？要知道，他那人有多难缠。"

般若说："你可别忘了这是个法治社会。实话告诉你，要不是看他那么大把年纪，又长了满脸的老年斑，我追回来的肯定不止这些。亏他老先生还是个堂堂的大学教授呢，居然和那群奸诈的书商联合起来一起坑骗后学。他不是说那些书商在书出版之后，都卷款逃之夭夭了吗？喏，这些钱还不是他向那些人追要回来的吗？否则，就他那个较尽锱铢的样子，他难道会自己掏腰包把钱给还上吗？还有就是，他百般强调对原稿进行了删除、修改以及重写，原交初稿一百一十九条计十一万字左右，他们只录用了二十一条，仅一万字出头。可事实上果真如此吗？不用看，我也知道绝对不是。不信，回头你就自己再对照着原稿去核查，相信你一定会惊讶于他们的黑心和无耻。你知道这套书现在已经销售出去多少册了吗？一百二十万册。而你们这些真正为之付出心血之人，不但拿不到应得的版税，就连预先说好的酬金，也才只拿回了十分之一。而且，还是在我的锲而不舍的追讨之下，才拿回来的。所以，我称他为书商也并不算冤枉他。不过，这件事情也只能到这里了。因为，你们

事先并没有和他们签订正式合同。但是，有关这次和午夜图书公司合作的这套《谛视大师》读本，因为他们的操作手段和行径太过恶劣，而且，这次是连我本人也被牵涉在里面的，所以，我可不打算再以类似的笨方法去解决问题了。也应该让那些无法无天的奸商们好好知道一下法律的威严了！"

墨麟羲不禁吃惊道："你是说……"

"起诉午夜图书公司，和那个鱼相礼对簿公堂。"这个鲜洁如雪的美丽女孩，有着一副与她的外貌很不相称的火爆脾气。就像她的星座天秤一样，她无法容忍这世间一切的不公正之事。她十二岁就已经看完了《说岳全传》，当读到千古英雄惨遭奸佞谗害之时，书中凡是有出现秦桧和王夫人的文字，都被她以银针施以了万箭穿身。也许，就是从那个时候起，一个会影响她一生的人生观就此成型：对于那些无耻小人的宽容和退让，无异于是在扬恶惩善，损伤天地间的浩然之气！

墨麟羲嘿嘿无语，希望能找到一个合适的理由，劝她打消这念头。因为这样做不符合他的处世原则。他的本性是温和，容让，与人为善的。尽管他也深知，鱼相礼、肖士弥这些人，十分昏聩贪婪，反复无信。乃属"父子兄弟间，亦必较尽锱铢，及至淫博迷心，却倾囊不吝"之辈，但他也不愿意因此就和他们彻底撕破了脸皮。

这时，忽然秦姵探进一张小脸来笑道："哎呀，舅舅小姨，你们的事到底说完了没有？我好不容易才盼到麟羲舅舅来，怎么你们就只顾着说自己的事，都不理我呢？"说"来"和"理"的时候，她显得格外的小心翼翼。

墨麟羲连忙过去，把她抱了起来，连声向她致歉。

秦姵挂着一脸烂漫的笑容说："舅舅，你知道吗，昨天我跟我舅妈去雍和宫拜佛的时候，又看到那些'飞梭'了呢！"

"哦？真的吗？雍和宫里也有'飞梭'啊？"关于那些"飞梭"，他在去花溪的时候，就于小人儿那里听到过了。至于它们到底是些什么样的神秘之物，他却只能凭着小可爱当时发现它们时的惊喜描述，一任想象汪洋恣肆了。但他却对她的话深信不疑。

秦婳极为认真地点着头说："是真的啊，并且也有很多呢。飞得都特别快，也是除了我一个人，周围的那些人谁都看不到呢。"她因为终于将自己人生中的第一个"特别"十分标准而完美地说了出来，而越发得高兴起来了。

般若似乎并未留心她的话，好半天，才在她那张可爱的小脸上捏了一下说："这小宝贝就像一尊小佛爷似的，瞧她，满身满脸尽是些可爱的小胖肉！"

3

般若送墨麟羲下楼时，见旁边的 29 号楼下面，黑压压站着一群人。旁边，还停着两辆警车。

这时，就见一个尼姑打扮的人，骑着一辆高级赛车，目无下尘地从墨麟羲身边呼啸过去了，直带得他脸上的风呼呼作响。

接着，便又是几个穿着和尚袍子的人，一路张头探脑地四下散去了。

二人十分疑惑，走近人群一看，原来竟是那座楼里的居民，正乱滔滔地向几名警察诉苦：半年前，这楼里来了二十多个出家人，竟一下子租住了两层楼去。每天一到半夜，全楼就都是一片乒乒乓乓、揭瓦翻砖的声音。出家人不住在寺院里，却长期租住在居民楼里，这真是闻所未闻的奇事。这也就算了，可作为出家人，天天搅扰得四邻不安，这也太说不过去了吧？因而这些受不了他们打扰的邻居，就多少次地找上门去质问，大半夜的不休息，到底在瞎折腾些什么？那些人说是在和师父学习国学还是什么传统文化的。

邻居们不禁十分生气地说："我们不管你们是学习什么的，我们就想知道，你们这么学来学去的，难道就是为了每天大半夜不顾影响地鬼哭狼嚎、惊扰四邻的吗？"那些人一听，顿时一个个凶相毕现地说："你们可要小心了，少胡说！你们这些罪恶生死凡夫，胆敢随便诽谤我们这些修行人，小心你们将来得恶报，下刀山地狱！"为此，双方简直闹得水火不容。而今天，就更是过分了，他们居然在屋子里就替什么死人做起了法事，那纸烧的，整个楼里直到现在都还是浓烟滚滚的！大家生怕引起火灾，这才不得已报了警。

几名警察一面听，一面皱着眉头直问："据你们说来，他们既然是和尚的打扮，怎么却又天天给人烧符作法呢？同时还又教授国学？这到底是些什么人呢？"

人群中顿时便是一片冷笑："那只有鬼才知道。反正一个个一脸的贼气，一看就不是什么好东西！"

也有人笑道："呵呵，可不是，那可真是全能型人才啊！"

大家哄笑着，一面就跟着警察走进楼去了。

看着他们离去的背影，墨麟羲不禁怅然叹息道："这肯定不是什么真正的出家人，既然是出家人，却又如此不守清规，放不下俗世间的繁华热闹，那还不如干脆还俗好了，又何必去造作那么重的罪呢！"

般若说："佛教的衰败，岂是外人的摧毁？正是拜这些披着佛教的外衣、却与真实的佛法背道而驰之徒所赐！"

墨麟羲正要说什么，殷肃给他打来了电话，他在电话那头连个称呼也没有，劈头就问："你当初创作'贾行说'这个人物，是完全杜撰的，还是恰好听到过类似的事情呢？"

墨麟羲略怔了一下说："完全是杜撰的。"

殷肃沉默了片刻，又似是而非地问了句："这部小说最后定稿到现在，有多长时间了？"

墨麟羲说："总有一年了吧。"

殷肃扯了一个淡，半天，又问："你和秦芙认识多长时间了？"

墨麟羲说："快半年了。"

殷肃"哦"了一声，竟咳了起来。直到那咳嗽声忽然一口气吸了进去，再也听不见时，他才又说："明天到我办公室来一趟吧，剧组这几天之所以会中途停止拍摄，一是因为秦芙越来越不在状态中，为了保证质量，我们已经开会决定要把她给换下去了。再则，剧情也需要做进一步的修改。在我，当然知道你这小说是完全授了权的，我们的编剧现在就是再怎么修改，都可以不必征求你的意见。之所以还是又通知了你，完全是出于我本人对你这个原著的尊重。再则鱼相礼这个总编剧每天都昏头昏脑的，你还是再过来帮忙把把关才好。不过'贾行说'这个人物，实在太经不起推敲了，一个太监总管怎么可能结婚生子呢？就算是在进宫之前，也绝对太离谱了。"又絮絮究诘了半天，才咣啷挂了电话。他沉思默想了好一阵，才又给那鱼相礼拨去了电话，这般如此地，便又是一通的发号施令。

鱼相礼立即一迭声附和着说，好的，好的！马上就改，马上就改。又拍着胸脯保证说，就算是现改现拍，他也一定不会耽误了正常进程的。又笑嘻嘻地直说："媚黛小姐现在的琴技，可是达到相当高的境界了，她现在就我这里，她正想您呐。"说着话，便两眼涎瞪瞪地扫向了面前那个迎风摆柳的姑娘。

那姑娘两眼水汪汪地看着他，只管咬着嘴唇偷笑。两个人眉来眼去的，鱼相礼直熬得心狂火盛，一面对着电话唯唯连声，一面就过去与她并肩摩胸，七颠八倒起来。

这晚，萨向中特意安排了一场盛宴。

酒过三巡，他请在座的各位就殷肃新做出的决定发表意见。

作为投资股东之一的褚晋枫，首先一脸愤慨地表示："我认为，秦芙无论形象还是气质，都是最合适不过的人选。无缘无故就要换人，纯属没事找事！"他是殷肃夫人的内侄，是一位不折不扣的富二代加华丽丽的美少年。尤为难得的，还是一位学霸型才俊——懂政治，知经济，洞晓时事，深谙和各种人物打交道的技巧，更懂得权力和金钱决定一切的道理。今天上午，他才一从国外回来，听到的竟是秦芙被无端出局的消息。这简直让他气怒已极，他禁不住在想，总是秦芙的个性太过清高自重，完全不善于与人周旋迎奉，因而才得罪了殷肃那个无耻的老色鬼，所以就对她动了这样的黑心。难怪直到现在，她都一直不接自己的电话，他让人给她送过去那么一大箱子的贵重礼物，也全都被退了回来。这可不是她心里生了气，让他无端跟着受了这份"连坐"之罪吗？看来，只有等他在这场饭局上彻底扭转了乾坤，他才好再去见她的。

其他几位身份重要的负责人，听他如此一说，也都立即一片声地跟着附和了起来。

最后，墨麟羲也说："我也是这么认为的。而且，'贾行说'这个人物，是轻易改动不得的，动一发而牵全身。当然，如果编剧有办法把他改成一个纯粹的'公公'，而不使剧情减色的话，我也无话可说了。"

众人便一齐看向了鱼相礼，却见他一脸的心不在焉。一面正忙着向褚晋枫胁肩谄笑，一面又忙着把众人一路往沟里带；正埋头聚精会神地看短信，忽然又转过脸去和他身边的一位股东滔滔地谈论起一些主题之外的生财之道来。

二人正说得热闹，只见一位面色黝黑的服务生兴冲冲地端上几碗热汤来，嘴里直说着："汤来了"，却还是被说到兴处的鱼相礼一个奋然扬臂，"叮当乒乓"，把两只碗都给磕飞了出去。

那服务生惊魂甫定，满嘴致歉，忙一把抓起桌上的口布来，替他擦拭满臂的汤汁，又忙着弯腰去捡拾两只碎碗，以免再扎伤了其他客人。谁知，一时又没拎清楚，竟把桌布也带起了半边来，结果又乒乒乓乓地带倒了足有半桌子的东西。

满桌的人都诧异起来。一位衣冠华整的股东一面啧啧叹息着，一面拿出一支雪茄来递给萨向中，满嘴笑道："这也不知道是从什么地方找来的这种傻子！"他只顾乜斜着眼睛看着那服务生取笑了，不想却把打燃了的打火机当作了香烟，直送到萨向中的脸上去了。萨向中大惊，连忙起身闪避，脸上却早已被灼得火辣辣的一片了。那人看见，直跳了起来，才拿了湿毛巾要递过去，竟又和后面赶过来帮忙收拾的领班撞在了一处。一桌人越发喧乱起来。

饭店经理在后面听见，惊得酒都醒了三分，连声命人将领班召了回来，怒斥道："是谁安排的？谁让她进去服务的？"一面连忙又亲自赶了出来，再三向众人赔礼说，今天的饭菜一律给打七折，一面又回头吩咐那紧跟在身后的领班，让她马上去给每一位贵宾都准备一份饭店新进的珍礼。

那领班满口答应着，随即，嫣嫣楚楚地转身出去了。

萨向中一手捂着嘴边的几个燎浆大泡，一面拍着那经理的肩，请他一起上来入座。对方哪里肯？耸肩缩脖地只是推让。

桌上的众人便一齐看着萨向中哄笑了起来："这部剧日后一定会大红大紫，这还没拍完，萨导就已经先火上了！"

盛宴即将结束时，那位领班带着几名训练有素的服务员，将各种包装华丽的山珍特产足足靠墙摆放了一地。褚晋枫迎面一看，脸色当即便是一沉。

饭后，服务员们又纷纷将那些珍礼左拎右捧，殷勤备至地跟在每一位贵宾的身后，一直都给送上了车去。其中一个肥硕的客人，才刚吭吭哧哧地钻进了自己的车里，就有一双玉手，隔着车窗将两个礼盒放在了他的面前。他看着那礼盒上赫然印有"纯天然无污染绿色食品"的烫金商标，不禁笑得满脸的肥肉直颤："真好呀！正好我媳妇昨天还跟我说，现在外面简直就没有什么能吃的东西了！等我把这些好东西拿回去，让她天天给我围着锅台转去！"一面就禁不住伸长了手，一把捏住了那只白玉般的小手，跟着就将自己的名片也一起塞了进去："妹子，要是你哪天不想在这个地方干了，记得跟哥哥联系哟！"

那边，萨向中才开出去不到二百米的路程，褚晋枫就打电话叫住了他。他只得把车子停住了等他。

褚晋枫在后面看见了他的车，就让司机把车停在了路边，然后，他自己下了车，一路疾步来到了他的车前。

几分钟之后，他便拎着萨向中的那些珍礼，又匆匆走回到自己的车里了，连同自己所得的那些，一并都大方地转送给了他的司机。

4

这晚，萨向中回到家里，已经是夜里两点多了。

穆丹一直没睡，见他又喝得醉醺醺的，嘴边还一溜贴着一排创可贴，不由心里来气。有心不管他，随他自生自灭去好了。谁知他竟"噗"的一声，一头砸进沙发里就睡过去了。穆丹不觉气怔在那里，听听那边已是鼾齁如雷，便悄声走过去看了一下，见他连鞋子和衣服都没脱，扎手舞脚地枕着一包孩子的尿不湿睡在那里，不禁又是气，又是笑地替他收拾了一通，才又走回去睡下了。

谁知，经他这一搅，她更是无论如何都再也睡不着了。正在满床辗转，就听见外边茶几上萨向中的手机追魂般地响了起来，一面"嘤嘤嘤"的，一面突突地往外冒着绿光。她听见他在黑暗中一骨碌爬了起来，压低声音接完电话后，就又要出去，不禁气得把被子一摔，挺身坐起来问他干什么去，又问电话是谁打来的。萨向中匆匆说出三个字：吕窦银。半天又说，他的车没油了，让我过去给加油。

穆丹含怒问道："这人是干什么的？怎么伺候人家就像伺候你亲爹一样呢？"

萨向中一听这话太刺耳了，便也没好气地说道："跟你说不清！"两只手扒了扒乱糟糟的头发，要出去时，大概想到自己刚才说话的态度有些太硬了，就又转回头来说了句，"笼络他，还不是为了哄着那殷肃能尽快回心转意吗？多拖延一天，剧组的损失有多大，你怎么会知道！"

穆丹生气道："那人是殷肃的什么人，私生子呀？人家就那么买他的账？还要笼络好了他才能去哄好殷肃！编谎你都编不圆，谁知道你到底又在干些什么勾当！"

萨向中气得满嘴机关枪一样："得得得得得得！你爱怎么想随你

便，我没工夫跟你斗嘴！"

穆丹心内不觉一阵酸惨，气瞪着两眼嚷道："你对我当然没工夫了，外面有的是让你有工夫对的人！只是你最好心里要有数，真不想过了，就痛快地分！这世界上最无耻的，就是你这种既不想好好过下去，又死活拖着不离婚的做法！就连你亲妈都说，你已经不能再缺德了！这话你也应该好好想想去！"

萨向中气得直跳了起来，红着眼睛蓬着头，向穆丹吼道："动不动就是这些话！多少年的陈芝麻烂谷子了，你想起来就翻出来，你到底还有完没完了？看看你那样子，简直就是一个十足的泼妇！"

穆丹气得三尸神咋，浑身血液漫过胸膛如海涌，冲开顶门似汪洋，将眼前所能看见的一切都向他砸了过去。最后，就连孩子的两片围嘴都给砸出去了。

萨向中一路飞走出来，这番气恼，真是非同寻常。

想想这人世间的一切真是毫无意义，令人沮丧。他在这件事情上并没有对穆丹撒谎。他之所以如此不顾身份，去笼络那吕窦银，只是为了哄转殷肃，想以此使他尽早回心转意，一切以大局为重才是。而这一切，正是因为他看出了那吕窦银在殷肃面前所享有的特权。凭着他的聪明洞达，这自然是他力挽狂澜于既倒的良机。而这，也正是身处事外的穆丹所不能了解的原因所在。其实，这是一件很容易就可以解释清楚的事。只是，由于穆丹过分的情绪化和对他的极端不信任，使他丧失了解释的耐心。

其实，在与殷肃的这次合作之前，倒是有不少朋友提议，让他找自己的妹妹曼陀做合伙人。大家都说，她那么财大气粗况且又是手足至亲，正所谓"打仗亲兄弟，上阵父子兵"，总比找个外人来强过百倍。但却被他坚决否决了。那是因为，他太了解自己的妹妹了，不管她平时看上去是多么的慷慨大方，可一旦真正涉及到巨额资金，她是决然不会去冒一丝风险的。这些年来，她之所以能把钞票赚得铺天盖地，除了严格恪守这一信条之外，便是她有格外的好运和超高的运作手段——凭借对现实环境和官场的熟知了解，把准脉门，投其所好，勇往直前，乘风破浪，总是能顺利攻下一个又一个国家投资的重大工程。正是由于在这种一定赢利的幸运之光的眷顾之下，她才一举创造了当今房地产业的一个惊人的神话。更何况，她那太过强悍、扭曲的性格，谁要是真和她做了合伙人，谁就等着寿命顿减吧。正因为如此，她和鹿归之婚后的这段出人意料的平静生活，起先竟使他这个做哥哥的一度怀疑，此任妹夫不是个十足的骗子就是个足料的傻子。

幸而，通过后来的倾心接触，才使他幡然醒悟：原来，此任妹夫自小就是于那种你死我活、形同峻刑极罚的环境里煎熬出来的。大概，正是因为有了这自小就被严酷培炼的经历，才让他的内心有着如此强大的免疫力罢！而这，又岂是一般人所能达到的境界？因此，无论如何，他都宁愿自己多辛苦奔波一些，也不敢更不愿去向妹妹曼陀张口。甚至，直到现在，他都仍然在为自己当初的明智抉择而深感庆幸。

虽说目前，他和殷肃之间发生了一些始料未及的意外之事。但是，通过自己一再的低服容让，一切看似不利的情形都已经开始向着好的方面转变了。可一想到穆丹，一想到她现在看自己的眼神、骂他的那些话，和他们接下来还要一起走过的几十年的岁月，他就感到不寒而栗，甚至痛心。他承认，在这场感情中，他的面目是可鄙可憎的。正是因为他的轻率和一系列不负责任的行为，才使得一个曾经对自己倾注了全副身心的痴情恋人，变成了一个猜忌多疑，被痛苦击毁了一切信念的怨妇；使得一个曾经贞静出尘的女孩，日渐变成了一个横眉怒目、机心重重的悍妇加妒妇。这大概就像穆丹常说的那样吧：爱人之间相处，最不能做的，就是伤了对方的心。

他承认，是他伤了她的心。尽管，他的每次"出轨"行为被暴露之后，都总会因为各方面的力量，而使得他们夫妻间很快又恢复到了至少表面上的平和。然而，真正调和与彻底解开心结的希望，就像肥皂泡一样易破。穆丹对他的仇视、敌意、不信任和排斥可谓与日俱增。开始，他还尽量以歉疚的柔情来平息她的怒火，但是，慢慢地，他自己也失去了耐心。甚至，每当再面临家庭的风暴之时，不但不愿意再反省自己，反而一扫往日那点残余的温软，甚至不惜和她一次更甚一次地以硬碰硬起来。

就像所有多情而懵懂的男人一样，他现在也难以对自己有个正确的评判了。他觉得，他对妻子每一次的"感情出轨"，更多的时候，都是被外边那些女人们楚楚可怜的求助之态给打动了，因而，才不免生出些"怜弱"的念头来。可是，关键之时，她们往往又太过主动和充满激情了，才令他也一时难以把持。

这大概就是穆丹所不能容忍的"高贵和龌龊"的本质之别？——他的越轨行为暴露，朋友们纷纷赶来劝慰穆丹："是外边那些女人太放荡，向中毕竟是个男人嘛，是男人，又有谁能真正修炼到坐怀不乱呢？"

穆丹听了，便咬牙惊呼"鬼话！鬼话！"而他的小香皂、大才女穆般若，则在一旁助着厉色反驳说："高贵和龌龊是没有男人和女人之分的！是垃圾箱，当然就专事收容接纳垃圾。是正人君子，当然就会洁身自好，无论何时何地都不会让自己放浪形骸声名狼藉的！"甚至，还当众例举出一系列文人高士的"不与世俗同流合污"的真实事例来：明朝的大书法家文征明，为人端正高洁。有一次，唐寅与狎客在石湖上纵酒，预先让妓女躲藏在船舱里，然后邀请文征明同游。船至湖心，唐寅大呼妓女进酒。文征明窘迫不堪，急忙告辞。唐寅命妓女强行挽留，众妓遂将文征明团团围住，推拉扯拽，挑逗无休。文征明百般拒绝，竭力挣扎，险些落入水中，后来急忙唤过小船，才冲出"重围"，逃之夭夭。又还说什么，"唐寅虽为一介才子名士，可是一生奇穷，就是因为触犯邪淫太过之故。《文昌帝君劝淫文》中说：淫恶之罪，天地难容，神明震怒！凡是毁人节操，自己的妻女必受同样的偿债，玷污别人名声，自己的子孙也会遭受报应。绝嗣的坟墓里，埋的无非是轻薄狂生；妓女的祖宗，都是寻花问柳的浪子。本来命中应当富有的，则玉楼削去禄籍；本来命中应当显贵的，则金榜除掉名字。上天常降祸于好色贪淫之人，而且报应也特别快……"

对此，他真是不得而知。初听时，他也确实为文征明那样的人品肃然起敬。细一思忖，又觉得那样的人，虚伪得实在可恶。有时，真的就连他自己都分辨不清，自己究竟是个好人还是个坏人，到底是个仗义疏财、急人之困的热心君子，还是个放纵颠倒、鄙俗可厌的轻薄无赖了。

这样想着，他不由悲从中来，只觉得自己就像掉进了一个无边的黑洞一样。

5

几天后，《绝代明妃》剧组便在殷肃的英明策划指挥之下，于保利大厦召开了一系列强势宣传活动。被重新更换的女一号，是一位年仅十九岁的女孩。原名叫蓝菊。大约是因为已经预见了自己会因为此剧而一炮走红，所以，便改了一个听上去更有明星范的名字——蓝媚黛。她有着一头被漂洗成酒红色的秀发，性感的身材，修长的双腿，身穿象牙白色丝质棱纹上衣和紫色紧身牛仔裤入场。骄人的曲线突显得淋漓尽致。她一出现，立即就成了全场注目的焦点。应邀而来的全国上百家媒体的照相机瞬时闪成了一片。风情万种的美女频向摄影师们飞吻，"回馈"了众人的热情。众媒体记者不禁纷纷向她大竖拇指，都说她的脸孔像迷幻药，眼睛是迷魂汤。因此，大家都毫无悬念地断定，这将又是一颗冉冉升起的时代巨星。

这场新闻发布会，简直就成了这位年纪轻轻却八面玲珑的性感美女的个人秀了。

看着她在台上镇定自若却游刃有余地抢尽了风头，甚至，就连萨向中也开始动摇了："也许，她比秦芙更容易大红大紫。毕竟，这是一个根本不需要真淑女和淑女根本就不可能吃香的圈子。只要她在戏中演得好，扮得像就足够了。"

第八章　风·没有白白地吹

1

新闻发布会一结束，萨向中为了安抚秦芙，辞别了邀宴，特地约了她和褚晋枫，一起去了母亲家里。大约，他是想借着秦姮的手，来抚平无辜获愆的姑娘的满心委屈吧。不料，今天穆丹竟没把秦姮送过来。也许她还在和他赌气吧。咳，他们夫妻近来的关系，简直就势同水火一般。

饭前，褚晋枫向大家透露了一个消息：听他姑姑说，殷肃在一次大醉之后，竟亲口吐露，这次坚决更换秦芙的原因，完全是为了吕艾艾的将来着想。因为他绝不能亲手培养、打造出一个能将吕艾艾置于万劫不复之境的所谓巨星！

众人如闻惊雷，愣呵呵地你看我，我看你，才都忙去问秦芙，究竟和那吕艾艾有什么过节，抑或知道她的一些什么不可告人的秘事？秦芙委屈难禁，却唯有沉默。秦姮听见了，便跑上来说："就是我们花溪的那个吕艾艾吗？她在我们那里可有名啦，先被自己的亲弟弟卖给了坏人，后来自己也做起了坏女人。"

秦芙忙连声呵止："小孩子不许乱说话。这不是好话，以后再不许乱说这样的话知道吗？"

秦姮噎嚅了半晌，顿觉百般无趣，便一溜烟跑回自己的房间去了，再也没有出来。

褚晋枫看着秦芙那副灰心木立的样子，真恨不能立刻返回那宴席上去破坏了一切，来补偿她才好。那边，萨向中也只好顾左右而言他地将一只胳膊搭在萨迦的肩上，语出无状地嘻笑道："儿子，在学校里有没有和你相好的女同学呀？"

萨迦不耐烦地一把推开了他："哎呀，你还有正经事儿吗？"

众人都笑了。褚晋枫便低头在自己的多功能手机上搜索出一个就读于科蒂斯音乐学院的名叫殷嫒的女学生的资料信息来，笑着递给了萨向中。

萨向中一看，只见上面莹心晖目地写着：

> 殷嫒，出身音乐世家。自幼便接受良好的艺术教育。"咿呀"学语时，就开始学唱歌。三岁学习芭蕾舞。六岁学钢琴。十岁起接受歌唱专业训练。少儿时，所表现出来的惊人天赋，使她的歌唱技艺提高神速。十九岁开始登台演出，曾因多才多艺而被国内诸多媒体争相报道……

再要往下看时，褚晋枫已经笑趴在了桌子上。萨向中愣磕磕地朝他看了半天，他才笑着跟他说，这个所谓的"殷嫒"，就是殷肃一手打造出来的吕艾艾。又笑着向他说："还有更可笑的呢，听我姑姑说，前几天，她跟他们去参加一个慈善晚会。主持人问她，知不知道'南京大屠杀'时死了多少同胞。她笑了一笑，反问人家知道不知道。主持人说三十多万。她立刻惊叹道'哇，才三十多万呀！'主持人吓了一跳，赶忙又问她，知不知道'抗战'前后一共用了多少年？她如法炮制，又去反问主持人知道不知道。主持人皱着眉头说八年。她立刻又惊呼道'哇，才八年啊'……"

萨向中听得差点没笑抽过去，秦芙也被逗得抿嘴直笑。正这时，殷若给她打来了电话。原来，她也知道了她无故被更换的事，所以特地打电话过来，表示安慰的。又说，她觉得她还是更适合唱歌，让她不要太在意一时的得失。最后又说，她现在在墨麟羲的琴馆，他们想请她过去吃饭，不知她的时间是不是方便。

褚晋枫在旁边听见了，霍地就站了起来，连声怂恿着让她赶快过去，又直说，他现在就开车送她过去。

萨向中一见这情形，便也忙忙地站起来说，自己也要回家去看看了。

他们出门时，正好赶上了展昙娜和安茜香进门。大家匆匆打了一声招呼，便告辞的告辞，进屋的进屋。展昙娜看着褚晋枫匆匆离去的背影，也不知他今天到底有什么急事，平时见了面，他对她总是格外热情而周到的。

萨母一见展昙娜今天气色大好，就忙问："你的牙现在还疼不疼了？那天麟羲给你开的那个治牙疼的方子，到底有效没效啊？"

展昙娜笑不可禁地说："特别有效呢。我才吃了三服药，就彻底消了肿，一点儿都不疼了。这不昨天，我已经去医院把牙给补好了嘛。"

萨母不禁又满口称赞起来："哎呀，麟羲那孩子可真是出类拔萃，真是不简单！年纪轻轻的，就那么满腹学问，人品又那么好！将来，也不知道哪个姑娘才能有那么好的福气，能做他的媳妇呢！"

展昙娜笑了好一会儿，才说："是啊，我看秦芙和般若都是很好的人选呢。"

萨母笑道："让我看，倒是秦芙更合适一些。模样、性格，哪哪都好，就连那股子厚道劲儿，都跟麟羲是一模一样的。般若那丫头，虽说样样也都没的挑，可就是太厉害了。那麟羲以后要是娶了她，那还不得一辈子受她的气呀？"

安茜香不由抿嘴笑道："将来的事，谁又能预料呢？世上的很多姻缘，都是错配的。"

这一句话，竟几乎要让展昙娜滚下泪来。

只听萨母又说："不过，怎么我看着秦芙跟刚才的那个小褚，倒又像是一对儿呢？咳，虽说不是我的孩子，可我也从心里希望，秦芙那孩子不要太看中那些外在的物质条件才好，要不然，那才真是没造化了！凭良心上来说，小褚那孩子，那倒也是样样都没得说，可他手底下管着那么大的企业——听说就连国外都有好几处呢，那他的心怎么可能不活泛呢？"

展昙娜听了，不禁打从心底里钦佩萨母的眼光。一直以来，褚晋枫似乎都给身边的人留下了十分良好的印象，可是在展昙娜的内心深处，却对他总是有一种说不上来的感觉，她总觉得这个人，是让人根本无法看透的。虽说，就连她的亲生父亲，在生前都不止一次地向她叹息着说："晋枫那孩子，人多好啊！丫头啊，你可真是个没福气的……"

即便如此，也还是没能改变她在内心深处对褚晋枫的那种不太好的感觉。

展昙娜的父亲在世时，原本是一家国企的高级工程师，因为在一次质检报告中，得知与他们单位合作的乙方，竟在一处环境污染十分严重的化工厂的原址上施工，就连忙向上级领导反映了这个情况，结果，竟遭到了接连的暗算和迫害，后来，竟连自己的工作都没能保住。要说，命运对这位正直的老人，也真是太不公平了，竟让他在自己的后半生，尝尽了世情的凉薄——"仇家"的一次更甚一次的打击报复、同事朋友们的无情笑嘲，甚至，就连他自己的两个亲生儿子，慢慢地也都再不肯上他的门了。后来，就连他的两个小孙子接连出世，儿子媳妇们也都没有一人想起来要通知他一声。

那天，贫病交攻的老人一个人凄怆地走在冰天雪地中，忽然想到，权、钱，竟是这般的厉害——它们真的可以使黑的变成白的，丑的变成美的，错的变成对的，也可以让一个一生都在坚守良善的真心的人，一瞬之间，理想和信念都彻底地瓦解崩摧。

就在他最后连哭的力气也没有了的时候，褚晋枫竟然玉树临风地出现了。

那天，褚晋枫默默地听完了老人的满腹委屈之后，不动声色地对他说："其实，这些事情，并没有什么好纠结的。正所谓'人情似纸张张薄'，历来都是如此的。在权力和金钱的面前，亲情会被污染，友情只是一句谎言，人性会被扭曲，人心会变得凉薄叵测。因为这世上，根本就没有人会因为别人的品行高洁，而去耿耿于怀、争相攀比的；可却都会在看见别人发财暴富之后，就会心如刀割、意如油煎，立刻就会升起争竞之心的。不过，说到底呢，钱和赚钱，也都不是什么了不起和太难的事。至于亲情，也一定要看得开。如果您太在乎它，那就只能睁一只眼闭一只眼地装糊涂；可如果您一定想要区分出来，到底是钱重要还是亲情更重要的话，那就无异是在自讨苦吃了。这样吧，您现在最伤心的不就是两个孙子出世，您的儿子媳妇儿们没有通知您吗？这简单，我现在就给您二十万，您也别小气，要了他们的卡号后，马上都给他们汇过去，您看他们来不来看您！"

结果，近乎戏剧性的一幕丑剧果然真实地上演了——两个儿子在收到了老爷子给小孙子们汇过去的"巨款"之后，都以为老爷子这次不是被原单位重新重用了，就一定是撞上了财神爷，竟都争先恐后地携妻带子，大包小裹地赶上门来看他了。

那次，老人家又一次刻骨地体会到了金钱的厉害。整个人神气痴木地坐在椅子上，两眼哗哗地直淌泪。是夜，两个儿媳妇走出他家的大门时，还都禁不住喜上眉梢地跟她们的丈夫说："还别说，咱爸就是疼孩子！你看咱爸看见他小孙子们哭得那个样儿！"

后来，展昙娜的父亲就被褚晋枫返聘去了自己的公司。各种待遇简直优厚得让人咋舌。他那儿子儿媳们，从此，简直就成了一群赶都赶不走的绿头苍蝇了。只可惜，老人家去了才不到一年的时间，就得重病下世了。

……展昙娜正在出神，就听安茜香在耳边问了句："听说，我向中大哥的剧组里出麻烦了，现在都停拍了？秦芙真的说换就给换下去了呀？"

萨母一面喝茶，一面漫不经心地说："刚在这里，倒是听见他们说了几句的，好像说是明天就又要重新开拍了吧。我向来不爱问他的这些事。我呀，总觉得当导演不是什么正经职业，劝了他多少回了，就是不听，我也就懒得再多管他。"顿了顿又说，"话又说回来了，管也是白管，白跟着操心。咳，我这个儿子要是能赶上人家麟羲的十分之一，他们老萨家的祖坟可算是冒了香烟喽！"

安茜香和展昙娜都笑了。

展昙娜便问："听蒙之昨天回去说，我曼陀大嫂跟他说，她家里近来被盗了？听说数目很大，是被她家里的阿姨和司机给偷走的？"

萨母顿时气得直骂："她那哪里是说话，纯粹就是放屁。不管见着谁，都敢给人家胡编乱派一气。现在，就连自己家里的阿姨和司机她都不放过了！居然说人家张姨偷了她三十五万，给她开车的小李骗走了她二十几万，三十五万得有多大一堆钱？张姨一个佣人，就能明目张胆偷走她三十五万？那得偷多长时间？而小李，只是她的一个小司机而已，怎么就能骗走她那么些钱？如果真是那样的话，那问题又到底是出在谁的身上？除非她自己是个傻子，愿意让人家骗。提起这些事来，我就不由得生气！我和向中他爸，我们一辈子都是谨谨慎慎老老实实的人，万没想到，就生出这么两个不省心的孩子来。最可恨的就是曼陀，说话从来不过大脑，只图自己一时痛快，不管真假，满嘴胡吣。人家都可怜到出来给人当保姆了，她还能给人家背负这样的黑锅！"

2

是晚，褚晋枫在秦芙的餐桌上看见了两盒包装豪华的山珍特产，一包上面赫然印着"薏苎蔓带"，另一包则是"莁蕨紫菀"，当即便脸色一沉，问她是从哪里买来的？

秦芙笑着说，是般若才送给她的。

褚晋枫不禁生气地说："怎么连她们也吃上了这种东西！"一面不由在内心里痛恨起自己的疏忽大意来。不用说，那些东西肯定是墨麟羲送给般若的了。就在几个小时之前，他们还在墨麟羲的琴馆里热烈地讨论着人生、理想，为什么天下没有圆满之宇宙，为什么总是会有那么多阴错阳差的讨厌事，以及那么多被错配了的婚姻。

比如身边的几桩显例——鹿归之、萨曼陀，展昙娜、鹿蒙之、辛依米、韩鑫，甚至是穆丹和萨向中。

尤其说到展昙娜和鹿蒙之的时候，他不禁连声叹息道："一个男人，就算是没有经天纬地之才，就算不能去顶天立地，可也总不能不堪到让别人因为他，而去鄙视和怀疑他的母亲和妻子吧。"

他的这一番感慨，似乎引起了般若的十分好感。她终于凝神向他看了又看，又问了句："这，又有他母亲和妻子的什么事呢？"

这真让他的内心感到无比的满足与宁贴，于是便笑道："当然啊，什么是'连坐之罪'？人家肯定会因为这个人的恶俗不堪，而生起怀疑，会去猜想，究竟是一个多么不成体统的女人，才会养育出这么不肖的一个儿子来的。又到底是一个多么没眼光、没见过世面、拿不出手的女人，才会和这种人长时间地共处在同一个屋檐下，消磨人生的！难道不是吗？正所谓'近朱者赤，近墨者黑'嘛。美国人不是也有一句'和傻瓜生活，整天吃吃喝喝；和智者生活，时时勤于思考'的谚语吗？咳，只可惜，展昙娜其实是那么优秀的一个女人，竟要被别人那样去误会，你们说，那她有多冤！"半天又说，"天下竟有那么多的女孩子，虽有重宝之心，却不能分拣玉石，这其实和傻子、瞎子，又有什么区别？都说世事幽暗，当事者迷。其实，迷就迷在不能揆度真理上了……"

这时，就听秦芙在耳边问："这，有什么问题吗？"

他才回过神来，重又铁青着脸，将两盒东西一起塞进了垃圾袋，说："去年，这个厂的负责人找到我下属的一家公司，想要和我们公司合作。结果，公司后来派人过去悄悄考察才知道，这种看似鲜亮诱人的食品里，不是添加了致癌物质——甲醛硫酸氢钠，就是被加入了工业'明胶'，更有甚者，他们那些散落在外面的黑工厂、黑作坊里，竟然直接喷洒敌敌畏杀苍蝇，苍蝇被毒死的同时，纷纷落入浸泡着食品的水池里，那些含有敌敌畏稀释液的东西，很快就会被加工成成品，然后拿到市场上去销售。这样的东西，你敢吃？"

秦芙满心惶惑地看着眼前那两盒被扔进垃圾袋里去的"珍礼"，

不由一阵阵地恶心上来，半天，才皱着眉头直说："这，这也太不应该了吧？现在人们的诚信、道德，怎么能滑坡到这种地步呢？"说着，就忙给般若打去了电话。

般若一听，不禁气得心煎如沸。那些东西，是墨麟羲几天前应她姐夫之邀，去参加一场盛宴时，饭店经理送给他们的。幸而大家还都没来得及吃。想想那些已经被报道出来的"毒奶粉""瘦肉精""地沟油""染色馒头""黑心腐竹"一类恶性的食品安全事件，也真是令人胆战心寒！

她含怒立在桌前，看着盘中那些被自己洗得亮晶晶的各式果蔬，几乎就要流下泪来了。以前，她听新闻里报道说，一些屠宰场放任病死的动物入场加工，然后，便将这些病死猪的肉喷洒或浸泡有毒有害液体后进行销售……虽然当时听过后，心里冰凉一片，但还是想，这下，人们可以多吃素，少吃肉啦！可是现在，就算是那些可以堂而皇之地陈列在各大超市里的、赫然标注着"纯天然绿色食品"的各式白白香软的馒头，不也都被报道出来，是各种防腐剂、甜蜜素齐上阵的吗？还有各种的水果、蔬菜甚至是生姜，不也都是这毒那毒地频频添加，让人防不胜防的吗？

一旦任由这种"秽食"疯狂地发展蔓延下去，将来的人类，又有谁能是幸免的呢？

咳！人类真不知是犯下了何等滔天的罪孽，竟要天天遭受这种被"秽食"毒害的果报！那些个一天到晚做着这种污秽、阴毒、大伤阴骘事业的人，怎么就不替他们自己的子孙后代想一想？还是，他们统统都早已经伤阴骘损到断子绝孙的境地了呢？

"任由邪恶肆意蔓延，而不去制止，等同犯罪！"她心里冒出这念头时，手机嘤嘤地响了。又是她的同学梅忆鹤打来的。她忽然想起，他有位亲戚，正是卫生部的大领导。

般若今天要和墨麟羲一起到图书批发市场去，帮他把新出版的那些以稿费抵来的一千七百册诗话小说推销出去。

穆丹见她才吃了一半的饭，就要匆匆忙忙地出去，便连声笑道："你呀，都快成人家的小管家婆了！"

秦婳也撑不住，伸出手来直捂嘴巴。竟把一碗热粥都给带倒了。

就在般若即要走出房门之际，穆丹忽然问了句："墨大硕士那里的书多吗？用不用开我的车去？"

秦婳一听般若是要去见墨麟羲，嗯呻顿忘，忙也起身追了上去说："小姨，我也想一起去，行吗？"

3

甜水园，北京最大的图书批发市场。

墨麟羲和穆般若带着秦婳一走进这里，立刻便被淹没在铺天盖地的书海之中了。那满眼望不到头的、鳞次栉比的大小展厅里、展台上，摆满了各种琳琅满目的书籍。在这样一个书满成患的环境里，一本书想要脱颖而出，那可真无异于火中栽莲、徒步登天了。这就难怪当下那些不法书商会与一些急功近利的作者联合，不惜使出各种骇目惊心的招数来应对了。

说是书市，实际上却与真正的文化相去甚远，甚至背道而驰。里面出出进进的，大多都是些面目鄙俗、挑脚汉一般的红脖子商人，他们或是双眼如鹰、口悬白沫地与各书摊的老板较尽锱铢，或猥琐着身体，和就近一些兜揽生意的年轻女士开些粗俗的玩笑，让污秽的笑骂声，在周围乱哄哄的吵嚷声中跳跃着升级。

这时，墨麟羲走进左边一个较大的展厅，向里面的负责人说明了来意。那位年轻的姑娘漫不经心地从他的手推车上拿起一本书来，哗哗翻着，操着夹生的普通话直问："什么是诗话小说呀？这种书现在大概很没市场的吧？现在还有谁读诗呀，还是什么诗话小说，名字怪怪的……"

墨麟羲一脸和悦地说："市场还是有的。不然，也不会首印两万册的。再说，只是代销，你们也不用承担什么风险，为什么不试一试呢？"

跷着二郎腿的姑娘一听这话，才敛去了满脸的疑云，但仍旧显得有些推三阻四的："书做得倒是蛮漂亮的，既然如此，那就先留八十本，哦，先留五十本吧。哦，对了，你这书几折啊？"

"六三折。"

"什么？天哪！六三折！你这是要吃人哪！"那姑娘立刻扯着几乎要滴下血来的红唇嚷道。

她的一番喧嚷，立刻引来一场不小的围观和议论。当然，其中大多都是她们自己人。什么业务经理、销售主任地相互称呼着。看情形，都是一些在书海里久经大世面的姑娘们。

她们一听到面前这个面目清秀的小伙子居然叫出如此天价，不禁一个个都哄笑了："小伙子，钱，谁都想赚。只是，你吃肥肉的时候，也得给我们这些合作方留口汤不是？这年头，只有大家有利才能合作开心，你说是不是？"墨麟羲见她们说出了这样的话，倒像是自己赚了多少黑心钱似的，不禁有些局促地解释说："不瞒各位，我就是这书的作者。这些书，是我以全部的稿费，以六三折从出版商那里抵来的，确实没有半句哄骗的话。"

众姑娘都狐疑地将他上下打量了一番，又纷纷把书翻到了勒口，将上面的作者照和本人比对了一番之后，才略略地有了些信任之情。但是在书的折扣上，她们还是不肯轻易让步的。因为那关系着她们的切身利益。这时，那位负责的年轻姑娘竟再一次惊呼起来："天哪，你们快看，那小女孩穿的是 OKAIDI 呢！"

众人便都齐刷刷地向秦婳看了过去。那说话的姑娘，早已一个箭步飞赶过去，不容分说，就去翻看秦婳衣领内的商标。一面又霍然抬起头来，目光灼灼地看着墨麟羲说："好家伙，给你女儿买这么贵的衣服穿，你还好意思跟我们这些穷人这样地哭穷！"

墨麟羲一脸的尴尬和不知所措。心中不禁暗暗庆幸着，幸亏这时般若是在别的展厅。

就见秦婳挺身扬头，颦着眉头直分辩："我不是他女儿，他是我舅舅。这衣服也不是他给我买的，是我舅妈给买的。"她那可爱的踌躇小样儿，将几位姑娘都逗笑了："哈哈哈，这小丫头可真可爱，舅舅舅妈那还不都是一样的吗？"

大家嘻嘻哈哈的，笑个不止。秦婳不禁有些茫然，竟不知该再如何加以辩解了。咳，事实明明就摆在那里，可却好像怎么都说不清楚似的。

笑过之后，那位负责人说，看在小人儿这么可爱的分上，就大放一把血，他们可以留下一百册书，以五折的极限价成交。行，就马上交货打收条，不行，也别伤了和气，速请自便。墨麟羲因想到是第一笔生意，便索性痛快成交了。

接下来，又不免历经许多的使转顿挫、喜愕忧愉之变，耗时将近一天，三个人都已累得力尽神危了，才总算是把那些"剖肝为纸，滴血做墨"的新书全部都代销了出去。

这时，墨麟羲和般若的手机早已交汇响成了一片。先后几次追命般的电话，是辛依米的妹妹乌头给墨麟羲打来的。她的原名叫依兰，因为小的时候每天都乌眉黑嘴，头发乱蓬蓬的，所以大家就给她送了个"乌头"的绰号。听说，她在半个月前，就已经郑重拜托了墨麟羲，请他找一找出版社里那些关系好的编辑们，帮自己的一个诗友出版一套个人诗集。而今天，她之所以追得这么急，是因为那位朋友现在已经到了北京，非要求和墨麟羲见上一面。他时间又特别紧，还要乘晚上九点的飞机赶回去呢。

"所以，无论你现在有多忙，也无论有多么重要的事，都要先放一放，必须先过来和我这位朋友见一面！"最后，那辛乌头竟以如是命令般的口吻向墨麟羲吩咐道。

给般若打来电话的，则自称是《谛视大师》出版社的社长。他首先以十分诚恳的态度，对书中所出现的诸多不足和纰漏之处，深表歉意。随之，便将那"态度不端正"的鱼相礼好一通地批评斥责。又大发感慨地说，国人就是这么一副陋习，似乎从来没有向别人承认错误的习惯。太多的人，上至古人下至今人，面对自己所犯下的错误，想得最多的就是如何开脱、辩解、隐瞒或是强词夺理。久而久之，就变成了一副既不明是非，又没有原则的性情。真是岂有此理！穆老师生这么大的气，我们是完全能够理解的！不过常言说的好，得饶人处且饶人，宰相肚里能撑船，退一步海阔天空嘛！穆老师您大人有大量，您不看僧面看佛面！如果您执意要起诉的话，那么，受损失最大的应该是我们出版社，而并非那午夜文化公司。哈哈，穆老师，我私下里已经把那老鱼教训得够意思了，他也认识到自己的错误了，一再表示会给您们一个说法和补偿的。他有心请您出来把这件事情和解开来，又担心您不给他面子，就再三再四拜托我来打这个电话。那让我打我就打嘛，谁让我们做错了事，有愧于人呢？总不该到了这个时候，还摆出什么年龄的臭架子不肯俯就吧？穆老师，俗话说，这冤家宜解不宜结。就是为了您的那些作家、诗人朋友们，您也应该退一步为上吧？以后，他们要是再有什么新的作品想要出版，您第一个就拿来找我……哈哈，如果您同意，我马上就通知那老鱼给墨老师和您打电话沟通，您不妨就先看看他的态度吧。

结果，很快，那鱼相礼果然给墨麟羲打来了电话。最后，又以一副从未有过的谦逊口气，郑重邀请他和般若明晚共进晚餐。

这自然早在般若的预料之中了。这个鱼某人无论大事小事，也真够机关算尽了。他先搬出个和她素不相识的社长来，对她晓之以情，动之以理，可想而知，就算她对这件事再如何的生气不满，又怎么会去和一个素未谋面的人大动肝火、不依不饶呢？更何况，这件事从本质上来说，那社长根本就是一个无辜之人。鱼相礼之所以能把他动员出来，一定是以"社里将来的影响和名誉"这类的话作为要挟的。只等一切都如他所愿之后，再由他亲自去和墨麟羲联系沟通，相比之下，墨麟羲是多好说话，多容易对付啊！

他的这通电话才刚挂断，辛乌头便又急不可禁地把电话追了过来，叽叽呱呱地连声向墨麟羲追问着，现在究竟到了哪里？再三催促他把速度再加快些！

般若在旁边听得不由得生气，就对着那手机向墨麟羲说："你让她也出来往这边赶一赶，我们可忙了这一整天，受了一天的闲气呢！大人怎么都好说，还有个小朋友呢，谁也没欠她的，行事怎么总是这么颠倒！"

4

萨向中的剧组这一恢复正常拍摄，他就又开始整日整夜地不着家了。

穆丹压抑得几乎每天都在跟自己生气。

这天，她打电话通知了般若，说自己又想回天津了。

般若那天和那鱼相礼见了面之后，才知道午夜图书公司竟是殷肃下属的一家文化公司，在鱼相礼一连串看似不经意的明提暗示之下，她才霍然意识到，墨麟羲那部《绝代明妃》的改编费尚有大半余款还没有拿到，为了不使他受到更大的损失，她也只有先把自己和他们的恩怨，暂时搁浅了。

因为自己的车尚在大修期间，这次回娘家，穆丹打电话向鹿归之借出了他那辆越野车。母亲不在家，听穆缔说是去了外婆那边。穆丹便怂恿着他也一起又向着外婆家赶了过去。般若原本有些推托，但又不想让她失望，只好勉为其难。她自小就不喜欢外婆家的生活氛围——因为各种特殊复杂的关系，常使得各种禀性、判若云泥之人共聚一处，是非迭生，滑稽百出。

外婆家地处天津和平区小白楼音乐厅附近，是一处即将拆迁的老旧楼区。虽说看上去有些灰头土脸的，但是，在穆丹的眼里，这里却是亲切和温馨的。因为，这里记录着她人生中最为美丽动人的回忆。一景一物，都能勾起她心底无限美好的遐思。

车子开到胡同口停了下来，这一带楼区中的胡同都十分逼仄，根本不可能停放这么个粗头笨脑的大家伙。穆缔招呼着一班妇幼弱小下了车，护送上了前面的台阶，才重又转身回到了车上，向附近的停车场开了过去。

般若便和穆丹争着去拿那些被穆缔摆放在台阶上的各种礼品了，穆丹笑着说："走你的路吧，仙女似的，你能拿得了这些？"说着话，便从她手里硬抢过大半来，只让她拎着两盒西点。

般若说："那我抱孩子。"

穆丹说："别跟我争，耽误时间。到了家你再抱。"

走进外婆家的那条胡同时，有几个聚在一起说闲话的老太太，顿时眼前一亮，争相向她们打着招呼："哎呀，这是贵人回来了呀！"

"啧啧，看看这对姐妹，真是一个气死一个！胡奶奶可真是有福气……"

穆丹满面笑容，频频与她们点头问好，说长问短。般若自小就害怕这些话痨们，早拉着秦婳，一溜烟儿钻进外婆的小院里去了。

才一进门，就见眼前一片热闹景象：小舅舅夫妻就像是中了头奖似的，一个个脸冒红光，满屋子乱窜。他们那个平日里懒惰成癖、说句话都害怕伤神费气的公子——胡璐，也正指天画地地大说大笑着。年近八旬的外婆，正自己转着轮椅，满屋里陀螺似的给翻找着东西。

她的身体在此之前，一直都格外硬朗。之所以坐在了现在这辆轮椅上面，实在是因为太过吃苦耐劳了——两月前的一个大清早，她一如既往地为留宿在家里的儿孙们买回了早点，又把他们那些四下里乱扔乱掷的厚重衣服拿出去浆洗。晾晒时，一个不慎，被积雪滑倒，当即摔成了大腿骨裂。虽然如此，却依旧保有安时顺命的品格和耳聪目明的好福气。这大概是由于她年轻之时，没有赶上像当今社会里的浮躁形势和竞争高压，也没有受到过诸如手机电脑之类的毒害与侵损。你看她，刚才还在那里全神贯注地为儿子媳妇翻找着东西，现在，又一眼看见了翩然而临的外孙女，那笑容便由心眼里一直笑到了脸上来；"哎哟，我的大俊丫头，这是哪股仙风把你给吹来啦？"

般若把两盒糕点放在了桌上，笑着才要说话，小舅妈已经在那里惊呼连天了："哎哟，快看看，这领的是谁家的小俊丫头呀！"话音未落，又一眼看见穆丹拎着大包小裹、抱着小女儿也走进院子来了，便越发夸张得像个跳大神的一般了。忙一路飞走出去接住穆丹，一面喜气难禁地接过了小不点，一面手慌脚忙地将自己浑身上下的口袋逐一摸索、拍打了一遍，连声讪笑着说，"哎哟，小宝贝儿，可真是不巧，舅奶奶来得匆忙，也没带着钱包来。"那眼尾堆起的一条条的皱纹里，布满了虚情假意。

这工夫，穆缔也拎着一堆礼品，丁零咣当地走进来了，满屋里不免又是好一阵的忙乱。身高一米八六的小舅胡绍介，就显得尤为殷勤。大概是由于年龄的缘故，昔日玉树临风的俊朗身材，此际看上去竟有点"含胸"。他一面满脸堆花地接过穆缔手中的各样礼盒，一面故作惊悚地问道："大小伙子，听说，你近来对我意见很大？当着我们胡璐的面就说，'要不是看在他是我亲舅舅的分上，我早就过去打他了！'还差点儿要在正月里去剃头[1]，是吗？好家伙，我听了这个话，吓得好几个晚上都没睡踏实。翻来覆去地想，要不行，我给你送点礼过来看看你？"

话音未落，引得满堂轰然大笑。穆缔的一张健康黝黑的脸，顿时笑成了一块大红布，笑软了，就势将头搭在舅舅的肩上，呼哧哧直喘气，一副打断骨头连着筋的样儿。

穆丹抹着眼里笑出的泪花，歪头直问："姨，我妈呢？"

一语激起千层浪。小舅妈当即尖着嗓门嚷了起来："哎呀，快别提了！算是让那依米一家子给绊住了！哎呀丹丹，你大概还不知道吧，你那个好同学辛依米……哎哟，闹得简直太出格了！人家竟要扔下自己的爷们儿孩子跟一个小警察私奔哪！哎呀，真是的，两人在外面约会，让人家韩鑫抓了个正着。她还不依不饶，满世界里大

---

[1]正月里剃头：天津的民间风俗，正月里不剃头。有"正月里剃头死舅舅"的说法。

嚷大喊着直说'这婚我还就离定了！你要不怕当王八，你就继续这么纠缠着不放！'咳，你说说，这还有没有天理了？就她那样的，能遇着人家韩鑫那么好的男人，那真是烧了八辈子的高香了不是吗？你说说啊，论长相，论人品学历甚至是收入，人家哪一样不是强过她百倍？可是还要反过来像伺候姑奶奶一样地伺候她，她出去玩儿，人家韩鑫就提前把衣服给她熨好。她在外面疯够了，无论多晚，人家韩鑫都能把热腾腾的饭菜给她端上桌来……哎呀，真是想想都让人眼热！"及至后来，她简直就是一字一叹气了。

她的宝贝儿子胡璐在一旁不免白眼相加道："一说起这些个乱七八糟的事来，她比谁的劲头都大，就像是她亲眼看见了的一样！"

穆丹忙问："那，我妈在那边干什么呢？"

"哎呀，那边的一群人都打成了热窑，而依米这两天又不知跑到哪里去了，两边的家长又都是各说各的理，谁都不肯退让。就都过来找你妈，让去给做个见证。说是当初他们小俩口结婚时的房子，是向中帮忙给买的。因为那里是向中他妹妹开发的工程，一百多万的房子，六十万就拿下来了。并且，还享受物业、暖气终生免费的优待。韩鑫他妈说，如果真是那样的话，那么，当初女方家里就是谎报军情。因为，光是她单方面就拿出了六十万。而那依米的妈也是，自己的闺女都做出了这种事，不但没有半点愧疚之心，反而还理直气壮地和人家大吵大闹，说什么，'这能怪我们依米吗？现如今，谁结婚没有个房子住呀？'人家韩鑫他妈当然不干了，那没气疯都算是菩萨保佑呢！可也只能去骂自己的儿子。谁让他耳朵根子软，那么好的房子，才刚住进去半年，就受不住依米的煽骗，说什么，一个姑爷半个儿，反正她父母膝下也没有儿子，就只她们姐妹两个，地方又那么宽敞，又何必两头跑来跑去，费财费力呢，倒不如把房子卖了，搬过去和她父母住在一起更省事方便，以后，光是卖房的利息，就够一家人的开销了！这下倒好，让人家落了个人财两空，她们娘家还好意思这样地无理取闹，气焰嚣张！"

穆丹听得心直往下沉，就说自己得过去看看。说着话，就给辛依米拨了电话，无奈，她已经关机了。穆丹不禁直皱眉头，小声咕哝了几句话，就推门出去了。

小舅妈一见，连忙将怀里的小不点儿一把塞给了般若，脚挨脚就追了出去。一副欲言又止、止而未住地讪笑："丹丹，你先稍等等再走。正好，我和你舅舅还有事要麻烦你呢。嘿嘿，你看，这个小屋里所有的拆迁手续我们也都跑前跑后地给办下来了，我们现在住的那套房子，也正往外卖呢。考虑到老人家都已经这个年纪了，我和你舅舅就想着，到时不如干脆换个大点儿的房子，两处合一处算了。也省得她老人家老天长日地总是一个人，总让人牵肠挂肚的。我们最近呢，在天樾园选中了一套房，想来你也是听说过的，那里的环境特别适合老人颐养天年。只要舍得花钱，还另外赠送空中花园和百平米草坪……"她一脸的神往之色，但迅即，又来了个一百八十度的大变脸，"可是丹丹，那里的房价，又实在高得吓人。你舅舅那个人，你还有什么不知道他的？有一个花十个的主儿，真到了拿钱办正事的时候，他一个大男人什么忙都帮不上！咳，我也不指望着他了。丫头，你能不能帮忙给找找熟人，把房价往下给降一降？我听说，那里的老总和向中他妹妹关系特别好，我的那点子存款，就连首付都还不够……"

在穆丹眼里，这简直就像一幕滑稽剧。记忆有时真是个可怕的东西，总是在最为关键的时候猛然就撞了上来，把那早已快要平复了的伤疤，重新又揭剥开来。

5

午饭时分，年轻气盛的穆缔和外婆发生了一场口角。

老太太在儿媳一家人扫兴离去前的一番渲染性的挑唆下，立场鲜明地站在儿媳妇的一边，埋怨起穆丹来："这丹丹也真是的，怎么越大越连个里外都不分了呢？给外人都能那么操心帮忙，轮到自己舅舅这儿，就能甩手撂爪儿地走人，真不像话！帮了帮不了的，倒是说句痛快话呀，含含糊糊地掉头就走，多让人下不了台呀！"

穆缔立眉瞋目地说："她爱下得了台下不了台，还别总拿这一套来吓唬人。谁又没欠她的，凭什么就活该让她没完没了地算计？我看他们简直就是得寸进尺，您老人家这房子早早就让他们算计了去，他们做事的时候，有没有想到过别人？把我们家人都抛开，我们家也没有谁会惦记您的这点地儿，可不管怎么说，还有我大舅呢吧，人家可还有两个孩子呢，而那两个，又有哪个不是您老人家的'正根儿'啦？可您老多会儿有点好事，不都是让小儿子这边抢了先？反过来，这么多年，他们除了用嘴皮子对付，白说几句漂亮话之外，到底真正照顾、关心过您一回吗？就说您这腿吧？怎么摔的？您为他们忙前忙后摔成了这样，轮到出钱、护理的时候，就一个电话把我妈从外地提溜回来，床前床后、没日没夜地就只累她一个人。我妈不比他们哪个更忙百倍？那时候他们的人又到哪儿去啦？谁做事也别太让人看不过去了！您总是这么偏袒他们，想没想过别人的感受？还嫌人家我大舅一家子总也不过来看您！"

"咳，你这孩子，都是亲的热的，你分那么清楚干什么！"

"哼哼，只有他们用着别人的时候，就都成了亲的热的了。用不着的时候，就比狼还狠。"

"你这混小子，着三不着两的，这都乱说的是些什么！"老太太急得又是挤眉弄眼，又是比手画脚，直示意他不要再说下去了。

穆缔横鼻子竖眼地仍旧直往外说："您老人家治腿住院的时候，我们家光是我姐夫一个人就出了两万，他们就能悄悄拿走八千！我什么不知道？不说算了！您老人家自己爱怎么对他们偏护他们，别人管不着，也争不赢。但是，总不能要求别人也都跟您一样吧？有我妈这么多年给他们当冤大头，就已经够意思了！要说我舅，那怎么着也还算是跟我们有层血缘关系在那儿呢，就算他再怎么做得过分，也不会有谁真跟他太计较。可是那个破娘们儿，她凭什么老是这么没完没了地算计别人？她平常没事的时候，不总是爱笑话人家萨曼陀为人如何怎样吗，怎么，现在知道人家有用啦？说句不好听的话，人家就是再怎么差劲儿，至少还能换来自己风光体面的生活，可她呢？她那么好，怎么就让自己的儿子给堵着啦？"

此言一出，惊得老太太差点儿没从那辆轮椅上跌了下来。瞪着眼睛直叫："小祖宗，这话也是乱说的？看让你舅舅听见了，不把你一顿好揍！"

穆缔满嘴冷笑道："他都那把年纪了，您还总以为他是常胜将军呢！真要动起手来，谁揍谁先放一边儿，就说那个娘们儿的那点破事吧，要不是考虑到我舅已经是这个年纪了，怕他受不了刺激，谁会替她这么遮着掩着的！"

老太太顿时便僵冷在了那里，好半天，才又耷着眼问道："难道，这还是真的呀？"

"真的假的，您回头问自己的亲孙子去！反正又不是我当场给堵着的！"穆缔说着话，探头隔着窗户向里屋看了看，一见般若正在里边的那把老藤椅上，哄着两个小可爱玩儿得正欢，好像根本就没有受到他们这场战争的干扰，便越发放下心来。少时，又自言自语地咕哝了句，"KAO！真她妈的丢人丢大发了，让自己的儿子和人家的女朋友给撞了个正着，什么玩意儿！"说罢，便推门出去，到小街上给自己买啤酒去了。

午饭过后，穆丹的妈妈回来了。可她似乎并没有看见穆丹。大约双方走岔了路。

一见着外孙女和她那个惹人疼的小姐姐，穆母高兴得只剩下笑了。她把两个小人儿左摩右抚一阵之后，忽然无限感慨地说："我还真就奇了怪了，你们说啊，就萨向中那么个揍性，他怎么就配有这么好的孩子管他叫'爸爸'和'舅舅'呢？"她那一口纯正的天津腔说起话（骂起人）来，可谓个性鲜明，掷地有声。

般若听了，少不得一番背后挤眉弄眼，扬声娇嗔："看您，当着孩子就说这样的话。"说着话，便悄指着秦婳说，"别看人家是个小人儿，可什么都懂呢！"

穆母大笑道："我还怕这个！就是当着他的面儿，我还不敢这么说是怎么的？"

"那是当然，您老人家多厉害呀，光是那大嘴巴子，就不知道抽了多少回了。"穆缔的这句话，竟又不知触动了外婆的哪根神经，老太太竟一脸不快地翻起了旧账："哼，仔细想想，向中才不是个东西呢！从前在我这里住的时候，许愿许得多好呀——'姥姥，现在的形势已经很明显了，将来，您也就只有依靠我和丹丹了！'呸，说这些个没影儿的话，不过就是上嘴皮碰下嘴皮图个痛快罢了！他现在，光是那大洋楼豪华别墅的，就不知买了多少处了，多会儿见他想到过我这老太婆啦？人家那些邻居们谁见了面不说呀，'你们家那么多住高楼大厦的，怎么也不把你老人家接过去住住呢？'说得我都不好意思出去见人……"

话音未落，便又遭到穆缔的一顿抢白："真是奇了，您自己的两套房子都让我小舅算计走了，怎么不去找他理论，每天尽找我姐夫的晦气呢？我姐夫就够不错的了！要是我以后娶了媳妇，她娘家人敢这么对我？"看情形，他是预备要说出一句狠话来的，可大概忽然想到了那话的杀伤力过大，便又强咽了回去，顿了顿，又说，"再说您又不是不知道，他们家的财政大权，可全都掌控在我大姐的手里呢。有本事和我大姐说去，她要是想给您买，那就是分分钟的事。也不用每天在这里白叨叨，让人耳朵起茧子。"

"你这混球，怎么反倒向着外人，说自己的姐姐？你说这话的意思，不就是想说，是你姐姐攥着钱，不想给我买房，你是这个意思不是！"老太太顿时有些撑不住，动了肝火。

"谁是外人？我姐夫吗？"穆缔甚是不满，提高分贝道，"我不知道谁是外人谁又是内人，我只知道谁对我好我就对谁好。我学不了您那样，谁越能算计琢磨您，您就越是往死里对人家好。相反，谁越是真心敬着您，心里有您，就专把谁往死里挤对。再说了，人家我姐夫多少回提出来要接您过去住，是您一次次又是放不下儿子，又是丢不开孙子地推托着不去，怎么现在又来说这种便宜话呢？"

老太太展着眼睛，说："那是我不愿意去吗？他们买那么高的楼，我能爬得上去呀？"

穆缔挑着眉毛说："人家那里有电梯好不好，谁说要爬楼来着？"

"那我一坐电梯头就晕，怎么办？"

"神仙都拿您没法办法！"

"嘿，你个小王八蛋的！"老太太终于忍不住动了粗。待要认真教训，又被穆母把话接了过去："您也真是的，老惦记人家那点东西干什么？再说了，您一个人能住得了多大点儿的地儿呀，真想去住，我那里还不够您住是怎么的，这是天天替谁白嚷嚷呢？"

"咳，那是他从前亲口许给我的，我不过也就说说罢了，还至于这样着急上火的呀？"老太太一见竟惹得女儿也不高兴了，连忙转变了口风。好半天，又长叹着气，把想要借题发挥的那些话，都生咽了回去。又窸窸窣窣于窗根底下拎起了痰盂，便又忍不住再三叹气说："咳，还是那句老话说的好啊，'有钱的王八大三辈儿，没钱的大爷活孙子儿！'"

第九章　枉凝眉·悲伤的月亮在空中

1

辛依米父母家里。

韩鑫的母亲心狂火盛、两肩乱颤地指着儿子，非让他把卖房的钱追要回来。一面沸声大骂："她这么年轻就这么不要脸，那得到多会儿才是个头！你还这么黏黏糊糊、没囊没气地想要和她缓和，我呸！别让我们老的小的跟着你一起丢人现眼了！我告诉你韩鑫，我当初花钱给你买房，是娶儿媳妇的，不是为了娶破鞋的！你赶快把我的钱拿回来还我！"

话犹未毕，就被辛依米的那些七姑八姨们，仗着人多势众给挡了回去："这些难听的话最好少说，他们小两口过成过不成的，那都是他们自己走出来的，谁也赖不着！现如今，谁也别有理天王似的。他们一家子在这里一住就是五六年，吃穿使用，哪一样不是从我们娘家拿出去的？就连我们这些亲戚们，都还不知道跟着白填陷进去多少去了呢！真要是细算起来，该往外拿钱的，还不一定是谁呢。"

双方你来我往，互不相让，把韩鑫一个持重寡言的人逼得简直无地容身。也幸而有穆丹在旁生拉死劝，才总算将气愤得已经要挥刀的韩老太太给劝住了。最后，穆丹把她拉在了一个僻静处，倾心吐胆地劝释："伯母，快别这样了！再这么闹下去，受伤害最大的不还是韩鑫吗？我知道您是心疼儿子，心里委屈，可是要想真正解决问题，光这样吵闹，不还是于事无补的吗？"

韩母满眼泪雨淋漓，指天画地地诉说儿子待岳家心热憨厚之状，媳妇悖逆欺儿之景。恨他太让着她了。又骂："这个没脑子的窝囊废，他让人家骗得眼看连个落脚地儿都没有了，他这些年的书算是白读了。退一万步说，就算按照正常手续办离婚，那财产至少也该是一人一半的，何况他还是无过错方！脑子大概都让狗捡去吃了！他一个大人怎么都好说，可孩子怎么办？难道，也还要继续跟着他缩在这里，让别人戳脊梁骨吗？休想！我这里第一个就决不能答应！"

穆丹见事情已经到了这地步，就算再做努力，也是徒劳无益的了。眼下，最要紧的，就是替他们父子解决住房的问题。忽然想起，自己以前在天津时，还有一套两居室的房子，上周刚好退租，便悄悄跟老太太说："我在梅江还有一套房子呢，就先让他们爷俩搬过去住吧。住多长时间都行，反正空着也是空着。凭着韩鑫的为人和能力，只要他这次不垮下去，您享福的日子还在后头呢。伯母，听我一句吧，为了韩鑫和孩子，您就退让一步吧。只要有人在，才是最重要的不是吗？"

韩母见穆丹这般体贴人心，便不禁又想起依米来，不由得越想越气越灰心。半日，抹着满眼老泪，一路蹀躞着去了。

穆丹再返回外婆家时，已经是晚上了。

大家都上来向她打探那边的情况，穆丹长叹着气，说："双方的战争进入了拉锯状态，所有的人都已经力竭神危了。一时也难有个结果。"又连声叹息道，"难怪佛经上说'夫妻是冤家，报冤的，还冤的，无冤不聚；儿女是债主，欠债的，还债的，无债不来！'仔细想想，还真是一点都不假呢！"说着，就忙问还有饭吗，说自己都要饿软了呢！

老太太一听，不免又趁势埋怨了些"太过年轻心热"的话，一面就转着轮椅，要到厨房里去给她拿饭。不料，早被穆缔抢了先。他一面蹦跳着进了厨房，一面满嘴笑着往外直说："有我在呢，这些活儿哪能轮到您来伸手呢？"

老太太一听，眼睛顿时笑成了一条缝儿。嘴上却忍不住骂道："你们说说，这是个什么东西？顺起来，把人哄死。拧起来，能把人给噎死！"

穆缔从厨房的窗户往里笑道："债主么！我大姐刚说过的，而且是双重的。前世不是您欠了我妈的，就是我妈欠了您的。同样，我跟我妈也是这样的。这么转来转去的，就转成这样了不是？"

引得里面屋子里一片笑声。

穆丹看着端上桌来的全部都是她爱吃的，高兴得眉花眼笑。满口吃着，一面就不住感慨道："真奇怪，小时候爱吃的东西，就是到了多会儿都还爱吃，总也忘不了。"

那边，穆缔又小心翼翼地给老太太重新斟了一杯水。老太太只抿了一口，就皱着眉头抱怨起来："这才刚烧的水，这么会儿的工夫就又不热了。这阵子，都一连换了好几个暖水瓶了！可也真逗，现在的东西都随人，都是些花里胡哨的样子货！我们过去买一个暖水瓶，那一用就是多少年，灌进去了儿天的水，再打开来，也都还是热气腾腾的，就没见过像现在这么糊弄人的东西。人也一样，人家过去的人结婚，那一过就是一辈子。无论多苦多难，都是两口子同德同心，相携互助地一起到老。再看看现在的人，半年不见，孩子都换了好几回姓了！"

穆缔被逗得跌坐在床上嘎嘎大笑不止。这话却撞在了穆丹的心坎上，她好一阵心潮激荡之后，才骨碌着两只大眼睛直问："咦，我们家那俩小宝贝儿呢？"她母亲指着里间，压低了声音说："那个'二刺头儿'哄着睡着了吧？哎呀，提起这事来，可把我给气着了。那个倒霉丫头，抱着俩孩子直躲我，说是怕让我给带粗野了！那你们几个谁又不是在我手底下带大的？谁又粗野到哪儿去啦？尤其是你，软得跟个面团似的，要是有一点儿随了我，倒还不错了呢！"

穆缔便笑着站起身来给穆丹学舌："嘿，她还冤呢，把人家小秦妩才带了两个小时不到，再跟我们去饭店时，服务员过来问要什么饮料，小丫头扯着嗓门就喊'要啤的！'好家伙，那个豪爽，就差没作酒鬼状了呢！"穆丹一听，不禁笑得满身花枝乱颤。忽然，一脸郑重地望住了她妈说："穆缔明天开他那辆车回内蒙去卖，您要是没事儿的话，不如跟他回去一趟吧？也省得让人家赚了他。再说，我爸那儿不也马上就要退休了吗，您回去跟他商量商量，实在不行，就都回来算了，总这么两地分着也不是个事儿不是？"

外婆见此阵势，本意要反对。只是，自己刚才的一番宏论已经在先，这时也不好在这么短的时间里，又去大唱反调了。

第二天吃过早饭，穆母便和穆缔在众人的一片祝福和打趣声中，含笑坐上了穆缔的那辆蒙迪欧。穆缔一面发动车，一面探出头来直问秦婳："小佛爷，借你的福嘴儿给舅舅预测一下，看舅舅这次能赚多少回来？"

秦婳闭着眼睛想了想，笑着说："一万块。"

穆缔一听，顿时苦着脸直喊："嘿，你倒是给舅舅多说一点儿呀！一万块，还不够这趟的辛苦钱呢！"

穆丹笑道："得了，你这个小迷信鬼，什么时候也学得这么神神叨叨起来了？她一个小人儿，一万块当然就是最大的数了。快开车吧，这回，你准能赚个天价回来！"

穆缔一听，咧着大嘴笑道："借富婆吉言！谢谢，谢谢！"话音未落，就已踩动了油门。

般若这才猛然间想起了什么，连忙喊着："等等，"一面忙飞走上去，从自己的包里拿出一个装满了钱的信封，隔着车窗递了进去说："这是墨麟羲听说你要回内蒙去，特意托你带给他妈妈的。"穆缔笑着大赞了句："真是一个大孝子的好榜样！"便一脚踩动油门，一径儿朝着内蒙古方向飞驰而去了。

穆丹目送他们远去，又亲自开车出去了大半晌，给老太太买来了诸样日用品，安顿叮咛了一番，便也准备着要返回北京去了。

老太太红着眼圈，泪水莹然，攥着她的手，紧紧地不忍释放。

好半天，才又将小儿子必须要托人走关系、才有可能买到新房的那件悬而未决之事，再三絮嘱、拜托了一番。

2

辛乌头今天也来到了墨麟羲的琴馆。

她一眼看见秦芙也在，心里就忍不住来气。她烦她已经不是一天两天了，嫌她尽日装尊、拿腔作势的，这时正好赶上她走了霉运，便偏要上来将她恶心一番。

她因见墨麟羲在课堂上一再夸赞秦芙的琴弹得好，还让她上台演奏了一曲《客至》。秦芙下来时，她就探过头去，把话直送到她的脸上去了："你弹的是不是过于平静了？这些人到底懂不懂啊，居然还鼓掌鼓成这样！怎么我看人家电视上那些大名家们表演的时候，一个个那叫一个激情澎湃，都跟打了鸡血似的。你也太没有激情了吧？"又一脸坏笑地说，"我告诉你一个好办法，下次你再弹琴之前，多想想那方面的事，保管就有激情了。哈，你这么看着我做什么？总不可能都到这个年纪了，你还没有过那方面的事吧？快少来吧，你们的那个圈子！"

说得秦芙脸上变貌变色，她仍旧不依不饶。直到看见般若也来了，她才总算把一张滔滔恶口给止住了。说起来也真是一物降一物，她自小阴损邪恶，简直天不怕地不怕，尖妒刻薄到了简直就不能容忍任何同性同时存在的程度，即便是一个完全陌生的女性，她都能做到如同对待世仇一般。有一次，她在街上看到一个衣着十分华丽的模特正在拍广告，不禁被吸引得凑上去看了又看。忽然看见那女模特的脸上颇有得意之色，她顿时便恶怒万丈，拨开人群嗒嗒嗒走上去就对人家说："我只是在看你的衣服，你可千万别误以为是自己长得有多么吸引人，如果真是那样的话，那可就太滑稽了！"

还有一次，她因为当众挑逗一位有妇之夫，被人家的老婆指着脸怒骂："臭不要脸的！"她挺身愤然还击道："我怎么臭不要脸了？就因为我喜欢这个男人吗？如果是，那么，你才是臭不要脸的先驱。因为，肯定是你臭不要脸在先的！"

可以说，她简直就是一个邪知邪见的天才，同时又兼具颠倒黑白的"文妖"的口才。如果一个女人外向能干，会被她骂作"风骚淫荡，作死不挑日子"；如果矜持内敛，又要被她骂作"装腔作势，自私冷酷，麻木不仁，根本就不具备认真耐心的接受外界信息的最起码的做人的素质"；她甚至认为，那些一心疼爱孩子的父母们，简直就是天生的下贱。因为，他们花费了自己大半生的心血精神，只不过是培养和照顾了别人将来的老公或者媳妇。

她的这种邪恶的人生理论，常常让人在目瞪口呆之余，却无力辩驳。总之，她天生最大的爱好便是，对于摧毁他人信念和幸福的事，无不十分慷慨激昂。可不知为什么，她却打从内心里特别怵般若。

下课后，般若问她这几天里可见到过她姐姐依米没有。结果却是一问三不知。般若打小也算把她们一家人的这副样子给看惯了。她们要是神秘起来，简直一个个就跟鬼似的。第一个，就要算依米的妈妈了。人家的大人都是担心自己家的小孩子太疯，出去闯祸，可那依米妈妈却时常抱怨孩子们不肯出去玩，若是她们再把小朋友招到家里去，她妈妈就会气急败坏，满屋子咆哮："小孩子不出去玩，一天到晚就在大人跟前死盯！"她越是骂得凶，依米姐妹就越是不肯出去，倒偏要看看她和那些趁着她们的爸爸不在家、窝在暗处的陌生男人们，究竟要做些什么瞒人的秘事。她甚至可以轻易地就对一个已婚的男人说出："咳，要不是你已经结了婚，我就把我的女儿们嫁给你一个了……"为此，曾被一个彪悍的妇女堵在门口，足足大骂了两个小时："见过无耻的，没见过你这么无耻的！拿着自己的亲闺女做诱饵勾搭野男人……"因此而名声斐然于九街八巷。如今她几十岁的人了，行事还总是神神秘秘的，动辄就赌气离家出走。没有人知道她的具体工作是做什么的，开小吃店，客人能在汤里吃出丝袜来。开美容店，顾客、老板和美容师能拎刀动棒互打互杀成一片。

般若还想说什么，见墨麟羲一脸阳光地朝她走了过来。后面又有褚晋枫、秦芙和鹿蒙之也都一起走了上来。

褚晋枫逸兴遄飞地说："今天是十五，正好又是情人节。可真是个好日子，不如我请你们一起去吃饭吧！"墨麟羲说他今天和般若还有其他的事，改天吧。般若便与他相视一笑。今天也是他的生日，两人早就说好了，这一天要一起过，一起动手做老家的长寿面。鹿蒙之听见，嘴里嘘嘘吹着口哨，也斜着眼睛看着墨麟羲直笑。

褚晋枫便和秦芙一道走了，他不知这鹿蒙之为什么竟越长越一脸的贼气，都走出去很长一段的路程了，内心里居然还是忍不住愤愤的，他真替展昙娜感到痛心。

辛乌头站在后面看着，十分生气，心里想着墨麟羲和穆般若不去，褚晋枫竟然也不邀请一下她和鹿蒙之！大约他根本就没看见她，全神都搁在那穆般若的身上了。想着，便也愤愤地和鹿蒙之一起走了。

般若看着他们离去的背影，不禁向墨麟羲笑道："你这琴馆开得真是不错，教了一群熟人。"

墨麟羲笑着说："晋枫这几天是陪着秦芙过来散心的，你也知道的，秦芙近来心情不好。不过，今天他倒是刚赶过来接秦芙的。辛依兰嘛，大概是我没能帮上她那个想出诗集的朋友，不知道她怎么就和蒙之联系上了。我倒是恍惚听见说，他能帮她的忙。"

般若摇头冷笑着说："她姐姐家里出了那么大的事，她倒一点也不担心。倒是为了一个外地的朋友这么热心。也不知是真的还是假的。那个鹿蒙之也是，一个已经成了家的人，这样的日子，不回去和家人团聚，倒有心情在外面管别人的闲事。"

当晚，穆缔给穆丹打来了电话，一副做贼般的口气："大姐，咱爸明天下午四点半到天津，你方便的话，就到东站去接他一下，不方便的话，也没关系，我已经把你在梅江那边的房门钥匙给了他，你可千万不能让咱妈知道他回天津了啊！"

穆丹一听这话，便知道肯定是又发生战况了，忙问到底又是怎么了。

那边顿时"嘘嘘"连声，声音越发压得低了，说过一会儿等他到了外边儿再打过来细说。

结果，当他再次把电话打来时，就像倒了核桃车似的："我们刚回来，老两口就又是一场铺天恶仗！昨天晚上，咱爸咱妈和几个熟人聚在一起打麻将，就有个婆娘，没完没了地给咱妈告状。说她要是再不回来，她在这里买下的两处房子，和所有的东西，可就全等于是送给咱爸娶小老婆的聘礼了。这地方的那些破嘴娘们儿的臭德行，你还有什么不知道的？什么不敢说？嘴上就没有个把门的。咱爸见她说得过火，就一再提醒她不要乱说下去了。可是那个倒霉娘们儿，更加满嘴嚼蛆了。还故意和咱爸呛火，说有本事，一会儿就让咱妈搜搜罪证。说是谁谁光给咱爸织好的毛裤，就有多少条，甚至详细到分别的颜色和花样。又说，'老嫂子，你这么些年一个人在外面，为这一大家子的老老小小奔波操劳，可他老穆还这么没心没肺地对你，我们就是看不过去，就是替你抱屈。'咱妈听了，表面上装得毫不在意，还嘻嘻哈哈跟人家直开玩笑，说，'我才懒得管他，真有能耐，他就把人家娶回来给我看看。真要是个好的，我不但二话没有，甘愿把这里所有的一切奉送之外，还要反过来再送他们二十万大礼呢！'可她那脾气你还不知道？牌场才一散，还没等人家走出楼梯口呢，她就挨着屋子翻箱倒柜去了。结果，还真就让她搜出几条手工编织的毛裤来。好家伙，她当下就疯了，跳起来，指着咱爸的鼻头就骂。又找来一把大剪刀，三下五除二，就把那些毛裤挨着个剪成了一条一条的。剪一刀，骂一声。咱爸直给她分辩，说那些毛裤有的是几个姑姑给织的，有的是他到街上的毛纺小店里，花钱请人给织的。可咱妈能信？骂得就差把房顶给掀翻了！最后，还把那些剪成了墩布一样的毛裤，拿去挂在阳台的防盗窗栏里，去示众。也就那么巧，正好就有个女的给咱爸打来了电话，被咱妈一把就把电话抢过去了，结果，她只'喂'了一声，对方也不知道抽的什么风，就把电话挂断了。这下可好了，咱妈眼睛都红了，立刻按着显示屏上的号码又给拨了过去。咳！要说那女的也真是个蠢驴！说什么不好，非说明天是她生日，想请咱爸过去一起聚餐。结果，让咱妈这一通暴骂。最后，吓得撂了电话。可咱妈哪能就此罢休？揪着咱爸的脖领，就让带她过去见识见识那人……把那几个来家里看我的老同学都吓傻了眼。背地里，一个个惨白着脸跟我直说，'好家伙，你妈可真有两把刷子，把你爸降服成了这样！'咳！多少年没回来了，这才刚一回来，就又让我在老同学们面前丢了这一场人！"

穆丹听了这番情辞激烈的描述，不禁气得两眼出火："多大的人了，还是这个样子！我也不管了。"话虽如此，可她又怎么可能真的不闻不问？因为又想到，现在她在梅江的那套房子，已经让韩鑫父子住了进去。父亲这一去，不是要给人家造成误会，以为她这是要变着法儿地赶人家离开吗？于是，她忙给父亲拨了电话。无奈，已经关机了。她便只好又打了韩鑫的电话，委婉解释了大半天，才又说，因为以前穆缔常过去住，就给他也留了一把钥匙。而他们父子这次搬去住，除了萨向中之外，她再没让家里其他任何人知道。又说，如果明天她父亲先到了，就请他先替她接待一下。等她把孩子们送到婆婆那边安顿好了，就马上过去接她父亲回来。

3

转天，穆丹匆匆赶到天津的家时，她父亲已经先到了。

他依旧是那副冷峻的面目表情，只是，一脸的疲累之色。鬓角和眼尾处平添了不少的白发和细纹，穆丹的心里不禁涌上一种说不出的凄梗之情来。

　　因为没看见韩鑫，她便问父亲，韩鑫到哪去了。父亲说是到外边去买茶叶去了，又啧啧称赞道："那可真是个好后生！"又闲聊了一些家常，穆丹一听父亲还没有吃中午饭，便连忙招呼着他一起出去吃。

　　父亲犹豫了一下，说："还是等韩鑫回来一起去吧，那可真是个好后生，对我可真是客气。"穆丹笑着说："再等，就该吃晚饭了。不用等，都是自己人，不用那么客气。"父亲坚持道："你特意让人家过来这么招呼我，又怎么能撇下人家不管呢？"穆丹说："一会儿我电话跟他联系，让他也一起过去。"说着，便又是连番的催促。

　　父亲不免又是一阵犹疑。少时，过去将那个随身带来的大皮箱，拎到了一个僻静之处。临出门前，又用一沓报纸遮在了上面，才和穆丹一道下楼去了。穆丹不禁有些好笑，心里想着："这老爷子这也不知是带来什么宝贝东西了，这么小心翼翼的。"

　　吃完饭回来，穆丹接了几个长长短短的电话之后，一面去洗手，一面让正在跟韩鑫闲聊的父亲收拾准备一下，说刚才向中打来了电话，他也特意赶过来了，说再过五分钟就到楼下了。

　　不料，这时，竟听到父亲的一声惊叹："咦，谁动了这箱子？呀，这钱，怎么就少了呢？！"

　　穆丹的父亲受小儿子之托，带着他卖车的八万元来到女儿家，结果，只出去吃了一顿饭的工夫，七万元就不翼而飞了。

　　这可真是个令人瞠目结舌的事件。

　　这钱，会是被谁拿走的，又是怎么丢的呢？各屋里的门窗门锁都是完好无损的，单凭这一点，就可以排除是被外来的窃贼盗去的可能。再说，哪有窃贼见着钱不是连锅端，反而还会心慈手软，再给留下一万元的道理呢？

　　在韩鑫的一再建议和催促之下，萨向中只得和他一起到附近的派出所去报案。那派出所的院子里，竟熙熙攘攘站了一群人。只见七八个身形健硕的中年妇女，裹着一个满面狼狈的男教师和一个衣衫零乱的女学生，指天沸骂："老师是一个地方的人天师表。必须要有德行！你这样做不是丧尽天良吗？""最可恨的，就是这种不要脸的狐狸精，也不知你父母花钱是供你来学习知识的，还是来学习偷人的，长得跟个耗子似的，一脸的贼气！两只贼眼睛滴溜溜的，一看就是个浪货！功夫不用在学业上，专门等着施展手段迷惑老师！就凭你这副狐狸不是狐狸耗子不是耗子的德行，你还妄想李代桃僵了！"

一时，民警走出来连声禁呵着，让他们都到里面去了。几位妇女依旧一个个粗筋瞪眼，骂个不止。萨向中和韩鑫也被带进了旁边的一间接待室。负责接待的民警简单记录了情况之后，帮着分析道：是不是"老爷子"岁数太大了，在火车上就被窃贼给盯上了，趁着他睡觉的时候，就给偷走了呢？

可当他后来亲眼看见站在自己面前的"老爷子"，一见其竟只有五十多岁的年纪，又听其一再强调：那些钱，是被严严实实放在皮箱的里层的。一路上，他几乎就没有离开过那只箱子。那么，究竟是什么样的贼，竟能有如此高超的技术，在众目睽睽之下，就把钱给偷走了呢？

这样，便又完全排除了是在火车上把钱丢失了的可能。

接下来，那民警目光锐利地向在场的每一位涉案人员逐一询问、了解了一番情况，当他得知，案发现场的主人家的钥匙，竟有一把是被放在他们的朋友那里的，不免满嘴冷笑起来："嗬，什么朋友呀，关系可够铁的呀，朋友再好，也该有个限度吧？怎么就能随便把自己家里的钥匙给了别人呢？"

随后赶过来的穆丹只得上去帮着解释说："这也是赶上了特殊情况。不过，警察先生，我们这位朋友的为人我们都信得过，我可以保证，这件事，绝对和他无关的。"

民警听了，不免又是一番锐利的扫视，嘴角已挂上了轻蔑的笑意："既然这样，那么，这案子还用得着破吗？"

穆丹先是一怔，少时便幡然醒悟过来，他的言下之意便是：除了韩鑫这个拿着主人家钥匙的朋友之外，剩下的，显而易见，就该是她父亲监守自盗了。这可一下子激怒了她，幸而父亲这时出去了，否则，要让他听到这样的话，他将情何以堪？

穆丹忍而又忍，终于还是忍不过，指着那警察的脸就问："你说的这是人话吗？有本事，就把你想说的话，说出来试试！"直把萨向中和韩鑫吓得连忙赶上去拼命劝阻，萨向中一面用整个身体紧裹着她往外飞走，一面直说："好了好了，这个案咱们不报了！"

推推搡搡中，穆丹很快就被裹挟到了门口。她那纤秀的身躯在两个高大且使出了平生之力的男人的力阻之下，显得是那样的力不从心。但她仍旧奋力挣扎着，一张脸都是绿的，眼中出火，心上飞刀："尽管你是个警察，但你首先还是个人！难道，你们家里就没有父母吗！"不知是由于她的声音少有的尖厉，还是浑身所爆发出来的铮铮之力，身边的两个男人简直吓得发懵。他们从她的眼睛里，看到了一种从未有过的委屈。她的这一番吵嚷，"哗"地引来了一群围观的人。

人群中有面色肃然的警察，有目光惊诧的良民，还有一些面目粗蠢、幸灾乐祸的无赖流氓。不少人在那里比手画脚，交头接耳。甚至还听见有人说："今天咱们这里是怎么了，泼妇一拨接着一拨的！"

好事不出门，坏事传千里。

才不到半天工夫，这桩莫名其妙的丢钱事件，便在亲戚朋友们中间传开了。

人们纷纷凭着自己的臆断做着各种猜测。也有人激动得满脸通红，说："好家伙，那可是穆缔！要是让他知道自己丢了七万块，那还不得当场就气绝身亡呀！"

穆丹的小舅妈就尤为激动："这姐夫也真是的，在姑爷家里丢了钱，这事还能嚷嚷啊？摁下去不就得了！不就几万块钱吗，少打几次麻将也就都有了。这是幸亏遇着了向中这样凡事都不计较的，要是换个稍差一点的人，早不知和咱闺女闹成什么样了！"

接着，众人便你一言我一语纷纷翻起了旧账。说穆缔某年某月跟人家打麻将输了二百块钱，当场就气得又摔桌子又砸板凳，后来回到家里，犹觉愤不过，居然气得白酒红酒啤酒一起喝下去了多少瓶，直把自己醉得三天两夜都没醒过来。甚至还跟小萨迦一样，不管因为什么意外之喜而得到一些意外之财，就高兴、担心得惴惴不安了，只要当晚下榻的屋子里同时还有旁人，半夜里，他准会一夜十起，把口袋里的钱数而又数，核而又查。还有一年的大年初二，宴席上忽然来了萨曼陀，她一向喜欢摆阔，当场就从皮包里掏出几捆钱来，给在座的每个人轮番发送压岁钱。轮到穆缔的时候，他故意拿腔作态满口推辞，说"曼陀大姐你赚钱也不容易，再说了，我都这么大的人了，还给什么压岁钱呀！"蜜里调油的，把萨曼陀哄得咧着大嘴光剩笑了："嘁！看我这兄弟，真是懂事。既然这样，大姐今天带的这点现金也不够给的。哪天，大姐送张金卡给我小兄弟！"话虽如此说，可是后来女强人一忙，哪里还能再轻易见着她的人影儿？他为此肠子都悔青了……

于是，有人就开始出主意了：在告诉他事情的真相之前，最好先直接把他送到医院的病床上去。还得提前给输好液、戴好氧气罩，等这一切就绪，才能如实说明。而且，每说一句话之前，众人一定要在身后齐喊一句："穆缔，你可要挺住了！"

穆丹听着，心里真是有说不出的难过。

倒不是为了那点钱。而是她实在想不通，这世上，为什么总是会有这么多让人说又说不清，争又争不出任何结果来的事情呢？就比如说，她为了萨向中每每不能检束自己的行为，而和他引发的一场又一场的家庭风波，到头来，自己的一番悬悬心意、苦情痴泪，不但于事无补，反令夫妻间的裂隙与日俱增。而自己大概也早就落上了"醋妒小气"和"不合时宜"的恶名了……而如果不是他们闹矛盾，她就不会突然回到天津来怂恿妈妈回内蒙去的，如果妈妈不回内蒙，这件事也就不会发生。那七万元，到底是被谁偷了去呢？韩鑫吗？她绝对不能相信。甚至，她可以用自己人格为其担保。可是，除此之外，又会是谁呢？她倒宁愿怀疑是韩鑫趁着把孩子送去老丈人家中，并更换衣服之后，却忘记掏出口袋里的那把钥匙，而被某人趁机尾随来钻了空子。而这人又会是谁呢？仔细想想韩鑫老丈人那一家人，那是她在少女时期就十分熟悉不过的，虽然，他们也都有着普遍市井小民身上的这样与那样的毛病与不足，可真要让她在他们之中找出一个能做出这种事情的人来，她还是无从判定。

她也数度动过一个念头：悄悄动用一下女儿的压岁钱（反正那些钱除了她一个人之外，根本没有第二个人清楚具体数额），偷偷拿给父亲，嘱咐他以"记错了放钱的地方"为由，将一切神不知鬼不觉地搪塞过去。可是，真要那么做，这一切又算什么？会让父亲怎么想，又如何面对？难道，是要让他认为，自己的女儿也在怀疑他与此事有着不可推卸的干系吗？父亲的性格，她是再深知不过的了。他外表虽则刚毅冷峻，可是内心，却是一个比女人还要敏感细腻百倍的人……这样一来，她可真是方寸难安了。

4

几天之后，穆缔和他母亲也一起返回了天津。

当大家起先试探着告诉他说，他大姐家里丢了七万元现金时，他愕了半晌，又说"破财免灾，"又说"少的不去，多的不来"的，众人一见如此，就循序渐进，亦步亦趋地告诉了他实情。令众人大跌眼镜的却是，小伙子非但没有像他们所料想的那般大受刺激，反倒格外的冷静和沉着。

后来，就连穆母也站出来，帮着批评起那个办案民警来："现在居然有那么混账的警察？他居然能做出那种推断来呀！"

在场众人不禁感慨万端，见她这千里迢迢追踪回来算账的人，这时倒把账全都抛开了，只顾着替老头子抱不平了，便都哄笑了。穆缔更是在旁语出惊人地笑道："哈哈，你们这些人，一天到晚就知道替别人瞎操心！实话跟你们说了吧，我的那些钱，根本就没丢！我起先是准备全让我爸给带回来的，可你们还有什么不知道我的呢？其实，我刚把钱拿给我爸，我就后悔了，就怕万一在路上有什么闪失，所以就又悄悄拿回去七万，存在我的卡上了。看把你们给自作聪明、大惊小怪的！"

众人一听，顿时笑的笑，骂的骂。整个屋子都鼎沸了起来。

然而，有一个人却始终笑不出来。

那就是睡在里屋床上辗转反侧的穆父。毕竟，他是当事人，心里最是清楚不过，儿子郑重交到他手上的八万元钱，绝对是被他带到天津之后，才被人窃走了七万的。作为父亲，他难道不明白儿子非要让他来送这趟钱的用意吗？那还不是怕他们老两口再继续怄气吗？而他现在之所以又这么打掉了门牙往肚子里咽的原因，不还是怕他这个当父亲的心里太过难受吗？可这又让他情何以堪？这个曾经承欢膝下、气质粗鲁的"小毛头"，究竟是什么时候，竟然成熟、不动声色到了如此地步了呢？

穆缔再次见到了墨麟羲时，犹疑再三，还是告诉了他一个沉痛的消息：他母亲在劝说他舅舅家的那个嗜赌如命、大醉若狂的表哥时，竟被其以菜刀砍伤了半边脸。

第十章　闲荡木兰舟·误入双鸳浦

1

因为穆母回到天津，穆丹的父亲也就暂时不打算和女儿去北京了，他一个人默默地把行李一应攒造完毕，就和妻儿一道往自己家里去了。

韩鑫因为这场风波，整整裁度了两个晚上。这天一早，他就打电话把穆丹约了出来，把钥匙交还了回去，要和儿子搬出去。这原因，穆丹自然明了。但她还是劝他打消了这念头，临走时，又再三郑重向他说，人活在世上，就是要有朋友和兄弟互相支撑的。人与人之间，一旦就只剩下了算计和利益，这个世界就完了。说她虽然和依米是多年的同学，但是他这种憨厚持重的禀性，却让她打从内心里，更愿意把他当作是自己的兄弟一般的。

韩鑫沉默了良久，又问道："我听见说，是穆缔自己把那七万给拿回去的？怎么我总觉得这不像是真的呢？"穆丹说："这事你就别多管了，穆缔那里有我呢。总之，事情总会有水落石出的那一天的。"

穆丹走后，韩鑫哭得满眼泪雨淋漓。依米这样负他，母亲和岳家多少天持刀动杖地沸闹，他虽万分痛心，却也没有这样地哭过。

穆丹这里才刚到了母亲家大门外，萨向中就给她打来了电话，一副火上房的声势："丹丹，咱家的房本放哪了？我找了这半天，你到底把它放在什么地方了？"

穆丹一听，险些没炸起来，竭力忍耐着问："你找房本干什么？"

那边支支吾吾说了一堆不着边际的话。很快，二人就吵得再也说不下去了，各自将手机关得"噼啪"作响。

穆丹这里才刚走进门来，外面就又是一片嘭嘭嘭的砸门声。她皱着眉头过去把门打开，却是一群人，手忙脚慌地抬着自杀未遂的辛依米直走了进来。

一问才知，几天前，春风得意的辛依米应邀去参加情人的一个近亲表妹的婚礼。宴席上，被人家的亲友们当众尽情折辱了一通："我们这么优秀的一个帅小伙，多少清清白白的好姑娘都排着长队等着呢，竟让这么一个缺德无耻、工于心计的又老又丑的女人给勾引走了！她就连自己的老公和亲生孩子都能抛弃，还能是什么好人呀？老天爷怎么不打这天雷劈的！……"为此，引发了情人与其亲人之间的又一场不悦——自从二人决定走到一起，情人的家族立时便沸反盈天了。因此引发的各种"战争"，简直难以胜计。

而就在昨天，情人的那个旅居国外的、大名鼎鼎的作家舅舅也不远万里地赶了回来。和其他人不同的是，他在见过辛依米之后，倒也没有什么过激的言语。只是在临别之际，将外甥叫过一旁，语重心长地说道："孩子，舅舅一向都以你为整个家族的希望和骄傲。自然会尊重你的一切选择。今天，舅舅把这一切都看在了眼里。我，无话可说。但是，既然承你之盛情，非要让舅舅说句公道话出来，那么，孩子，舅舅只告诉你一句：和她在一起，你太吃亏。你的命运和福报，从此，都将会因为这个人而被改写！"

说起来也真是不可思议，多少天来，那么多的人，以各种强硬的手段要挟、沸闹，都未能使帅小伙有过一丝的动摇。然而，就是大作家这么简便的三言两语，竟就把小伙子说得毅然掉头而去了。同时，也差一点要了这个心痴意软的出墙红杏的命。

秦姆回到姥姥家，才分开几天的工夫，就发现了秦姐的一系列变化：她的一头原本乌溜溜的秀发，被萨曼陀带去发廊漂染得红里泛紫，烫得像个卷毛羊。每只耳朵上，都至少被打上了三个耳洞。

她说话时，也变得爱飞眉弄眼了，张口闭口不是世界名牌就是国际范儿的，还总是有意无意地就掺杂一些半生不熟的外语进来，遇到不解的事，便又是一连串耸肩摊手的夸张表情。

　　现在，她正眉飞色舞地指着自己的一只耳朵，向妹妹炫耀："看见了吗，下面这颗豪华钻石的，是香奈尔的，世界顶级品牌。中间这个 Montblanc 白雪美人白金镶钻的，能赋予佩戴者智慧和美丽。上面这个 Dior High Jeweiry 黄金镶珍珠宝石的，像不像是一颗晶莹温润的大露珠？它能赋予佩戴者妙静的心情……"甚至，还有些变得刺刺歪歪，爱在背后说人家的坏话了。她甚至悄悄跟妹妹说什么，大概，她们的妈妈根本就不是姥姥亲生的，要不然，怎么会舍得把她嫁到那么又远又穷的地方去呢？看看人家姨妈是怎么生活的，再想想咱妈，简直就是天堂和地狱！咱们刚来姥姥家的时候，还以为是到了世界上最豪华富有的地方了呢。可是，再到姨妈家里看过之后，再看姥姥这里，根本就什么也不是了。再看看人家萨迦，从三岁起，就从贵族幼儿园开始，一路贵族下来，所接受和享受的，全部都是国际第一流的教育和服务，和他比起来，咱们都像什么呀……

　　要说有所进步，那就是记忆力也变得和妹妹一样的惊人起来。居然能一口气将那些世界名牌香水的各个产地、价格，各以中英文对照，一气排出：毕扬（Bijan），世界上最昂贵的香水之一，由名牌服装设计师毕扬调制，具有浓郁而神秘的东方香味，每盎司三百美元；狄娃（Diva），由恩加罗公司出品，每盎司一百九十美元，香味繁复，适合最时髦最浪漫的女人；鸦片（Opium），圣洛郎公司出品，每盎司一百七十五美元，浓郁的东方香味，神秘而具诱惑力；小马车（Caleche），艾尔婿的招牌香水，每盎司一百七十美元；艾佩芝（Arpege），雅致的花香味，同时散发淳朴的气息，由浪漫公司推出，每盎司一百七十美元；夏奈尔五号（ChaneINO.5），一九二一年上市，"五"是夏奈尔女士的幸运数字，在其精品系列中，不论珍珠表链、首饰、均以五为单位，NO.5 的花香，精致地注释了女性独特的妩媚与婉约，每盎司一百七十美元；夏尔美（Shalimar），娇美的香水，有东方松脂味道，每盎司一百七十美元；象牙（Ivoire），帕门推出的女性香水，清新风格，每盎司一百六十五美元……

秦婳自然不能和她产生共鸣。就说："耳朵上打那么多的洞，能挖出宝藏来呀？咱们的花溪多美呀，你怎么竟然说是地狱呢？尤其是梵净山，就连穆丹舅妈都说，那里是人间第一仙境呢。"

秦娅马上就一脸不悦地打断道："你懂什么！"又说，"能不能别总提她？我不喜欢她。"

秦婳一脸讶异地："啊？为什么呀？"

"她老欺负咱舅舅。"

"啊？谁说的？人家才没有呢，是舅舅老欺侮她呢。我还看见过她让舅舅气得偷偷直哭呢。"

"你少来骗我，曼陀姨妈早跟我说过了，她最会装了，顶不是好人。再说了，你刚才不是还让姥姥拿着红蜡烛照你的影子，说想看看是什么颜色的，不是还跟我说，她说现在看舅舅的影子都是黑的，这不是证据？"

"那，"秦婳不禁有些卡壳，一连"那"了几声，才峰回路转地说，"不是就连姥姥都说'谁的影子不是黑的呀？'而你也看到啦，姥姥刚才都拿着红蜡烛照我，我的影子不也是黑的吗？"

"你这是强词夺理，我当然知道，她说舅舅的意思跟姥姥说你的完全不一样。"

"怎么不一样了？"

"反正不是你说的那样就是了。"

"哼，那人家还反正不是你想的那样呢。"

一对姐妹花争执了大半夜。最后，竟都气得甩手翻身，各自蒙头睡去。

转天，秦婳忽然想起了一桩奇事，便也顾不得昨夜的嫌隙了，悄悄跟秦娅说："我听曼陀姨妈说，她在西山还有一套更大的别墅呢，可她宁愿让那里空着，也不去住。听说，那房子一到了晚上，房顶上就像有火炮发射，屋顶上的瓦片震得满地都是。又不是打雷。晚上只要在那里留宿，就会做各种噩梦，不是梦见被人开肠破肚扔进油锅，就是被拔舌剥皮、抽筋……简直吓都吓死了。那屋子刚装修完的时候，曼陀姨妈约了好些朋友过去打牌。半夜里，忽然听到卧室里就像巨炮发射一样的声音传出来，坐在客厅里打牌的那些人都被震得说不出话来，还有耳聋了好几天的。可是进去一看，那卧室里根本就没人，当时又是冬天十月里，也不是暴雷。你说这事奇是不奇？"

秦婳吃惊道："这可不是什么好兆头，这大约是传说中的鼓妖在作怪呢。这种妖出现，房主人应诸事谨慎，力求修养德行才能禳解。"

秦姮吓得目瞪口钳，好半天，才又神刺刺地说个没完没了了，又让她赶快去看悉昙的示警，又让她赶快去拿些花籽出来驱邪。

2

这晚，穆丹因房本之事，和萨向中交谪不堪。

萨向中再三申辩说，是他的一个朋友因为有六百个亿正准备往外投资，如果谁能先拿出五百万来，或者有自家的房本作为抵押也行，如果有了这些做基本保证，那么，半个月之内就至少能拿到他五十个亿的投资。

穆丹听了，气得三昧火贯顶冲霄，质问他又不等着衔口垫背，要这么多钱做什么？又按捺不住，例数他的五奸十罪，直把萨向中骂得犹如猛火焚心，满屋子暴躁乱跳，最后只得悻悻摔门走了。

穆丹越想越气越怒，再三忍耐不住，就一脸激愤地给婆婆打去了电话："妈，有件事我必须得跟您说，外面不知什么人设下了计，让您的活宝儿子拿自己家里的房产证给人家做担保，他这么大个人，居然就同意了。这种事情，没凭没据我怎么会跟您乱说？他是什么样的人，您还不知道吗？我这才刚离开家一会儿，他就已经回来满屋子翻箱倒柜的了。也幸亏我放得严实，没让他找着。您说，他总是这么里外不分、轻重倒序的，我还怎么和他过下去？不是我激动，您说他这一次一次办的都是些什么事呢？这多让人提心吊胆？我现在跟着他，就连起码的安全感都没有了呢。我也不瞒您了，去年，他为了帮一个有外遇的朋友在外面买房，连声招呼也没和我打一声，一下子就从卡里取走了二十四万，后来，被人家的媳妇知道了，跑过去大闹了一场，气得当场喝了安眠药。被医院抢救过来，人家的娘家人直接就给送到我们家里来了，说反正他萨向中有的是闲钱，干脆好人做到底，索性连人家的养老送终一块包了算了！人家的话说得有多难听？您知道在我这里闹了多长时间吗？后来还亏了我妈过来给轰走了。更可气的是，他那朋友的情人的家长，后来又再三再四地找上门来和我们大闹，一次次向我们敲诈勒索，硬说是他帮着那个朋友祸害了人家的女儿。您说说，他究竟长的是什么脑子？他在外面认识的都是些什么人？他倒是一心一意地为人家帮忙着想，可反过来，人家谁又真把他当朋友了？再说了，他一个这么大的人，做起事情来，从来就不知道轻重缓急，你总不能为了帮外面的人，每次都让自己的家人跟着受这种牵累吧？您都不知道，我当时那段日子是怎么过来的。这事我一直隐忍着没跟您说，就是怕您跟着上火着急，可是，您看看，他这一次一次的，不但毫无惭愧悔改之心，反而越来越变本加厉了。"

萨母听得恨一阵，骂一阵，又百般劝释穆丹千万不要胡思乱想。才挂了电话不久，萨母便又打来了电话安慰说："丹丹你放心吧，刚我已经给向中打过电话，骂过他了。正好，他的那些狐朋狗友们也在，也不知是谁，还想跟着他一块劝我，让我这一通好训！我这个人，你也是知道的，平时怎么都好说，可要真把我给惹着了，我也是不饶人的！我拜托他们这些哥们兄弟就饶了向中吧，他们要是有什么宏图伟业，请另外去找别人商量谋划去，千万别再祸害向中了。我说他已经不能再缺德了。不管怎么样，他到底还有个小不点儿呢，无论如何，他们也得让他给小不点儿积点德不是？

总不能到了最后，连个栖身之地，也不给孩子留吧？他已经答应我了，说这就马上回去。你也别再和他闹了，明天一早，你和他一块到我这儿来，你看我怎么收拾他！"

穆丹满口答应着，又不好笑出来。这里才刚搁了电话，便接到了萨向中气咻咻的电话："你以后有什么事直接跟我说，你发发慈悲，你别只管在我妈跟前揭挑我行吗？这事情还哪都没有到哪呢，有必要闹得这么地覆天翻的吗？"

穆丹本来已经消了三分气的，这时见他反倒理直气壮地向自己问起罪来了，心里的积怨顿时便如同惊涛裂岸一般全都翻了上来。两人在电话里直吵到萨向中回家，见了面，不免又是一通的喧天沸闹。穆丹恨得眼中出火，再三忍耐不住，扑上去，瞬间便把萨向中抓了个脸青鼻肿，就连原本贴在他嘴边的两条创可贴也都被抓了下来，他的嘴角处，因此又被扯损了一层皮。萨向中打又打不得，骂又骂不出，铁青着脸，立在那里兀自呼呼喘着粗气。正想着要使个什么杀手锏出来，将她瞬间制服时，穆丹在那边居然"砰"的一声，打开了房门，喝令他马上滚出去！萨向中着实吓了好一跳。以前，就算他们再怎么吵得厉害，她都从来没有像这样大半夜地往外赶他。他立刻便静默了下来，一时魂魄失守，心无所知。蓦地，他听到一阵啜泣声。那声音愈来愈促，终于发为哀哀恸哭。他一手抚摩着高高肿起的半边脸，一面气急败坏地向她虎啸道："我到底做了什么了？你凡事撺唆，你是众人眼里第一个好人，现在就连我亲妈都只听你的，凡事都不分青红皂白的就只管来骂我，你还要怎么样才算完？"

穆丹跳起来朝他狮吼道："呸！你这个生性邪淫、满嘴谎话的骗子混蛋！我简直就是瞎了眼，中了邪，被鬼附了体，才会和你走在了一起！为了你，我受了多少委屈冤枉！和你的这场婚姻，对我而言，简直就是一场蒙羞受辱的全过程！你自己做的那些事，你自己捂着脑袋好好地想一想去，看看你会不会把自己给恶心着！现在，居然胆敢算计起我的房子来了！呸，你个臭不要脸的！你不知怎么死呢！"

只需听听这声音，萨向中就已经知道，她正在一点点丧失着理智。如若不及时安抚，后果简直不堪设想。于是他痛心疾首地向她大发毒誓："我承认，以前，一切都是我的错。但是，我向你保证，有关房本这事完全不是你想的那样。如果这件事我对你说了半句假话，我天打雷劈，我头顶生疮脚底流脓，出门就被车给撞了！"

不知是不是这恶毒的誓言发挥了作用，穆丹总算停止了哭泣，慢慢缓和了面容。

许久，她才长长地吁了口气，说自己想到外面去透透气。

萨向中连忙一脸殷勤地跟上去为她打开了房门。

谁知她才一脚走出楼门，便惊叫了一声，旋即一头栽倒在了地上。

3

为儿子儿媳担心、忐忑了一夜的萨母，转天，接到了儿子从医院里打来的电话：穆丹被检查出胃里有瘤，良恶未卜。医生说，良性的自然没事，如果是恶性的，那么，可能……就会有性命之忧了……

萨母一听，顿时痛哭失声。一面哭，一面对着那电话咒骂道："我迟早去扒你们老萨家的祖坟！我怎么就生出你们这么两个混账东西来呢！呜呜……"

她这一哭不打紧，几个小人儿也都跟着吓哭了。秦姫的一张小脸都惨白了，一面哭，一面上去抱着姥姥直央求："姥姥，别扒祖坟，别扒祖坟！"接着，就是一连串的天书菩萨话，"丹枫和尤鹿落劫，就是因为被人扒祖坟扒的！要是那些人不受那个坏鳖精的唆使，不去扒祖坟，丹枫就不会中了魔王的'风月宝丹'，就不会到这世上来做尽坏事了！"

心如油煎的老太太这时候哪里还能听得进去这种神谈怪论？只管心酸肉颤地和几个孩子一起抱头恸哭。

　　一连几天，萨向中都笼罩在一种空前的悲伤、忧煎之中。妻子的生死未卜，老母亲声与泪俱的痛斥，未谙人世愁苦的小女儿瞪着一双清澈无忧的大眼睛，手刨脚蹬地向他这个爸爸尽情地笑叫欢跳……这一切都纠结缠绕在他纷乱的思绪中，让他痛苦得几乎发狂。

　　祸不单行。就在穆丹住院的第二天，萨母又接到了她弟弟家里传来的噩耗——侄女安茜香的丈夫突然暴病身亡。老太太听到这消息，几乎就要闷绝过去了。许久之后，才伤情惨凄地赶过去望慰去了。这件事于萨向中而言，不啻痛上加痛。愈发让他浮想联翩，心魂怆悴起来。说起他的舅舅，老人家一生清耿端正，共有三子一女，其中一子于五年前出家去了，就是当今佛教界鼎鼎有名的密钦和尚。虽说另外两个儿子也都是各自岗位上出类拔萃的俊才，但是令老人家忧心不已的却是，他们都是紧跟时代潮流的、视婚姻如草芥之辈，每个人现今的爱人都已经是几易其主了。只有小女儿安茜香最慰父心。她自小就是个出了名的宽厚柔顺的姑娘，永远都是一副与世无争的性格。她的丈夫亦是一位温厚博学之人，任教于某名牌大学。小夫妻自结婚以来，一直都是相敬如宾。如今，孩子都要上小学了，夫妻间却依旧保持着从未红过脸的纪录。听说，昨晚，直到深夜，博学之人还在一篇文章中，为当下学生们的"有知识没文化，有技能没常识，有专业没思想"的现象，而大发感慨。这位年纪轻轻却才华横溢的大学教授，一直以来都不能容忍考试表格中的分数顺序：政治，外语，然后才是专业。甚至认为，学校，更应该把对学生的人格和道德情操的培养放在首位，而不只是教给他们一些技术和常识性的知识，把分数看成一切。艺术的性灵一旦与现实遭遇，天才就一定要苦荷这种无法调和的强烈冲突、巨大矛盾，踽踽独行。

　　一个如此鸿程远大的年轻人，竟就这样被一场突如其来的暴病，夺去了生命。怎能不令人惊痛扼腕？

　　昨晚，大概由于太过劳累之故，清晨安茜香叫他起床，他便说有些头疼。安茜香连忙找来了头疼药，照顾他喝了下去，并替他向单位请了假。中午，她匆匆赶回家里来探视，一见他还没有起床，还直跟他开玩笑："大懒熊，还没起床呢！"结果，好半天都不见动静，伸手去掀他的被子，摸到的，竟是一个通体冰凉的人。

安茜香在短短的时间内，已经历了几次的死而复生，生而复死。那情形，真是让人伤心惨目。此际，闻讯而回的密钦法师，对着时而惨然大恸、时而又像失去了知觉的妹妹和言劝慰道："妹妹节哀。人生一世，情之一字！夫妻间虽不可彼此相仇恨，然而过于深笃，也是空余伤恨。看破了，放下了，你会好过一些……"

直说得身旁众人洒泪不绝。

也就那么乱中添麻，转天，鹿归之那里也传出了惊人的消息：萨曼陀因被某仇人告发，说她曾多次以重金贿赂某位政府官员，而被公安机关隔离审查了。现在，已经整整一天了。就连她公司里的那些精锐骨干，也都接二连三被传讯了过去。据可靠消息，那位曾经接受她巨额贿赂的官员早已得到了消息，竟秘密派人给她捎来了口信："就是死，也坚决不能认账。实在不行，就装病卖疯。只有真正保全了他这个'重量级人物'，才有可能让她化险为夷，转危为安的。否则，等待她的，势必就是一颗冷冰冰的枪子儿……"

第十一章　梦想·镶嵌在地极的耳鬓

1

外婆家专门设有一间佛堂。

里面高堂素壁，佛案上供奉着西方三圣，莲花烛台上的几支大红蜡烛终日闪闪烁烁，长明不熄。秦婳自从来了这里，就把自己的悉昙郑重地供奉在了佛案的一角。

午饭前，她一个人悄悄走进佛堂打坐，见悉昙居然"别别"地晃动起来，顷刻之间，放出无限光焰。她连忙闭眼静心观察，眼前竟霍然呈现出一幕异景：只见一物，人身兽头，浑如丹火，长着十足双臂。另一物发冒绿焰，高达数丈，眼睛一只生于顶门，一只长在下巴，一只半月形，一只三角形。鼻子一孔朝天，一孔向地，好似蜗牛的触角，一时伸出，一时缩回。耳朵一个在前，一个在后，形状都十分丑陋恐怖。听他们一个叫一个空行，一个叫一个地行。只见那空行十足齐蹬，便穿出墙壁，张开袖子在旋风里飞行，一如飞鸟一般。一路之上，千变万化，有时现红色，有时现蓝色，有时现黄色，无论是什么颜色，都有一种黑暗的光，无论遇见什么动物，只两腿轻轻一夹，那些动物就凌空跌倒在地上，发出一片惨叫。地行则两脚一蹬，行走如飞，无论人兽，只要被他挨着，顿时便发狂发怒，神痴郁至。

二人边行边说："那小女孩的悉昙里，如今可就只差一味优昙华种了。一旦让她聚齐了这样花种，我们的神通咒术可就都要失去灵光了。我们就再也不能在这个地方任意纵横了。"另一个说:"这种花在这地方每六十年才开花一次,何况,这个地方已经日益污秽横行,越来越不适宜优昙华的生长了。就算现在就能有花开,她也未必就能遇得到。即便遇到了,那效用也未必真就那么厉害的。"一个又说:"要是让她哪天知道了北俱芦洲盛产这种花,可怎么办?"一个生气道:"你发发慈悲,你凡事撺掇,事到临头,你又不去,只管诓骗我们空行夜叉前去顶缸受罪。那次不是听了你们的诽言,我们带着病菌瘟疫没去过吗?结果,差点让密迹金刚和众护法神把我们集体打进幽冥背阴山去。"一个说:"能者多劳,你不会飞,我肯定也不和你说这些的。你爱管不管吧,反正要是让她凑齐了这样花种,我们大家就等着一起干瞪眼好了。"一个仰天长叹道:"都说人类的命运就是受苦和死亡,谁又知道我们夜叉的苦楚?从一生出来,就到处散殃行害,专门给人做尽各种粗活苦活。想要得生光明净土,恐怕再过十万大劫都还轮不到我们呢。"两人且说且飞且行,嗖嗖嗖的,就如离弦之箭一般,很快就去得无踪了。

秦婳看得毛骨悚然,不禁暗想他们口中所说的优昙华,到底是一种什么花呢?又因为记挂着穆丹的病情,也不知道她现在究竟如何了,想着想着,不禁就困倦上来,竟手软头低,闭眉合眼地倚着案脚睡着了,才合上眼,就恍恍惚惚来到了一个所在。

只见天空金色晃耀,地面天颇梨所成。一层层璃宫贝阙,花香弥漫,沁人心髓。面前一片花树,花如海碗,灿如云霞,红的如胭脂,白的似美玉,开得莹心晖目,逾辉弥景。正疑惑间,忽见那边走来了几个人,都是倾天绝色的鲜莹美妙,每个人都是一色绀青色的头发,仿佛瀑布一般地垂在妙宝蝉衣的肩上,身上都散发着奇异的妙香。只见其中一人走上前来笑道:"你怎么来了?"

秦婳说:"因为我听见说这里的优昙华开得好,所以就过来看看的。不知你们是否可以带我去看一看呢?"

众人便指着她面前的那片花树笑道:"远在天边,近在眼前。你面前的,不就是吗?"

秦婳一听，不觉心中诧异道："哦，这就是？"又顺口问道："不知这种花，有什么特别之处吗？"

其中一位红衣人笑道："此花是我这须弥山北、华严胜处，北俱芦洲盛产的奇花，每开花，必结两朵，一白一红，并带有异香。常闻此花香，可使人心静无忧，不入沉沦，不遭秽恶。如果凡人服食，瞬间可以让白发变黑，返老还童，同时还能广开智慧。"

秦婳不觉心神荡漾，再要问什么，忽见那边走过来一位母亲，竟把自己新生的小孩子一把放在了路上，自己便若无其事地离开了。路上行人见婴儿可爱，就都纷纷过去把手指放入那婴孩的口中，指尖竟生出甘露供那婴孩吮吸。秦婳正满心诧异不止，忽听那位红衣女子向她笑道："你大概把我们这里的风俗，都快要忘干净了吧？我们这里的人，怀胎只经七日，婴儿一出生，母亲就会把他放在路边，婴儿就靠吃路人指尖生出的甘露为生，七天后就会长大成人。长大的人很快就又会找到一个伴侣的。我们这里的女孩子如果心生爱意时，只需给爱人一个眼神，二人就会一起走到这优昙华树下。如果二人有血缘关系，树叶就会枯落，既不结果，也不出床具。二人如无血缘关系，就会树叶繁茂，果鲜花荣，替人遮挡，下出床具，二人就可在树下成婚。只因我们国土的人行事清静，喜欢洁净，乐意喜事，不乐恶事，所以，你们那红尘世界里的人一千年不做恶事，才能得升到我国土中来。"

另一人又说道："尘世间虽然也有这优昙华，但因众缘所感，六十年才能开花一次。而且那里的环境日益被严重破坏污染，有人虽然能侥幸看到它开花，那效用，也不及我们这里的万分之一的。"

秦婳心中警觉，已知她们必定不是凡人，既然这种花只能开在她们这里，自己自然是无法带走的，于是就悄悄向那红衣人询问，穆丹的病情，将会如何？那人闭了一下眼睛，笑道："无妨。但她家卧室的墙壁里埋有魇蛊，必须要及时取出来焚毁，才能确保以后的太平无虞。不久，倒是她的一位至亲，会投生到我们这国土中来的。"

秦婳正要问究竟是谁，忽听耳边有人一声声喊她的名字，睁眼一看，却是家里的阿姨。只见她满脸堆笑地说："哪里都没有找到，怎么就在这里面睡着了？快醒醒，小心别着凉了。"秦婳此时虽醒，神意尚觉恍惚，好半天，才恍惚地走出客厅，一个人坐在沙发里只管出神。

直到展昙娜来了，她才向她说，自己有很重要的东西放在舅妈家里了，烦请她带自己过去拿一趟。展昙娜满口答允，正要给萨向中打电话过去拿钥匙，只听阿姨说："不用忙，老太太这里有向中家的钥匙。"说着，就走过去，从大抽屉里取出了一把装饰华丽的钥匙来。

这几天，萨家突逢如此变故，家里的大人一个个都忙得魄出魂消，谁还能再顾得上这几个小人儿？也多亏展昙娜有心，一天里倒要几次赶过来望慰她们。

一到穆丹家里，秦婳便直奔主卧而去，左看右看了一阵之后，忽然指着墙壁的一个地方对展昙娜说："东西就在那里面，展姨请你想办法帮我拿出来。"

展昙娜大吃一惊，上前反复端详，眼前明明是好好的一堵墙壁，就连个微细的缝隙都没有，怎么可能会有东西放在里面呢？

2

这天夜里，展昙娜辗转反侧，睡意全无。

直到现在，她才终于相信，这世上，人类只知其一不知其二的奇事多着呢。今天下午在萨向中家里发生的那幕奇异之事，直到现在，都让她魂悚骨栗：

在秦婳的再三恳请之下，她只好从阳台上的旧箱柜中翻找出了一些斧凿刀铲之类积压了许久未动的物什，咬着牙把人家那豪华的墙壁一顿剜凿起来。结果，挖至约有半尺深的一个小洞时，竟从里面掉出来一男一女两个背对而坐的木头人来，一个手里拿着大刀，头上戴着离间草扎成的铁箍，胸前穿着钢钉，嘴里叼着黑色的曼陀罗。一个翻着白眼，心口插着利箭脖子里套着枷锁。两个都是怨怒冲天的，身上都画着各种符咒，背后也都刻着几行密密麻麻的小字，一个写着：

> 此宅夫妻不相宜，反眼无情多猜疑。
> 有食无儿克夫主，一世孤单昼夜啼。

又一个写着：

> 本对夫妻不相配，在家吃饭在外游。
> 原因二命相克害，半世姻缘半世愁。

　　她正看得满心惊惶，秦婳已经上前一步拿了过去，拿至客厅，一顿拆解开来，扔在一个大铜盆里烧了。将烧尽时，只听呱喇一声，一团黑蒙蒙的黑气，转弯绕道地出去了。她看得简直顶梁骨飞了真魂，好半天才想起来去问那小秦婳，问她是怎么知道墙壁里埋着这些东西的？秦婳说，是梦里的一位神仙告诉她的，又拿起自己的悉昙在她面前晃了晃说，具体的位置，是她从悉昙里面看到的。她如闻霹雳，两眼震得睖睖睁睁，好半天才让自己回过神来。这才想起，前阵子她在一家大医院门口正好碰到穆丹带着秦婳出来，一问，才知道，是萨向中再三嘱托，让她务必带着小家伙过来好好做一回检查的，说她有什么特异功能……后来，她又想："小孩子心灵眼净，或许这种情况也是有的。只是，究竟是谁，和向中大哥一家人有如此的深仇大恨，要用这样的手段来害人呢？"
　　最后，她总算是想起来了，记得黄芪曾经跟她说起过，萨向中和穆丹的新家是她的一位表哥给介绍的装修队。咳，这小人之心可真是防不胜防啊。以她对黄芪的了解，这种事，决不可能是她让人做的。这一定是她的娘家人对穆丹和萨向中怀恨在心，所以才趁机这样报复的。黄芪和穆丹如今难得相处得这么融洽礼让，这件事是无论如何也不能说破的，否则，她二人难免不会互生嫌隙的。

虽说，她已经连日花钱雇人将那拆毁的地方修补好了。只是，要想完全恢复原样，却也是万难的事。萨向中家的装修材料极为稀缺是一，再则，即便就有一模一样的新材料，那已经装修了几年的材料和全新的还是会有色差的。因而，后来，她和秦婳索性又出去买了一张画有吉祥草的大福卡回来，牢牢地粘在了那个地方，权为遮挡。两人又相互约定：日后，谁也不能对人提及此事，如果穆丹回家问起来，就说是因为她生了这场病，她们专程到寺院里去找了一位高僧，替她求回来的佑符。

仔细想想，真是有些好笑，她这场好事做得简直就像是在做贼一般。

这天，鹿蒙之又是将近凌晨才一身酒气地回家来了。

展昙娜这时早已是疲怒交集，就连再去问他一声的力气也没有了。今天，她一回来，就发现卫生间的灯坏了。她便从客厅搬来一把椅子，又在上面放了一个红木凳子，站在上面晃晃悠悠地折腾了好半天，才总算是又让里面重新恢复了光明。接着，又发现鹿蒙之那间卧室的窗帘，竟连杆儿都一起掉在了地上，她便又是好半天登高爬低地收拾，才让那窗帘重新归了位。后来，就又是满屋子地收拾、换洗……直干得两鬓苍苍十指黑。干着干着，就忽然地想起自己的父亲来了，父亲虽然是位高级知识分子，可是，在家里，像换纱窗、修理水龙头、换灯管这类所有男人该做的活，他是从来都不会留给她母亲去做的。

忽然，她满屋子里看着看着，心头就涌上了一种说不出的烦恶之情。她一把扔下了手里的活，不由得心煎如沸，满心里只想大哭一场。

现在，她躺在床上，听着他像个耗子一样蹑手蹑脚地走进自己的屋子，尽可能不发出一点声响地钻进了被子，她简直怒愤已极，但还是咽着泪，忍了下去。她想着，这个世界上，最爱自己的两个人——自己的父亲和她的初恋男友，都已经永远地离她而去了。当初，她之所以选择了这桩婚姻，不正是因为自己知道，自己的生命中将再也经受不起和至爱亲人的生离死别，再也无法经历那种椎心的痛楚，所以，才只求过一种清静平淡、哪怕是平淡如水的日子的吗？

虽说，如今，这日子已经越来越平淡到了近乎荒唐的境地，可这一切，又能去怪谁呢？人生本就苦短，而人生重要关口上的那几个关键的抉择，就尤为重要。谁让自己在那最为重要的关口上，做出了最是错误的选择呢？

好在，漫长难熬的七天过后，穆丹拿到的那张化验单上的检查结果是：良性。

一大家子被愁云惨雾笼罩着的人，才都一个个如释重负下来。萨向中的眼泪当即唰地流了满脸。或许，生命中的某些东西，只有在即将失去之时，才能真正体会她的可贵和重要罢。

秦婳更是无限委屈地一头扎进了穆丹怀里，泪水莹然地说："我跟他们每个人都说过了，舅妈一定会没事的！可是他们却还是一个个哭了又哭，也没人记得给小妹妹换尿不湿了，我又换不好，一不小心，还让小妹妹给尿了一身，我都没嫌脏。"

那边，辛依米也领着自己的小儿子直抹泪。穆丹这才在她的无名指上看到了一个新纹上去的、豆大的"忍"字，同时也才蓦地发现，这位老友终于一改往日的浮薄，处处都变得稳沉持重了起来。

后来穆丹回到家里，发现卧室床边贴着的那张大福卡时，就问是谁贴在那里的？秦婳便笑欣欣地按着她事先和展昙娜约定好的那番话说了一番，穆丹感动得满眼生泪，直说自己的这场病之所以有惊无险，多亏了"小福星"给自己祈福的虔心呢！一面又说，这福卡要永远这样贴在这里，谁也不能乱动的。

由于有高人在幕后不断出谋划策，萨曼陀很快也就重获"自由"

了。不过，她的"自由"，就有些令人哭笑不得——只能抱病躺在医院里接受治疗。偶尔，情况需要时，还要穷形尽相、颠倒情怀地大演特演一阵。见了熟人，愣是能神魂出窍、两眼呆滞地直问："嘿嘿，你是谁？"见了自己的丈夫，竟能大睁着双眼直喊："爸爸！"

为了不致让她的老母亲跟着担惊受怕，一向为人诚实的鹿归之只好大撒其谎，说她临时赶上了要紧事，出国去了。

这晚，鹿归之眍瞜着两眼上门来找蒙之，却只有展昙娜一个人在家里。

看着她在灯影里为自己忙进忙出的，他这个当大哥的，也真是打从心底里为她感到悲戚。

他和蒙之自幼生长在一个十分畸形的家庭里。父亲在他五岁的时候，发生了婚外恋，与自己部队里一个未婚女子爱得死去活来。据说，那女人还秘密为其父产下一子，但由于害怕当时各种强大的社会舆论和压力，只得将那小孩悄悄寄养在了他在郊区的一位亲戚家里，以为从长计议。可不幸的是，那小孩只活了五个月，就意外夭折了。期间，尽管鹿父以近乎残酷的手段，一次次胁迫妻子离婚，终究还是没有达到预期目的。反而被悲愤交加的妻子抓住把柄，哭闹、告发到了他的单位。结果，被弄得削职降级，声名狼藉，几至立锥无地。而那女子也被她那位刚正不阿的、在本部队里担任要职的父亲调离到了外地，从此，劳燕分飞，再无消息了。正一心想要借助靠山一路攀升的"官迷"，突然于如诗如梦的云端，被人恶狠狠地打入了万丈深渊，且一生都可能再无翻身之望，可想而知，填在他心中的，该是怎样的刻骨仇恨了。

他将这满腔的愤怒与仇恨，全部化作了在日后的岁月里对妻子的疯狂报复。不到半年的工夫，妻子就因极度的气恼交加，而导致了神经分裂。慢慢地，世间所有的女人，都成了她心中的魔鬼，成了破坏她幸福人生的妖精。她对她们可谓深恶痛绝，不管年纪大小，只要一见到，就会气冲牛斗，破口大骂。就连两个儿子后来的几位女友，都是被她连骂带吓掉头跑掉的。以致人品出众、才华横溢的大儿子，将近而立之年还未能成婚。一家人在形同峻刑极罚的屠宰场般的环境里彼此煎熬着，这种暗无天日的生活，一过就是多少年。

甚至，就在鹿母即将离开人世之际，填在他父亲心中的强烈仇恨，依旧没有丝毫的减损。他以一副冷酷的神色，对那些前来探望的亲人们说："等她死了，咱们好好开个庆功会！"后来，鹿归之就以自己父母亲之间的这场悲剧，创作了一部"嬉笑之骂怒于裂眦，长歌之哀甚于痛哭"的小说。正是因为这部小说的问世，他的第一个妻子也就慕名上门来了。说到他与前妻的结合，那可真是不啻与魔同舞。他在一篇文章里，这样形容自己的第一次婚姻："我真是想破了头，也不能想明白的，这究竟是一个什么女人？她的心，到底是用什么做成的？婚姻在她的眼里，就是家庭、丈夫、甚至孩子，都必须要给她那恶俗的嗜好让路。一个如此迷恋着赌博的女人！一个让自己年轻的生命，如此沉醉于那种污浊、罪恶、销筋蚀骨的环境里，不能自拔的女人！自己的孩子生了重病，她居然还能一身轻松地出去和人打牌到深夜！我那可怜的孩子，他才只有五岁，就这样被病魔永远地夺走了生命！……这算是什么人生！我被这痛苦无边、来日茫茫的生活，击毁了一切继续生存下去的信念和勇气，严重时，一个晚上，就会产生十几次的自杀念头……"

而他与萨曼陀的这场结合，现在看来，也并没有好到哪里去，甚至更差。可能，他的命里，就注定和那种温柔似水、贤良淑德的女人无缘吧。

虽然，他已经经历了两段不堪的婚姻，但他还是打从内心里坚定地认为，一个家庭里，夫妻间是必须要彼此真诚亲密地扶持，共同承担，才会有幸福和将来可言的。

如今，他耳闻和目睹的，竟是弟弟蒙之的越来越放纵颠倒、堕入恶俗嗜好之后的沉溺不醒，这，真让他痛心！

以蒙之如今这种情形，展昙娜在这个家里所过的日子，不问可知。

他在接过展昱娜递上来的那杯热茶时，顺嘴问了她一下家里的近况。

展昱娜沉默了一下，还是满脸微笑着说："都好。"

咳，他又怎能听不出，她那是心上带血的言不由衷呢？她的眼底，是无论如何都遮掩不住的委屈、不甘，和一种听天由命的无奈。

一直以来，他都深信：天道昭昭，冥冥无私。

像展昱娜这样一个知书达理、美善贤良的女人，就该让她得一个美玉一般的男人，一辈子守护、珍惜于她的；可天意却偏要让她的人生充满了委屈和悲苦。反而像萨曼陀那种骄横泼辣的人，却又偏叫她富贵得意。

这样看来，那冥冥中判命之时，到底是如何的判法？

3

这天，穆缔的一个电话，又让穆丹的心里再次蒙上了厚重的阴影。原来，这天一早，她父亲不知何故，竟借着辛依米上次自杀未遂的事件，向她母亲大发抱怨："什么做法，她要自杀，难道自己没有家吗？抬到别人家里来算什么呢？"

穆丹的妈妈听了，漫不经心地回了句："你这个人，就是这么小气！那不管怎么说，她终究是个小辈，就是再怎么有错，你一个当长辈的，也该有些容让，这么点子事，也值得你一说再说，没完没了的呀？"

此言一出，立即触翻了怒海酸江。内蒙古法官当即铁青着脸喊道："我当然不能和你比了，还有谁能比你更大气，更想得开呢？抛家舍业、两手一甩，一走就是十几年。现如今，都抱孙子抱外孙的人了，还凡事都没个避讳，光是给人家过个生日，就兴师动众地花了几千块！"

这揭疮剜疤的尖锐诘难，第一次让脾气暴烈的女强人首先沉默了下来。但是，迅即，二人还是又按捺不住各自的怒火沸吵起来。尔后，女强人面目肃然地向丈夫甩出一句："不管怎么说，我都比你高贵一万倍！"话犹未毕，她接到了北京某大医院打来的一个紧急电话。三言五语之后，就神色慌张地收拾了些财物，头也不回地绝尘而去了。听说，现在住院的这个病号，又是那个叫什么"阎子栋"的人。

穆丹听了，不禁涌上满脸愁云。说起这阎子栋，实在令她如鲠在喉、讳莫如深。对方是她母亲半年前，从外地"聘请"到其公司的一名"业务"，是一个比萨向中还要小几岁的年轻小伙子。穆丹至今只和他匆匆见过一面。两个月前，她回天津看望母亲，正赶上家里没人，就拨了母亲的手机。没想到，接电话的竟然是一个陌生男人。起先，穆丹还以为是自己拨错了号。可是后来，她又接连拨过去几次，竟然都是那个人接的。穆丹便说出了妈妈的名字，并问这个电话是不是她妈妈的？对方立即一迭声说："正是大姐的。"少时，又说，"她现在到超市里买东西去了，因为走得匆忙，忘了带电话。"

穆丹也没加介意，就说："等我妈回来，让她给我回个电话。"正要挂断时，可巧那边传出播放新闻的声音。因为知道妈妈的公司里没有电视，就又随口问了句："哦，你们现在这是在哪里呢？"回答说："梅江。"穆丹顿时便警觉起来："那不是自己从前的家吗？难道……难怪，这些日子以来，她每每风闻，依米的妈妈总是爱有事没事拿她母亲大开玩笑。"再想到那辛母的为人，她便越发地狐疑起来了。就连忙开车赶了过去。自她和萨向中搬去北京之后，她在梅江的这套房子，原本是打算送给外婆住的。可是，还没等她把这想法正式公布出来，小舅舅夫妇就已经红霞如醉、指天画地地沸议着，该如何重新改装里面的一切了。她一气之下，反手就把那套房租了出去。她宁愿把每月出租来的房钱都花在外婆身上，也不愿意看到这些巧取豪夺之人，事事都能称心如愿。而前段时间，正赶上租用到期，又刚好老妈打来电话跟她说，自己临时要那房子有点用。她便与租用人终止了继续出租的合同，并将那里的房门钥匙转交给了母亲。难道，妈妈竟会用这房子……她简直都不敢再想下去了。

结果，当她上了楼，走到门前伸手一试，防盗门却是反锁着的。她屏声向里面听了听，里面有电视的声音，就按了门铃。好半天，才有个龇唇鬓面的陌生男人走来开了门，探出半边脸来，瓮声瓮气地直问："找谁？"

穆丹心里这个气，要知道，对方手里现在掀起的那块门帘，那还是她从前亲手挂上去的呢。尤其当她隔着门看到满屋子的腾腾烟雾时，顿时就把脸沉了下来："我找谁？这是我的家，你说我找谁？那么你又是谁？怎么会在我家里呢？"

对方顿时变得局促起来，少时，语无伦次、长篇大套地为自己解释了一番。穆丹懒得跟他啰嗦，加上后来听他说，防盗门的钥匙被她母亲带走了，他现在自己也出不去，而她，也进不来。就丢下一句："让我妈回来马上给我打电话，不管是什么情况，请你立刻从这里搬出去！"就头也不回，咚咚咚走下楼去了。

结果，很快，母亲就给她回了电话。转天，就把那里的房门钥匙归还了她。尽管，那次事件，母女间表面上都尽量保持着不动声色，但是，各自的内心，却都不免有些梗梗难释。而现在，父亲这才刚来到天津，又是从哪里得知了这样的消息？一想到父母亲现在的关系，她就感到奄丧无力。这些年来，她们姐弟明里暗里不知做了多少努力，无奈，却是冰冻千尺，万难回转。也不知到底是谁，竟是这样居心叵测，在这节骨眼儿上，向父亲透露出了这种消息。自然，如果父亲一直都是这样的严把口风，穆丹永远都不会知道，这竟是她的小舅妈趁着机会，倾心吐胆地给"姐夫"大告了一状的结果。那天，可巧电视里正在播放一个第三者插足的短片。她就趁势发挥起来，向他例数穆母之过，说她曾经当着她们的面，给一个才刚三十岁出头的小伙子大摆生日宴，情到深处，二人甚至当众就抱头痛哭在了一处！哎呀，真是让她们这些看的人，都觉得脸红心跳！最后，还愤愤不平地说："我就是替姐夫你不值，你们夫妻这么多年，我姐她都不一定这样给你过过生日呢！那小伙子，比咱们的姑爷还小好几岁呢，又是个南方人，精得跟个猴似的，你也想想，那得骗走她多少钱呀……"

对此，穆丹自然无从知晓。但她却深心觉得，现在，是必须要和母亲好好谈一谈的时候了。于是她拨了母亲的电话，追问了行踪，并婉转说明了心意。不料，母亲那边竟也出乎意料地爽快："那好，你就直接到医院里来吧。记住，301 医院，住院部 302 病房。"

由于秦婳非缠着要一起过去看"姨姥姥"，穆丹实在不忍心丢开手，只得带着她也一起来了。

刚走进那间病房，秦婳在满是来苏水的气味中，甜甜蜜蜜地喊了声"姨姥姥！"又扑闪着一对星眸，向病床上那个面色焦黄的病号看了又看，竟失声惊叫道，"桃子阿姨，你怎么也在这里呀？"

4

阎子栋居然是个女人，这真太不可思议了。

她的样貌举止，乃至声音……这一切的一切，怎么可能？

然而，这就是事实。

而她之所以又与秦婳相识，那是因为，她的胞姐就是嫁在花溪的那位有名的"小白果"。她曾经在去姐姐家走亲戚时，先后几次与当地著名的"小洋人"不期而遇，并且，还抱过她呢。她原名叫阎蒲桃，母亲患失心疯早亡。父亲为人势利冷酷，一心拿着姐妹俩当摇钱树，不及详访清浊，只问钱财多少，先后将她姐妹二人草率许嫁。最初，蒲桃被货物一样地许配给了寨英镇上的一个粗夯蠢陋之人，那人动辄就对她百般凌辱，还一次次大怒若狂地撕毁了她的那些"剖肝为纸，滴血做墨"的画稿和诗稿。每当那个时，她只要有些许反抗，就一定会被那个野兽一样的家伙打得遍体鳞伤、九魄游离。终于有一天，她再也无法忍受那种暗无天日的生活了，便于一个深夜悄悄逃离了魔窟。一路之上的颠沛流离，惊惶失措，使她尝尽了人世的辛酸苦楚。由于生活所迫，离家五个月后，她又嫁给了一个将饿昏在半途中的自己救起的"恩人"。她满以为，这一次的婚姻可以让自己避免粗暴的干扰，可以使她得以潜心完成自己那筹谋已久的计划——以勤奋的画笔和独特才思，为那个一直以来，都深深感动着她的美丽传说"金线吊葫芦"，创作出一幅巨大的画卷和不朽的诗篇来。在她看来，无论是这幅画卷，还是尚未完全成型的诗篇，都不可草草成就，都需呕心沥血长期研磨。然而，好景不长，她与新任丈夫的这段逸事不胫而走，很快就传入了前夫的家乡。不久，疑窦丛生的前夫就率领数十名亲交挚友，前来验证传闻的真伪了。得知这个消息时，她正神色庄穆地伫立在山坡间的一片竹林里。繁茂的绿竹，披着如火的晚霞，令她的满腔才思激荡如潮……而很快地，这一切如诗如画的美妙情境就被打碎了。换而代之的是，竹林中惊逃而去的一个凌乱失措的身影，她越过起伏的土丘，穿过茫茫阡陌，再次踏上了漫漫无际的逃亡之路。

因为前次的教训，这一次，她一口气逃到了千里之外的山西。而这一次逃亡路上所经受的坎坷和磨难，更是不堪回首。为了能够生存下来，也为了自己心中的理想和信念，她不惜委身于一家歌舞厅里打杂。一天，那里面的一个秃头暴眼的小领导借着酒意，对她大加猥亵调戏。她奋起反抗，竭力挣扎。最后，竟将对方惹得暴怒万分，指着她的鼻头，破口大骂："给脸不要的贱货，你她妈的镶金了呀！不知有多少比你漂亮一千倍一万倍的女人，都主动向大爷我投怀送抱，我都没工夫搭理呢！今天大爷我心情好，有心抬举抬举你，你她妈的倒这么唧唧歪歪地倒人胃口！"

话音未落，便被她厉声喝断："是，你财大气粗，难道就因为这个，你就可以为所欲为，任意践踏别人的尊严了吗？就算你也许真能打动并赢取那些漂亮女人们的心，可就是不能赢得我这个丑女人的刮目相看！"因而，当晚，她就被逐出了那家歌舞厅。她永远也忘不了，在那之后好一段没有着落的日子里，她踯躅踱蹀在冷寂的旷野，泪眼向天，却久久说不出一个字来的形景。直到她意外地遇到了自己生命中的大恩人——穆丹的母亲，她那苦不堪言的日子，才总算彻底告一段落了。而那时，她已经先后几次从一些报纸上看到，自己的前夫竟与后夫携手，一起告了她一个"骗婚罪"。

惊惶之余，她把这消息悄悄告诉了恩人。经多见广的恩人一听，只微微一笑："听他们几声蝗虫叫，还不种庄稼了呢！有我在，你怕他们！"又说，"正好，你这样子看上去像个男孩子，不如这就去把头发剃短了，跟我回天津后，索性就扮成男孩子的样，我看他们谁还有本事能把你再给找回去！"

现在，就是这样一个不甘心听从命运摆布的苦命之人，因为过度的忧思郁积，终于躺在了医院的病床之上。在她的病历本上，龙飞凤舞地写着：胃Ca，晚期。

几天之后，这个顽强不息的生命，便带着她那尚未完成的巨大心愿，永远地告别了这个让她一生都"嗟囊空兮羞涩，处羁旅兮乏食，将蹙蹙兮何之，当路歧兮涕泣"的世界。

临终前，她给自己的恩人留下了一幅亲手画就并题跋"密林红枫舞，秋浓群鹿鸣"的《丹枫呦鹿》图。画中秋风飒飒，林中叶色缤纷。红叶在其间尤为艳丽显眼，有一种卓立傲苍冥的气韵。秋风飒飒于密林深处吹来，有点像埙的声音，含着淡淡的悲凉，就像是呦呦鹿鸣。

后来，墨麟羲和般若也都过来看视了一回，墨麟羲才猛然想起，她就是那次，他和萨向中、褚晋枫、鱼相礼等人聚餐议事时，那个被鱼相礼撞飞了汤碗的服务生。事后，他向穆母问起此事，穆母神色凄然地点着头说："可能是她吧，这孩子真是仁义，跟我到了天津，才过了几天安稳日子……后来，因为怕给丹丹造成误会，又不能说出真相，她不愿意再给我添麻烦，就非坚持一个人到北京来打工了。"

她的追悼会，是由墨麟羲、穆般若为发起人，和他们邀请来的一些文学界的有识之士共同举办的。甚至，还特意邀请来了当今诗坛上的一位极负盛名的"云烟霹雳手"，以自己的一首长诗代表作《小离骚》里的几节作为了悼词：

"我要给你看恐惧在一把尘土里"
是的，弯刀不能再弯了。女人的小蛮腰
是弯刀吗？是的，扁担也不能再扁了。女人的
小胸脯是扁担吗？
故乡在什么地方？它又以什么方式存在？
那里有十二门吗？

"你说不出，也猜不到，因为你只知道
一堆破碎的偶像，承受着太阳的鞭打"
唉，牛头村，这个名词恍若隔世
那年爷爷是一粒尘埃
那年奶奶是一粒尘埃
那年酗酒的父亲还是一粒尘埃
那棵千年古树死了，它腐烂的根仍旧企图抓住点什么
"什么树根在抓紧，什么树枝在从
这堆乱石块里长出？"而阴雨缠绵着阴雨
女巫复活，传说中的绣花针准确穿入
远古时代的方孔铜钱
美穴地至今存在
看吧，骑小泥马的祖先就要搬走天空
天空啊天空，此时不空，更待何时？

实际上天空是空的。众缘皆空，从缘生法亦空
有为无为及我皆空，何况天空？
在天空之下，女巫复活，她点亮左边的小圆山丘

一盏神秘的灯笼
她点亮右边的小圆山丘，另一盏神秘的灯笼
唉，牛头村，这个名词
这个名词在两盏灯笼的温柔乡里孤零零的

两手空空离开牛头村，离开这个恍若隔世的名词
离开十万座大山，我的心脏是一粒尘埃，漂泊的空无
处不在
"我没想到死亡毁坏了这许多人。"
……

"袖里乾坤大，壶中日月长。"
面对地狱洞开的门，我们用土碗喝酒吧
孔子喝的是什么酒？屈原喝的是什么酒？
司马迁喝的是什么酒？曹操父子喝的是什么酒？
阮籍嵇康等"竹林七贤"喝的是什么酒？
王勃卢照邻骆宾王杨炯喝的是什么酒？
那个写《登幽州台歌》的陈子昂兄弟喝的是什么酒？
李白杜甫喝的是什么酒？苏东坡黄庭坚喝的是什么酒？
千古绝代美女诗人李清照喝的又是什么酒？
关汉卿喝的是什么酒？"前七子""后七子"喝的是
什么酒？
徐渭喝的是什么酒？郑板桥等"扬州八怪十四家"
喝的是什么酒？曹雪芹喝的是什么酒？

听说鬼都怕恶人，何况我们是
一群酒鬼
酒鬼乃鬼中之王啊
在地狱之门，我们就是醉态百出的阎罗爷……

嘴唇不见了，曾经闪烁的秋水也不见了

她们去哪儿了

那些樱桃

那些芭蕉

都去哪儿了？薄胎瓷器曾一再啜饮

5

出人意料的是，就连萨曼陀那位孤高不凡的第一任丈夫——袁拓，闻讯后，竟也不顾身份地前来祭奠了一场。不为别的，只为死者曾经是一个踯躅于泥犁、逆境之中，却依旧不肯逐流同波的高洁女子。

几天之后，这消息左传右拐，还是传到了殷肃的耳中。当他听说，姑娘临终前的一刻，还向众人说起："听她母亲在世的时候讲，她们姐妹在这个世上，应该还有一个名叫'吕鳌'的同母异父的哥哥的……"尤其当听到对方父母亲的名字竟是：白凤莲和阎伏根之时，他简直就像遭了五雷轰顶一般。原来，这正是他那亲娘和她那个"姘夫"的名字。因而，几天之后的一个黄昏时分，他那仅存的一点良知，还是促使他悄悄来到了这个与自己从未谋面的，同母异父的小妹的坟前。

直到他亲眼看到墓碑上的那张遗照时，才如同被轰了魂魄一般，彻底傻住了。原来，半个月前，竟是他亲自在他夫人开的一家饭店里，让大堂经理将她辞去的——那天，他从洗手间出来，正迎面碰上了她，一见她那眉梢脸畔的神情，简直像极了他记忆深处最痛恨的那张脸。又听她说姓阎，他当时只气得百脉闭塞，当下就喊来了大堂经理，让她走人了。

……现在，他手抚着冰冷的墓碑，不禁满眼泪落如雨。

许久之后，才一个人昏昏默默地离去了。

后来，他又听说，她在临终前，把自己的一幅精品画作留给了穆丹的母亲，便又想方设法地想要以重金，从穆母那里购买过来，不料，却遭到了穆母的严拒。

过天傍晚，穆丹悄悄地把穆缔叫到了外面，把一张存有七万元的银行卡，递给了他。穆缔无论如何也不肯要，笑着直说："不是说了吗，我的钱根本就没丢。"

穆丹笑道："行了，再这么强撑下去，我怕你迟早会哭出来。"

穆缔前仰后合地笑了一阵，说："我的演技会那么差？怎么我倒觉得简直就是无可挑剔的呢？"

第十二章　祸乱·黑暗从夜的翅膀上掉落

1

墨麟羲一心记挂着远在家乡的母亲，知道她近况愈发不佳，就索性把单位刚发下来的房补，也都全部给她汇了回去。

这天，褚晋枫邀请他和般若到红学会参加了一场有关《红楼梦》的学术研讨会。会议上，般若被那些自命不凡的红学专家们的那些不着边际、吹毛求疵的言论聒噪得难以忍受，又不好就此起身离开，便埋头作了一首《喝火令·寄曹雪芹》。

会后，褚晋枫问她都在写些什么，说整个会议上，几乎就看见她在那里埋头苦写了。般若笑着说也没写什么。

后来，墨麟羲悄悄问她时，她才把那首词拿给了他。又苦笑着说："我真为曹雪芹叹息！生前身后，都将注定是万古的凄凉和孤独。你看看如今的那些红学家们，都那么大一把年纪了，居然还在为曹雪芹到底是哪里的人、《十独吟》究竟是黛玉所作还是宝钗所作而争得面红耳赤，几乎动粗。真不知道他们究竟是怎么读《红楼梦》的，长期这么研究《红楼梦》，又到底是为了什么？难道，不是用心去体会曹雪芹那深切的悲天悯人的情怀，而只是为了标榜他们自己那些的所谓'真知灼见'吗？一个个都已经鸡皮鹤发了，只要一遇到不同的观点，马上就满脸溅朱，修养可真好。"

墨麟羲看着她那首词，正要说话，忽然，斜刺里走上来一位年近四十的，着一身鲜嫩粉红色装束的女士，她风情万种地向墨麟羲再三握手致意，满嘴直说，自己和他实在是太有缘分了。原因竟是，会议前，墨麟羲曾向她微笑着点头致意过。而会议之上，她和他又是被安排在相隔很近的位置上的。然后，她就开始从自己的气质相貌说起，一直说到了自己的先祖十六代。从会议室的大门外，一直说到了餐厅的饭桌上。又一遍遍指着自己逼仄的额头，和那对后天加工明显的眉毛，再三申说："我们满族人，我们最显著的特点，就是这宽额浓眉，特别显得与众不同。我们满族人之所以不管在哪里，只要往人群里那么一站，就都特别的出众、有气场，主要还是因为我们的贵族血统在起作用。曹雪芹之所以能把小说写成了全人类的巅峰，也完全是因为他骨子里流着我们满族人的血液……"接着，又开始一路指摘起几个当下红学界颇负盛名的专家来：谁谁的观点，简直就是大放厥词数典忘祖以宫笑角；某某的文章，纯属党同伐异偷梁换柱，犹如跗骨之蛆……说到后来，简直就是废话连篇，信口开河了。满桌子的人，竟有一大半都还奴颜婢色地诺诺附和着。原来，她竟是某位重要领导人的大秘。

整个就餐期间，墨麟羲都无暇和般若说上一句完整的话。

两人只要一说话，那位大秘就立刻叽叽呱呱地把话头抢了过去，说到忘情处，还会一胳膊罩住墨麟羲的肩，那一张直咧到腮帮子上去的大嘴，时刻都不忘彰显着她的霸气和强悍。般若被她聒噪得实在烦厌，就索性起身坐到旁边的桌上去了。褚晋枫把这一切都看在了眼里，不觉微微一笑，就跟过去照顾般若去了。

饭后，褚晋枫把车子直接开到了餐厅的楼下，接上了墨麟羲和般若后，就要往国家博物馆去看画展。墨麟羲一听，连忙笑着说："我一点半还有课呢，不能一起去了。"

褚晋枫十分遗憾地直说："怎么不早说？今天的这个画展可是位国际巨腕儿，请柬很不容易才弄到的呢！"

墨麟羲心内不由微微一怔，他记得几天前，褚晋枫邀请他来参加这场红学会议时，他是事先跟他说过了的，这一天的上午可以，下午，他是有古琴课的。或许是他事情太多，给忘了？

下午，墨麟羲准时来到了那家临时聘请他教授古琴的伯牙琴馆，院领导却匆匆跟他说，今天先不用上课了，学校里的一处教学楼正在拆迁，如果可以，请他先带着学生们一起过去帮着清理一下杂物。墨麟羲迟疑了一下，便点着头去了。

正当他和众人一起埋头呼呼苦干之时，可巧被随后赶过来的般若撞了个正着。

看着他那原本清雅俊秀的脸庞，被满满的土灰所遮盖，看着他一个满腹经纶的大才子，竟带着学生们和一群黝黑的民工混迹在一处，她差一点没哭出来。

她悄悄地躲在一棵大树后面，尽量调整着情绪。

自她有记忆以来，也算把他人生中的种种辛酸和不幸看了个够。他自幼生长在一个贫寒的单亲家庭里，对于亲生父亲的记忆几乎等于零。听人说，他的父亲和她的妈妈一样，是个知青，为人恃才傲物，经常爱对一些敏感的政治问题发表言论。那个时候，当地的村公所，每天清早，都要准时用大喇叭广播毛泽东语录。有一回，他的父亲听得有些不耐烦，就在自己家的院子里抱怨道："每天起来，就知道号丧！"

也就那么不幸，竟被一个好事青年听见，向队里告发了。

队里立刻组织批斗会，批斗"反动分子"。他的父亲被绑上了批斗台，还在据理力争，说自己说的是"号尚！"并解释说，"号"为充满激情，大声宣扬呼喊之意，而"尚"则为崇尚、崇敬之意。直说得那帮批斗会的头头们干瞪眼。台下却早已哄笑成了一片。批斗会只好就此作罢。只是躲得了一次，却不可能永远都能侥幸。像他那样终日无所顾忌、牢骚满腹之人，最终，还是被人家抓住了致命的把柄，投入了大牢。没过几年，就带着他那壮志难伸的包天才华，猝死狱中了。墨麟羲的母亲年轻之时，也算是一个出了名的美人，只可惜红颜运轻，因为丈夫惨遭非命，导致后来性情大变，后来又迷恋上了赌博，而且十赌九输。为了替她早日还清债务，品学兼优的墨麟羲简直就被逼成了苦大仇深的"现代男喜儿"，从上初中起，他就要利用各种假期，到处去赚钱，贴补家用和帮母亲偿还赌债。他的童年不堪回首，少年、青少年时期，亦复如是……

这世上还有什么事情，是比看着一匹上好的千里马，却要辱于奴隶人之手、骈死于槽枥之间，更加让人痛心和无奈的呢？就在般若心煎如沸之际，她的同学梅忆鹤打来了电话。

他在电话那端精神振奋地向她报告着说，那个生产"薏芏蔓带"和"苏蕨紫菀"的厂家，已经被查封了。好家伙，真是不查不知道，那群家伙的心，可真是比煤炭都黑！光是全国连锁店就有几十家！他们那产品应该叫"遗毒万代""孙绝子完"才对！又说要请她去看歌剧祝贺，之后一起到卧佛山庄去吃全素。般若调整了好半天的情绪，才说："如果你真是钱多得没处花的话，不如用在有益的地方吧。"

梅忆鹤便问："这话怎么说？"

般若便直言不讳地说："还是我那个才华横溢的朋友，不知为什么，上天总是喜欢把他放在一个万难忍受的境界里烘烤。如果你有眼光，够魄力的话，那么少去风花雪月几次，把那些钱用来收藏他的字画吧，我可以向你保证，无论你买的是什么，将来，都一定会升值。这样，你既为自己赢了利，同时又帮助了一位天才，又何乐不为呢？"

梅忆鹤听得心花怒放，连声说好。

于是，很快地，他便唇红齿白、光芒万丈地出现在般若面前了。

这时，般若已经打电话和墨麟羲说好了，等他放学后，在他家里见。

谁知，眼看就要到达目的地了，竟遭遇了一场意外——他们的车子在拐弯时，迎面直冲上来一对嘻嘻哈哈的骑单车的男女，由于太过忘情，他们竟冲着直向他们鸣笛的车子就撞了上来。那对惹祸的男女惊魂甫定，竟凶神恶煞一般，一起扑了上来，抓着走下车来的司机，就没头没脸地撕打起来。

那司机竭力忍耐着分辩了半天，他们哪里肯听？手撕头撞，秽语污言，直闹得沸反盈天。那司机终于忍无可忍地咆哮道："你们到底打够了没有？！"那二人也不说话，依旧只管恶拳相向。那司机一怒上前，将他们摔在地上的两辆山地车一把悬空拎起，两手只微微一用力，再看那两对车把，就已被拧成了一个大麻花。那对男女顿时吓得神飞魄散，犹如一对泥胎木雕般地踡踖在了地上。

司机这才将两辆车子咣当扔下，拍了拍手，重又问了句："怎么样，还打吗？"那二人头摇得拨浪鼓一般："不，不打了！您，您快请便……"

这样，行程才重又得以继续。

不一时，二人一起来到了墨麟羲的家。

梅忆鹤对字画的鉴赏颇有眼光，一连挑走了好几幅上乘佳作。墨麟羲又因为他是般若介绍来的，所以把价钱降得很低。

梅忆鹤自己反而说："这么好的东西，大可不必太让自己吃亏了！"临走，还是又再三坚持买走了他墙上挂的那幅《降灵文殊图》。出门时，又和般若唧唧咕咕个不停。

就听般若说："我还有事呢，改天吧。"

墨麟羲似乎从梅忆鹤的眼中看出了端倪，这是个特别英俊的小伙子，顾硕清朗，言语憨直，两只眼睛灼灼有神。他对于般若的满口回绝，似乎并没有感到灰心丧气，依旧耐着性子，百般怂恿讨好着。那股子率真、殷勤的劲儿，让墨麟羲颇为尴尬不忍。他内心里波澜翻涌了一阵，竟也助着说了句："般若，不如，你就去吧……正好，我今天也特别的乏，这里也没什么特别的事了，你出去散散心，也好。"

梅忆鹤巴不得这一声。

般若似乎吃了一惊，接着，便双眉一扬说："不去。你这里没有事，难道我自己就不能有事吗？"

梅忆鹤不禁着急道："你不去怎么行，我哥公司的那些员工可都等着你去给签名呢！见不到作家本人，你这个'亲戚'，也总该……"

般若见他竟说出这话来了，连忙就用话岔开了，一面就忙推着他出去了。

直到上了车，她才忍不住向他发话道："你这人，难怪长这么高的个子，原来都是让没心没肺给闹的。"

梅忆鹤大笑道："呵呵，这名儿可真不俗！你说，我爸我妈当初怎么没给我起个'梅心梅肺'，却起了个'梅忆鹤'呢？"

般若冷笑道："你现在想改也来得及，现在改名热。"

梅忆鹤笑嘻嘻地说："偏不改。改了，大家就都跟着叫了。现在，你爱叫，你就随时这么叫好了，我就听你一个人这么叫，我才高兴呢。"

般若说："你正经些吧，我可不跟你开玩笑。来之前，不是已经再三地告诉过你了吗，上次找你买的那些书就是墨麟羲的，不是不让你当着他的面提这事的吗，你是故意的吧？"

梅忆鹤笑着直挠头说："那怎么可能呢，我真没想提的。可你刚才不愿意跟我一起走，我一着急，才说溜了嘴的。真的不是故意的，还请多原谅啊！咳，上次我拿回去的那些书，因为我跟我哥说，你是作者的亲戚，他才没让我费一点力气，照单全收了的。呵呵，你看我家人都多喜欢你呀！现在，我哥的公司里，他的那些好朋友们，几乎人手一册。很多人看完书，都非要求见一见作家本人。我哥都大承大应地摆下宴席了，让我请作家过去，你这里又说不能让他本人知道，那你说我该怎么办？难道，你这个'亲戚'不过去代表，还真要让我再回去请作家本人出席啊？"

般若一听，就不再说话了。他说的那些书，就是上回她和墨麟羲到甜水园去批发的那些诗话小说。那天，因为时间有限，所以二人分头行动。般若一连进了几家批发店，被那些锱铢必较的批发商们聒噪得难以忍受。正在心烦，梅忆鹤打来了电话。知道情况后，当时就要赶过去帮忙，被她一口回绝了。梅忆鹤百般不甘心，便说，他大哥的公司眼下正要购买一批精品图书，奖励优秀员工们呢，因而便与她商定，让她先将所剩的八百册小说都暂时寄存于某家，由他转天过去，凭着收条，全部拉走并全权处理。因而时隔不久，墨麟羲就顺利拿到了一笔不菲的回款，他还高兴得直向般若说："谁说现在读书的人越来越少了？真没想到，这书竟走得这么快！"

般若看着他笑得那么开心，不禁更加坚定了决心：永远不把实情向他说破。

就听梅忆鹤又说："他的那本书，我也粗粗看了一些，他书里的观点倒也不像他的人看上去那么迂腐。他反而认为，能止恶治恶，才是真正的大善。这一点，倒是很合我的脾气呢。就像那些生产垃圾食品坑人害人的家伙们，政府出重拳收拾他们，那就是真正的大善之举！"

般若先听他说墨麟羲迂腐时，本来是要骂他的，现在听他说政府出重拳收拾那些不法经营者时，不禁又连声叹息道："现在的人，天天吃各种各样的毒，居然还都能好好地活着！也真是不可思议。"

梅忆鹤笑道："是毒，也未必就会立刻送命。这些有害的物质，有的只会降低人体机能，包括心肝脾肺肾、大脑小脑脊柱神经，所以你看，这些年来，缺心眼的、肝火大的、脾气躁的、肾虚的、脑残的、软骨的、神经病的，才会层出不穷的，不是吗？"

般若便笑着伸手指着他的脸说："这不，这里就有一个。"

2

此时的墨麟羲，正在家里发怔。

他想着般若刚才离去前的失措表情，也不知道她和那梅忆鹤之间，到底有些什么不愿意让他知道的事。正想得出神，电话响了。竟是今天在红学会议上认识的那位"领导人的大秘"打来的，她那抛声炫俏的声音，不觉又让他想起了她那副盘旋偃仰、搔首弄姿的形象来了。他不禁有些吃惊，真不知她是从哪里知道自己的电话号码的。但他也没有多问，他只想尽快结束这场通话，他从内心，并不愿意和这种人打交道。所以，当对方以微醺的口吻，向他悠悠地说："真想不到，直到今天，我才第一次知道了'心神震荡'，是一种什么样的感觉呢！"又说，他那又俊又憨的相貌之中，又带了几分赤子般的烂漫，简直让她神魂飘荡……他不禁皱了皱眉头，没有说话。

直到她说要请他到她家里去赴宴时，他才一口拒绝了，之后，便迅速挂断了电话。

紧接着，他母亲又打来了电话。说是他大表哥家的孩子丢了已经半个多月了，当地的各大新闻媒体都已经登了无数的寻人启示，都不见有任何回音。据一位同学的可靠消息说，可能是去了天津。所以，请他务必多留意一下，因为他表哥表嫂为此都要精神崩溃了。

当晚，他又接到了他表哥打来的电话。他扯着破锣嗓门大放悲声，话说得颠三倒四，时断时续，电话里不时传出他媳妇的哭号恶骂之声。从她的哭骂声中，墨麟羲总算是听明白了来龙去脉：原来，刚才天津某大医院的负责人给他们打去了电话，问他们是不是有一个名叫某某的十一岁的男孩走失了？说他三天前，因为饿昏在了马路边，被治安警送来医院，抢救到现在还没有完全苏醒。因为他身上什么有效证件也没有，医院也不可能再白白为他无条件治疗下去了。幸亏他刚才在片刻的清醒之际，说出了父母的名字和家里的电话。所以，请他们务必马上赶过来支付医药费，否则，医院就将其视为盲流处置了。

墨麟羲连忙追问了医院名，便连夜向天津赶了过去。

墨麟羲的表哥表嫂双双赶过来时，他们那个几乎脱了人相的儿子，已经成功度过了危险期。

看着满屋子为儿子跑上跑下的绝大多数的陌生身影，夫妻俩感动得如同见到了一群再生的父母一般。儿子即将出院之际，那表嫂一字三叹地对墨麟羲说："兄弟，托你的福，我们这可真是遇着大贵人了！你说说，人家萨大哥那么一个大导演，这几天里，背着你侄儿满医院里跑上跑下的，咱们做人可得对得起良心，无论如何，也得好好报答报答人家的！兄弟，你能不能再给从中搭个桥，和那萨导说说，看他能不能给我们投点资，或者和我们合伙做点什么生意，也好让我们有机会做成个大买卖，到时候，也好重重地回报一下人家的这一份大恩呀！"

没等她把话说完，墨麟羲就默默地转身出去了。

那表嫂的满腔期许，顿时便化成了万丈恶怒。

从此，这一家三口，便随同墨麟羲一起挤在他那间不足六十平米的小屋里来了，既不打算出去住宾馆，一时也没有要回去的意思，慢慢地，那表嫂又开始日复一日地焦躁不平起来。常当着墨麟羲的面，呵斥她的丈夫，一会儿问他，这次来天津向人家借来买机票的钱，回去后怎么还？一会儿又以手批颊，自哭自骂，例数自己的不幸人生。一面又沸声怂恿她丈夫，让他赶紧去她在京郊的某个开发廊的娘家亲戚那里，借点子钱回来给儿子买营养品，每天吃这么简素的饭菜，好人都要吃出毛病来了！

假若这时候再赶上般若过来，在她看来，那简直就是专门来看他们一家人的笑话似的，越发会惹动她满腔的怨忿，她是越看她就越不能伏下这一口气去，不知为什么，每次一看见她，她自己的不幸就似乎是被加倍放大了的一般，她对她，简直就是一种深恶痛绝的仇恨。

般若看着墨麟羲房间内的东西，无不因为他们的粗俗生活习惯而跟着接连遭殃，就连那把挂在墙壁上的名贵古琴，都被他们走来走去带得哐哐作响，她自然是待不住的，很多时候，她和墨麟羲倒是宁愿站在屋外的凄风冷雾之中，也不愿意再回去被他们的恶浊之气污染。偏那表嫂又是个嘴尖性强的，终日絮絮究诘，一副全天下人都欠了她的模样，诸事都不遂她的意。

她的丈夫如若不喝酒还好，可只要沾了酒，哪怕只是一杯下肚，就会暴躁乱跳，指着她脸，就肆行大骂起来："你不用作死，把你爷爷惹急了，一拳砸不死你个活圪泡！①"他的言谈举止，一如他的相貌一般恶俗粗鄙，往那里一站，只觉污人耳目。有一次，他正这样万丈恶怒地大骂自己的老婆，正好萨向中拎着几大包营养品，一脚迈进门来，听了满耳。只是，他却将那后半句纯正的内蒙话，错听成了"一枪打你个黑窟窿"。回家之后，便每每以半生不熟的内蒙腔学给穆丹听，一边又大笑着说："我说丹丹，要说不服你们内蒙人还真是不行，好家伙，骂个人，细一寻思，都能把人给吓死了。'一枪打你个黑窟窿'，哈哈……"

穆丹被他说得一头雾水，暗中忖度了许久，都不知这个"一枪打你个黑窟窿"的出处。于是，便和般若说，让她有时间去问问墨麟羲，这话究竟是个什么来历。

当般若终于从墨麟羲那里弄清了真相之后，姐妹俩直笑了好几天。

而听萨向中后来说，慢慢地，就连他们的剧组都开始盛行这句话了。大家一见面，再不是相互点头致意，互相问好了，而是劈头就招呼对方一句："一枪打你个黑窟窿！"

自从那次穆丹胃里检查出有瘤之后，萨向中就痛下决心，把剧组的事，全部都委任给了执行导演。他只是在情况特别需要之时，才会偶尔过去看一下的。

过后半月有余，墨麟羲被折腾得力尽神危，家里也早被糟扰得一败涂地了，他表兄一家人，才在一个清晨时分，匆匆收拾了行囊，绝尘而去了。

这段日子，褚晋枫几乎隔三差五地就会给般若发来一些奇奇怪怪的短信。诸如什么："你现在在干什么？"

"你好吗？"

"我这边下雪了。"

"我正在欣赏一幅极美的画，美极了。就像你……我实在睡不着。"

---

① 圪泡：内蒙古骂人的话。恕不译出。

　　般若基本上全不作理会。偶尔，他也会直接把电话打到她的手机上来，开始时，只响几声就挂了，见般若根本不会把电话拨回去，他才又再三打过来问："你在干什么，怎么不接电话呢？"般若只得说："刚响了两声就断了，我还以为是你打错电话了呢。"他立即便会说："怎么会呢，我怎么会把你的电话给打错呢？"

　　般若不知道该如何接他的话，也不清楚，他葫芦里究竟卖的是什么药。好半天，只得说："哦，那么，有什么事吗？"

　　他便用极具挑逗性的声音，满口笑道："怎么，你的意思是，没事就不能找你吗？呵呵，应该不是每次都必须要有墨麟羲在的地方，我才能看见你吧！"

　　般若很烦这种对话方式，每次都希望尽快挂掉。有时，他再打电话来的时候，她索性就采取视而不见的态度。

　　这段时间，墨麟羲可以说是诸事不顺。

　　甚至，邪乎得简直就如同被鬼附了体的一般。先是他原工作单位的人事部领导，打来电话说，这个新学期开始，单位里要重新竞聘岗位，如果竞争失利，不论是谁，都有随时下岗的可能，所以，请他提前做好心理准备。接着，便是那家兼职的伯牙琴馆，竟总是毫无任何理由征兆地，就提出要更换上课的时间，常常害得他满头大汗地赶了一半的路，又不得不掉头往回返。更加不可思议的是，他之前与之合作得特别愉快的那支古琴演出团队，以往，凡是他策划的节目，他们都积极响应，大力配合，而近来，他们对他的提议却总是漫不经心，百般犹疑。甚至，大有要随时拆伙的架势。

　　这天，般若怂恿墨麟羲随她们姐妹一起到天津参加了一场中西合璧的婚礼。新郎是般若大舅家的长子，新娘则是一位来自新加坡的漂亮姑娘。人见人爱的小秦嬿是这场婚礼的喜童，驾技高超的穆缔负责迎娶新娘。或许是地域文化的不同，婚礼上，新娘子大方得让人心惊眼歪。比那一帮戏弄新人的大男人们还放得开，让干什么就干什么，毫无半点腼腆扭捏之态。及至后来，就连一帮闹洞房的人，都纷纷技穷兴尽了。逗不了新娘子，一群坏小子们就干脆到外面的女眷堆里，胡乱找人寻开心去了。

穆缔在那边的一个桌子上，连番向八面玲珑的小舅妈发话道："我想得骨头都发凉了，可还是没能想明白，以我小舅当年那么出众的人才，怎么到最后，就看上你了呢？"

他的话，顿时引得哄笑不绝。小舅妈笑啐一声，立着眼说："傻小子，你真是不知道这里面的事！当初，要不是你小舅死缠滥打拼了命追我，我能跟他？想当年，你小舅妈我也是学校里鼎鼎有名的一朵大校花呢！"

"校花？"穆缔嘎嘎大笑着又问，"你们那是个残疾人学校吧？"

满桌子的人立时都笑倒了，接着，便是一片鼎沸的笑骂之声。胡璐在旁边指着穆缔的豁然阔嘴，连声笑道："好家伙，看看他那张嘴，就跟俩头号大对虾似的！还笑话别人呢。"穆缔转过头来说："你的小，就跟车轱辘碾压过的似的。一口能装进去二十个饺子。"胡璐挺身说："你的能装下去一只烤全羊。"

穆缔大笑着正要说话，身后走上来一个朋友捂着心口笑道："好家伙，原来是这么回事啊，我说嘛，天底下怎么能有这么大的嘴呢，原来，是从小在内蒙吃烤全羊给烫肿的呀。"满桌子的人直笑得呼哧呼哧的，想要去夹菜，却连筷子都捉不住了。一位中年妇女（也不知是哪条道上的绕脖子亲戚）满身乱颤着笑道："哈哈，宝贝儿，让我说呀，你们姑舅兄弟还是谁也别说谁了罢，两张大嘴，那是一个赛似一个的天下无敌哪！"

那边桌上，也有人在戏嘲辛依米姐妹。一时间越发沸笑滔天。

穆缔的大舅妈便趁着这机会，悄将穆母拉在了一个僻静处，压低了声音向她说："哎呀，前阵子我不知找了你多少回，就是怎么也找不着！要不然，这桩婚事，怎么也得听听你的意见不是！弄到现在，就这么凑合完事，我这心里总是七上八下的。"

穆母多少知道些个中原因。听说，那新娘子的父母之前都在极力反对这桩婚事。因为他们就只有这一个独生女儿，自然不愿意她出嫁到这么远的地方来。据说，是新娘子无数次以死相挟，才最终过了她父母的关。

"咳，别的倒也还算了，可是……唉，你知道吗？那媳妇当初为了要和咱孩子走在一起，就在她父母亲跟前装死，说晕，就'咣当'一下子栽倒在地上人事不省了。被送去医院，大夫拿这么长这么粗的针扎她，她硬是连哼都不哼一声！"大舅妈一面苦着脸比画，一面又说，"就连给她看病的大夫，就是当年和你一块下乡，现在在总医院上班的那个老陈，都忍不住悄悄直劝咱孩子，说'咱这是找对象，可不是给自己找活罪受啊！就这主儿这样的，那等将来结了婚，还不得捏鼓死你呀！'……哎呀，你要是早点儿回来，兴许还能帮着劝劝……"

穆母听得哭笑不得，只得长篇大套地宽释了一番。将那些"木已成舟""儿孙自有儿孙福"的话，劝了无数。

3

那边，红潮如醉的穆缔忽又一眼看见了坐在旁边一个角落里没情没趣的姜杜，便笑嘻嘻地朝她走了过去："嗨，姜美女，怎么穿成这个样子就出来了？以后，还怎么跟我一起上街去？"

姜杜连忙抬头，立时便破颜而笑了。少时，二人便热火朝天地聊在了一处。

她的丈夫与穆缔的外婆是邻居，是那一地带远近闻名的"小太保"，有生以来大约三分之二的时间都是在少管所和监狱里度过的。然而，就是这样的一个人，却颇有女人缘。围着其团团转的，竟都是些姿色出众且家境富足的漂亮姐儿。三年前，居然还有一位父母亲在公安局里任重职的女大学生，因为家长的极力干涉一时想不开，为其自杀了。姜杜出嫁前，曾是区里的一个小有名气的模特，追求者不乏其人。可自打"小太保"出现在她的身边之后，那些追求者们很快便都一哄而散了，再也没有人敢去招惹她了。说来也有趣，穆缔竟每每仗着自己年龄小，居然敢当着那太保的面，就把姜杜一把拉过去，与她挽着胳膊满大街地招摇过市。惹得满胡同的人见了他，就都追着直问："你就不怕挨揍吗？"

后来，穆丹看在姜杜的面子上，央烦了萨向中，为那太保在某项大工程的工地上安排了个小头目的差事。不久，穆缔的一个内蒙古的老同学因在当地打群架惹上了官司，便也不远千里地跑到天津来，寻求老同学的帮助和庇护了。穆缔为之隐瞒了来龙去脉，征得萨向中的同意后，将其和姜杜的那位太保先生安插在了一处。至此，二人有事没事就坐在一起炫耀各自的辉煌史。

炫耀比对的结果："天津太保遇到内蒙混子，简直是小巫见大巫！"

一次，工地上的一帮小伙子们，热火朝天地谈论起了丰姿绰约的姜杜。穆缔的那位老同学就嗤笑着说了句："摘了眼镜连尿都看不见的货，就把你们给稀罕成了这样！"为此，而引发了那太保和他好一场的交谄龃龉。过后不久，恶怒难消的太保便悄悄向天津警方报了案。说某某工地上，有个人命案在逃犯。因而很快，穆缔的那位同学，便被警方逮捕并遣送回了原籍。听说那小伙子在临被遣返之际，还咬牙切齿地让人传出话来给姜杜的丈夫："老子刚刚才有了个好好活人的打算，就叫你这龟儿子给葬送了！等老子出来了，必叫你家破人散！"

事实上，对于那场群殴事件，穆缔也是知晓深情底里的。当时，一帮子半大不大的小伙子带着他们的女友上街玩，半路上，两个女孩上厕所，谁知，上了一半，就有一个跑出来向她的男朋友哭诉说，男厕所里有人偷看她们。结果，那个偷窥者立即便被一群愤怒的小伙子揪出来暴揍了一通。穆缔的那个老同学，当时不过也就是在旁边帮着打了三拳两掌的，可谁知，最后，竟就酿出了人命呢。咳，也幸亏那老同学仗义，无论后来警方如何盘问，就是一口咬定说，穆缔事先对此完全一无所知，绝对不知道他是背负着人命官司的在逃犯。否则，恐怕就连急人之困的穆缔，当时也一定难逃干系了——这也正是穆缔虽然长期生长在天津，却打从内心里，更加看好内蒙人的"爷们气"的原因所在。

这时，两人正聊到了穆缔的那位同学。姜杜不无忧虑地长叹着气问："听说，他很快就要刑满出狱了是吗？"

穆缔正要说话，不防，竟被胡璐从后面一把拽了起来，直裹了出去。

那胡璐一面疾走，一面只管拧着眉毛咕哝道："你老跟她黏糊什么呢，那个娘们儿，一看见你，就玩了命地卖弄风骚！"

穆缔不禁大笑道："你哥哥我这么正直清白的一个人，你可不许平白就给哥哥胡编乱派一气啊！再说了，哥哥我要是走到哪里，真连一两个围攻我的女孩子都没有了，那我不是白长这么帅了吗？我管她风骚不风骚，又不是我老婆你的嫂子！"

"KAO！还帅呢，你也看看这上千的人里，还有一个是比你嘴还大的吗？"

小兄弟俩这边正笑得风生水起，旁边的一个桌上，小舅胡绍介自顾极其敬业地啃着一只大龙虾，一边满面红潮地望向了般若说："丫头，最近我可是听说，你的同学里有一位太子党的人物，他老爸比那安老爷子还大牌，听说，他一直都在猛追你？哈哈，丫头，从小，舅舅就知道你将来一定错不了！那家人，那可真是太牛了！说句不怕丹丹生气的话，就是那安老爷子和萨曼陀跟人家比起来，那都差远了去了！"

穆丹笑道："这有什么可生气的呢，事实就是如此嘛。"

胡绍介听了，越发得意忘情，两眼无限向往地看着般若又说："你将来真要是嫁到他们家去了，那舅舅我也就不用忙了，光剩跟着我们丫头沾光就行喽！"

般若一脸的冷若冰霜，并不理会接言。她转脸向墨麟羲看了过去，幸而他现在和她隔了两三桌的距离，被她姐夫拉去他自己朋友的那桌上装点门面去了。

穆母看着她这副冷漠的表情，便忍不住向胡绍介撇着嘴说："快别做这样的痴心梦吧！我现在算是看出来了，咱们家的这些个丫头们啊，平时一个个看着倒是挺聪明的，可是一沾感情的事，就都成了一条路走到黑的呆子、傻子，死也不开窍了！"

胡绍介听了这话，急得把大龙虾都扔在了一边，眼睛瞪得溜圆："那怎么行？看看现在外边的那些个小丫头片子们，哪一个不都成了人精？一个个都丑成了那样了，都还往死里傍男人呢！就凭我们般若这样的，那最差了，也得找个有权有势大富大贵的，才能配得上不是吗！"

般若不好跟母亲对嘴，便向她舅舅发话道："那么最好的，又该是什么样的呢？"舅舅被她这一问，直噎得半晌回不上话来。好半天，才又展着眼睛说："丫头，俗话说，'不听老人言，吃亏在眼前'。我也知道你们这些搞文学的，爱把所有的事情都理想化、浪漫化，可精神固然重要，现实你也终究要面对不是吗？人生就这么短短几十年，为什么就不往开处了去想呢？尤其是你们女孩子，青春转眼就逝！你不在这个花儿朵儿的时候，好好把握机会，那等青春一过，再后悔都来不及了。你现在不以为然，那是因为你还没有真正经历过现实生活中的残酷！给你举一个很简单的例子，就拿昨天来说，我们单位的头儿，跟人家一个国际巨亨谈生意，喝完咖啡约好去王府井吃饭，人家开辆宾利，脚下一踩，几十里地奔出去了，我们这里开一辆国产破车，当时，那距离可就拉开喽！我们心里这个虚，这个没底儿，还跟人家谈什么生意啊，那不多大的好事都叫一个'钱'给毁了吗？"说着话，自顾自往嘴里倒了一口酒，随即，那张嘴越发淮洪一般了，"总之啊丫头，人生在世，有钱有权大富大贵那才是最高级，最有质量的生活，这对你来说，那是轻而易举的事。你这么聪明的孩子，难道说，你还不如人家那个和辛依米搞婚外情的小警察吗？人家都知道在最关键的时候，听自己亲舅舅的劝……"

般若听得火星乱迸，只是在这样的日子，也不好发作。后来，见她舅舅竟越说越收不住了，便霍地立起身来，走了。

穆丹连忙打起了圆场："哈，妈和舅舅这是在绕着弯儿骂我呢吧，快别生气了，谁让我当初人小不懂事，现在，我也后悔着呢。"说着话，连忙替他们夹着各种好菜。

穆母并没有因此而将面部表情缓和下来，甚至于干脆就气哼哼地转向了穆丹："你现在知道这世界上没后悔药吃了吧？晚了，你就活该受着吧！"

穆丹笑道："是是是，我活该，我受着，我自作自受。"正笑着，一只胳膊就触到了自己鼓囊囊的皮包，这才忙又从包里拿出了两沓一万元的钞票来，放在了桌上，"差点忘了，这是向中的朋友褚晋枫给送的礼。咦，我大舅人呢？"

胡绍介一看，顿时又咂着嘴叹息起来："嘀，这是一个什么朋友？出手可真够阔的。不会就是追我们般若的那个太子党吧？"

穆丹笑着说："太子党倒是也能称得上，不过不是追般若的那个。听说那个梅忆鹤也是要来的，"说到这里，才自悔把话说急了，差点就说出了实情："是般若死活没让他过来。"于是又忙改口说，"好像他家里临时出了什么要紧的事，所以才没能来。"

胡绍介的嘴里便又是一片啧啧之声，说不清到底是在遗憾，还是在喟叹。

机灵鬼秦妽一见姨姥姥不似先前那般开心了，便忙拢起一只小手来，悄声向她耳边直说："新加坡的新娘真没羞，嫁人都不知道哭，还光在那里嘎嘎地傻笑。"

一句话立刻又把穆母逗得笑了起来。

4

与此同时，《绝代明妃》拍摄现场正在录制着一幕近乎滑稽剧的场景：

富丽堂皇的皇家艺苑。一位年过半百的婕妤，正在对众佳丽谆谆训导："你们要知道，一个美人的魅力，是无穷无尽，巨大无比的。她的作用，有时甚至可以使两个对峙已久的国家，在顷刻之间便能化干戈为玉帛。亦可轻而易举，就能使一个国家沦为万劫不复之境。正所谓，红颜可以安国亦可覆国，就是这个道理了。由此，便不难知道，若以功名而论，一个美人的功劳，有时是可以超过千军万马的……

饰演婕妤的演员，便是曹伊兰。不知是何原因，今天她总是有些神情恍惚，心不在焉，一连出现了多少失误。执行导演脸青筋暴地喊了多少次"咔！"当着众人的面，没头没脑，给了不少教训。走下场来，这番气恼，真是汹汹如裂岸惊涛。正没个发泄处，却一眼看见不远处的蓝媚黛，正迎风摆柳地向两个连日来跟踪采访的记者频频放电，又娇声嗲语地向他们透露着第一手消息："该剧的主题歌，已经最终拍板决定，要由她这个'东方神莺'主唱的……"

曹伊兰哪里能容她这般狂佻？便掌不住在一旁沸骂起来："什么地下室钻出来的下流货，也不到粪缸里去照照自己的嘴脸！这儿也想，那儿也贪的，有那个造化吗？！"

正是飘飘欲仙的美人儿，竟无故受到这样的毁辱，便也满口冷笑着回击起来："还是先把你那张老脸洗干净了，再出来见人吧！自己要真是个好的，就该被人家堂堂正正地娶回去放在家里，还用得着到了这把年纪，还这么上蹿下跳、明偷暗摸的呀！"

曹伊兰被她骂在了心坎上，顿时心煎如沸。跳上去，就对着那张娇艳的美脸又抓又打，势如拼命一般。

不消片刻，两位记者便知道了蓝美人那不为人知的各种劣迹了。一个即将成为万众瞩目、需仰视才得见的时代巨星的光辉形象，顿时一落千丈。远占了上风的曹伊兰却仍旧恶怒难释，寸磔恶贼一般地将她又抓又撕。好容易被一班同事劝开，依旧百般毁骂，无个止歇。

是夜，蓝媚黛无限委屈地跑去找殷肃。一见到他，便扑在怀里，哭得如同醉人一般。

殷肃平生最怕见女人哭天抹泪，只是见她实在年轻动人，才格外开恩，耐着性子用好话哄了半天。蓝美人这才悲声渐歇，缓缓抬起了楚楚梨面，让他明天就把那个"东北老女人"给换掉！

殷肃听了这天真使气的娃娃话，少不得倾心吐胆地表白了一番："我已经为了你这个小美人儿力排众议、不顾一切地换掉了前任女主角儿，现在，眼看都到这一步了，再为了这些个鸡毛蒜皮的小事去换人，一是不值得，二来也会引起不必要的议论猜忌。倒不如得饶人处且饶人，像你这么人见人爱、仙女一样的人物，又何必去跟那么个粗俗的东北老娘们儿一般见识呢？她那么跟你寻隙过不去，那只能说明她内心对你嫉妒得发疯呢。"

不料，蓝美人却并非全然不知晓那段更换女主角儿的前情，当下就撇着小嘴，不留情面地给戳破了："哼，你把那秦芙换下去，是为了我呀？仔细想想，才叫我冤呢！说来说去，我反不如一个乡下来的村姑！依我看呀，你大概是山珍海味吃多了，所以就青睐起了咸酸菜！你是不是还打算让那个什么殷媛，来和我争唱主题歌呀……"她只顾自己信口痛快，哪里还能看得见对方早已是面色如铁了。结果，才又叽咕了三两句，竟被那殷肃拍着桌子，下了逐客令。

蓝美人儿这番惊愕，真是犹如行走在梦里一般，好半天，只得含悲忍泪、低眉顺眼地腻在他怀里，再三赔起了不是。那殷肃，才被哄得重又回嗔作喜了。

第十三章 罪与罚·拖火的身体倒栽而下

1

听说黄芪即将和袁拓结婚的消息，穆丹心情特别沉重。

只是由于自己的身份太过特殊，这时也不好过多加以干涉的。私下里，她再三忍不住跟萨向中说："其实，黄姐也是，都经历过那么一回了，还嫌罪受得不够吗？那个袁拓，哪里能配得上她嘛！像他那样的，和她走在一起，还不知是什么居心呢！就说曼陀结婚那天吧，那时候，人家曼陀都已经和他分开多长时间了？居然还跑过去大闹人家的婚礼。骂出的那些话来，到现在想起来，我还头皮发麻呢。把人家好端端的一个婚礼，搅得乌烟瘴气的。闹来闹去，不过就是因为曼陀在婚前送了鹿蒙之一辆好车。论理，钱是人家曼陀自己的，该怎么用，完全是人家的自由，可有他什么事呢？我还听般若跟我说，他有一次找墨麟羲合作策划了一台古琴诗歌朗诵会，到了最后，居然一个人就把所得款项，全部侵吞了呢。还巧言令色、又是这又是那的，给自己找了一大堆的理由。你说，就连墨麟羲那样的人，他都要算计……咳，我真是担心，黄姐这是'才出苦海，又入火坑'啊。"

萨向中却完全一副事不关己的态度："什么苦海火坑的，哪就有那么可怕？要按照你的思维，那全天下的失意之人，还不全都要缩起来，就专门在家里坐吃等死了吗？让我说，他俩倒是挺合适的。关键是能互相适应。你多会儿听说过，他俩之间发生过鸡飞狗跳的事了？就是伪装，也不可能伪装这么长的时间。至于他怎么对墨麟羲，我觉得那也完全是因人而异的。就墨麟羲的那个性格和为人，那是注定无论在哪里，遇到了谁，都要吃亏的。就算此人不亏他，也还会有彼人的。就拿这次拍摄《绝代明妃》来说吧，你知道，背地里，我给他出了多少谋，划了多少道吗？那还不就是想让他得到最大的实惠吗？可到头来，他拿到手的，恐怕也就只有三五万而已吧。而人家老鱼，却以一集五万的筹码，一举拿走了一百多万！说实话，论心血，论才华，那老鱼和他简直就是天堑。可是，这种气你又怎么去生？而且钱一到手，人家老鱼马上就置身事外了，只管满世界大搞特搞自己的各种大奖活动去了。毫无疑问，谁想获奖，就得先往里面大把地扔钞票。这活动还哪都没到哪呢，一长串的大奖得主，就已经排成长队等在那里了！呵呵，现在这个时代，只有像人家这种看得清轻重，钱权两手抓的人，才能活得丰实，就是想被人骗，那也得有人能骗得了他才行啊。"

穆丹听着，脸色不觉越发沉重起来。

萨向中现在最怕的，就是她不开心，便忙又改容嘉许道："不过呢，还是老话说的好，'吃亏是福'。可能，从长远来看，老实人还真就不吃亏吧。所以我看，咱们就不要跟着白替人家操这份闲心了吧？"

穆丹便长叹了一口气，不再说话了。她心里早就打好了主意在那里了。单等萨向中一离开，她就开车直奔黄芪家而去了。

谁知萨迦也正为他妈和袁拓的事，在家里和黄芪吵得地暗天昏，正没个开交，一眼看见穆丹来了，气得掉头就走了。才出大门，正好又碰上了萨曼陀的那个昨天刚赌气回国来的女儿——袁骊珠和她的一班哥们。这一帮小人儿们，便喧喧嚷嚷地一路结伴而去了。

他们接连更换了几家高级娱乐场所。最后，总算在一家异国啤酒屋里长时间驻扎了下来。几个年纪略大一些的男孩子，摆出一副看透了整个世界的架势，语出惊人地谈论着各种社会热闻。几位均匀布散在他们中间的新潮美少女们，或豪情万丈、四仰八叉地歪在沙发上，或与他们并肩摩胸，叽叽咯咯地谈论着些耸人听闻的艳闻。

旁座有两个上了些年纪的妇女，见他们闹得实在过分，就忍不住纷纷摇头叹息道："咳，现在的这些个小姑娘们可真是要命，小小年纪，这么少教！"

"可不是，看着都让人脸红心跳。想想过去，人家王宝钏苦守寒窑十八年！像那样的贞节烈女，要是放在现在，真不知道要让多少人羞死呢！"

话音未绝，就被这边的几个听出了端倪的美少女，横鼻子恶眼地给怒骂了回去。

直把两位妇女吓得钳口结舌，再不敢稍有发挥，连忙买单一路溜之大吉了。

几经斡旋使巧，萨曼陀那宗"贿赂政府要员"的案子，总算是雨过天晴，拨云见日了。

这天，一干亲朋好友共聚香格里拉饭店为其压惊庆贺。说是压惊，实则是鹿蒙之借机讨好嫂夫人的一场蓄谋已久的"鸿门宴"。穆丹原本是很不愿意出席的，怎奈萨向中再三怂恿催促，加之，特地从天津赶过来拜托他们夫妻帮忙的辛依米姐妹的事情还未能完全落实，便只得带着她们也一起去了。

萨曼陀天生喜欢热闹排场，这下，一见各路亲朋于四面八方同为她一人而来，咧着海嘴，只剩笑了。

酒过三巡，一些个摸透了女强人脾气的朋友们，就专拣些裤腰带以下的笑话来谄媚讨宠。一时间，满堂哄笑不绝。本是一场热闹欢畅的聚餐，不想却吃出了几场恶仗来：

辛乌头自小就是个"人来疯"，无论见着谁，也不管人家的太太是否在场，就敢直扑上去，黏在对方怀里无所不为。起初，大家都还视之为小女孩的天真情怀，便都得过且过，漠然视之。现在，眼看都已经是结婚嫁人的年龄了，居然还是这么一副疯疯涎涎、自不庄重的样子，整个酒席上的女宾里，就看见她在那里忽起忽坐地丑态百出了：一会儿拱进萨向中的怀里揪着耳朵劝酒，一会儿又和鹿蒙之摩胸并肩地火热在了一处，一会儿又刺刺不休地和几位"播黄专家"争抢着讨宠卖弄。坐在她旁边的辛依米洞若观火，眼见穆丹的脸上几次涌上了不悦之色，便忙伸手悄在桌子底下制止了几回。谁知，她反而越发得变本加厉了。

回来的路上，姐妹俩刚跟众人分了手，便当街沸吵起来。辛依米气愤填膺地对着依旧大言不惭地说出什么"就凭咱这姿色，这天下就没有征服不了的男人"的辛乌头大骂道："最好赶快到粪缸里照照去，看看你从上到下有一点是降人的吗？里面两滴水就能填满，外面活像个大傻子，也不知你那自信是从哪来的！"

辛乌头一听，顿时像被人当街扯掉了裤子一般，恼羞激射地回敬道："你傻子的平方！你那么好，就扔下自己的老公孩子跟人家私奔了呀？你那么好，怎么就让人家破鞋一样白穿了一回，就给扔了呀？"

辛依米气得两肩乱颤，扬起手来，就是一巴掌。

2

另一场不睦，则发生在鹿归之夫妇身上。

鹿归之因萨曼陀对他弟弟蒙之的不辨是非和毫无原则的宽纵，而快快不快。萨曼陀却秋风过耳般咧着海嘴直笑丈夫："劳神于鸡毛，耿耿于蒜皮！"

鹿归之听了，很是忧闷。好半天，才正色说道："俗话说'枪打出头鸟'，你要是平时稍稍能听得进去些劝，懂得适当收敛，谨慎自己的言行，也不会那么遭人嫉恨，发生像前阵子的那场虚惊恶吓了。就说今天吧，就是一场再平常不过的聚会，而且还是别人有求于你，用得着那么'一席千命，一掷万金'地铺张浪费吗？这样做，不仅糟蹋浪费了钱财，还暗损了自己的福报。尤其是蒙之，现在让你惯得越来越不像话了。一味地好逸恶劳，追求虚荣浮华，不知做出了多少荒唐的事来。就连展昙娜那么好的一个女人，他都能毫不珍惜。"

女强人闻听此言，很是逆耳。认为丈夫这近乎土老冒似的迂腐和粗鄙，简直就是压抑天性，摧残生气！再加上，她一向对那展昙娜很是不看好。鹿归之的这一句夸奖，那些刺心的陈年旧账，就又重新在她的心里翻腾了起来：半年前，鹿蒙之的一个"地下小情人"找到鹿父门上大闹，她这个当时还有没正式过门的嫂夫人为替小叔遮丑避祸，便大包大揽，慷慨许诺并立地赠送了对方一套价值不菲的楼房，才算平息了风波。后来，不知怎么竟被展昙娜给知道了，便向鹿归之大告黑状，为此，鹿归之将她好一顿峻词以责，还险些动摇了他要娶她的念头。为此，萨曼陀憋了好一股恶气，日后，只要有人一提起展昙娜，她就气不打一处来。尤其让她不能容忍的是，鹿归之好像对他那弟媳，比对自己的亲弟弟还要亲厚偏护！简直可恶！这不禁使她妒火中烧，她立即便满脸阴云，立着眼睛沸骂起来，先骂展昙娜明是一盆火，暗是一把刀，是心机重重的胭脂虎、美女蛇！转而又大骂鹿归之心怀鬼胎，虚伪卑鄙，是个典型的臭老九！嘴里说的，笔下写的，都是仁义道德，实际一肚子的男盗女娼！

鹿归之冷冷地朝她看着，许久之后，才无可奈何地说了句："你本事那么大，怎么在关键的时候，人家就能让你一个人去挡枪子儿呢？"

女强人被狠狠地噎了一下，顿时像是中了毒箭一般，浑身血涌，满脸惨白。然而，片刻之后，灵感便倏忽而至。那情形，恰如舟行若穷，忽又无际。她"嗷"地大叫一声，跳了上去，两只手死死地拨住他的一颗头，这通声与泪俱、声震屋瓦的声讨控诉！

鹿归之见她势如拼命一般，只和她挣得汗流浃背。

足足有半个小时，女强人好容易在家里的几个阿姨胆战心惊的劝阻之下，走进了浴室，依旧心煎如沸。她一面边将衣服四下里乱甩乱掷，一面波澜翻涌着鹿归之的那句让她骨头发凉的话："你本事那么大，怎么在关键的时候，人家就能让你一个人去挡枪子儿呢？"这是什么意思？嘲笑她只不过是别人手中的一粒棋子，或者是急需过后，再无半点用处的公厕吗？还是在承认和自嘲，他自己是让假象蒙蔽了眼睛，才不顾她是被别人几度吃剩下的残羹冷炙，且一向就是个水性杨花，根本就不知廉耻为何物的下贱女人？哦！男人！这就是男人的本相！我他妈的剖心挖肝地对你们，我还对出错来了！我他妈的不惜铤而走险、把自己的脑袋别在裤腰上，让你们过着这种风光体面、衣食无忧的生活，到头来，就是让你们一个个没心没肺的白眼狼、狗畜生一样地回报我，鄙视我吗？什么他妈的天才艺术家、狗屁怪才、政府要员、商界名流、文学界精英！统统都是一群自私自利、冷酷无情、心黑如漆的畜生！你们这群薄情寡义、心曲如钩的混蛋畜生，即使把冥界的业镜拿来高高悬挂，也照不透你们那深不见底的黑心！

女强人心中怒潮激荡，一生的悲痛仇恨，涌现在顷刻之间。以致，这满腔的激愤羞怒，终于引发为一阵令人骨悚筋麻的长啸。

好一段的时间里，鹿归之都被震吓在这种声音之中了。因为，那实在不像是人发出来的声音。

等他感觉到情况不妙，急忙冲过去推开浴室的门时，呈现在眼前的，竟是一幕惨烈之极的场面——萨曼陀满腔的怒气聚发为火，导致了一场骇目惊心、千年不遇的自焚事件！

等他反应过来，惊叫着冲上前去施救之时，早已是无力回天了。

这消息不胫而走，很快，就成为了各类媒体的猛料。无论是电视还是报纸，只要打开来，满眼都是惊心动魄的"亿万女老总家中浴室自焚，女儿指控继父为疑凶"的新闻。

这几天，女强人那个富丽堂皇的家，早已是天倾地陷，不可开交了。

女儿袁骊珠手抓脚刨、哀天叫地地扑上去和鹿归之拼命，大骂："杀人凶手！狼子野心的伪君子王八蛋！你还我妈妈！"无论众人怎么拼命劝释都无济于事，小姑娘椎心泣血、一字一口血地硬是咬定，是鹿归之谋害了她妈妈，坚决不让掩尸下葬。

就连家里的几位亲眼目睹了实情的阿姨，也先后站出来为鹿归之作证时，竟也被小丫头恶狠怒万丈地给骂了回去："你们这群蛇鼠一窝、狼狈为奸的狗男女！你们这么丧尽天良地胡说八道，难道就不怕天打雷劈吗？好端端的一个人，会把自己给烧死了？而且还是在洗澡的时候？这简直就是放屁！他鹿归之！他这个道貌岸然的假正经，他从一开始接近我妈的那天起，他就心怀鬼胎！不信，你们大可以去问问他，除了我妈的钱以外，他到底还看上她什么了！他用他这张人五人六的假面具，给我妈上演了一出又一出令人作呕的鬼把戏，以此操纵她的感情，迷惑她的心智，让她对他言听计从，唯命是尊。现在，他捞够了，所有的目的也达到了，就干脆来个一不做二不休——图财害命！而你们这几个老中小娼妇，居然还想一起帮着他瞒天过海！做梦！就连你们都一个也跑不了！"话音未绝，竟又涕泗横流扑了上去，将鹿归之一通发疯般地撕打。

人群中，便又是好一阵的蜩螗沸羹。有的人劝着劝着，忽然想起女强人曾经给予的种种好处来，竟也忍不住和小姑娘抱头痛哭在了一处。关系稍远一些、站在远处观望的朋友们，不免交头接耳地说："咳，人家生来就不是凡人呢。在世短短几十年，轻而易举，就赚下了别人几辈子都赚不来的钱。如今，就连走，都走得这么不寻常！"

一个说："谁说不是呢！这还真是应了那句'运大数奇'的老话了呢！听说，法医的鉴定结果都已经出来了，确实是'怒气聚发为火'，才导致自焚死亡的……这可真够离奇的！"

一个又说："可不是？那些平常人，除了老死病死的，充其量，也就是些遭遇了天灾人祸、意外事故的，就算是自寻短见，也不过就是跳楼、上吊、抹脖子、吃点安眠药什么的，哪里听说过，竟有这种离奇的死法的？"

这个时候的萨母，早已经哭死过去了多少回。每次一旦苏醒过来，便是捶胸顿足、心煎如沸地哭骂不绝："你这个坏脾气，不听人劝，处处都争强好胜的丫头呀！打从你一落生，我就有操不完的心！如今走了走了，还这么往死里地坑我呀！"

这天的黄昏，远在花溪的萨扶苏闻讯，也急惶惶地赶了过来。

3

转眼，寒假即要结束。

原本，秦婳姐妹是要被带回花溪去的。

只是，萨扶苏见她母亲因为曼陀的离世，一直伤怀抑郁，一连吃下去了多少神方良药，只是不见好转。考虑再三，便决定将一对女儿留下来，陪伴母亲了。

秦婳这时，还不知道妈妈心里的打算，只以为自己很快就要和她一起回去了。她悄悄走进佛堂，欢天喜地地去拿自己的宝贝悉昙，不禁暗自回思了一回那些在这里所历所睹的、让她心惊纳罕的事情，不免好一阵的伤怀叹息。但毕竟还是小人儿一个，小得根本就分不清许多事物真正意义上的好与坏、对和错。

因而，很快就又一阵风般地跑了出来。一会儿过去拿起床上那个鼓鼓囊囊的小花包来，精心挑选着里面的礼物哪个是送给罗瑞芳的，哪个是送给三儿的，都小心翼翼地在上面做了记号。一会儿，又打开了那两只摆放在床下的大箱包，挨着个地检查了一回那些分别带给她爷爷奶奶、爸爸姑姑和小弟弟们的礼物。

秦姮却在一旁苦着脸说，她再也不想回到那个闭塞落后的穷地方去了，说她要留在北京和萨迦一样，接受这里一系列的贵族式教育。

三个月之后。

《绝代明妃》剧组，赶赴内蒙古呼和浩特拍摄最后一组镜头。

最终饰演王昭君的女一号，依旧是那位性感美人蓝媚黛。

起初，褚晋枫因为秦芙无故被更换之事，也曾几次亲自上门，去找殷肃交过底的。但最终，妥协至极限的投资商，还是坚冷如铁地说："除了秦芙，你找谁来胜任这个女一号都行，这是我的底限。"

对于褚晋枫而言，除了秦芙，自己费尽心力，为其他任何人争取到这个角色又意义何在？因又想到，"黄钟毁弃，瓦釜雷鸣"，也是自古就在所难免的事。加上，后来又亲眼目睹了那蓝媚黛的纯熟演技，要说，这小妮子也真是不容小觑，一颦一笑，飞转流盼之间，把一个"贞静圣洁，千古流芳"的绝世美人演绎得出神入化，风神咄咄，哪里还能看出她本来生活中的半点痕迹？因此，也就哑然退却了。

正如众人当初所预言的那般，《绝代明妃》正式上演播出之后，举国鼎沸，好评如潮。然而，真正名利双收、受益最大的，却是那位年纪轻轻的女一号蓝媚黛；当然，殷肃这位投资商及幕后高手亦回报不菲；其余相关人员也都可喜可羡，或得名，或进利，俱各烈火烹油，鲜花着锦，得倍偿失；唯独墨麟羲这个真正最为沥血呕心的原著作者，却依旧在此剧大红大紫的情形下，还在终日为最基本的生活而忍气含垢、辗转愁悴。

第十四章 幻·片时春梦归逝水

1

《绝代明妃》的成功上演，为蓝美人带来了一连串的好运。

短短几个月内，光是各种洗发液、护肤品的广告，就接连接了多少个。据业内人士的保守估算，仅其为某知名品牌作代言人的一项收入，就高逾七位数之多。

一时间，蓝美人成了家喻户晓、街谈巷议的热门人物，各种媒体纷至沓来、竞相报道。当然，有关她的各种流言蜚语，也从未间断过。有的说她，举止浮薄，缺少内涵。也有的说她，从内而外，都透着妓女们才特有的那种恬不知耻。

对此，蓝美人一概漠然视之，或是在突发奇想之后，迅速于某超豪华地段，安置一处豪宅，或是与身边那些犹如云龙雾豹的男人们的一次秘密约会之后，所有的那些束缚人性的道德公理，便全都被抛在了九霄云外。

这种浪漫如仙，实实在在的享受，确而是补虚消肿、排患释乱的妙丹良剂。

这天，风清气爽。说不清到底是天气格外好，还是心情格外好的缘故，总之，就连空气里，都仿佛飘满了喜悦。

这是距新剧正式开拍为期不远的日子，蓝美人将再次出演女一号。她如今能真正得一个彻头彻尾的悠闲日子，也实属不易。这里，一个电话尚未接完，那边，她姐姐已经把电话打到她的座机上来了。她先是向她絮叨了些家中的烦难事，接着，便啧啧地夸赞起了她："要说你这小丫头，你还真不是个一般人呢！你知道吗，果静师父就只看了一眼你的照片，就说你绝非等闲之辈！昨天晚上，师父又特意在佛前烧香打坐，替你察看了一回因果。刚才，告诉我说，你的前世，竟是南极仙翁的首座大弟子呢！眼看已经修炼到一个很高的段位了，却因为忽然心生贪念，堕落到了人间……"

蓝媚黛皱着眉头打断道："你现在身体不好，该去医院去医院，该做手术做手术。你每天拖着一个病体，尽和这些装神弄鬼的骗子们搅在一起，瞎耽误什么时间呢？"

她姐姐听了，便在电话那端连连念起佛来，满嘴直叫："罪过啊小妹！你不懂，可是不能乱说话的！咳，咳！这也不能怪你，这都是我这个当姐姐的德行不够，没能把你感化得也一起信佛。要是以后会落什么因果，我这个当姐姐的，愿意替你把这因果全背了。别的，我也不多说了，现在，我只跟你说一件最要紧的事：果静师父说，由于现在人类无止尽的欲望和贪婪，到处大肆开采能源、毁坏环境，我们居住的这个地球，早已经被毒气层层笼罩了！有些区域，就连植物为了保护自己，也都开始释放毒气了。人如果闻到，大脑中的自我防御系统就会被严重破坏，人类就会采取各种方式自杀和互残。所以呢，将来，那些有大功德、大福报的人，就都会离开地球，去往净土世界居住的。果静师父说了，因为你是十分难得的有缘人，所以，她会特意给你留出一个名额来的。你说你这小丫头多有福报啊。果静师父自幼出家，苦修了几十年，也就只从菩萨那里拿了十个不到的名额，你还没正式和人家见一面呢，居然就有这种好福气！"

蓝媚黛冷冷地说："既然有这种好事，那就让她把那个名额留给别人吧。我呢，就是一个俗人，所以，我想我还是脚踏实地地继续留在这地球上吧。"

她姐姐听了，好半天都没有回上一个字来。

她当然知道，她姐姐的内心，有太多自私的目的隐于其中，难以示人的。呵呵，什么狗屁难得的有缘人！还不就是想从她这里骗钱吗？要是她不往外拿钱，那人会把那什么鬼名额留给她？哼哼！这群花言巧语、骗术拙劣的神棍，居然把别人都当成了傻子！

好半天，就听她姐姐又在电话那端叽叽咯咯地摆开了大道理，上至三十三层天，下至阿鼻地狱里的因果报应，都被她给神乎其神地说了一遍。一见她小妹依旧是一副油盐不进的态度，不禁气得"嗷"的一声，放声大哭起来："我做这一切，也不知都是为了谁！让我说，老天爷简直就是不睁眼！我一个这么洁身自爱的女人，我招谁惹谁了？怎么就让我得了这种该死的病？我从交男朋友到结婚，一直到现在，我就只有你姐夫一个男人！你说说，这在如今的社会里，还有我这样的女人吗？这也不知道是个什么鬼世道，就专门欺负、祸害好人，反而是那些臭不要脸的、每天换男人就像换衣服一样的贱女人们，却都一个个好端端地活在那里，要多得意就有多得意！"

蓝媚黛一听，气得叫着她的名字嚷道："蓝腊梅！我已经说过了，你有病，该上医院上医院，该做手术做手术去，你用不着尽找别人的晦气！没有人活该陪着你一起去得病！你也用不着在那里指桑骂槐的！明白告诉你，你的那一套狗屁做人理论，在我这里，一文不值！如果你非要拿着你那一套歪理邪说来和我理论，那么，我倒要问问你，你在自己的亲妈那里，你都不愿意受一丝委屈，不愿意为她分担一点点痛苦，你却能为了一个猪狗一样的男人，你恨不得把你自己连骨头带肉，一起榨成了汁，都换成钱，去供他随心享乐！你以为，这就是一件多么高尚和可歌可泣的事吗？既然你是那么忠贞圣洁、白璧无瑕，那么，为什么，你那男人就那么不领你的情呢？为什么，他还会在外面和别人接连生出了好几个私生子来呢？又为什么，在他的眼里，妓女都比你值钱得多！你也给我说说这里面的因果报应！你这种人的混账理论就是，不管是生你养你的，还是和你一奶同胞的，也无论这些人为你做了什么，在你那里，全都不值一提，只看是不是对你有利用价值！反过来，就只有那头蠢如猪狗的渣男，才值得你去倾尽所有、拼尽一生地去付出！"她越说越生气，终于"哐啷"一声，将电话一把扔了出去，倒在床上，便睡了过去。

2

等她睁开眼睛，连声呼唤着"贾姨"时，已经是正常人家吃晚饭的时候了。

应声而来的，是一个形容畏缩的乡下老女人。

她望着她，一脸讪讪地笑着，好一阵地缩前退后。

咳，也真是没办法，都来了快半个月了，居然还是连一个坦然正式的微笑，都没学会。凡事无论大小，总还是这么一副缩头缩脑、战战兢兢的模样。

若按她以往的脾气，是断然不会容纳这样的一个人在身边的。她自小便是个出了名的"完美主义"者。自搬入这座豪宅以来，先后雇佣了三个或小或老的阿姨。面前的这位，是最先来到她这里的浙江姑娘——苍耳，介绍来的。说来也有趣，当初，苍耳第一次将这老女人领到她的面前时，她差一点就要翻脸将苍耳给臭骂一通呢。只是，再猛不丁又一打量时，竟发现这老女人的气质形容，竟颇有几分和自己的母亲相似——那一对若断若续的八字眉，那双游移多白的吊三角眼，那一对尤其显眼突兀的、不甘心听凭命运摆布的高大颧骨……

虽然，除了蓝美人自己之外，任何旁的人都无法将这丑陋的老女人，与她这位绝艳惊人的时代巨星联系在一起。但是，一个千真万确的事实就是：这个毫不相干的、与之判若云泥之人，万确千真地酷似她的母亲。因而，她在好一阵的心潮激荡之后，还是决定格外开恩，将她留了下来。不但如此，她还可以享受到其他两位年轻小阿姨所不能享受的优待——可以亲自打开主人的豪华衣橱，打理她的华衣丽服、贵重物品，甚至还可以在她沐浴之时，用自己粗糙干枯的老手，将她那头如瀑美发，裹进一块洁白芬芳的毛巾里，然后，为之细心擦洗娇躯……那个时候，即便她的动作是笨拙的，抑或常会因为过分紧张，将劲使大了，也从不会受到呵斥。更为幸运的是，自她来了这里，蓝美人从来不许她去做那些粗重的活。

这时，蓝美人闪烁着一双盈盈楚楚的大眼睛，接听了一个秘密电话，那边传出一个男人的富有磁性的声音："你这风骚的小妖精，你一定不是人变的。和你做一次，我至少要缓三天！"她格格地笑了好一阵，说："那，就三天后再见吧。"挂了电话，她歪着头问那老女人："贾姨，JJ又来过电话了吗？"

"噢，是、是的，从您休息到现在，已经打来七次了。"

"哦，可真够黏人的！"蓝美人甜蜜地翻了个身，重又闭上眼睛假寐起来。大概因为忽然想到了某个十分激动人心的场面，她那娇美的脸上，迅即泛起了一片红潮。少时，她翻身下了床，半偏着如云美鬓，松垮着春情四泄的睡衣，婉婉婷婷地走向了浴室。

那老女人连忙一路跟了过去。

浴室里，美人在那个撒满了玫瑰花瓣的豪华浴池里泡了一阵，便挂着满身晶莹的水珠走了出来，安卧在那款柔软光滑的浴床上了。

老女人便捧着一个剔透莹彻的硕大容器，小心翼翼地走上来，将里面的那些由巧克力和可以祛除皮肤角质层的新鲜椰丝调制的"甜蜜美体糖浆"，均匀地涂抹于她的全身，又细细按摩开来，以让她的每一寸肌肤，都得到充分的滋养。这是一种新近在上流贵妇群中刮起的美体风，据说，依照此法隔天按摩二十分钟，几次下来，全身的肌肤就会被保养得滑润无比。而巧克力那种特有的甜芬气息，更是会"余香绕体，经久不绝"。

蓝美人走出客厅时，已经换上了一袭鹅黄底上绣有各色水仙花的、来自意大利的真丝长裙。那精益求精的做工，堪称完美的版型设计，将蓝美人装扮得一如临凡的神女一般。

可巧，就在这时，JJ一束阳光般地破门而入了。他是蓝美人的新任男友，新剧中待定的男主角。一张棱角分明的脸孔和那一身硬邦邦的肌肉，是蓝美人的最爱。他看着眼前的美人，略怔了怔，似乎是被她的美貌惊呆了。随着一声热烈的"宝贝儿"，他上来紧紧裹住了她的蜂腰，便只管与她热吻起来。看情形，他早已经忘乎所以了，忘记了这是在除他二人之外，还有着其余的睽睽六目的现场了。就在美人与之半推半就地嬉闹之际，欲火焚身的JJ一个充满激情的挺身奋臂，引发了一片极不和谐的"稀里哗啦"之声。

原来，是那老女人为贵客和主人端上来的两杯鲜果汁，被激情四溢的JJ全盘给掀翻在了地上。刚刚还犹如走进了梦境一般的帅小伙，显然因这意外的惊扰十分生气，半弯着腰回过身来，指着那老女人的脸就骂："快滚快滚，每次来，你这老货都要给添堵，看见你这蠢东西我就恶心！"

老女人吓得吞声默立，正是走也不是，留也不是，那JJ竟又向她怒骂了一句。家中另外两个小阿姨，忙一起赶上来帮着收拾、虚劝了一阵，便拉着她走开了。

却见蓝美人圆睁着眼睛，向那JJ发话道："你算什么东西，凭什么在我的家里这么大呼小叫的？看看你这张不男不女的怪脸，还有脖子后面那几颗注定要倒大霉的麻点！真正恶心和该滚蛋的人是你！滚！"

JJ震惊得简直都不能呼吸了。那一脸的无辜，那几次欲说还休的神情，分明就是在向他的情人，他的小甜心，小蜜果诘问："你居然就为了这么一个又老又丑的佣人，这样对我么？"

而蓝美人的眼神中，回复出的，是一个更加令人冷然如寒冰浸骨的信息："在我这里，你还不如一个佣人！"

一表非俗而又深受诸多美女们追捧的帅哥，何曾受到过如此的羞辱与难堪？吞声默立了好一阵，只得鸦雀无声地自行离开了。

然而，他的离去，却并没有让蓝美人的怒气得以消融，她依旧红涨着天山芙蓉，紧蹙着峨嵋秋月，贝齿咬得一阵阵格格作响。

片刻之后，她再次疾步冲进了卧室，一头扎进了大床，脸上开始死一般地沉寂，脑海中，波澜翻涌着有生以来一连串的血泪挣扎……

3

人们通常都会认为，穷山恶水出刁民。

大概很难会有人想到，这位风华绝代的时代巨星，就是出生在一个地地道道的穷山恶水之地。她的童年时代，是在黔北一个"地无三分平，人无半文银"的灰头土脸的小山村度过的。童年的苦难于蓝美人而言，就像她们当时村后那万千座大山一样的无边无际、连绵不绝，她的父亲，是当地出了名的酒鬼加赌鬼，且每饮必醉，逢赌必输，醉则癫狂奔走，哀天咒地；输则恨人怨运，诽仙骂神。而他一旦醉醉歪歪或是脸青筋粗地回到家里来，势必就要拿着一家子妻儿老小开刀作法。单是蓝美人一个，就几次不曾活活死在他这个生父的手下。

那是在一个黄昏时分，美人当时身怀六甲的妈妈，一脸喜悦地从一户村干部家里为小姐妹们背回来半筐新鲜水果，小姐俩顿时垂涎欲滴，争相上去分抢。谁知，吃得正欢，却被凶神恶煞的父亲一脚赶上来，将那竹筐踢飞到了半天外。随即，操起一根大木棒，照着她们的妈妈就劈头打了下去，硬说她和那村干部有染，让他做了活王八。很快，妈妈便倒在了一片惊心骇目的血泊之中。她扑上去哭喊妈妈时，竟被父亲迎面打下来的又一记重棒正中背心，当即昏死过去。

还有一回，妈妈上山劳作，很晚都不见回来。她姐姐便上山去寻，她和弟弟左等右等，都不见妈妈和姐姐返回，实在饥饿难耐，就跑到隔壁奶奶家去借火，打算自己动手煮饭（奶奶的脾气、性格，跟她的儿子一样的古怪、冷酷，对膝下几个小孙儿从来都是不闻不问、漠然视之的）。不一时，她满捧着一把从奶奶家的炉膛里引燃的柴草，快步向着自己家的炉膛而来，由于那柴草燃得特别快，无论她如何拼命向前飞走，也不及赶到一半的路程，它们就已经要烧着她的小手了。就在她本能地撒开双手之际，可怕的事情发生了，随着一声凄厉的哭声，再看时，不知何时跌倒在她脚下的小弟，竟被那落下去的尚在燃烧的柴草，盖了满脸满身。正当她吓得魂飞天外之际，恰巧被大输而回的父亲一眼撞见，他二话没说，赶上前来，一把将她凌空提起，便向着墙上狠命摔了出去。若不是后来妈妈和姐姐赶回来，将她送去诊所及时抢救，想必，一代红颜，早在十几年前就已香消玉殒，呜呼哀哉了。如此惨绝人寰之事，于被酒赌之魔迷失了心性的父亲而言，简直不胜枚举。后来，终于在一个严冬的深夜里，酒醉的父亲一头跌入了一个深沟，等到被人发现并抬回家后，没过几天就死了。被抬去掩埋之时，一家子老老小小跟在那口薄薄的棺材后面，哭得哀天动地。而她，却无论如何就是掉不出一滴泪来。

寡妇门前是非多。父亲过世不久，小山村里便传出有关她母亲和当地一些小头目的一系列的风言风语。一时间，谬种流传，真真假假，再加上人们的演绎想象，一个泼辣能干的年轻寡妇，便已经和魔鬼画上了等号。蓝美人十四岁那年，她的小弟和一个小伙伴在上山回家的途中，遇到一只眼冒绿光的大饿狼，那狼嚎叫一声，照着小弟就扑了上去，一口叼住转身就跑。小伙伴凄厉的哭喊声，惊动了正在田里干农活的大人们。他们拿起手中的锄头、镰刀等农具，一路呼喊追赶而去，眼看距离越来越近，饿狼一见难抵众怒，只好将人丢下，自顾向山上逃命去了。众人抢上去看时，见小弟的颈项等处，几乎已被那饿狼连筋咬断。好容易被抬去乡卫生院，院领导一见伤势过于严重，惨白着脸说什么也不肯收。最后，经不住众人的苦苦哀求，只得勉强同意为之简单止血包扎。之后，还是又催促着让他们速速转送市医院。最终，几经斡旋波折，终于将小弟转至市医院住下来之后，她妈妈又不免要为补交巨额医药费而日夜煎心。几天下来，整个人都脱了形。后来，总算苍天开恩，医药费有了着落。是村里一位好心的乡亲，帮忙在他当地一个开歌舞厅的亲戚那里暂借来的。

小弟的伤势稍稍稳定，她妈妈便亲自带着她和姐姐与那位乡亲一起，上门向恩人磕头致谢去了。

当天夜里，她十八岁的姐姐（如今的蓝女士），红涨着粉脸跟妈妈动了好一场气！原来却是，白天的那场致谢宴上，妈妈因自觉对恩人的重情无以为报，便一再怂恿大女儿以歌声聊表寸心。出人意料的是，这小姑娘竟是歌喉婉转，满楼嘹亮。这一唱不要紧，恩人立即眯起了一双意荡神迷、如痴如醉的色眼说，这么好的嗓子，这么俊的模样，不如就留在我这歌舞厅里吧。我保证，你们一家人，从此以后都能过上衣食无忧的日子。说着话，就不能自检地在桌子下面对她姐姐乱摸起来……妈妈将这一切全都看在了眼里，却一直充耳不闻地直撑着笑到席散。不但如此，在回去的路上，她还宏篇大论地开导女儿，说什么人家那样对你，说明你人长得漂亮，歌又唱得好，所以讨人喜欢。他喜欢摸，就让他摸摸又有什么关系？反正也少不了什么去。她姐姐气瞪着一双刚直不阿的薄眼，当即就将妈妈的一番谬论驳了回去。晚上，临睡前，依旧恶气难消，跟妹妹抱怨说："世上竟有她这样的妈！"第二天，就与自己那位考上了北京某大学的男友，相约着一起远走高飞了。

她妈妈为此而哀天动地，跳着脚哭骂了几天。蓝美人为了安抚妈妈，就自告奋勇地说："妈，您就别难过了，这有什么可哭的呢？我替姐姐到那家歌舞厅去，我的歌比姐姐唱得好！"

妈妈听了这话，哭声总算止歇下来，但是，紧接着，泪水却更加如同淮洪一般地倾了出来。母女俩抱在一起，好一场昏天大哭。妈妈将她紧裹在怀里，痛哭失声道："妮子，你才这么尺把大，妈怎么舍得……"她极力咬着牙，不让更多的泪水流出来。恍惚中，思绪又回到了从前：不知是何原因，自小就美丽惊人的她，自出娘胎就极不入父亲和奶奶的眼。平时，他们简直就视她为瘟疫、敝屣一般，若是气不顺时，就更是会拿她扎筷子作法，常常无缘无故指着她那张凝雪砌玉的小脸，就是一通劈天恶骂："你这个天生来的小娼妇，跟你妈一个样的下贱货，你不得好死！"

"可是，"她一面为悲怛欲绝、软弱到极点的妈妈拭着泪，一面在心里赌着气说，"可是有的时候，正直的人，却并不一定就比天生下贱的人更加懂得孝顺和顾及亲情！"

过后不到半年，她妈妈一腔怒火地赶去向"恩人"讨还公道——其在禽兽不如地霸占了蓝美人之际，曾信誓旦旦地允诺，只要她肯陪他三个月，就一定会一次性支付她十万元。可是事过之后，却又百般推拖着不肯兑现。

"恩人"在见到她妈妈之时，竟一脸不屑地冷笑一声，话也懒得跟她啰嗦，就要打开车门扬长而去。她妈妈抢上前去与之分证，被其手下一干人等面目如煞地拖出去了多远！眼看着丧尽天良之人又一次要轻松脱逃，愤怒的寡妇不顾一切地扑了上去，用尽全身的力气挡住了他的车子……可以说，蓝美人最终得以拿到手的那十万元的"补偿金"，其实是以她妈妈的身家性命换来的。

她怀着满腔的深仇大恨，将妈妈下葬之后，带着虽经抢救才勉强存活下来的，却已然变成了一个地道的哑巴的弟弟，历尽了万般艰辛，来到京城投奔自己的姐姐，如果不是被逼无奈，她及时向姐姐说出了自己有十万元存款，并将那存折拿出来，呈交对方验证的话，大概，就一定会被拒之于门外了。

4

咳！一想起这些辛酸往事，蓝美人就禁不住泪水滚滚而落：什么所谓的世态人情、仁义礼信，简直都是狗屁！这些年来，如果没有这笔以她母亲用生命换来的"补偿款"，若不是在此基础之上，她一个本应该还在父母怀抱里撒娇作痴的花季少女，仍旧不遗余力、挖空心思地为自己拼命创造着更多的机会和财富的话，她和自己那个可怜的哑巴弟弟，恐怕早就要露宿街头了！还想像今天这般，过上这种扬眉吐气、被众星捧月一般的生活?

甚至,就在几个月前,尚未发迹的她,还因为私下里悄悄去"拜会"墨麟羲,以为自己赢得《绝代明妃》的主唱权,结果,墨麟羲没见着,却遭到了那个和自己年龄相仿的美淑女穆般若的一番情辞激烈的抢白。呵呵,她这个根本就没有经历过人生的屈辱挣扎,没有被饥贫要挟得骨头都发凉,可以义正词严、冷面如铁地对她说出什么"相鼠有皮,人而无仪""相鼠有体,人而无礼"的风凉话的臭丫头,她怎么会知道和懂得,有时候,为了某种不可推卸的责任和目的,"屈辱的生",往往比"体面壮烈的死",更加来得不易和令人钦敬呢!

这天,穆丹回天津看望父母,顺便去拿她母亲给黄芪做的婚被。黄芪婚礼在即,她精心为之准备了诸多厚礼之外,还特意拜托自己的母亲亲手为她缝制了两套新被褥。天津人的老风俗都讲究,新人的婚礼前,都要请那些有福有运、儿女满堂的"全乎人"给缝制床上用物的。穆丹此举,也算是有心到家了。下午,她又顺路过去看了一下辛依米,却正好又赶上了她和她婆婆的一场滔天恶仗。

依米的婆婆铁青着脸,怒声沸骂自己儿子没骨气,说他根本就不像自己的儿子,简直就是酒囊色鬼!依米气得反唇相讥,说从来没有见过这样给人家当妈的,天天巴不得自己的儿子家破人散!

依米的婆婆红着眼,将手批颊一顿乱打乱骂,又指着她的脸大骂:"老天爷怎么不用雷劈了你这丧家的扫把星!我告诉你,你还少来揭挑,不管怎么着,我们也是打断骨头连着筋的母子!我会害他?他做了那盛名之下的活王八,我要是再这么干看着不管,他一辈子也别想再抬起头来了!"

依米粗着筋,回以一连串的冷笑道:"你们打断骨头连着筋,我们脱了衣裳还连着体呢!你想拆就能拆得开呀!"

发展到后来,竟然有好事者把电视台的记者都给怂恿来了。

因而,当晚的一档名为《婆媳过招》的娱乐新闻里,竟赫然播出了这场真实的"婆媳过招"的全过程。甚至，就连依米气愤之极时，骂出的那句耸人听闻之语，都一字不落地全给播了出来。

"真是过分！这些人真是没有半点公德心，这样有碍观瞻的事情也敢拿出来播！难道，就找不到真正有价值的新闻了吗？难怪社会风气会日益败坏，就连这本该'规范道德，宣扬礼仪'的主流媒体，都是这样的毫无底线，全然不顾及影响！"穆丹愤愤地关了电视，心神犹为震荡难平。

转天一清早，辛依米就泣不成声地给她打来了电话，说自己眼下简直没有活路了，这些日子，她几乎天天都在想着怎么自杀。又说，那件事情过后，韩鑫表面上似乎原谅了她，但是，却再也不愿意和她同床了，还每每说不了两句话，就冲她瞪眼发脾气，甚至还动手打过她两次。说着，一口气吸了进去，足有半天，才又大哭了出来。

结果，当天下午，她就真的喝了安眠药。

穆丹赶去医院时，她哭得如疯似魔，满嘴里只要去死。穆丹上去拼命按着她两只手直说："你有点出息行不行，当初那么劝你，让你小心珍惜，你非不听，现在这个样儿，让我哪只眼睛看得上呢！"

第十五章 孽情·看不见的红日的光焰

1

黄芪和袁拓大张旗鼓地向众亲友发送喜柬的这一天，也是展昙娜和鹿蒙之离婚的日子。

随着鹿蒙之的诸多人性之恶的日益暴露、膨胀，天性高雅的展昙娜，唯有仰天长叹：人，简直不能和命争。

众亲友闻知消息，也都叹息不已。尤其是萨母，愁肠顿结，叹息了好半天才说："咳，现在的这些小年轻们，什么都是快节奏的！说离，就这么三下五除二地离了呀？事先，就连一点儿迹象都没看出来。"

萨向中在旁呵呵笑道："可不是说离就离了么，不然，依着您的意思，难道还要惊动国务院，专门给开场大会研究决定不成？"

萨母看不得他这副恶劣样子，冷着脸将他轰开了。

秦婳在旁边听见了，更是百思不得其解。因为，就在昨天的宴席上，她还看到展姨的脸上，几次都露出了难以自禁的笑容。而她的丈夫，更是一副春风拂面，由心底里直乐到面容上来的表情。如果真是夫妻间闹离婚，又怎么会是这种情形呢？

在她的记忆中，自己的爸妈也曾有过因为一时的口角不睦，而至气愤扬声地要"离婚"的场景，但每当那个时候，妈妈总是会伤心得泪流满面，情到甚时，还会一把揽过她们几个小不点儿，天塌地陷地哭在一处。而那个时候，她爸爸也全然一副愁怀失措、沸郁踯躅的样子……

如今的秦姮，可是越发的不得了了。这次，她按着妈妈的意愿被留了下来，很快就被送进了全京城一家最好的幼儿园。凭着她的光华馨采和明慧过人，很快就成了学校里众所瞩目、人见人爱的小名人了。凡是班级或学校里的各种大小文娱活动，都少不了她的身影。平日，都是由穆丹亲自接送她上下学，只有周末，才会被送来萨母这边。秦姮则一直跟在萨母身边，她这个日益变得刺刺歪歪起来的古代小仕女，不知何故，总是对穆丹颇有微词。为此，小姐妹俩不知发生过多少回不愉快了。

当晚，穆丹开车送展昙娜回家去取她的最后一箱物品时，秦姮于悉昙内看到了两个红衣人，站在展昙娜家的屋门外叹着气说："咳，这里从此，就只剩下俗气了！"

一个说："虽说夫妻是共业，但修的修，造的造，最终也还是要各走各路的。古人说的好，'善恶生死，父子不能有所勖助'，就是这个道理了。"

一个说："天道祸淫，其报甚速；人之不畏，懵然无知；天地鬼神，临之在上，质之在旁，瞋目切齿，谋为报应。夫夫妇妇，人道之常；越礼乱伦，等诸禽兽；淫邪之行，绝夫妇百年之好，祸变多端，暗地伤残，子孙必多夭，后嗣必不蕃。"

一个又说："这鹿蒙之的报应，是要让他断子绝孙？"

一个说："把辛乌头送给他。"又说："鸨乃鸟中至贱至淫之物，不拘鹈、鸮、鸦、雀，都与群交。此女乃人中至贱至秽之类，阴微狭邪，窥墙钻穴，越礼乱伦，如猳之寄，狗之合，鸳鸯之在野，鸒鸽之混巢，等诸禽兽。这种人，靠山山崩，靠水水竭，能令一切与之淫乱之人，迅速衰损并耗尽所有祖上的余荫。"

一个叹息道："这也是他命该如此。"

时间犹如白驹过隙一般，转眼，就将是暑假时节了。

这天，穆丹带着小女儿，与前来看她的父亲和穆缔一起出去郊游。

天气炎热，她早早地便抱着小丫头躲进一家饭店里去了。还没等饭菜端上桌来，汗流浃背的穆缔便一力撺掇着父亲，到隔壁的理发店洗头去了。

当他们再从那理发店返回来时，父亲已经是一脸的愠色，连吃饭的心情都没有了。穆丹不好直接去问，就趁着他去洗手间的间隙，悄问穆缔："老爸这是怎么了？"

穆缔似乎根本就没有觉察出有什么不对劲，自顾舔唇咂嘴地说："只是去洗个头，能有什么事？再说了，他还意外地遇到了一个内蒙老乡呢，我见他们一直说得挺热闹的。没事，肯定没事。老爸就那样，一向深沉惯了。再说，天气太热，不想吃饭也是正常现象。"

被他这样一注解，穆丹也就释然了。一面忍不住笑道："那你怎么就吃得这么香呢？"

穆缔吧唧了一阵嘴巴，笑道，"谁让我天生来就嘴大呢！"

不料，转天父亲一返回天津，就和她母亲展开了一场恶仗。

穆丹听到消息赶过去时，她母亲正气得心煎如沸，满脸泪痕："我都这把年纪了，还让你老王八蛋这样平白地诽谤我！没门！你不想在这儿待下去，有人招你的魂，你就赶快滚蛋。用不着这么没事找事，满嘴胡说！当初并没人请你过来！当着孩子们，我不愿意揭挑你就算了！当年，丹丹才多大一点儿，我抱着她回天津才半个月，你就跟村里那个有名的破货勾搭上了！我回去后，有多少人跑去给我告状，我理会了没有？！现在老了老了，倒让你来反咬一口！"穆丹一见母亲伤心气怒到这般田地，早已哄小孩似的，一把将她搂在怀里发语安慰道："凡事，总得有个原因吧？动不动就这么大动肝火的，到底是为什么呢？难道，是在为几十年前的事儿生气吗？"

穆缔站在一旁啼笑皆非地直说："好家伙，能记仇记到现在，还说不理会呢！"

她母亲一见来了帮手，越发地气概凛然了："你们让他自己说！看他自己有没有脸再当着你们的面说一遍！"一面又冷笑道："反正我这辈子怎么说都能对得起他！就算我拿脚做出来的事，都比他高贵一万倍！"

父亲看着眼前一双玉树临风的儿女，不禁又气又愧又觉老大不忍，铁青着脸，潜心忍耐了大半日，一言不发地到里屋躲气去了。

穆丹只好又去百般劝释母亲，气恼冲天的母亲才总算得以渐渐气平。

最终，穆丹还是没能弄清楚，他们这次干戈的原因所在。穆缔跟在身边拧着眉毛，忧心忡忡地说："难道，就为了个'金兀术'和'金元木'？那也不至于吧？"

穆丹如闻天书一般，说他这样一说，她就更不明白了。

穆缔便笑道："其实，前两天到你那里去之前，他们就因为电视屏幕上出现了个'金兀术'，却被老妈误读成了'金元木'，老爸就忍不住打趣说，'连你都能成为知识青年，可见当时整个社会的普遍文化程度了'，两人就差点反目。幸亏我机警，好歹总算给劝开了。后来怕他们再为此争辩，我就怂恿着老爸一起过去看你去了。回来后，再没见怎么着，也再没见有谁来过，不是为这事，还能是为了什么呢？"

穆丹摇头说："不可能。这样的事，决不会让他们吵到这种地步的。"说着，不由也连声叹息道，"真是服了他们，吵得跟热窑似的，大概连他们自己都还不知道到底是为了什么呢。"

这件悬而未决之事，直到半个月后，才被秦婳在她的悉昙中看了个明白彻底。

原来，那天在郊外，穆缔和父亲去洗头的那家发廊，正是墨麟羲表嫂的那位娘家亲戚所开。闲话间，那男店主一听穆父满口浓重的家乡话，便动了乡情，竟亲自上来为他服务起来。聊着聊着，那人就忍不住说到了墨麟羲和他那部著名的《绝代明妃》来。又问穆父知不知道家乡出了这样一个人物？穆父便笑着说，当然知道。因为和他十分投缘，便又顺嘴说笑了一句："也许不久，就是我们家的女婿了呢！"

那人便是浑身一激灵，眼睛瞬间瞪得老大，直问："这么说，您家里的老嫂子，应该是、是姓胡了，对不对？"

这下，轮到穆丹的父亲吃惊了："咦，你是怎么知道的？"

那人咬着牙说："我怎么能不知道！"就已经变貌变色。半日，他极力忍耐着满腔的激怒，向他说出了事情的原委：原来，他本人的妻子，正是墨麟羲表嫂的娘家表姐。半个月前，墨麟羲的表哥表嫂，跟随一位姓胡的老大姐，开着一辆豪车，来到他们这发廊。那夫妻俩向他们大灌迷魂汤，说这位胡大姐财大气粗，全国各地都有她的生意。目前，正在山西开发一项大工程。所以，他们想跟着投点资，做个小股东，赚笔钱……随后，又极力怂恿他的妻子，让她也一并加入这个能大把赚钱的队伍。为使他们夫妻深信不疑，他们鼓其如簧之舌，把那胡大姐吹嘘得天花乱坠。最后还说，就连他们那个大才子墨麟羲表弟，很快也要成为这胡大姐家的上门女婿了。原本，他们夫妻对这对夫妻的一贯为人很是看不上。但是，他们却对墨麟羲这个从未谋面的远亲有着相当的敬意与好感。在他们夫妻的眼里，那墨麟羲现在已经算得上是功成名就的人士了，竟然还要到这胡大姐家去当上门女婿，那么，这胡大姐的实力，真是可想而知了。

2

当天，那胡大姐亲自开着豪车，带着他们两对夫妻到市里一家鼎鼎有名的五星级饭店，吃了一顿上万元的大餐。

回来后，夫妻二人便义无返顾地取出了他们的大半存款，转天就都打到了那胡大姐指定的账号上去了。夫妻二人满心以为，这次是遇到了大贵人，可以轻轻松松大赚一笔的。然而，过了一阵子之后，当他妻子按照对方留下的详细地址找过去之时，面前哪里是他们所说的什么政府重点开发的大工程，竟是一家灯红酒绿的歌舞厅，里面进出的，全都是些蠢相毕露的客人和着装暴露的三陪小姐。

"我老婆当时就傻眼啦，"那人顿了顿继续说，"可等她明白过来，想要去找他们理论时，正好赶上里面打起了群架，直打得动地惊天，满眼血腥。起先，我老婆还以为是客人们为争抢小姐，才大打出手呢，后来她才看明白，原来，竟是你家里的胡大姐和墨麟羲的表嫂，在为墨麟羲的表哥吃醋……哎呀，我媳妇说，当时两个人就像疯了一样，打得拉都拉不开呢！后来，还惊动了当地警方，把当事人都带去了局里。再后来，听说被罚了一通款，最后，就连那个非法的黑歌舞厅也给查封了。哎呀呀，可叹我们的那些钱，那是我和我媳妇没黑没白，一剪子一剪子赚下来的，万没想到，就这么给人白白糟蹋光了！现在，他们几个人在哪里，我们都还不知道呢，把我老婆都快挤兑得神经分裂了呢……"

对方说得有鼻子有眼，而且时间的前后也正吻合。穆丹的母亲，前阵子的确去山西忙了好一阵子才回到天津。而她一回来，穆父就发现，她右手的无名指上有几条醒目的青紫伤痕，可她当时却解释说，那是关车门时不小心被夹伤的。

"原来却是如此！"穆父越想越气，再加上，后来他又蓦地想起了那个什么"阎子栋"，又是什么"阎蒲桃"的人来了。那人当初不也是她从山西带回来的吗？尽管，后来的事实证明，那是个可怜而无辜的姑娘，穆母那次是在急人之困，可到底事情最后做得还是让人无比窝心别扭！一大家子人，陪着她一起出钱劳神，为一个毫无半点关系的人大办丧礼……这也算了，可她现在居然……简直不能容忍！

因而一回到天津，不上三言五语，夫妻俩就掀起了一场弥天恶战。

穆父隐忍不下，恶怒难抑。穆母则更加心狂火盛，悲愤难遏。父亲当着儿女们的面，又不好将此事和盘托出。母亲却步步紧逼，非让他把诬蔑她的那些话，再当着孩子们的面说一遍。否则她就跟他没完没了。

堪堪地，已又过了半个月。

这天，秦婳在她的悉昙中获悉此事的全部真相后，当即被吓得魂飞天外、心无所知。

转天，山西卫视的一则新闻里，播出了一则骇人听闻的惨案：当地一家房东，久不见租房者回来付租，就拿着钥匙到家里去查看，无意间打开厨房的冰箱时，竟发现冷冻室里冻着一颗人头……

穆丹正看得毛骨悚然，忽然，听见秦婳在自己的屋里直喊"舅妈"，就连忙起身走了进去。结果，她听到了一个让自己心魂皆碎的消息。

原来，这则新闻里的事件，竟也是秦婳早于悉昙中看到了的：

那郊外发廊的男店主，当日向穆父所讲的一切，确无虚话。只是，他弄错了一个关键性的人物。那就是错把辛依米、辛乌头的母亲，当成是穆丹与般若的母亲了。因为，辛依米的母亲也姓胡。那天，墨麟羲的表兄表嫂为了骗取他们的信任，就故意捏造了"大才子墨麟羲即将成为胡大姐家的上门女婿"的谎言，"闺女"指的是那胡大姐家的辛乌头，而穆父当时的那句话中所指的，却是他家的般若。这就是穆丹父母之间产生误会的根源所在。事实上，他们夫妻都是这场事件中的局外人。而墨麟羲的表侄儿，正是因为不能容忍于自己父母的各种恶行，因为被同学们讥嘲不过，羞愤之下，才索性离家出走的。小小年纪的他，做梦也不会想到，就是自己的那次出走，竟又一次给他的父母创造了大好的害人机会——起先，他们苍蝇一样密切地注视着大导演萨向中的一切动静，努力寻找着所有可以诱他上套的机会。这种幸福的期许，使得夫妻二人精神抖擞，浑身是劲。后来，随着他们无意间的一个机会，从萨向中那里先后结识了吕窦银和辛乌头母女之后，他们的目标才又为之转移了。尤其是当他们听到吕窦银那一番诡秘的渲染——现在要想迅速暴富，要么就是炒地皮，要么就是到一处山高皇帝远的地方，开几家歌舞厅，同时爆卖他们公司的新产品'霸王枪'。夫妻俩被他描绘出的辉煌前景吸引得眼迸金星，垂涎落魄。可是苦于缺少资本，于是他们就伙同了亲自带着做了整容手术的辛乌头、去求萨向中在新剧里好歹给安排个角色，却没得到明确答复的，气鼓鼓的辛母，并和吕窦银商量，从他那里借出了一辆宝马，首先便直奔那家开发廊的亲戚处去行骗。

这一群丧失了人格支撑的渣滓一旦相遇，便各尽其丑、力逞其恶地把他们所能想起来的，哪怕只有半面之交的关系都利用、祸害到了。

而现在，新闻里播出的这幕骇人听闻的、头颅被冷冻在冰箱里的惨案，则又是他们的另一场滔天恶行——辛乌头的母亲，鼓其三寸不烂之舌，诱使邻居美女姜杜轻而易举地落入了他们设下的圈套。不但成功骗走了她几十万现金，还一举骗走了她出嫁时母亲陪送的全部贵重财物。当时的姜杜，也是一心为了躲避穆缔的那个即将出狱的内蒙朋友的寻仇报复，才不得已出此下策，想要远远地躲到外地去避祸。可当她安排好家里的事情，满怀喜悦地赶去山西，去观看工程的进展之时，才惊呼上当——那吕窦银因为垂涎她的美色，所以她一来，就让她在一个售楼处担任了要职，想以此来博得她的好感。结果，很快就被姜杜发觉，他们公司往外销售的楼房，全都是在环境污染十分严重的化工厂的原址上建造起来的，将来人一旦住进去之后，很快就会被感染各种绝症。她当时特别生气，心想这些人也真是太黑心了，你们就算毫无底线地疯狂炒作楼价，让自己暴发，那也就算了，可怎么能一面赚着人家一辈子甚至是全家人几辈子的血汗钱，一面还想着要让人家把命也全都搭进去呢？这样做事，未免也太损阴德了吧？人一旦变得如此贪婪缺德，那么即便赚再多的钱，这种所谓的富贵，又能维持多长时间呢？

因而一气之下，她就去找吕窦银辞职，并向辛母索要自己的那些被她骗去的财物。辛母自是百般抵赖狡辩，死也不肯还钱的。那吕窦银癫相毕现地笑了一阵说，你既然不愿意留在那里工作，那就去新开业的那家歌舞厅去好了，以你的条件，去那里当个头牌，那是大大的富余。你放心，我保证，你坐一个小时台，就能拿别人一年的工资！说着话，就上去对她动手动脚起来，姜杜激怒之下，一连给了他两个大耳光，又扬言要到公安局去告发他们，因而，当晚就身遭惨祸……

穆丹听完了小人儿这番哀哀切切的描述，不由一股凉气直浸心窝，好半天，才缓过神来，便忙给姜杜家打去了电话，却根本没人接听。她脑子里早已是一片轰鸣了，许久，才又腿软筋麻地拨通了姜杜她丈夫的手机，一阵嘈杂的声音过后，里面的回应是："姜杜到山西出差去了，我也好些天没有联系到她了……"

过后不久，这桩惨案的真相，终于又在各大新闻媒体被彻底曝光了。其来龙去脉，竟与秦姵之前向穆丹所描述的分毫不差。

此事一经暴露，各地群众的震惊和愤怒，犹如烈焰腾空。

几个罪大恶极的当事人，除了吕窦银目前不知所踪之外，其他的，自然都难逃法网。

事后，那家被骗发廊的夫妻，也不再怀恨怨怼了，反而悄悄地感恩起来：幸而那天，妻子去时，因为一场意外的殴斗，惊动了当地警方。要不然，恐怕就连她也可能早成了地下的冤魂了。

后来，墨麟羲才知道，自己先前给母亲汇去的近三十万的房补，竟也被他表哥表嫂得到消息后，赶回去骗了个精光。对此，他倒没有受到太大的打击。只是，当他得知那包被从冰箱里拿出来的血肉模糊的物体，竟是美女姜杜的头颅之时，不禁痛彻心肺，放声大哭："这不是人做的事！真是丧尽天良啊……"遂一病不起，不能行动。

这件事情还在沸沸扬扬之中，不料，紧接着，又传出了更加惊人的消息：一代巨星蓝媚黛，被人奸杀在自家的别墅里，疑犯锁定了她的几位暧昧男友。

3

这天，悉昙又在别别地示警了。秦姵连忙屏息敛气，静心观察。

　　未及看完，她就浑身直冒冷汗地跑了出来，扯着穆丹的衣襟，直问小姨般若的电话，让她赶紧通知麟羲舅舅，不管哪里，先赶快出去躲一躲。

　　结果，不到半天的工夫，就果然传来了令人瞠目结舌的消息：墨麟羲竟因涉嫌奸杀蓝媚黛，而被公安机关拘审了。据说，那蓝媚黛死时，手里握着的，是一页他曾经给做过批改的笔记。

　　案情重大，负责侦破这一命案的公安机关立即成立了专案组，昼夜突审墨麟羲。他们甚至认为，他的这场突如其来的重病，正是他为掩人耳目，才故意做出来的障眼法。

　　吃午饭时，一个专案组的年轻警员，晃动着蓝美人临死前紧紧攥在手里的物证——她的那篇被墨麟羲批改过的笔记，摇头晃脑地念道："古琴的六忌、七不弹：大寒、大暑、大风、大雨、迅雷、大雪；闻丧、为乐、事冗、不净身、衣冠不整、不焚香、不遇知音……"又见后面是用红笔勾了去的一排歪歪倒倒的字迹，仔细一认，见是"大喊、大叔、大疯、大欲、薰蕾、大血；闻桑、围跃、尸容、不静声、衣冠不真、不粪香、不语知音"，这不禁让他笑得差一点从椅子上跌了下来。

第十六章　有心惊晓梦·无计转春风

1

就在办案人员紧锣密鼓、废寝忘食地研究案情，而各涉案人员或忧怅交煎，悲怛辗转，或心怀鬼胎，故作镇静之际，秦姬又已于悉昙中洞悉了事情的全部真相。不但如此，她还因此而意外地获悉了，表姨安茜香的丈夫的真正死因并非暴病，而是他人的一场"蓄谋已久"的毒计中的替死冤魂！而这两宗案件的真正元凶，又都是同一个人——鹿归之的胞弟，鹿蒙之。

原来，鹿蒙之早在一年前，就和辛乌头在萨向中的剧组相识了。这二人可真算是一对儿离经叛道、臭味相投的绝配。

一次，两人正在颠倒情怀、不知天地为何物之际，竟被辛乌头的未婚夫当场捉奸在床。

这小伙子原本在一家大银行里工作，自从结识了辛乌头，为了满足她的无底欲壑，不免大着胆子做了些监守自盗、中饱私囊之事。后来，被单位领导察觉，念在其情形并不算十分严重的情分上，给予了内部处分，将其引咎停职了。小伙子当时情迷心窍，以为为了心上人，做出任何牺牲，都是值得的。因此，不但毫无怨言，反而又言听计从地按照辛乌头的要求，为她在北京购置了一套价值不菲的"婚房"。为了即将来临的喜期，也为了心上人婚后无忧地生活，他千般重负一身兼。在新的单位里，每天都像是工作狂……然而，他做梦也没有想到，现实竟是如此的残酷无情！心爱的女人竟是如此的淫糜放荡，而且，居然明目张胆到这种地步——青天白日，在自己的房子里，在自己亲手购置的床上！一时间，真是恍若天塌地陷，万箭攒心一般。

很快，一对偷情鸳鸯便在小伙子的铁拳下备尝苦楚。随后，小伙子抢在他二人狼狈出门之前，切齿喝道："我这里已经被你们这对狗男女糟蹋了，无论如何都不能再要了！限你二人在三天之内，把我买这房的钱，按原价全部还我。少一分钱或者多耽搁一天，你们就试试看！还有，"小伙子羞恼激射地以拳抵着辛乌头的脸说，"我居然为了你这么个无耻贱人，把先前那么好的一份工作都弄丢了，花了我多少钱，你同样得照原数给我还回来！"说完，便头也不回地绝尘而去了。留下一对奸夫淫妇又急又痛，又不敢相互埋怨声张。两人商量到最后，鹿蒙之只好咬牙决定，去向嫂夫人求助，不想，半路上正好遇到了萨向中，才知眼下他那位尊嫂正在大闹脾气，也就只好却步，又听见萨向中说正要赶去天津接他媳妇和岳父，心里便是一动，心想嫂夫人那里暂时不可行，萨向中和穆丹这里也是有机可寻的，倒不如和他结伴同去，也好见机行事。就这样，二人便一起到了天津。到了楼下打电话联系时，穆丹说他们正在外面吃饭。萨向中因为忽然想起还有点杂事要去处理，就把那里的家门钥匙拿出来给了他，让他或是上去坐坐，或是在附近各处溜达溜达等他回来，并问他还记得是几楼几号吧，以前来过两回的。鹿蒙之说，当然记得。萨向中便将车子掉转了方向，说自己一会儿就回来。鹿蒙之目送他驱车离去，便晃晃悠悠径自上了楼。

他早已是心乱如麻，哪里还什么有闲情逸致，再到处去游逛？一进门，就急火攻心地在客厅里干转了起来，苦苦盘算着，一会儿该如何向萨向中开口告借。因为一路之上，他都没有找到一个恰当的时机。萨向中因为剧组的突变，也正嗷嗷待援。如果一会儿跟穆丹开口吧，又怕她终究是个女人，嘴不够紧，到时候再闹得他家里也知道了，后院跟着起火，那倒还不如不借这个钱。正在满腔忧煎，忽然，被他一眼发现了穆丹父亲拎来的那只大皮箱。

　　结果，竟让他翻出了一笔意外之财。穷急起盗心，他也顾不得许多了，惶急之间，竟将一捆钱跌落了下去，他也没有发现。加之，他实在害怕会随时有人走上楼来，抓他个现形。便惶惶掉头而去了——因而导致了几个月前的那场莫名其妙的丢钱事件。

　　而他这个真正的案犯，之所以至今仍旧逍遥法外，也全赖萨向中心地宽厚之功。其一，他认为本就几万块钱的事，根本不愿为此多事。再则，他也不想因为这些嫌疑小事，破坏了亲戚之谊。更何况，后来他在归还钥匙时，还跟萨向中说，他走后，他就一直在小区里散步，后来碰见了一个老朋友，就跟那朋友一起喝酒去了。因而，萨向中便一直未将此事说破。也因此，当时所有的怀疑对象里，恰恰就漏掉了他这个真正的案犯。

　　只说他轻松窃走了那七万元之后，又悄悄瞒着展昙娜，动用了家里的一笔款项，如数交到辛乌头的手上后，辛乌头苦着脸说，离真正的数额还差得远呢！又说什么："还是快点想想办法吧，那个人现在已经快要丧心病狂了。到时候，如果不能把钱如数还上，他是什么事情都能做得出来的！你们家那么多有钱的亲戚，总不至于连这么点钱都拿不出来吧！"他气得简直说不出一句话来，心里实在痛恨自己，怎么竟沾惹上了这么一个要哪没哪的扫把星！想想从前，自己有过多少风流韵事，又有哪一回像是现在这样的倒霉吃亏、得不偿失来着？再想想自己家中的老婆，那是要才有才，要貌有貌，要德有德的女人，可自己居然就被这么一个恶心的女人给迷惑了！现在想想，她简直就是灾难与邪恶的代表。自己真是被鬼附了体了！

　　过后，他二人绞尽了脑汁，才总算得以通融、延缓了些时日。

　　几天后，他好容易打听到嫂夫人消融了怒气，正要上门去求助，不料，她竟又被仇家告发，惹上了一场很可能要掉脑袋的官司！与此同时，情敌又紧紧相逼，寸步不让。后来，他也是被逼得实在无路可走了，便索性发了狠，决定给他来个一不做，二不休——经反复谋算，他在萨曼陀送给他们的一种营养保健胶囊里，以高科技手段掺入了大量安眠药。因为想到以前辛乌头常跟他说，她未婚夫被查出体内缺少多种维生素，体质极差，估计决不是个长寿的，便想让她借着认错的机会，把这"补药"拿给对方。

也是前世的冤孽使然，偏偏就在当天，安茜香来他家找展昙娜。展昙娜因为听她说她们家的大教授近来常常失眠，便忙着为她搜罗出了家里那瓶仅剩的西洋营养保健胶囊来，让她带回去为之调养安神，说特别有奇效。就这样，一位有着大好鸿程的卓然英才，竟就这样不明不白地成了他人的替死冤魂。

当晚，鹿蒙之也就是因为过于紧张，就到外面去泡了个桑拿，顺便做了个足疗，凌晨再返回来时，就不见了那瓶"灭敌杰作"。又不敢声张，便只管埋头诸处冥搜。后来，实在撑不住了，才向展昙娜问了一句，展昙娜的答复简直没把他吓死！可还没等他从那场惊吓中完全地回过神来，便已经传来了安茜香丈夫的死讯。为此，他着实魂飞魄散、神气痴木了好一阵时间。后来，见展昙娜红肿着眼睛回来说，是死于"突发性疾病"。再后来，闻听死者已被火化下葬，才慢慢地又恢复了元气。

又挨了些日子，几经奔波斡旋，那件棘手之事，也在他的一番巧舌如簧的编造之下，得以被重获天光的嫂夫人大包大揽地给解决了。

2

如今，他鹿蒙之可真是"去患释难解纷乱，春风得意马蹄轻"了！就连婚姻这层枷锁，也都不复存在了。

他无论想再怎么敞开了活，也都不用再偷偷摸摸的了。这一得意忘形，不免故态复萌，便再次去找辛乌头鬼混去了。要说，这女人的相貌，简直堪称丑陋。可她那种特别的淫贱嗜好，却十分合他的胃口。

这天，二人正在颠倒情怀之际，鹿蒙之忽然心魂皆醉、悠然神往地说，他有生以来，所见过的真正堪称绝色的美女分别是：穆般若、秦芙和蓝媚黛。那才真正是世所罕有、国色天香的大美人儿！只是，那穆小妹天生的一股子冷气森森——有一个词，那就是专门用来形容她的：艳若明霞，冷若冰霜。所以，让人只能远观而不敢近亵。而那秦芙又太过矜持内敛，又有个褚晋枫一天到晚虎视在旁，说到底，也是块烫手难吃的山芋。只有那蓝美眉，是个天生来的尤物，让人看一眼就心痒难禁……

辛乌头一听，顿时妒火难禁。对穆般若和秦芙不好说什么，就把那蓝媚黛好一通地毁骂。

鹿蒙之哼了一声，斜睨着她冷笑道："你要是真能赶得上人家的十万分之一，也不至于放着那么大好的关系，却连个小配角，都无缘问津了！"

辛乌头气得干咽了半天，才骂道："那个由渣滓组成的演出阵容，从建立之初，就鬼影重重，乌烟瘴气，你最好少拿它来说事恶心人！"

鹿蒙之连连咂着嘴说："你的记性似乎不太好吧？难道你忘了，这部剧的原著，可正是你大小姐日夜垂涎的墨大才子哦！什么时候，他也被纳为'渣滓'的行列了？我可是听说，把蓝媚黛换上去顶替秦芙，并最终为蓝大美人赢得主唱的机会，可全都是他在幕后的暗许之功呢！你本事那么大，怎么就使尽了浑身的手段，到头来，却连个墨点儿都还没捞着呢？"

辛乌头听了，真如万箭攒心一般。也就那么巧，刚好就被她一眼看见了梳妆台上的那页笔记——那是前些天，她趁着墨麟羲不备，从他那里悄悄溜回来的。

于是，她飞走过去，拿起那张纸来，照着鹿蒙之的脸，就摔了过去，让他睁大狗眼好好看看，这难道不是墨麟羲亲自给她批改过的作业？又说，他的课上有那么多的学生，他可不是对每个人都是这样用心留意的。这，说明了什么？

鹿蒙之将那页纸拿起来看了看，上面的两种判若云泥的字差点没让他笑抽过去。正这时，吕窦银给他打来了电话，说他这些天窝在殷夫人的一个私人会所里，都快憋闷死了！又神秘兮兮地说，刚才，蓝媚黛家里的苍耳姑娘又给他打电话了呢。现在，他正要拿着他的"霸王枪"，到蓝美人家里，去会那苍耳姑娘去呢。

鹿蒙之一听到"蓝媚黛"三个字，顿时便如饥鼠一般，三言两语之后，就急吼吼地赶过去与他会合去了。

一路之上，两个登徒子说的尽是些下流淫污之事。到了蓝媚黛的楼下时，鹿蒙之故意挑逗那吕窦银说："放着蓝小姐这么个绝色大美人你不动心，为什么却要跟一个狗尾巴草一样的小保姆浪费精力呢？"

吕窦银红涨着脸，咻咻笑道："谁说不是呢，可那蓝小姐是咱伯父大人的心头肉，我可哪敢去沾惹她？"又附耳向他说，"不过，和她那小保姆行乐的时候，一面听那小骚货细数她主子那一件件的风流事，一面把她幻想成是她那小骚主子，其实，才更是得趣呢。"

鹿蒙之听了，不禁发出一串冷笑来，在他耳边这般如此地唧咕了一阵。吕窦银直笑得每根眼尾纹里都开了花。

到了蓝美人的家里，吕窦银三言两语就把那苍耳赚哄了出去（据那苍耳说，家里另外的两个保姆眼下都回老家去了），让她在一家洗浴中心舒舒服服地洗完澡之后，再去订好的房间等他。之后，他便急不可耐地返回了蓝美人的住处，那鹿蒙之果然已经顺利得了手——将一个人事不省、软绵绵的睡美人交给了他。

当这暴富的贫儿，贼鼠般地从美人身上爬起来之后，才猛然发现，美人已经变成了一个长眠不醒的"冰人"了。他当即吓得失了魂魄一般，忙将坐镇于门外车子里把风的鹿蒙之电话召了进来。鹿蒙之听了他的一番结结巴巴、言不达意的辩白，先是故作惊惶地查看了一番，确定她已完全没了气息，才悔得火燎肝肠、擂着自己的头直说："这也不能全怪你，肯定是刚才的药量放得太猛了！"

正无计可施，忽然被他触到了自己口袋里的那页纸——正是他忙乱中，从辛乌头那里带过来的那张墨麟羲批改过的笔记。因而，顿时灵感涌现，忙上去将其胡乱塞在了美人的指间。又与那谑浪子如此这般叽咕了一阵，让他振作精神，重又回去和那苍耳约会去了。

那晚，吕窦银和那苍耳，一直鬼混到凌晨才放她回去。

苍耳一回到家里，就发现了险情，便立刻报了警。

经过公安人员的一番问讯，所有与蓝媚黛关系亲近的男性都被叫去问了话。尤其是那几个经常上门来的，诸如 JJ 之类的男友，更是重大的嫌疑对象。不料到了最后，墨麟羲竟因为一页笔记，成了最大的嫌疑人。经再三问讯，他承认了蓝媚黛临终时手里握的那页笔记，正是他帮着批改过的。但是，他却无法为自己辩白，这页笔记，究竟是怎么又回到了蓝媚黛的手里去的。

他十分清楚地记得，当时，他为她改正了笔记上的十三处错误时，她也没说什么，就笑盈盈地走了。再上课时，她却悄悄将那页笔记撕下来送给了他，他当时也并不知道这是何意，便随手将这页纸夹在了自己的琴谱中。现在，警察究诘不放的，正是他所说的："从那天以后，她就再也没来琴馆上过课，而我和她，也就再也没见过面了。"

负责审讯的警察，便将那页笔记展在他面前，指着那些在他批改的每一个字的旁边、用红笔画着的一个个心形的图案，质问："这是什么？谁画的？是什么意思？既然你们是非常普通不过的朋友或师生关系，为什么要在正常的作业上画这些？你又为什么会保留这么长的时间？你说你们从那天之后就再也没有见过面了，那么，它是怎么又回到蓝媚黛的手里去了呢？"

穆般若得到这消息时，真是犹如五雷轰顶一般，尽日四下打探着情况，只求能和墨麟羲见一面。秦芙也被吓得心痴神木，几次去找褚晋枫，请他一定要帮忙为墨麟羲澄清事实，说他根本就不是能做出那种事情来的人。褚晋枫满嘴说知道了，这是必须的。只是万分不巧的是，转天，他公司里就赶上了十万火急的事，他只得忙忙地出国去了。

还好，萨向中和穆丹也都为此事从早到晚打着转儿地夤缘奔波着。展昙娜更是在一个偶然的机会里，竟意外打听到，负责此案的大队长竟是自己的一位老同学的亲哥哥，就不顾一切禁忌地找到了她那位老同学。结果，二人在去往警局的路上，他们开的那辆车子，竟刹车失灵了。连人带车一起翻下了大桥，落入了水里。二人在那密闭的车子里，也不知随波翻滚了多长时间。就在那位男同学以为再无生还之望时，才终于鼓起勇气向她说："咳，还是老祖宗训诫得好啊！这已经成年的男女，是绝不能同在一个狭小密闭的空间里待着的！这他妈的说的，可真是太有道理了！咳，这该死的命运！当年，我那么拼命追你，可你连个正眼都不给我。既然这样，你自己后来就该争气，你倒是嫁得好一点啊！你看看你嫁的那个王八蛋！咳，咳！你可真把我们一个个都给气死了！"

好在，后来二人总算是成功获救了。现在，也都正鼻青脸肿地躺在医院里呢。

最后，还亏萨母亲自出面，求动了她的那位在政界任重职的亲弟弟，也就是安茜香的父亲，加上赶巧回来的密钦法师的鼎力相助，穆丹姐妹才得以通融，可以和墨麟羲见上一面。

这场见面，可算是两相凄然。

般若之前满腹的疑问，却在见到墨麟羲的那一刻，瞬时间都被淹没在无声的泪水之中了。

穆丹也红着眼圈，好半天，才向墨麟羲连声安慰道："好好和警察同志们配合工作，我们大家都相信你是清白的。也更加相信，事情总会有水落石出的一天！"

墨麟羲默然地点点头。般若骨瘦形销的样子，真是令他伤心惨目。

穆丹又说："密钦师父也回来了，因为不方便到这里来，他还一再拜托我转告说，'一切磨难，都是考验；都是助你成就的阶梯，希望你不要因为眼前的这点磨难，就灰了心。'"

随即，便是一片长久的沉寂。最后，便是凄然而别。

直到穆丹扶着般若走出那警局的大门，走上自己的车，般若才终于大哭了出来："为什么他的灾难就这么多，为什么不幸总是要降临在他的身上？到底还有没有天理可言了？就算是天上的神仙看到这样的场景，大概也一定会感到羞惭汗颜的，然而，他们既聋且瞎，天天只管自己的逍遥，人间的不平之事，他们什么也看不到，什么都不会管！"

在前面开车的穆缔，也不禁满嘴怒骂起来："KAO，那群人还当什么警察啊，到底长着眼睛没有？就墨麟羲那样的，他就能去强奸人了？我 KAO，别人不强奸他就算不错了！"

<h1 style="text-align:center">3</h1>

一连几天的冥思苦想之后，般若才猛然想起来，墨麟羲的那篇日记，或许应该和辛乌头有关。没错，前些天她从墨麟羲的琴馆里出来，手里拿着一张纸，一面看，一面呵呵呵地一路大笑着，可巧被她迎面走来看见，当时就问她拿的是什么，怎么笑成了这样？辛乌头立刻就一把将那纸塞进了自己的衣兜，连声说没什么。一面却仍旧向她怪笑不止。般若自小就把她这副专爱作怪的样子看惯了，也就没加计较。现在想来，那天，被她拿走的，或许，应该就是那页日记吧！

她决定去找她。

谁知，刚到了她新家的楼下，正好给她一眼看见了辛乌头和鹿蒙之并肩摩胸地从一辆车里钻了出来，一路淫声浪语地走上楼去了。她当即怔在了那里。她这时并不知道辛乌头和她前男友之间所发生的那场事情，她只知道，这里是辛乌头曾经不止一次向她们炫耀过的"婚房"。她实在没有办法在这种尴尬的情形下，将她叫住。只有等他们的身影完全消失在她的视线内之时，才拿出手机，给辛乌头打了电话。谁知，她的手机却是关机状态。

她现在总算能大致猜到展昙娜和鹿蒙之离婚的根源所在了。其实，以她的聪慧，早就已经觉察出辛、鹿二人的不轨行为了，只有墨麟羲还傻头傻脑地一再为他们辩护呢，认为他们不过就是朋友间互相帮忙的关系。想想，她也真是不由得生气，她觉得，就算辛乌头的生性再怎么热烈奔放，她也总不应该放荡到这种地步的。她们从小一起长大，这一路算过来，和她鬼混过的男人，简直都可以用"人鬼不分"来形容了。

平日，她虽然总是免不了当面批评她，可是在背后，却还是一路为她遮丑掩饰，从不在人前讲论她的斑斑劣迹，让她无法做人。她自然不知道，其实，这也正是辛乌头打从内心里对她又怕又敬的原因所在。

就在她默然走出小区，走进附近的一家咖啡店，以等待辛乌头的手机重新开机之时，辛乌头却正和鹿蒙之在她的家里，又起了争执。

沸闹了半天，辛乌头忽然语出惊人地说："天网恢恢，疏而不漏！我看你还是别得意得太早，你以为全天下的人都是傻子吗？再敢跟我这么混蛋无情，我就让你跟墨麟羲换换地方，不信你就试试看！"

一语激起千层浪，鹿蒙之心头的小鹿顿时乱撞起来。好半天，他才换上了一副笑容来："咦，这是什么意思呀？我现在已经很是藏锋敛锐了呀，你到底还想让我对你卑顺成什么样啊？"

辛乌头满口冷笑道："你就别在我面前装神弄鬼了，你那点鬼把戏，骗得了别人，还能骗得了我呀？你敢说，那蓝媚黛的死，和你没关系吗？哼，墨麟羲是怎么成了替罪羊的？咱们好歹别捅破了这层纸！我可警告你，以后在我面前，你最好要放小心些！否则，你可别怪我翻脸无情！"对于墨麟羲的无辜获罪，她的心里其实非常纠结，可是，她也真恨他。谁让他一直都对她那么冷冰冰的、不屑一顾呢？

她只顾自己站在那里出神痴想，却不知刚才的一番话，就像刀子一样，扎在了鹿蒙之的心上。他不禁暗自心惊："淫妇难缠！自古以来，有多少英雄豪杰，都是毁在了这种心曲如钩的女人的手上的……"这样越往下想去，便越觉害怕，不觉便又滋生了杀人灭口的念头。因而假意卑顺地上去捧住她的脸，连声恭维起来，趁其不备，猛然一把捏住了她的喉咙。

辛乌头立时便手刨脚蹬、面肿筋浮地干呕起来……啧啧，简直又是一幕一模一样的景象！鹿蒙之狞笑的视线里，不觉又闪现出了那天他将吕豆窦银那个乡下瘪三和淫娘苍耳从蓝小姐的家里哄骗出去后的景象：他立刻饿虎一般地扑向了蓝媚黛，不料，那个出了名的风流美人，却是百般地不肯合作，对他又撕又打，连骂带咬，一面还竭力呼救。他情急之下，也是这么将她的玉颈使劲一掐……等到自己心满意足，再看时，美人竟已窒死了。他正在懊恼错乱之间，那乡下瘪三兴冲冲地打来了电话，问他是否已经得手（他们事先商定的是，在美人的杯子里投放安眠药，等她昏睡过去之后，再让那乡下瘪三神不知鬼不觉地白白享用一番），这便给他带来了无限转机，索性给这瘪三来个顺水推舟！要说那乡下瘪三，也真是个蠢驴加笨蛋，对着一具尸体疯狂发泄了大半天，竟然毫无觉察……就在辛乌头也已奄奄不支之际，外面忽然响起一片嘭嘭的敲门声。

穷凶极恶的登徒子犹疑了片刻，只得将软绵绵的情人丢在了床上，扯下一面床单胡乱遮好，正了正衣襟后，警犬般地走出客厅，隔着门问："谁？"

"楼下邻居。您家刚才洗衣服了吧，是哪里没关好啊？我们家可都遭了水灾呢！"

"噢，"他总算放松了警惕，便伸手将门打开了。万没料到，在那"邻居"的后面，闪现出的竟是七八个身手矫健、令他腿软筋麻的警察。原来，这竟是辛乌头的前男友因为怒恨难消，思来想去，只觉得百般不甘心，便悄悄使用了一部匿名电话向110报案说，某小区某楼里，住着一对长期卖淫嫖娼的不法男女。谁承想，人算不如天算，他这样一来，竟又意外地救了辛乌头一命。

辛乌头被送去医院抢救及时，总算保住了性命。在她的大力配合之下，很快，所有作奸犯科之人，都接连被暴露了出来。而墨麟羲也终于一洗冤情，得以无罪释放了。

第十七章　金针度人·生与死的距离

1

吕窦银这次可算是在劫难逃了。

虽然他的"伯父大人"在闻讯后，惶惶赶过来望慰了几次，但是，从他那张力尽神危、丧失了自命不凡的老脸上，还是不难看出，这一次，他罪恶可耻的人生算是彻底走到了尽头。临死前，他才总算稍有所悟：即便是像他伯父这样的人物，也不可能永远万事遂心，替他挡住一切灾厄的。

鹿蒙之在被宣判的前夜，一再要求和展昙娜见一面。

见面后，他哭了。

好半天，才问她，后来，为什么突然就再也不能容忍于他，坚决提出要离婚了呢？

展昙娜淡淡地说："时间是毁灭万物的大师。"

之后，便是一阵死一般的沉寂，谁都没有往深里再说。

最后，鹿蒙之对她说："轮回无始无终，迷妄无边无际。世人背真逐妄，愚痴颠倒，非要等到吃尽了苦头，才知道回头。正是'身后有余忘缩手，眼前无路想回头'。所有的人来到这个世间，都是昏痴忙碌一生，走向死亡时人人都是一无所有。只有当一个人就要踏入死亡的大门时，才会飒然惊醒：此前的所作所为一无是处，一生的荣辱成败全都毫无意义。人生所有的经历不过都是梦幻泡影，或许，只有在因缘起灭间沉淀出来的智慧，才是真正具有价值的。"

这是密钦法师第一次见到他的时候对他说过的话。他当时甚至觉得十分可笑。万没想到，这竟成了他留在这人世上最后的话。

至于辛乌头的母亲，和墨麟羲的表兄表嫂，天生就是几个晦气重殃不断，而又胆怯如鼠之辈，尚未等到法院正式宣判，就都已吓得烂泥一摊，九魄游离了。

墨麟羲虽然被无罪释回，但他的这场病，可算来势凶猛。百般请医诊视，只是不见好转。

起先，被送去医院时，因为他的心脏嘭嘭狂跳了近一个小时，众人都以为是心脏出了问题。经过二十四小时的动态心电图监控后，得到的结果：并非心脏病。主治医生是一位权威专家，拿着化验单，笑容可掬地向穆般若说："放心吧，不是心脏病。要相信科学，不要轻易就把心脏病的大帽子给病人扣在头上。"他的笑容里，突显着一个医者的自信与成就感。般若因此对他肃然起敬，觉得他是一位真正的白医天使，而不是那些丧失了医德，只管张着血盆大口向人乱讨医药费的缺德鬼。

只是，墨麟羲连日来心内膨胀，气火乱窜，不免使她又添一番愁闷。结果，接连又做了 CT、血常规化验，拍了胸片等一系列相关检查，结果却都显示：一切正常。

因而，主治医生便愈加胸有成竹地说："没事的，他这是小毛病。出了院，该干什么干什么，一点都不会妨碍的。出汗多的原因，可能是因为精神压力过大，导致植物神经暂时性的紊乱，回去后多喝点稍咸的蛋汤，慢慢就会恢复的。"又说了几句淡话，竟做工作让他出院了。

然而，回到家里，墨麟羲的病情不但没有像那医生说的那样，过几天便会康复，反而日益严重起来：五脏闷浊，体虚如绵，心乱神昏，坐卧不宁。严重时，一个上午就要换七八回的上衣。兼连数日，茶饭懒进，精神恍惚，覆去翻来的只是魔魔惊怖。般若看着他在病榻上痛苦辗转的情形，只觉得心如火燎一般。

因而，医院换了一家又一家，可令人奇怪的却是，每家医院里的检查结果竟都出奇的一致，都说这是很小的病。有一家医院的院长，在听到他们提出要住院治疗的请求时，竟忍不住破颜而笑了："他这样的病就要住院，那我们的医院还不得被挤破了呀！"

般若听了这话，真如万箭攒心一般。为什么墨麟羲都病成了这样，而这些医生们却统统都置若罔闻，就是不肯让他住院呢？后来，他们从一位出租车司机那里听说，某地有一位著名的八旬老中医，医术高明，投药必济。于是便又不顾往返奔波，前去拜谒。那位老中医果然名不虚传，目若朗星，飘然不凡，活脱脱就是一位大菩萨降临人世。老人家一番细心诊视之后，说："这个病是七情所伤引起的气血相逆，除药物疗治以外，必须要清心调摄才可望好。先吃三服药看看再说。"

于是后来，般若又满怀期许地天天煎起了中药，一时弄得药香满室，书香黯然。隔三差五，展昙娜和秦芙也都会过来帮忙。谁知，后来又一连喝下去了三个三服药，墨麟羲的病情仍是不见好转。

般若心烦意躁，简直无了生路。既恨不能立时为他除了病魔，又恨自己替不了他。经常一个人在那里煎着药，眼泪就噼噼啪啪地盖了下来。

秦芙见她如此伤心，不禁也跟着心酸起来。展昙娜半天不见她们把药端上去，过来看时，见她二人都在那里鸦雀无声地流泪，也不由得伤心起来，便也立在那里，只管默默地流泪。

后来，又听见人说，倘若有人不幸得了奇病，那么，最好的办法就是赶快回老家走一趟。因为家乡的水土医治疑难杂症可谓功效神奇。于是，般若便匆匆向学校告了假，和展昙娜、秦芙一起护送他返回了故乡。

刚一踏上故乡的土地，一幕幕骇人见闻的场景，便接连映入了眼帘：并不宽敞的公路上，挤满了各种满载着蕃茄的车子。红彤彤的蕃茄，如同火焰山一般地压在根本无法施展功能的这样或那样的车斗中。黝黑的司机们纷纷暴晒在酷日之下，满头满脸都喷薄着躁气……他们有的正与维持秩序的交通警和稽查人员争执、磨旋，一

个个耳红面赤，昂然不屈。有的则干脆跳下车来，躺在地上，以路
为家，耐着性子苦等。听说，这样一等，就是十天半个月的。顺眼
看过去，那些不耐重压、被焦阳烘烤着的蕃茄，早已是满车满斗地
酸水臭水直流了。这时，一个头脑灵活的青年司机，趁着机会，不
顾一切地左冲右撞了出来，企图靠着自己的胆略和驾技，得到一个
殊众的好结果，可不幸的却是，在众交警的齐声断喝之下，大概是
大受惊吓之故，转瞬之间，便连人带车一起翻下了公路。

原来，这附近新建了一个蕃茄加工厂。听说，厂里做出的蕃茄
酱，可以销往十几个国家去。因此，成千上万的农民得到消息后，
便都一股脑地疯种起了蕃茄。

再往前行，来到了一处政府准备拆迁的地段，准备动工的一辆
辆大卡车、推土机轰隆隆作响。不同意搬迁的居民，拥成了一排排
人墙，一个个泪水纵横、苦大仇深地诅咒着，哭号着，轰隆作响的
车子将他们冲散、冲倒了一批，紧接着第二批、第三批，又哭喊嘶
号着冲了上去⋯⋯

再后来，他们经过县政府大门时，看见一个衣衫绽裂、满脸油
泥的老者，用掉了两颗门牙的嘴巴，哭骂着说要去杀某位领导的全
家，说他害得他一家人没了活路。大门内"呼啦"跑出来七八个工
作人员，一个一脸横肉的中年人指着那老人的脸便骂："你这种臭下
三滥，你也想过上像正经人一样的生活，你臭不要脸！"

这一桩桩惊心惨人的事件，简直要绞断了墨麟羲的肝肠。总
之，这次的回乡"治疗"，非但无益，反而添害。幸而般若一见情
况不妙，及时打道返回，才没有酿成大错。

2

在穆丹的一次过来探视时，般若再忍不住满心的痛楚，失声痛
哭了出来，似乎是要把心中所有的委屈痛苦都哭出来一样。眼泪将

她心底的秘密全部泄露无疑了。

穆丹不禁心绪如潮，却也只能在心内叹息：你现在为了他，这样的伤怀悲怛，谁知道，将来，他又会给你什么样的回报呢？不亲自走进围城去经历一回，你就永远也不可能真正地了解和知道，你曾经为之牺牲和付出最多的那个人，将来，也许恰恰正是带给你伤害和灾难最深最重的那一个！只有当大梦惊醒之时，你才会发现，原来，自己用尽心思，流干泪水，伤坏肝肠，痴情苦恋的结果，竟是争着抢着哭着嚷着，要跳下一个火坑去。等你彻底明白了这一切，或许，那个时候，你的眼泪早就已经流干流尽了。你信也好，不信也好，总之，这就是实情。人生，真是可悲……但，也还算美好吧？而之所以还算美好，或许，正是因为还有着像你这样的满心期许吧？

穆丹心痛小妹溺于痛苦的泥淖之中不能自拔，更加同情墨麟羲终日辗转于病榻，不得解脱。既然百般求医无效，她便忍不住想到要另辟蹊径——求助神异。

正当她几次想要开口让秦婳去看她的宝贝悉昙时，父亲的身影映入了她的眼帘。她自小，就听村里的老人们交口谈论，说她父亲的生辰八字厉害非常，能降一切邪祟。甚至，她至今仍清晰地记得，在她很小的时候，村子里的人们哄传什么地方半夜闹鬼或是有精怪作祟时，她父亲偏不肯信邪。夜里，竟然专门去到那些邪祟出没的地方去独宿。然而，他却从来都没有遭遇过任何的邪祟相侵。于是，她便试探着向父亲铺叙了一番。见父亲紧锁双眉，只管出神倾想，便又问："您说，这么奇怪的病，是不是…哦，我是说，会不会是受了什么人的诅咒，或是被邪煞侵体了呢？"

父亲便说："这也难说。如果真是这样，我倒是能找人帮忙给化解的，烧一道符，一看就知道了。如果真要是被人诅咒了，那符纸会变得焦黄。这时相应地写一道佑符，病人的病马上就会不治而愈，而那个施法诅咒的人，不出三五天也必遭惨祸。可问题是，人生在世短短几十年，谁和谁能有多大点儿的仇，轻易会干这种缺德损福的事呢？"

穆丹再要说什么，辛依米给她打来了电话。她在电话里辛酸难抑地向她大倒苦水，说因为她妈的事，她爸几乎已经神经错乱，每天又哭又笑，简直没有片刻的安宁。而她婆婆就更是火上浇油了，一天到晚都在催逼着韩鑫，让他尽快领着他们的儿子去做亲子鉴定。现在，索性连脸面都不要了，满世界跟人大嚷大骂，说什么'上梁不正下梁歪，有其母必有其女！有那杀人放火、丧尽天良的娘，就有那寡廉鲜耻、偷人养汉的闺女！'而韩鑫现在也越来越厌弃她了，昨天，她发现他居然又在跟他那个初恋女友联系了，才问了他一句，他就暴怒得差点挥拳揍她……"说到后来，她简直哭得把心都要呕出来了。

穆丹只得好言劝解了半天，说实在不行的话，就带着伯父出国去散散心吧。又说，如果不是墨麟羲得了这么一场病，她早就过去看她去了。辛依米便忙止泪说："你不提，我倒差点忘了呢。听说他的病得的很奇怪是吗？"好半天，才又神伤魂碎地说，"我和那小警察交往时，他曾经带我到香山去拜谒过一位从西藏来的金刚上师，那位上师修行很高，每年都要到汉地四五个月之久，专给普天下的善男信女驱病消灾，听说特别灵验。现在，我把他的地址和电话告诉你，你们不妨过去找找他试试看。"

穆丹等一行人几经周折，将那位魁岸出尘、七十五岁高龄的金刚上师和他的两个弟子请来墨麟羲的住处之时，般若正看着日益消瘦的墨麟羲满心煎惶，忽然她姐姐给她打来了电话，让她赶快到大门口去迎接上师。

她这才忙止泪出去了。

才一出门，便远远地看见了一位红帽红衣的上师，在众人的簇拥之下，如同众花之树、群星之月一般，向她这边走来。

她强忍着满眼的热泪，向他深施一礼。那上师来到她的面前，满口笑道："哦呀，你来啦！可以啦可以啦！"他的一番很不熟练的汉话，使人如闻天书一般。少时，他竟于宽大的袍袖中伸出手来，一把拉起般若的手，自顾笑声朗朗地与之一路去了。身后一班随行人等，都惊羡不已。上师的一位弟子便笑着说，这真是难得的奇缘，这位姑娘和上师有着很殊胜的缘分呢。

走进墨麟羲的房间，仿佛是天命使然，他竟忽然之间就变得精神焕发了。此际，正挣扎着，也要走下地来呢。展昙娜秦芙忙都上去帮忙照应。少时，上师身边那位会讲汉语的弟子向般若询问了一番他的病因，又用藏语讲给了上师。

上师只管两眼看着墨麟羲，嘴里一直"哦，哦！"笑个不止，并无别话。

茶毕，上师以不很熟练的汉语吩咐般若，去端一碗米出来。般若连忙遵命而去，很快便将一碗晶莹如玉的大米端了上来。

上师含笑接过，从自己的褡裢中摸索出一些奇异的红色花籽来，放了进去，便起身带着他的两个弟子满屋子诵起咒来，一面将那碗里的米到处泼撒了出去。正诵得天花乱坠，宝雨缤纷之际，忽见墨麟羲的那把古琴的龙龈处，竟咝咝地冒出了火焰来，蓬蓬勃勃的，足有一刻钟才消失。

众人不觉都肃穆而立，想要问，却都又被这场面慑服得说不出话来。最后，上师将一张写有"叱陀你·阿迦罗·蜜唎柱·般唎怛罗耶·儜揭唎"的帖子，贴在了屋内的门楣上。

这时，墨麟羲总算挣挫着来到了上师的面前，忍不住两眼垂泪说："师父！请父慈悲开示，究竟该怎么去面对这'烦恼无尽，苦海无边'的红尘世界？到底哪里才是真正远离痛苦的理想世界呢？"

众人见状，不觉都跟着泫然泪下了。

那弟子便又用藏语向上师翻译了一遍。上师依旧只是满眼含笑地看着墨麟羲，嘴里只管"哦，哦"笑个不住。

恍惚间，墨麟羲的面前竟出现了一幕奇异的幻境：

一位璎珞满身，色若莲葩的菩萨，正愁容满面地向另一位尊者说："想那娑婆世界，众苦充满，三界无安，常有生老病死之忧患，更有怨憎会、爱别离、求不得诸般苦楚，如是诸苦，犹如火宅苦海，芸芸众生困陷沉沦于其中，备受煎熬而不得出离！此番他二人，难免要去受那轮回之苦，可叹他们是这样的根浅行薄，到了那时，必然很快便要全部脱了根基，从此头出头没，无休止地沦落六道五趣之中，想是永无回头之日了！"……她们身边不远的地方，颤悚悚地跪着两名涕不可止的小童。

3

仿佛是天命注定，墨麟羲的病，在金刚上师的一场法事之后，竟奇迹般地得以痊愈了。

上师临离去前，声若洪钟，口吐金莲地说了一大番话。

他的弟子代为翻译："上师说，'众生业重福薄，愚顽自傲。以愚为智，以苦为乐。嗜欲如蝇，执假为真。生不知从何而来，死不知去向哪里。胡钻六道，改头换面。生死不停，尸骨成山。血泪成河，剧苦无量，转世即忘。悲哉痛哉！人生有死，不得长久，驱驰五道何等痛苦！更有女子，短于智力，溺于情感，为情欲之私，产生嫉妒相害之心，结怨无量，造罪无边，伤坏心肝，痛苦难计。必须要亲近佛法，精进勤修，才能灭尽烦恼，出离三界'。上师还说，'希望你们都能明白，人生的喜怒哀乐只是幻化的无常。所以，平时就要锻炼自己的心性，不要使其蒙上尘垢，更不要随便嗔恨结怨，恼乱心志。正所谓，'纵使千百劫，所作业不忘，因缘会遇时，果报还自受！'"接下来，又为众人讲述了一个"倒驾慈航"的故事。

其大致内容，竟与花溪一带那个广为流传的"金线吊葫芦"的神话传说，如出一辙。

墨麟羲听得惊叹交并，忽似触动前情，再三捉摸，却又无迹可循。

这个故事让在场的每一个人都唏嘘不止。

随众前来的褚晋枫，更是当下便伏地放声痛哭了起来。众人都被震惊得说不出话来。好一阵之后，他又与墨麟羲相视而泣，仿佛是突然间就被醍醐灌顶、了悟了前世今生的一般。

自此，褚晋枫放弃了所有的俗事，每天都跑来和墨麟羲朝夕相伴。共同研究探讨什么"一子出家，七祖成佛""盖世功德，浩瀚福田"的经典理论。仿佛直到现在，才真正找到了他人生的归宿。那风仪严整的样子，俨然可与那位"三车和尚"①相媲美了。

殷肃这些日子，可真是一败涂地、筋疲力尽了，彻底丧失了往日的自命不凡。整个人，仿佛一下子衰老了许多。从早到晚都蜷缩在床上，不吃不喝也不愿见人。也许是累够了，懒得再去使心设计胡折腾了。也许是忽然之间了悟了那句"势不可使尽，福不可享尽，便宜不可占尽，聪明不可用尽"的警世名言，知道了报应的毫厘不爽。

①三车和尚：唐玄奘在去西天取经的途中，曾在一座深山里遇到一位"须发纷披，衣衫绽裂，似人非人，像魔非魔"的老修行，他的头顶上都被鸟儿们结了一个大窝，玄奘法师用佛号令其出定后，建议他到京城找到一家房子最高，屋顶的瓦是红色的人家去投生，等他于西天取经回来，也好助他弘法。老修行点头答应了。十七年后，玄奘法师圆满取经回到东土后，在李世民给他开的庆功宴上连声向其道喜。李世民不明其意，便问喜从何来？法师说，恭喜皇上喜得贵子，于是便把自己在取经途中路遇老修行之事说了一遍。并说，算来他今年应该已经十七岁了。李世民万分诧异地说，自己没有这样一个儿子。后来，几经查寻，原来那老修行当年误投在了尉迟恭将军之家，于是玄奘师便再去他家拜访。在尉迟恭的家中果然看见了一位相貌堂堂，器宇非凡的公子，他的名字叫做窥基。又见他颈有玉枕，十指皆盘折如扣，于是当下便无限欢喜地让他随自己出家。窥基当时听后非常恼怒，大声说："真是笑话！我不愿意！"经过一连几次的劝说失败后，玄奘师始终没有放弃继续劝他出家的决心。后来，玄奘师讨得皇帝要窥基出家的诏书，终于将其"逼"入佛门。窥基无奈之下京京，气哼哼地说："要我出家也行，不过我有三个条件，若答应了我即刻出家，否则我宁可伏剑而死，也决不出家为僧。第一，我要吃酒吃肉，不断荤腥；第二我要美女陪伴，不断情欲；第三我要金银珠宝，不断富贵。"玄奘师微笑着点头同意了："我佛慈悲为怀，大开方便之门，贫僧一切依从你就是了。"于是，窥基果然应诺出家。一路随行的有三辆车子，一车装满美酒，一车装满美女，一车装满财宝，路上的众百姓看见了，都称他为"三车和尚"。但毕竟因是禅师转世，故而根气不同。当他刚一到从此要受戒的寺庙门外，一听到里面传来的声声佛钟，顿时幡然惊醒，了悟了前世今生，于是毅然退回了三车的俗物，从此一心修行，严持戒律，勤奋著述，终于成为一代宗师。

这些日子以来，他满脑子里，全部都是自己少年时代的生活显影了。想起自己当年，为了能有一刻不在痛苦的泥淖中挣扎踯躅，而向生活做出了多少大胆赌注！然而，结果却又如何？还不是天命难逃——先后两个妻子死掉，弄得他有家不敢回，有子不能认，隐姓埋名，一逃就是多少年！而现在的这个老婆，与其说是他的老婆，还不如说她是他的母老虎，催命的阎罗！更让他痛心疾首的是，现在，就连唯一可以继承香火的血脉也断绝了！女儿艾艾呢，虽然如今外面看似体面辉煌，可实际情况，却惨不忍睹。那天，她那个纨绔男友，居然当着他这个"伯父"的面，就大发淫威，将她那梳得油光水滑的美髻，三拳两把就扯成了烂鸡窝，最后还一巴掌把她打翻在地，便不顾而去了。尤其可恨的是，那个薄情寡义、贪得无厌的鱼相礼，居然在这个时候还趁火打劫，让他损失掉了无数资财！

咳！一想起这些，他就颓丧得再也没有半点气力了。

这样一天到晚龟缩着的状态，倒使他觉得惬意、满意。甚至，他竟然在想：人，有的时候，实在应该学一学乌龟的处世态度的。这样想着，他便不禁又欢娱起来，觉得自己多少年以前，或许就是一只得道的神鳖呢。

欢娱无限中，他又突然记起，前些天恍惚听人说，那鱼相礼的一双儿女突然得了怪病，晚上睡觉，所有房间里的灯都必须亮着，否则就会彻夜惊狂。有一次夜里遇到惊雷，两个孩子都怪叫着拿盆盖着头，躲进了墙角。又哭号着非让人用棉被把他们死死地罩起来。那鱼相礼的老婆过去看时，见他们已经失魂，千方百计灌救也不见效用。为此，夫妇俩四处求医问卜，无奈，根本无药可救。据说鱼相礼为此，还不远千里地前去拜谒过一位高僧，那位老法师为两个孩子诊视之后说："脉现鬼症，不是吃药就能治得了的。"又叮咛他以后绝不能再写那些哗众取宠、败坏人心的东西了，说，写作、编剧这种行业，造福容易，遭祸也深远，如果不是本着"有益人心"，"把知识和智慧作正确传播"的善念，只是为了一时的利益，不顾风气纲纪，任意造作五逆十恶，这是违逆天意的，是要遭受极重的恶报并会殃及子孙的。

鱼相礼听了，当即哭得醉人一般，说："我不编那些新奇刺激的东西，怎么可能打开市场呢？如果我的剧本没有市场，吸引不了观众，让我去干什么，我怎么养活我那一大家子的人？"老法师听罢，静默了良久，才又叹着气说道："世人颠倒少智。非要等到吃尽了苦头，才知道回头啊！"

……一想起这些来，他就忍不住心头窃喜："这才真是活报应！你鱼某人为了获取钱财，从来都是下流卑鄙，不择手段。你笔下所写的，全都是些海淫海盗、祸害人心的东西，害人如害己，如今报应到了你后代的身上，你是罪有应得！"忽然，又蜷在被子里呜呜大哭起来，一面自己打着自己的老脸哭骂道："举心动念天知道，天理昭昭不藏私！为人在世，不走正道，不存善念，你就是得来了石崇的聚宝盆、吕纯阳的点金指，又有什么用！"

第十八章　哭嫁·仙源绝唱

1

这天，穆丹夫妇要和秦芙一起去花溪参加秦婳大姑姑的婚礼。原本，这是一场早就该办完了的喜事，只是，听说姑娘的婆家在下聘之后，因为一些可以原谅的意外之变，才拖延到现在。

起初，听到这消息时，就数褚晋枫捶掇得最厉害。只是后来，他在听说般若不去时，才忽然想起来，他自己也正有好几桩子大事实在难以分身，所以，也就退却了。

穆丹早就听说，花溪一带的婚俗极为热闹。其中，哭嫁是最具特色的，堪称是"世外绝唱"。

一到花溪，众人便正好赶上了这场别开生面的、闹哄哄的"哭嫁"场景：这是姑娘临出嫁的前三天，偌大的院子里，早已是一片人头攒动了。一班厨子们，在西院墙根底下那个临时搭建起来的大灶台上，忙得不可开交。满园子的木莎木莲开得郁茂鲜荣、遮天蔽日；木兰木荷绽得沸沸哳哳，如云似锦。小红栲、甜储栲的果实，都包在像碗口一样的壳斗中；黄肉楠、黑壳楠、密叶新木姜，花虽开得小，却是芳馨袭人。厚朴、紫油，飘逸绝尘，飞翮奔霄；山樱、硃砂莲，逾辉弥景，绝地追风。最为动人心魄的，是那株在整个园子里占了花魁地位的珙桐，此际，正拱起满树雅丽曼妙的花儿——花形好似白鸽的双翅，花序似白鸽的头。猛然看上去，竟好似群鸽聚集枝头，喁喁呶呶，相互设言托意。一阵微风拂来，顿时翩然欲飞一般。一片又一片的宫粉羊蹄甲和龙女花傍依在旁边，远远望去，就像是天上掉下来的一座映着火焰的雪堡一般。

一干远方亲人的到来，越发让这欢庆的日子喜上加乱了。那边的正屋里，姑娘刚由嫂嫂给开完脸①，教给了一些新婚常识，正是忍不住满眼泪涌之际，猛一眼看见自己的哥哥和抱着小弟弟的秦婳姐妹走了进来，这时的小侄子正在姐姐们的深情爱抚之下，手刨脚蹬，一迭声地喊着："假假，假假……"

姑娘便再也忍不住，扑上前来一把抱住几个小人儿，又一把死死抓住她哥哥的手，放声哭唱道：

> 风吹杨柳绿茶花，我今要去别人家，
> 堂上双亲你孝敬，千斤重担你担承！
> 柳花开在梅花上，一样花名几样人，
> 姊妹本是同齐长，难与兄弟一平生！
> 千条树桠共一根，姊妹本是一母生，
> 吃水吃的一井水，上山砍柴同路行！
> 姊妹好比鱼和水，眼下就要两离分，
> 死死抓住兄长手，莫要背我出家门……

泪眼婆娑中，又一眼看见了躲在哥哥、嫂子后面，悄悄擦泪的老母亲，便再次忍不住大放悲声道：

> 娘啊娘，我要走了呐，再帮娘啊梳把头。
> 曾记鬓发野花艳，何时额头起了苦瓜皱？
> 摇篮还在耳边响，娘为女儿熬白了头。
> 燕子齐毛离窝去，我的娘唉，衔泥何时得回头？

---

①开脸：即用灰粉细线将脸上的汗毛绞净，将眉毛修成新月状，把辫子试绾粑髻。

哀哀恸哭，一唱三叹，在场之人无不动容。只有未谙人事的小侄子未受影响，依旧手脚齐舞地一迭声喊着"假假"。

少时，一班从小一起长大的姐妹们也都陆续走了进来。姑娘便又再次长歌当哭起来：

> 同喝一口水井水，同踩岩板路一根；
> 同村同寨十八年，同玩同耍长成人。
> 日同板凳坐啊，夜同油灯过；
> 绩麻同麻篮啊，磨坊同推磨……

姑娘这里正哭得满腔激切，猛一抬头，又一眼看见了眉花眼笑走进门来的大媒人，便又铁晶血韵地哀哭起来：

> 天上落雨路难行，你是穿针引线人。
> 贵人把你当钱用，客边拿你作路行。
> 也是为我生错命，三回九转费苦心。
> 花言巧语你会说，说得两家笑盈盈。
> 又说房屋有百间，又说田地有万顷。
> 又说他家人口好，又说公婆待得人。
> 把我爷娘都说信，把我丢在火炉烧。
> 媒人说谎是真言，天下女子都可怜。
> 坛子栽花无处死，活人丢下死人坑。
> 媒人扯谎不忠信，来世变牛把田耕……

哀哀哭泣声中，姑娘被送进了闺房。房屋正中央的地上架着一张大方桌，上面端放着十碗茶水。被邀请来陪哭的九位女子，依次围坐。新娘居中，为"包席"，坐在右边座位上的女子为"安席"，左边的为"收席"。一干人刚刚坐定，新娘便又起声哀哭起来，"安席"接腔，依次哭去。用心听时，那哭也是有规矩的：辞祖宗，女哭娘，娘女哭，哭哥嫂，姐妹哭，姑嫂哭，哭梳头，哭百客……主要内容是回忆亲情，感谢养育之恩，诉说分别之苦。

　　据说，这样一哭就是几天，且不分昼夜。更又听见秦婳说，还有的人家，是从姑娘出嫁的半个月前，就开始哭起的呢。

　　如此一连几天的哭唱接和，任意倾吐心底的真情，见景发挥，触物生情，姑娘们简直人人都成了锦心绣口的才女了。

　　转眼，就到了出嫁前夜。这时，姑娘要从娘家的正房里搬出去，住进场院里提前用树枝搭起的"青棚"内。从正屋出来时，两旁有人给撑着雨伞，搀扶着从门槛里摆放在地上的一面筛子上跨过去。据说，这是表示把一切不吉祥的东西全部筛除。这时，秦婳正不错眼珠地看着她爸爸把一束乌泡枝和一束芭茅草挂在那"青棚"的门上，不时伸出小手比画着说："爸爸，小心芭茅草的叶子！"据说，那乌泡枝可以驱邪避秽，而芭茅草的叶子极其锋利，以表示割断姑娘的思念和牵挂，使其可以安心去到婆家去立业成家。

　　这晚，姑娘由女伴们陪同到青棚里歇宿。一夜自然心绪如潮，辗转难眠，思之自己从小成长的家园，从小形影相随的伙伴……这一切的一切，就要分离在即，便禁不住又哀泣起来：

　　　　大片田地里，谷稗一起长；

　　　　留谷作种子，稗子被抛弃。

　　　　留种心得意，被弃心不甘；

　　　　房宅十余间，子女排成行。

　　　　留子守家业，把女嫁出去；

　　　　子留固得意，女嫁心不甘。

　　　　青棚十一排，亲朋已熟睡；

　　　　姑娘还不睡，不睡为什么？

　　　　志在守田园，要居自屋内。

　　　　守既不可能，管家亦不成。

　　　　不守心尚可，不管心难安……

进而又想到被娇惯的少女时代，想到将来的命运，听着棚外阵阵的风声遥遥地送来了隐隐的鸡鸣声……姑娘是多么不愿意离开爹娘，远嫁他乡！可是天马上就要亮了，上轿的时间就要到了！姑娘的心中真是千回百转：

> 但愿鸡莫叫，鸡若肯不叫，炼银镶鸡嘴，炼金镶鸡冠。
> 但愿天莫亮，天若肯不亮，天金铺天宫，琉璃铸天城。
> 但愿日不出，太阳肯不出，背泥补山孔，挑水洗山峰。
> ……

这时，正睡得迷迷糊糊的穆缔忽然感到一阵尿急，便胡乱起来，到外面寻了个隐蔽之地，方便起来，不曾提防，竟被这泣涕霏霏之音吓得毛发倒竖，几度耸肩侧目，才尿了一半，便一把提起裤子，转身没命地飞逃了回去。原本，抱着到这世外桃源里，来寻一个纯而又纯的姑娘做女朋友的他，一来到这里，便相中了这村上的一个靓妹，那妮子也很是多情，有事没事都要往他眼前晃几遭。然而，当城市帅哥亲眼目睹了这场轰轰烈烈的"哭嫁"之后，立即被吓得脸青筋麻，几次忍不住在暗地里直骂："KAO！这他妈的是什么风俗？这样弄！谁受得了？还没过门，先就把人给妨死了！"

2

这是一个天公作美的好日子。

这一带的民间流传着这样一种说法：娶亲这一天，如果风清日朗，娶的就一定是一个贤惠的好女人，会给婆家带去兴旺，小夫妻自然也会百年和顺，举案齐眉的。

喜庆热闹的花宴酒，就在这样一个祥瑞的日子里开始了。成群的孩子们叽叽喳喳地围着新娘子讨要喜糖，一些个猴性的小伙子，便趁机冲进欢腾的人群中，给自己的嫂子、婶娘、舅妈们的脸上抹锅灰或者画花猫……笑着闹着，迎亲的花轿便已来在大门前了。

众姐妹们一起唱起了伴嫁歌。新娘子身着富丽堂皇、文彩斑斓的露水衣，先辞拜祖先，再辞别父母，时辰一到，便在众人的簇拥下，在一阵阵的催妆上轿的锣鼓唢呐声中，由兄长背出家门，送上轿去了。众姐妹再次唱起了伴嫁歌。

这时，一直躲在远处悄悄抹泪的小秦娴的奶奶，一头冲出了人群，赶上去一把拉住女儿的手，老泪纵横地呜咽道：

> 铜锣花轿催女走，好多话儿没说够；
> 世上四年逢一闰，为何不闰五更头？
> 唉，儿去了唉娘难留，往后的日子你重开头；
> 孝敬公婆勤持家，夫妻恩爱哎度春秋……

霎时间，各种哭泣声、劝解声、鼓乐声、爆竹声一起交汇在了半天外。正是不可开交之际，只见随大家一起前来的萨迦，不知什么时候竟然爬到门前那棵曼桐树上去了，现在，正稳稳地骑在一个枝杈处，用现代流行韵律，唱起了他所能记起的"哭嫁词"来："我今要去别人家，堂上双亲你孝敬，千斤重担你担承！死死抓住兄长手，莫要背我出家门！莫要背我——出——家——门！"

所有人都一齐看向了他，见他在那上面，正得意入神地将一截子不知丁零咣当地绑着些什么东西的木棍，舞得怒潮起落，尺水生波。大家立时笑成了一片。正哭得满脸泪水滂沱的新娘子，竟也险些破涕而笑了。

迎亲的队伍一路吹吹打打，赫赫洋洋地向着男家去了。

秦娴的爸爸妈妈、姐姐小弟，并着一大帮子的姑婶姐妹们，都在送亲的队伍里。穆丹夫妇和他们的小女儿豆蔻，更是里面的最上贵宾。原本，秦娴是怎么都不可能被漏掉的。只是，昨晚天擦黑的时候，大门外忽然跑来了气喘连天的罗瑞芳，她不顾一切，冲开拥闹的人群，一见着秦姗，一声"萨梵药！"再也说不出别的话，满眼的泪水便淌得淮洪一般了。原来，是她四下里打听准了消息，便死磨硬缠，非让她妈从百里之外把她送过来的。一对小人儿一见面，就再也分不开了。因而，今天，秦姗便连这场可以让她尽情展才显学的送嫁之行，都放弃了。她这一放弃不要紧，被般若强行怂恿过来"散心"的墨麟羲，自然是不愿意离开她的。如此，穆缔也就只得留下来陪着墨麟羲了。这一干人里，萨迦和穆缔又是最为投契的，因此，就也留了下来。

"等以后你和秦姗长大了，有谁敢来娶，我管保一顿大嘴巴子抽得他找不着北！"萨迦望着渐行渐远的迎亲队伍，一脸严肃地向秦姗说。

引得大家哄笑不绝。

穆缔便提议："听说这一带的山神非常灵验，不如我们现在就到山上去看一看，看看咱这些人里有没有恶人，山神会不会在这样的日子里，来一个'大洗山'？"话音未落，便又"咳咳"地自己否定道，"还是别缺德了。万一，我是说万一啊，万一真有谁惹着了山神爷，那不是搅了人家这大好的日子吗？"

"看把你心虚的，反正我不是恶人我不怕！"为了向众人证明自己不是恶人的萨迦，首先挑着眉毛嚷了起来。又说，"你把我们的瘾都给勾起来了，想不去都不行了！"

"嘿，你舅舅我这暴脾气！谁怕谁？舅舅我除了长得还没有帅到极致以外，还有什么缺点呢？去就去呗！"穆缔说着话，便笑声嘎嘎地招呼起了众人。

墨麟羲、秦姗和罗瑞芳、三儿等人便都笑语熙熙地响应起来。一路上，萨迦都直躲着三儿走，几次忍不住悄悄跟穆缔说："这个妮子，真是丑得痛心。"

穆缔不禁笑得浑身直颤，就也低头向他耳边直说："那是你还没看见今天那几个来迎亲的呢，我的妈，年纪轻轻的，一个个满嘴都是黑牙！我还奇怪呢，怎么这样的天气，她们也不怕捂出痱子来，脖子上还都缠着那么厚的围巾，后来一问，才知道，凡是脖子里罩着围巾的，都是得了一种什么大脖子的怪病。哎呀，那才一个个叫丑得痛心呢，噫！现在一想起来，我还满身直掉鸡皮疙瘩呢！"

名闻遐迩的梵净灵山果然不同凡响，令人尘襟顿忘。

有古人留下来的碑文为证：

> 四海名山，九州巨镇，十方净土，众姓福田……水上闻香，始辟漕溪法界；空中飞锡，因开潜麓化城。山以仙名，地灵人杰……仙洞灵台，棋布胪列；奇峰古刹，凤骞鸾翔。天心池、金沙池、九龙池，倒泻银河，无异临海之挂鹤；太子石、青杨阳石、金子石，高标玉笋，不让陈仓之鸣鸡……雪消六月千溪涨，日转双峦万壑阴。翻经台下，百鸟衔花；选佛场中，群龙荫树……上之穹隆接天，而三十三天不为玄渺；下之厚重住地，而九十九京不为幽蓼。虬螭结蟠，林木郁苍……四时有不谢之花，八节有长生之景！

一进山，秦婳就再也没有片刻的闲暇了。一会儿神采飞扬地告诉穆缔，这是穿山甲，那是豪猪，那边的是赤狐、金冠鹿、林麝、鬣羚；那种体态轻盈，色彩斑斓，嘴角鲜红的鸟是相思鸟。它们最大的特性就是忠贞不二，至死不渝。雌雄时时出双入对，在林间欢舞鸣唱，有福同享，有难同当。假如其中一只受伤，另一只便会悲痛欲绝，连歌也不再唱。更为可叹的是，假如其中一只被人逮走，另一只便也会跟踪前往，甘愿"自投罗网"，双双而死。一会儿又指着那种花瓣特别繁多富丽的花儿说，这是千瓣莲；那种香味极为浓郁芳馥的是野蔷薇；那种花的茎部长着很多刺激腺，用手一摸，马上就会用花瓣将人的手"握"住的，是握手花；那种一经风吹，花瓣便会互相磨擦，发出沙沙响声的是响花；那种花朵总是指向北方的，是指北花。而那种花朵硕大如盆，花瓣边缘生满针一样利刺儿的，是会伤人的飞刀花。千万不可以轻易碰触，否则，它的花瓣就会猛然飞弹炸开，伤人的……直说得大家惊心侧目，念佛不止。

不知不觉，一众人等已经翻过鸡冠峰，行至鱼坳一带了。这里满眼都是植株密集的壳斗科和樟科植物，终年郁郁芊芊，含辉发焰。因这一带多溪河，且里面多有大鲵——俗称"娃娃鱼"，所以得了"鱼坳"之名。此际，伴随着泉水叮咚的声响，偶尔便会有像婴儿啼哭般的声音传出来。众人不禁都屏住了呼吸，只见那岩石磊磊的清澈山涧，忽东忽西地隐蔽着一条条四肢肥短、憨萌无比的娃娃鱼。

穆缔看得满眼直冒金光，满嘴叫道："好呀，好乖乖！这些宝贝们大概和《西游记》里的人参果，有得一比吧？等我回头抓上一条来，好好饱饱口福，才算不负此行呢！"秦婳明知他是说笑，却还是忍不住批评道："你们这些大人呀，简直什么都敢往嘴里放。你去抓一个吃去吧，不过，这娃娃鱼不但生性凶猛，并且，它们还常吃像蝙蝠老鼠这类的恶心东西呢，你要是不怕感染怪病，那就请随便吧。"

穆缔立刻一迭声直念佛，满嘴直说："罪过啊罪过！"

一路拾级而上，面前不觉又别是一番洞天了：满眼的仙洞灵台，罡风陡峭。彩云石、水晶石、松花石，遍地棋布。举目旷观，空阔无际，直令人心神恍惚。

这时，墨麟羲在一个大岩洞前停了下来。一种不可名状的缠绵之意恍惚而来，纷纷扰扰，怪怪奇奇的，令他好一阵地不能自已。

萨迦、穆缔自行其乐，秦婳、罗瑞芳和三儿，就在不远处玩起了此间流传已久的拍手歌来：

> 正月里来正月中，正月长工去求工；
> 三言两句讲成功，讲到二月来上工。
> 二月里来二月中，二月长工来上工；

吃了三杯长工酒，犁耙锄头交长工。

三月里来三月中，三月阳雀闹哄哄；

一来催得阳春早，二来叫我老长工。

四月里来四月中，四月禾苗身摆风；

老板田上打一望，吩咐长工喊零工。

五月里来五月中，五月龙船响咚咚；

长工门前瞄一瞄，老板不准耽搁工。

六月里来六月中，六月日头如火烘。

老板打起乌油伞，长工只戴烂斗篷。

七月里来七月中，七月蚊虫叫嗡嗡；

老板挂起纱罗帐，蛤蚤个个咬长工。

八月里来八月中，八月打谷在田中；

上垅打到下垅止，缸中无水喊长工。

九月里来九月中，九月重阳杀鸡公；

鸡肉都是老板吃，骨头渣渣给长工。

十月里来十月中，十月长工冒满工；

邀请老板算算帐，老板定要等过冬。

冬月里来冬月中，冬月雪花落纷纷；

老板烤起白炭火，长工钻在烂草中。

腊月里来腊月中，老板叫我把碓舂；

粑粑豆腐置办齐，拿起棒棒撵长工！

忽然，墨麟羲面前那个大岩洞深处，传出来一个沉郁的声音："三方十世诸佛菩萨！各位洞神爷爷！求您们大显神通，保佑这方圆几百里的百姓吧！切莫让那些害命伤人的事业，再继续发展扩大下去了！那可是断子绝孙的事情啊……"接着，就是一片的痛哭号啕之音。

外面的几个人顿时你看我，我看你的，显然，都被震吓在这种声音之中了。

约摸一刻钟之后，那大岩洞里，才接连颤巍巍地走出来了七八位老人，墨麟羲上去一问，才知道，原来，他们是邻村的村民。因为村上的土地，不断被村领导们拿去和一些外来的奸商做了交易，为此，成百上千的村民，都跑去和村干部们动了刀子。无奈，胳膊哪里能拗得过大腿去？最后，他们那里的大片土地，还是纷纷被卖了出去。那些买走了土地的不法经营者，有的还在他们村上的饮水河旁建起了化工厂，那厂里生产的染料对水资源造成了极其严重的污染。现在，他们村里那些年纪轻轻的小伙子和姑娘们，就都开始一个个坏了牙根，染了各种的怪病……

秦婳问他们是哪个村子的，他们的回答让她大为心惊。原来，那正是她的大姑姑嫁去的那个村子。

3

迎亲的花轿，一路赫赫洋洋地来到了男家门前。男家特意请来的土老师，出来接轿。新娘不能走正厅，由圆亲婆搀扶进侧门去了。

这时，男方举家老少都要回避，要等到新娘子吃罢仪饭，才可出来与新娘相见交谈。吉时一到，在众亲友的簇拥、祝福声中，行了拜堂礼。热闹的仪式一结束，新郎新娘便争先进入洞房，抢坐婚床。喝罢合心酒，互相行礼毕，向众人抛撒糖果，小孩子们顿时哄抢成了一团。又纷纷翻上床去，四下里摸抢红鸡蛋。一个原本锦绣辉煌的婚床，被翻抢得被倒枕歪，满眼油泥。

主人家非但不怪，反而越发满脸欣悦了。

新婚之夜过后，新房内三天不分老少，这通乐而忘忧的畅聚，真是难以言述。

原本易于动情的穆丹，这些天来被姑娘们的"哭嫁歌"感动得不知陪了多少眼泪。此际，不胜酒力的她，在众人的殷勤劝让之下，早已是醉眼蒙眬了。微笑连声中，想要下地出门去过过风，竟连自己的鞋都穿不上去了。还是旁边走上来的一个年轻姑娘，蹲身帮她穿上了。她满口向那姑娘致谢，谁知那位姑娘抬起头来冲她笑的时候，竟把她给吓了一跳。

　　她不由使劲揉了揉眼睛，还以为是自己的眼花了呢——一个那么年轻漂亮的姑娘，竟然长着满嘴的黑牙。

第十九章 纠缦缦·温柔的秘密深藏心底

1

如今，般若已能不看乐谱，便可熟练地弹奏那曲《潇湘水云》了。

她弹琴极有天分，又肯下苦功，又能根据自己对乐曲的独到理解，灵活加入自己的感情因素。从开始飘逸的泛音、碧波荡漾、烟云缭绕的洞庭烟雨，到天光云影、扁舟五湖之思；再到浪卷云飞、风起云涌、水天一碧的奔腾澎湃、缠绵密切；再到寒江月冷、万里澄波、影涵万象之趣的气象万千，无不令人神消魂醉。

尤其是全曲高潮部分那三段的一气呵成，通过高、低音区大幅度的跳动，按音、泛音、散音音色巧妙的组合，简直就是余音绕梁，使人不知今夕何夕。

她怂恿墨麟羲去花溪时，他也曾力邀她同去，可她却笑着说："你生病的时候，我天天陪着你，我妈都吃醋了。我要趁着假期好好陪陪我妈，我不能让我妈觉得，有了你，我就忘了她。"

没想到，她在陪她母亲的这些天里，居然不忘日夜苦练琴技。墨麟羲这时在旁再三冷眼细看她，只觉得，她就像是从那天上掉下来的一个仙子一样。她从一出生，他就认识她了。可不知为什么，他却好像怎么看她都看不够似的。每天里，仍旧是见着也想，见不着也想。

墨麟羲去花溪的这段时间里，褚晋枫和梅忆鹤几乎每天都不下数十次地联系般若。有一次，他二人实在焦躁得等不得了，竟都一齐找到了般若的家里来。一见般若仍旧是那副不冷不热的态度，两人也就实在没了法儿。后来，他二人倒成了一对知交，出去喝酒直喝到深夜才散。回去的路上，梅忆鹤还意外地遭遇了一场车祸，害得他光是住院就住了半个月，气得他伏在那医院的病床上，每天都愤愤地直骂："真他妈的邪门邪到家了，好好的，简直就是鬼附体了！"因而一出院，就把他那辆豪车给卖了。

眼下，般若正面临着是否要出国去深造的问题。原本，这是母亲为女儿铺设的一条金光大道。可是，据她本人的意愿，却十分不愿意出去。这其中的原因，穆母自然是深知的。因而这晚般若才一进门，她便一脸肃然地责问起来："你这是想要自毁前程吗？你总和那个墨麟羲这么黏黏糊糊的，到底是什么意思？我可告诉你，婚姻大事不同儿戏！你妈就是因为没找到一个好男人，才受了这大半辈子的罪！你姐也是，你看看她年纪轻轻的，活得有多苦！实在过不下去了，想离婚吧，又担心孩子跟着受委屈。不离吧，就这么死苦着自己！我就奇怪了，你们一个个都挺聪明的孩子，怎么一沾感情的事，就都这么死也不开窍了呢！这还哪都没到哪呢，你就为了他，连你自己的前程都不顾了！你傻不傻啊你？这值得吗？还有他的那个妈！那是亿万人里都挑不出一个来的主儿！你是没经过还是没见过？提起来，我就不由得生气！你那个同学梅忆鹤，人家的条件有多好，人家里人的教养有多好！你倒就只把个墨麟羲看在眼睛里了！让我说，梅忆鹤比他强多了！你要是还能听得进去人劝，你就好好想一想去！"

穆丹一见小妹那副百口莫辩的模样，深为不忍，便一把将她揽在怀里，笑嘻嘻地向她母亲说："这也不能全怪我们吧？我想，这大概是遗传呢！"

穆母不觉气得一怔，接着便连声啐道："滚滚滚，有多远你给我滚多远去！要不是看在豆蔻的分上，我给你两个大耳光！"

穆丹笑道："您骂我打我都没关系，反正我现在也脸皮厚。可您就是看在般若她这么可爱，这么漂亮的分上，也不该这么骂她呀，您私下里不是常跟我说，她是您这辈子最大的骄傲，是您的心尖子吗，怎么，现在又不是了？这么说，您是准备要把我给换上去了？"

穆母忍不住笑出了声："快别不知道什么是害臊了。"

穆丹便又趁机说："墨麟羲这一路走来，也够不容易的了。妈您就不要再挑剔人家了。平心而论，他多优秀呀，年纪轻轻就这么满腹经纶的，他家里的环境不好，那也不能怪他呀，是不是？谁将来结婚，那都是和本人结，也不是和他的家庭结婚不是吗？"

穆母一听这话，便忍不住再次怒上心头来："那是我对他有偏见吗，还是他们自己人做出的事来，太让人看不过去了？"

母亲的责难，并非空穴来风。一周前，墨麟羲的母亲突然来到。周围的人，无一不被她搅得人仰马翻。

起初，刚接到她时，大家兴冲冲地问了句："您来啦？"

她冷着脸，眼里透着无限惨凄，说："老脸皮子厚，自己不来，还等着谁三车六轿地接去吗？"上了车，更又是一路牢骚。先从一路上的见闻骂起，到现在的世道人心，再到墨麟羲的难产，她的将近大半生的不幸守寡。到了家，又挑三拣四，埋东怨西，聒噪得众人都立不住脚。给听音乐，她说像地狱里跑出来了一群鬼。给看电视，又愤愤大骂："这种粗制滥造的东西，也不知道演的是什么！一放还挺长，整整一天看下来，鬼怪妖魔一片乱叫。到最后，谁死埋谁都不知道，整个儿一个马三保征西！"过了两天，越发不可收拾。今天惨兮兮地说："耍了两回牌，儿子不高兴了！在人家手里要饭吃么！人家现在是知名文化人，当妈的行动开口就给丢脸了么！"……明日，又沸声诅天咒地："这是个什么鬼世道！父不父，子不子！都是一丘之貉！我的儿！你别以为你妈沾了你多大的光，前些时候，你算是给了我笔大的，那就算是我大意了，让你哥给煽骗走了，那也是肉烂烂在了锅里头，到底也没便宜了外人不是？到底你们还是打断骨头连着筋的亲姑舅兄弟不是？和我为你受的这大半辈子的罪比起来，你给我的那点子，又算了个什么！就说说你那个爹，疯疯傻傻的，把我祸害了一个惨，我跟了他一回，就连个荆钗草环都没捞着戴，还得给他活活守这大半辈子的寡！"

转天，般若就把自己小心翼翼珍藏了多年的一幅名画，拿去低价卖给了一位长期以来一直鹰一样地盯着它的朋友，之后，便去商场给买了一条钻石项链和一枚红宝石戒指回来。墨麟羲见了，心下十分过意不去，才悄悄跟般若说了句感谢的话，他母亲便又煞不住在那里嚷嚷了起来："我那儿，可是那老古人说下的，'男儿膝下有黄金'！人家王宝钏，那还是丞相府里的千金小姐呢，为了一个要饭的薛平贵，苦守寒窑十八年！你妈我寡妇失业地把你养了这么大，就凭你这样的人才，你还怕娶不下那天下无双的好媳妇是咋的？你的骨头也别太轻了！"

可巧被穆父走来听了个满耳，穆父当时立在门口觉得实在太难为情，又不好假装听不见，便语重心长地向她劝了句："这么好的孩子，你就算再怎么生气，也总该给他留点儿脸面吧。"

她冷哼哼地说："我倒是想给他留点儿脸面，可是谁又想着让我这张老脸上好过一点啦？"

气得穆父暗地里直骂："江山易改，本性难移。真是黑老鸹窝里飞出个金凤凰来！"

2

原来，在墨麟羲很小的时候，他母亲就因为好赌成性，闹出了一件耸人听闻的事来：一个深秋之夜，她把洗澡盆放在火炉子上给儿子洗澡，水还没烧热，就有人跑来喊她快过去打牌，说是三缺一，她竟然站起来就忘乎所以地跟着那人跑了。要不是后来邻居家有人出来，听见当时的墨麟羲在越来越滚烫的水里哇哇哭喊，及时赶进去施救，恐怕，他早就已经被这个昏心迷昧的母亲煮成一盆血水了。

按理说，险些酿出了惨祸的她，从此总该有所收敛，然而，她不但没有丝毫愧悔，反而越发摆出一副全天下人都欠了她的样子。对待墨麟羲这唯一的亲生儿子，就更是如同狠狼一般。从来都是只管自己怎么痛快就怎么活，儿子常常被她扔在家里没吃没喝，她也毫不顾惜。同样身为母亲，穆丹的母亲，就是打从心底里瞧不上她，简直不明白她的心肠到底是用什么做成的。而现在，更是好了，她尽日只管拿着自己儿子的血汗钱，大肆在人前挥霍显摆，却从不问儿子一个人这些年在外面，是怎么艰难立足的。就算儿子给她寄回去的那么一大笔钱，都被她外甥尽数骗去了，她也并没有替自己的儿子感到一丝的痛心和可惜，而只是一心想着，如果因为这个事，去和外甥抓破了脸大闹一场，那么，她娘家的那些人，会怎么看她？他们一定会认为她都到这把年纪了，居然还没本事让自己过上风光舒心的生活，居然还是这么一路被自己身边最亲近的人骗哄算计，那才是她的活报应呢！她岂能那么轻易地就如了他们的愿呢？

穆母一想起这些事来，心里就不由来气。这里，正在向般若峻词以责，忽然，梅忆鹤来到，这才总算是打住了。

缘分也真是奇妙之极。穆母每次一看到这个小伙子，顿时就变得心畅意展起来了，那笑容，是从心底里直乐到面容上来的。现在，她一听说是他哥哥让他过来接般若去吃饭的，当下便满口答允了。

般若不禁心中暗喜不已。后天是农历六月十九，是观音菩萨的成道日，也是她的生日。墨麟羲早就说好了，要在这一天为她筹办一场古琴音乐会的。因而才一出门，她便皱着眉头向梅忆鹤说："真是的，你哥的饭店开张，干什么要来请我呢？不是跟你说过了吗，您那位尊兄，一身的怪癖，这辈子见一次就已经足够了，我可不想再去见他。"

梅忆鹤笑着说："那是你还并不真正了解他。其实，我哥他以前完全不是这样子的。说起来，你也许不信，我的第一个大嫂，是一位非常美丽杰出的女性。当初，我大哥对她，那可真是百依百顺，无微不至。那个时候，他们也真算得上是一对天造地设的佳偶。只可惜，不知为什么，后来，我大嫂居然心有旁骛，着魔一样地爱上了一个只和她见过几面的人。为了那人，甚至魂不守舍，衣带渐宽。最后，竟忧郁成疾，抱恨而终了。我大哥因此才大受刺激，性情大变的。不过，只有我知道，他外表越是放纵，内心其实也就越是痛苦。"说着话，抬头向天，出了半天的神，才又说："其实，我哥他心最善了。这么多年，我们家那么大一份家业都是他在管着，光是我知道的，那些想要钻法律的空子、赚黑心钱的企业负责人，就不下上百人来找过他，给他大灌迷魂汤的，可我哥在经营事业这方面，一直都坚持着一颗良善的真心，无论摆在他眼前的利益有多大，他都从来不参与那些来路不正的勾当。上次，我带你到他那里去吃饭，就因为你在饭桌上，那么慷慨激昂地说了一番'恶性食品对全人类的危害性'的话，他就下决心，把几十家连锁饭店的经营模式，全都换成现在的全透明化管理了！"

说到这里，他竟有些按捺不住内心的兴奋，向般若脸上看了又看，便又眉飞色舞地说："你知道吗，现在我们饭店里的经营模式，可是绝对确保顾客的卫生安全的。饭前，客人点的所有食材，都会被服务员用手推车推出去，让顾客亲自检阅的。然后，才会拿去全透明的厨房里去清洗和烹饪。还不仅止于此，清洗和烹饪的全过程，是要被现场录像，直播给顾客看的。"

般若不禁笑道："好了好了，就算是我看错了您的尊兄大人了好吗？他能做出如此大善之举，我衷心祝愿他，在以后的每一天里，都生活在阳光喜乐之中，愿他始终都能坚持这份良善的真心，为世间播撒福乐，为生命留下厚重的历史！愿他永远不为俗世的狂澜怒潮所迷失，让这越来越冷硬荒漠的人间，因为他的努力和坚守，而到处都充满了光明喜悦、月色星辉！这，总可以了吧？"说着，便忙低头看了看表，不觉"哎呀"了一声，说，"不过还是抱歉得很，我现在必须要去见一位朋友，因为以后，再要见面，就不容易了。"

话未说完，梅忆鹤就一脸不快地打断道："不就是要去见那个墨麟羲吗？去就去吧，又何必编瞎话呢？"

般若一听，险些被气笑了，骂了句："小人之心。"又正色说道，"我要去见谁，难道还要征得你的同意吗？我更有必要向你编瞎话吗？"说着话，便自顾甩手向前去了。

梅忆鹤忙一路密步追了上去，满嘴直喊："穆般若"，连声说："求你了！别又这么无情地把我一个人晾在一边行吗？就算你不想和我一起去，那么，就不能让我陪着你一起过去吗？"

般若便说："我可是要去见墨麟羲的，你不怕做电灯泡啊？"

梅忆鹤说："那我当然知道，不过我有什么好怕的？说不定，见了面，我正好能让他知难而退呢。"

"你这人，也真够不害臊的了。也不知道谁给过你这样的机会了！"

"我还怕臊呢！这也就是我的命大，要不然，半个月前，我都死了一回了！"

般若吃惊道："你说什么？"

梅忆鹤连忙插科打诨地说："我呀，就是想说，人活在这世上，为的就是不辜负自己的这颗心。总不能去学那些伪道学们的那一套'无欲无求'的狗屁思想，把自己给活活地憋屈死吧？"他不想让般若知道自己发生的那场车祸，更加不想让她也跟着一起担惊受怕。所以，那件事，一直都被他瞒得密不透风。这时，他只管满脸笑欣欣地看着她，忽然又问："穆般若，我听说，你和那个墨麟羲从小就认识了？究竟小到什么时候？真是从你一出生，就认识了吗？那这么长的时间，你们彼此这么熟悉，难道，你就没把他给看腻味吗？"

般若不禁有些生气，她自来听不得旁人用一个不美不敬的字眼去说墨麟羲，因此便说："有些人和人的缘分，是千生万世修成的，就算一辈子，甚至连下辈子，再下辈子都算上，都是看不腻的。这下，你该满意了？"

梅忆鹤一听，不禁气得两眼乱展，又鼓起腮帮子，气呼呼地看着天，也不知满嘴里咕哝些什么，般若走他也走，般若停他也停，反正就是不打算一个人离去。

般若一见如此，不禁心中一软，不忍再去伤他。

直到二人上了车，梅忆鹤才又一路叽叽呱呱地大说大笑起来，从孔孟之道的仁善说到一些宗教的伪善，从三武灭佛说到朱元璋对寺庙僧人的评价，分析了所谓的"霸蛮无理、民间蛀虫、色中饿鬼、财上罗刹"究竟是对是错，讨论了为什么但丁的一曲《神曲》，最终敲响了中世纪的丧钟；那位宁愿变成一只狗，守在半路上，咬住那些前去做礼拜的人们的文学大师，究竟是在反对基督，还是在激烈地反对着那些披着神学的外衣，而大行龌龊之事、专以浪费和祸害他人的生命为能事的，所谓的传教士们的"邪说怪论"？

又大发感慨地说，自己最烦的就是那些装神弄鬼、欺世盗名的草包大骗子了——外面长得就像个低级动物，里面两滴水就能填满，居然还敢大言不惭地吹嘘自己是什么神佛转世，好像'世上罪恶的众生'，就等着让他们来拯救一样！更为可恨的是，居然还有那么多的蠢人，争抢着去向这种神棍骗子们顶礼膜拜。真是滑天下之大稽！又说，某些宗教的哲学，简直就是低级的诡辩术，比如，非要求一个花季少女，有着七八十岁老妇人的冷漠麻木，这不是扼杀是什么？甚至，就连《红楼梦》都成了某些"修行人"口中的淫书了，这不是荒唐吗？那你让人不邪淫，这我是坚决同意的。但是，就连正常的情感也要被说成是"淫"，是罪恶，这就未免太信口雌黄了吧！如果真是这样的话，那么说这话的人，怎么就不去好好地想一想，他们究竟是怎么来的呢？难道，他们是自己的父母，在彼此深情地对视了一眼之后，那个"深具慧根"的他们，从此就活生生地诞生到这个世界上了吗？更为荒唐的是，现在很多的出家人，都是豪车名表地装扮自己，既懒惰又贪婪，一面大肆让别人去"积德、行善、节俭、布施"，一面却又自己在那里挥金如土、无恶不作，甚至，吃喝嫖赌都无所不为。

般若便叹息道："你说的这些，只是末法时代里的一部分乱象而已。你应该知道，他们这些人，是根本代表不了真正的正法的。其实，我倒觉得，一个人，无论他是信仰什么宗教也好，最终，信仰的，无非都是那个正义神妙的天道真理而已，而绝不是为了要给自己戴上那被人为扭曲了的重重枷锁。就比如说，一个人假如遭遇了抢劫，在正常情况下，肯定是该报警报警，该自卫自卫是吧？那么，这个时候，非要有个自诩的'高人'凭空跳出来，向该人大谈什么因果报应——'如果不是前世你欠了他的，他连找都找不到你，又怎么会来抢劫你呢！'这，其实就是典型的'虎狼屯于阶陛，犹谈因果'的愚昧之极的例子，和真正的佛法，其实是背道而驰的。佛教是讲因果报应不假，但如果有人根基浅薄，根本就不懂得其中的三昧，又专好不适时地妄言因果，让人因此而对佛教产生了反感和质疑，难道，这应该去怪罪于佛法本身吗？又比如，一个人说他是儒家的弟子，结果却做了杀人放火的恶事，那么，法律难道会不去追究他的责任，却要去归罪于孔孟之道吗？再比如说，你最熟悉不过的金庸先生，他在小说里写到的那部《九阴真经》，这原本是一部武学的百科全书，博大精深，威力无穷，所有上乘武学的原理都包含在了里面。宅心仁厚的郭靖学了它之后，就成了为国为民的一代大侠。而像梅超风、欧阳锋那样心地邪恶的人学了之后，又是什么样的结果呢？难道，后者的所作所为，不是要归咎到他们自己的心术不正上去，却要去怪罪《九阴真经》吗？"

直问得梅忆鹤搔额抓脸地味味直笑。很多的时候，般若在他的眼里，就只是一个只有才华而没有心机的少女，可每每一旦与她谈论起文学或是佛学来，她简直就成熟老到得像是个修炼了千年的智者一般，让人高山仰止。

只听她接着又说："其实，说句实话，我现在，也是越来越不愿意到一些太过世俗化的寺庙里去了。我之所以特别喜欢去听密钦法师讲法，是因为……"

就听梅忆鹤在耳边连连"咳咳"地叹着气说："你在我面前说喜欢别人，这到底有多残忍，你知道吗？居然还要加上一个'特别'，你这简直就是在谋杀呀！"

般若当即一怔，接着就骂："你有病吧？胡说八道什么，人家可是出家人。"

梅忆鹤一本正经地问："出家人怎么了？出家人就不是人吗？总之，你可以说认同他的观点学养，赞佩他的人格品行，但，就是不能当着我的面，说你喜欢别人。唉，唉，唉！我现在，简直就是心煎如沸了！"

般若便让他立刻停车，让他赶快到医院看病去。

梅忆鹤一见般若真的不高兴了，急得指天誓日连声保证说："息怒息怒，一会儿到了那里，我保证再也不说一句话了，这，总可以了吧？"

3

几经辗转，他们一起来到了位于昌平马池口村的东方翡翠万佛城。

佛城创建者马开德先生，是星云法师的俗家弟子，也是密钦法师出家前的至交好友，自幼饱受生活的磨难，青少年时期，在缅甸瓦城翡翠矿区生活的十二年里，曾过着朝不保夕的生活。同时，也让他学习、积累了宝贵的翡翠知识和经验。佛缘深厚的他，一直梦想着创建中国最大的翡翠万佛城，弘扬佛教文化。而今，梦想正逐步变为现实。这座大佛城内的六百余吨翡翠玉石原材料，全部都是出自世界上唯一出产翡翠的缅甸密支那，都是经过数亿年天精地秀孕育而成的。这里聚集着国内最顶尖的玉雕大师，各种精尖玉雕机器打磨石料的声音，与佛苑里的钟儿、磬儿、佛乐，交会成了一道独特的乐音。

般若和梅忆鹤，在后院一处门前种满了铁皮石斛的禅堂内，见到了密钦法师。他不久就要护送那尊六十八吨的翡翠观音，赴美国万佛城朝奉去了。

这时同在的，还有墨麟羲和几十位居士。大家便都趁着这难得的机会，与法师热烈地交流着。

真是不听不知道，原来，生在这红尘中的人们，竟是如此的烦恼无尽，痛苦无边。悲剧可谓惊人的普遍，即便是学佛的居士，也不能幸免。

这时，只见一位居士满面愁容地问："师父，因果报应如果真的毫厘不爽，那么，为什么，得势如意的，都是那些欺诈虚伪的人，而那些真正正直善良的人们，却只能越活越窝囊呢？"

密钦法师便看着墨麟羲，问："你能为她解释这个问题吗？"

墨麟羲说："佛法是讲三世因果，行善之人得恶报，是善因未熟，而过去恶因先报；作恶之人得善报，是恶因未熟，而过去善因先报。但不等于做了没有结果。正所谓'万法皆空，因果不空'。"

密钦法师点头称赞说："正是。大家实在应该知道，因果报应，并非上天的安排，实是自作自受。这就好比《解深密经》上说的那样，是众生自业过失。譬如饿鬼被焦渴逼迫，纵使就站在大海边，所能得到的，也只是海竭水涸的果报。这并不是大海之过，而是这些饿鬼的自业之过。因果二字，看似简单，其实道理极深。深信因果，才能转烦恼而证菩提。再者，作恶之人，在旁人看来，他很得意，甚至十分可恶。其实，他们是很可怜的。《太上感应篇》里说，'凶人，语恶，视恶，行恶，一日有三恶，三年天必降之祸！'所以，作恶之人，其实，他的恶缘逆难总是不断的。总是'吉庆避之，恶星灾之，刑祸随之'的。即使表面上看着得意风光，暗中也早已折损了。从来小人的阴谋，最终，无不是给君子降福的。所以，如果深信天道，自然就会明白这其中的道理。回过头来，反观全人类，当今市场全球化、科技一体化，市场控制了人，人又被市场和过多的信息操纵、控制了。人们，成了无家可归之人，已经很难再和本真的自我相逢了。所以，大家要时刻警惕自心啊！尤其是我们学佛的人，更加要修炼平常心。切不要要求自己的人生太过圆满，有个缺口，让福气流向别人，其实是很美的一件事。没有苦难，我们会骄傲，没有沧桑，我们就不会以慈悲的心，去安慰和拯救那些不幸的人们。"

有人问："师父，现在有很多人都爱妄说因果，自己既不清静守戒、如法修行，又专好妄言佛法，种种造作，让很多初学佛的人都退失了道心，对这种人，应该怎么办？"

密钦法师说："佛祖在《楞严经》中说的'末法时代，诸魔贼人，假我衣服，裨贩如来，造种种业，皆言佛法。斗乱僧众，贻误众生'，就是这个现象了。这类人未证谓证，欺瞒众生，果报是不得清净成就，是要沉沦魔道的。这属于喜欢出风头的一种魔，失去了修行的善根。妄语、绮语，就是恼乱自己和他人的清静修行，这种行为与偷盗无二。妄语能断佛的种性，不但成就不了三昧，还出不了三恶道的生死苦海。证到哪里说哪里话，没证到千万别说，说了就是妄语，因果就可怕了。真正的修行人证道不觉道，觉道不说道。"

又有一人问："师父，佛在经中说'末法将尽、法将灭时，《楞严经》最先灭。这是为什么？"

密钦法师便看着般若问："你能给解释这个问题吗？"

般若便合掌说："因为，《楞严经》是众魔的克星、破魔的法宝，若有本经住世，正法便得住持世间，佛弟子修行就有所依持，邪魔即不能得逞。本经若灭，魔力则无有能制者，魔事猖獗，众生修行即罕有不堕魔数者。这部经，可说是'从破魔始，至破魔终'，是一部无法不备、无机不摄的最理想的佛教经典，她把世人的毛病说得太彻底，令一切妖魔鬼怪、外道邪祟都原形毕露，无法横行。其中，《楞严咒》更是天地间的灵文，灵文中的灵文，秘中之秘，无上法宝，是一切众生的救命之宝。她包罗万有，上至十方诸佛，下至阿鼻地狱，四圣六凡都要尊重此咒。十法界中，无论哪一个法界都没有超出这个范围的，所有一切鬼种类、神种类、一切护法诸天的种类、声闻、缘觉、佛乘，都在此咒之内了。因而那些魔子魔孙、旁门左道，最希望这部如来正法宝藏赶快消亡，他们为了自身的利益和安全，大事宣扬《楞严经》是伪经，更有一般无知无识的人，没有辨别真伪的智慧，人云亦云，助纣为虐，也说《楞严经》不是佛说。近年来，无智的学者、愚痴的教徒，在一知半解的情形下，妄测圣言，乱加批评，发表谬论，凡此种种，都是在促使这部经典早日消亡的迹象。"

密钦法师频频点着头，直念"阿弥陀佛"，说："末法恶世中，除了人心浮动、混乱外，人间也被搞得有如地狱一般黑暗。世人是非不明，贪功近利。佛门中，也会有许多魔众比丘混入进来。尽管如此，佛陀也曾预言，还是会有许多行佛正法的弟子，转世人间，来捍卫正法的。因此，身为佛弟子，要深刻了解《楞严经》的道理，应善护正法。尤其我们末法时期种种法上的乱相，佛在本经中，几乎全都说到了，而且讲得十分透彻、明白，也指出了各种对治之方。因此，这部经，更是末法时期众生修行不可或缺的一部宝典……"

直到走出那间禅堂，憋得快要将心肺都炸开了的梅忆鹤，才一脸惶惑地看着般若问："这个密钦法师，他俗家是不是姓安？他们家的老爷子，是不是也是一位官场上的风云人物？"

般若点着头说："是。"

梅忆鹤便连声叹息着说："这也太冤家路窄了吧！你知道吗，我第一个大嫂就是因为他才……"说到这里，他不由得看了一眼身旁的墨麟羲，就忙打住了。他不想在他的面前，让自己的家人丢脸。

墨麟羲似乎根本就没有听明白他的话。般若心里虽然有些吃惊，嘴上却乔装无事地说："你也太善于联想了吧？再说，即便真的是他，那冤家也是和你大哥结的，有你什么事呢？"

梅忆鹤也不说话，只是站在那里百般地感怀沸郁："也真是奇了！怎么他就和我第一个大嫂那么像呢！那神情，那气质，简直就如出一辙！"想到气愤处，竟对着那些开得纷纷沸沸的雪片似的六月雪怒骂道："栽这种东西，就跟一群哭丧的孝子一样！"

4

梅忆鹤开车将般若送到了她姐姐家楼下，便又忙不迭地载着墨麟羲一路去了。

般若这里才进门，正逢辛乌头给萨向中打来了电话，嗓门大得震撼四壁："哥，你说，你到底还是我哥吗？！"

萨向中连声笑着说："哦，是、是，那当然是。有什么事需要当哥的给你帮忙，只管说。"

电话里顿时又是一片叽叽呱呱的笑声了："哈！我就知道哥你最疼我了！别的事倒也没有，只是我现在太孤单了，想找个肩膀靠一靠呢！"

"哦？那你看上谁啦？当哥的给你说去。"

"你！看上别人对得起你吗？"

萨向中顿时笑得弯腰道："哈哈！那可不行，哥哥我现在也是极度脆弱，也还正想找个肩膀靠靠呢！再说了，你也不是不知道，我已经不能再坏了。"

"我还明白告诉你，不坏我还不爱呢。"

"哈哈，我是说，我要是再坏，就该变成好人了。"

"你少跟我臭贫，我问你，你对曹伊兰那个老女人那么好，是不是就因为我也叫依兰的原因？哼哼，你就趁早地招了吧！不过，你可要记住了，此依兰非彼伊兰！"

般若在旁边听见了，不由一股挑逗五内的情绪直冲脑顶，上去就把电话抢了过去："我说辛乌头，辛依兰，你也应该知耻了！你究竟还想要无耻到什么程度，才肯回头？别人的幸福就这么好抢，这么易占吗？奉劝你一句，再这么继续执迷不悟下去，你必将报应惨烈。你也许能侥幸逃脱一次、两次，但是不可能永远都侥幸！"

那边，打扮得如同花妖的辛乌头，顿时被噎得两眼直翻，竟一个字也回不上来了。

转天，般若和墨麟羲正在琴馆排练音乐会的节目，忽然接到穆丹打来的电话，她几乎就是哭出来的，让般若赶快到医院来，说她们的妈妈忽然就昏迷不醒了。

般若和墨麟羲赶到医院时，穆母正在重症监护室里抢救。穆丹簌簌流着泪说："吃中午饭的时候还好好的，还跟秦婳又说又笑的……"正说着，见医护人员从里面接连走了出来，主治医生摇着头说是脑溢血，便让他们自己进去看视去了。

穆丹姐妹的脚都软了。身边众人也都如雷一震，一齐往里就拥了进去。

只见穆母神昏气惨地躺在床上，已是奄奄一息。好半天，才微开双目，眼望众儿女，唯有满眼滚泪，却再也说不出一个字来。脸上忽然一阵发红，闭了一回眼，又强睁开来，满屋里瞧了一瞧。最后，竟伸出手来，攥着般若的手，紧紧地不忍释放："丫头，妈最放心不下的，就是你呀！你千万……要记住妈跟你说的话，女人这一辈子……千不怕，万不怕，最怕的，就是错嫁……"一言未毕，喉间略一响动，一口气不来，竟归西去了。

般若那时心如油煎，经不住悲痛刺激，一头栽倒在了病床前。穆丹穆缔抚膺擗踊。其他人也都震动已极，脚下，都已是一片虚飘飘的了。

穆母的这场病，来势之迅猛，让所有人都猝不及防。为了不至让她的老母亲悲伤过度，大家都只好瞒着。

整个葬礼期间，穆父都像失了魂魄一般，一语不发。

几天下来，穆丹整个人已经破碎不堪了。眼前无人时，她总是在想，母亲离开前的那几天里，总是说梦见自己在铺满了珠宝的大路上散步，说那路面特别悦泽光腻，路两旁全都是大如车轮的花朵，她感觉心情特别愉快。秦婳听了，还格格笑着跟她说，那大概梦到的是北俱芦洲……现在，她真恨自己，为什么竟是那么粗心大意，为什么，就没加小心留意呢！

般若眼下更是只剩下了半条命在，这些天里一直不吃不喝，从早到晚都躺在床上呜咽不绝。突如其来的巨大灾难，成了无法挽回的现实。二十几年的母女情深，点点滴滴，尽向眼底逼来：那是一个严冬，那年，她大概也就只有五岁吧，和妈妈一起下乡到内蒙去的大姨病得奄奄一息，先几日，她婆家还尽力迎医问药，延至半月，病情越发沉重下去，看看已是形销骨立，家里也就实在没法了。她妈妈知道消息，便领着她，长途跋涉赶去中后旗知青办，去为大姨讨要医药费。那是怎样的一个冬天啊，暴风雪打在脸上，就像刀箭一般。她和妈妈赶到知青办，已经是午饭时分了。妈妈顾不上吃饭，在一个小商店里给她买饼干充饥时，见她两眼盯着柜台里一个粉红色的洋娃娃直出神，便拍着她的小脸说："你喜欢？等妈一会儿拿回钱来，一定给你买。"她听了，不知有多开心，一下子连冷都忘了。可当她们后来到了知青办时，负责接待的同志听明来意之后，便又是领导在开会，又是这样那样地百般推阻着不想给解决。她妈妈耐着性子等了好半天，来访的人换了一拨又一拨，事情解决了一桩又一桩，却仍旧只让她们母女坐在那里干等。

后来，妈妈终于忍无可忍，拍着桌子问："这事你们今天到底给不给解决？"负责人说："领导都在开会，你这不是个小事。要不，还是等过完了年，你再过来吧！"说着，就要转身离开。她妈妈一怒上前，上去就把个水缸给搬倒，当众砸了。

满屋里立时就炸了锅，所有的工作人员瞬时都喧喧嚷嚷地围上来，满嘴叫着："知青要造反了！"正乱着，只见外面一群人簇拥着一个相貌庄严的女旗长，一路飞走了进来。那女旗长了解情况之后，当下便吩咐说："知青的事不能耽误！马上给解决。给拿四百块钱，再拿两件军大衣，两床新军被！"

当母亲喜出望外地领取到了这些钱物，当她像只骆驼一般，把自己胸前后背都挂满了物品时，她也并没有忘记，又带着女儿回到了那个小商店去，兑现先前的承诺。当时，尚不满五岁的她，在听到那个漂亮洋娃娃要十二块五毛钱时，她犹豫了，满心的激动和喜悦之情，顿时便化成了一腔冰冷。好半天之后，只得硬起心肠，指着立在旁边的那个小小的绿色的塑料娃娃，向妈妈说："我喜欢那个。"因为她听见母亲才刚顺口问了一下它的价格时，售货员说，那个只需要两毛钱的。

妈妈一脸迟疑地俯下身来看着她直问："傻子，那个粉红色的多好看！又大又洋气，你怎么倒喜欢这个？"

她仰着头，无比坚定地说："我不喜欢粉红色。"

……多少年之后，这件事还总是会在不经意间浮上心头来。以致，时隔这么许久，她每每回想起来，都还禁不住要掉泪。这，究竟是因为母亲的不易，母亲的坚韧，还是因为母亲在那般不易的生活中，却仍旧那么疼爱自己的孩子，她倒也说不清楚。但她却深切地知道：当一个尚不满五岁的孩子，懂得从心底里去心疼大人时，一定是被大人的种种真实不易的生活深深震撼所致。

第二十章　悲风·满钵擎来尽落花

1

　　与此同时，穆丹也正沉浸在痛苦的回忆里：她自幼可算成长在一个硝烟弥漫的家庭里。父亲是典型的大男人主义者，虽外表看上去很是清秀俊雅，对外人亦处处谦恭礼让，是当地人交口称赞、闻名遐迩的美男子，但可惜的却是，他的内心，过于冷漠甚至有些冷酷，不但对为之一往情深的发妻如此，对膝下几个可爱的小儿女亦复如是，终日严肃着一张法官脸，从不肯对谁轻易露出一丝笑容。穆丹姐弟小时候都非常怕他，不管是在多么欢乐的气氛中，只要看见父亲远远地走过来，就立刻都变得噤若寒蝉了。对于父亲的冷漠乃至冷酷，让她记忆最深的一次，是在一个即将到来的新年前夕。妈妈因为家里刚刚拿出全部的积蓄为奶奶治病，又赶上了大姨妈病重，大姨妈的婆家人前来告借，妈妈一时陷入了困窘，便不得不赶往一百多里之外的中后旗知青办，请求援助。当时的穆丹看着那些堆放在院子里的尚未能入窖的糖蔓菁①还有待收拾，便顾不得当地那三九天里极致的严寒，学着妈妈的样子，戴了副破线手套，拂去了当院那条小木板凳上结着的寒霜，稳稳地坐了上去，行家里手般地埋头苦干起来：挨个切去那一个个冻得像冰坨一样的块根上的

---

①糖蔓菁：　一种草本植物，叶大，块根洗净后，用算子擦成丝或以刀切成薄片放在锅里熬煮之后，可成糖稀。

尾缨，一刀刀刮净块根上面所有凹凸处的泥巴，刮好之后，丢进面前的笽筐，积满之时，全部倒入麻袋，再以九牛二虎之力，一趟趟将之入窖……

结果，等到天擦黑，妈妈赶回家来时，她已经快变成一幅严寒中的《冰雕图》了。妈妈的眼泪当时就煞不住流了满脸，心疼不已地将她一把抱在怀里，将那一双冻萝卜般的小手塞进自己的棉衣，为她取暖。直到晚饭上桌后，她的一双手仍旧没有完全恢复至伸缩自如之状，因此，她不敢直接触碰热气腾腾的饭碗，就望着身旁的父亲说："爸，你给人家递一下好吗？"谁知，立刻就被父亲一脸冷冰冰地训斥道："多大的人了，说话还'人家人家'的，将来你上了学，是不是也准备跟你的老师这样说话？"穆丹吓得垂了头，泪水在眼里直打转，可是，却不敢让那眼泪掉出来。妈妈一见如此，顿时不受用了，就算是刚刚赶回家来的那一通上上下下里里外外脚不着地的操持忙碌，都没有让她露出一丝的抱怨不快，而现在，她立即满脸怒色，将手中的饭碗重重地摔在桌子上，骂了起来："你他妈的还算是个人吗？你满世界里走夜、串门子，丢下她一个巴掌大的孩子在外面挣命！现在，不但一句人话都没有，还放这样没气力的屁！你要是看这一家子的老老小小不顺眼，你就明说，别一天到晚就知道给我们甩你这张死人脸看！我见你一到了外面，可是美着呢！一看见那些个狐七狗八的烂货，你他妈的能把自己的嘴咧成破鞋！"妈妈越骂越激愤，简直将自己变成了愤怒的母狮。

父亲很快就被激怒了，同样阴冷如铁的额上暴起了一条条青筋，盛怒之下，他一把掀翻了满桌子的饭菜，跳下地去，便与母亲劈里扑噜展开了一场混天恶战。恶战的结果：满屋子满眼的狼藉殄悴，泣涕号啕。几个被这激烈场面吓得魂胆俱丧的孩子中，唯一一个没有哇哇大哭的小妹般若，在眼见妈妈力不能敌时，猛然扑上去搂抱爸爸的大腿之际，被战势正旺的爸爸向前猛冲的重力狠狠地带倒，当即摔得满嘴吐血，连掉了两颗牙齿；父亲在即将休战之际，竟又一把摘下手腕上那块母亲冒着严寒才刚给他买回来的，曾经让他为之向往、念叨了不止一日的海鸥牌手表，狠狠地摔了出去；正在给小妹擦拭伤口的母亲见状，怒发如雷地赶了上去，一顿乱脚助力，将其踏得粉碎……

从小到大，穆丹和两个弟妹的最大愿望就是快快长大，早日离开这个草木皆兵的家。十五岁时，她和弟妹们终于如愿以偿，被母亲带到了天津外婆的家中。然而，当一切的新鲜喜悦和虚与委蛇过后，自小便心事很重，善于察言观色的她，又不免要为平衡与两对舅舅舅妈之间的关系，而时时小心，日日竭虑。平心而论，大舅和大舅妈倒还属于那种心地宽厚之人，只是由于外婆长期在对待两个儿子的态度上的千差万别，致使大舅夫妇满肚子的牢骚怨言，有时，索性就躲着不愿意上门来。而小舅则是典型的花花公子，仗着自己有一副好皮囊，终日调花戏柳，得陇望蜀，且又花钱如流水。婚后依旧恶习成灾的他，有时被老婆抓住把柄，高兴时就哄骗一阵过关，不高兴时，能一脚将娇小的老婆从楼上踢到楼下去。而其妻则是个尤其不能与人真心相处之人——口蜜腹剑，笑里藏刀，明是一盆火，暗是一把刀。穆丹姐弟自到姥姥家之后，没少吃过她的哑巴亏。

有一次，她趁着歇中班的间隙，从一家大饭店里带回来两盒油焖大虾。大约因为自己家离单位太远的缘故，恐怕时间来不及，只得暂时拿去婆婆家里存放，却又生怕被穆丹姐弟发现后，坐享现成，因而，在厨房里那一通地遮藏。最后，只差没有剖腹藏珠了。临走时，还百般放心不下，再四向她婆婆叮嘱道："妈，您可千万别让孩子们乱动啊，不是我舍不得这点东西，您也知道的，绍介就爱吃这一口。"

一句话惹恼了对其积怨已久的般若，劈头就是一句："就请放你的一万个心吧，没人会碰你那破玩意儿，当我们没吃过东西呀！你们平时害了馋痨一样，拽着我妈下饭店胡吃海塞的时候，我见也不是就专好这一口的！"此言一出，噎得小舅妈好一阵的声颤气咽。最后，恨恨地咕哝了句"没教养的乡下野丫头！"愤然而去了。当天下午，穆丹拿出自己的积蓄，找到了因赌气而唆使穆缔也随之一起躲在小花园里的石凳上不肯回家的般若，带着他们到附近的一家饭店去吃这道菜，就是在那个时候，竟意外地与萨向中相识了。

也许真是应了那句"千里姻缘一线牵"的宿论，说也奇怪，穆丹初来天津的那天，正好是萨向中的第一次结婚日。这就成为他二人日后向众人证明"缘分"的有力凭证了。按萨向中的话说："这不是缘分是什么？千里迢迢的，赶都要赶过来阻止，就是没找着算了！"

她认识萨向中时，只有十七岁，当时尚在读高中。两人的一见钟情，乃至日渐交往过密，引发她母亲乃至学校的双重不满和强烈干预。见多识广、终日为几个"小鸟儿"四处奔波的母亲，在第一眼见到萨向中之时，就一言断定，其绝非善辈！因而一脸肃然地警告女儿，最好离这样的人远些，这么小的年纪，应该以学业为主才是正经。而与之最为要好的同学辛依米，亦私下里几次向她揭挑，说她那"白马王子"年纪过大，并数度以自己那位年长三岁的男友例证，伸出三根葱管般的指头来，在她眼前晃动着说，我那位才比我大这么些，我都嫌老嫌冤呢，你可倒好，一下子给自己找了个叔叔回来！再说了，你的那位，可真爱臭贫，看人的眼神也总是怪怪的！穆丹听了，居然胆大包天地向母亲说："您不是十七岁就认识我爸了吗？"气得一向视其如珍宝的母亲，几乎第一次要动手打她；而她在对待好友时，就更是显现了史无前例的过火。先是不以为然地在心里咕哝着："你老人家都这么大了，还娇滴滴地挂在自己老爸的脖子上撒娇呢，你当然不懂得，自小缺少父爱的人的感受和期待了！"少时，竟转沉默为不屑，甚至是尖酸地说，"那是人家天性开朗，这也能算错啊？真是好笑，我倒是要劝你，不要凡事总那么敏感而又太过自我感觉良好了行不行？什么眼神怪不怪的，人家就算再怎么怪，也绝不会看上你这么个又懒又胖，又自以为是的丫头的。"

一天，于外地出差回来的母亲，忽然发现穆丹变得恍恍惚惚的，查看她的成绩单，发现竟是一落千丈。百般盘问，却毫无收获。便到学校去调查，几经周折，总算于辛依米的嘴里知晓了来龙去脉。尤其当她听说，对方好像已有家室之时，饱尝婚姻苦楚的母亲，几乎没气背过气去。回到家，将穆丹这一通责骂，又扬着手向她咆哮，让她从此必须和那混账男人彻底断绝往来！谁知，紧要关头，一向对外人百般挑剔的外婆，居然站出来充当起了穆丹的保护伞，向自己女儿发话道："说实话，我看向中那孩子倒是很不错，我这一辈子见过多少人？论相貌，论行事，也没有一个能赶得上他的！"

穆丹的妈妈气得满眼生泪："都是您给纵的！这才来了几天呀，就彻底变了个人！巴掌大的孩子别的窍不开，找起对象来倒溜溜转！您不跟着批评教育，还一个劲儿在那里撺掇，将来万一出了什么岔子，我怎么跟人家老穆家交代？"

老太太一听，气得直说："得了！你结婚的时候，不也完全是自作主张的吗？当初，你有没有和我这个当妈的打过招呼？后来，不也是直接领着孩子就回来看我了吗？谁又说过你什么了！至于什么老穆家还是老穆的，你最好少在我跟前提起，省得我听得牙疼，这世界上，是个男人就比你那老穆强百倍！"

穆丹的妈妈着急道："我那个时候是特殊情况，我下乡到那么遥远闭塞的地方，当时的交通和邮政都那么不便利，在那样的环境里，我就快连自己的命都保不住了，我怎么跟您打招呼？而说到老穆，他到底怎么样，我心里还能不清楚吗？要不然，我怎么会带着孩子们全都奔您这里来呢？可是不管怎么说，我们当初毕竟也是少年夫妻！可现在，这个死丫头她居然……"母亲强咽着眼里的泪水，转脸又向穆丹发话道："丹丹你听好了，我不是就你一个孩子，还有你弟弟妹妹们呢！你是家里的老大，现在妈妈正处在最艰难的时期，就算你不能替我分担，但无论如何，你也总该给你弟弟妹妹们做个好榜样出来吧？"

话音未落，大门外接连传来了一阵响响停停的摩托车的喇叭声。

穆丹知道这是萨向中来了，这正是他们会面时的暗号。

母亲一见她这副神情，深知必有古怪，起身便噔噔噔一路走了出去。结果，刚出院门，就被她一眼看见了，正倚在巷口那辆进口赛车上扮酷的萨向中。正一腔切齿深恨没处发泄的母亲，顿时像是见着叼走了自己孩子的恶狼一般，向着他，便呼啸而去。

萨向中一见情况不妙，连忙跳上了车，恨不能立时插上双翅。怎奈天不作美，几次发动均未成功，好容易偶然一脚发动成功了，感天谢地地掉转车头没命地飞逃了出去，不料，转眼间，就连人带车，被狠狠地摔了个六脚朝天！

结果，在那方处于繁华地段的小白楼音乐厅的附近，很快便上演了一出"丈母娘打女婿"的好戏。随后赶过来的外婆和穆丹的出现，不啻烈火浇油，母亲越发义愤填膺，打下去的拳头耳光越发又狠又重了。热闹的场面，吸引了无数人前来围观，当人们看清楚、听明白了几分事情的真相之后，一个个全都捂着嘴哄笑了起来："哈哈，可真厉害呀！我这一辈子还从来没见过这么厉害的丈母娘！"

也有拍着手乱笑、喝着声叫打的："好好打！让王八蛋记忆深刻点儿！以后省得闺女受欺负！"

2

与此同时，秦婳也于悉昙里看到了一幕景象：萨向中被穆母当众暴揍了一顿之后，毫无悔改之意的穆丹，被趁着寒假遣送回了老家。然而，隔天隔地却隔不断她的一腔炽热真情。时隔不久，穆母在她的假意屈服之下，重又与之一起返回了天津。不料，后来被一家著名艺校挑选上的穆丹，竟毅然决然地要舍弃金光绚烂的前程，面临与众亲人的反目于不顾，誓要与心上人生死一处。而当她后来得知对方确实已有家室之际，早已经是病入膏肓，回头无望了。萨向中夹杂于情感的泥淖之中，取舍两难，急痛交加。愤怒的穆母几经曲折，终于恶狠狠地找到了萨向中的单位时，接待她的，竟是早已看出了苗头的、谎称是"罪魁祸首的表姐"，以打探事情原委的原配夫人——黄芪。事情一经败露，痴情的五内摧伤，纵情的焦惶忧煎，憎恨的喧乱鼎沸……最后，直落得"破鼓万人捶"的萨向中，有家不能回，有班不能上，罪过一身担。

千衡万虑之后，他索性决定将这段"难如火中栽莲，苦如徒步登天"的恋情进行到底了！因而，各种的考验和磨难便接踵而至：迫于各种情势，二人几次铤而走险，甚至流浪汉一样，双双露宿过街头。接着是穆丹的小舅胡绍介，因为一桩蓄谋已久的、想要借机攀结女强人萨曼陀并与其"强强联合"的重大生意的告吹，恶恼之下，竟寻了个"有家室之人拐带少女"的罪名，凶神恶煞地找上门来与"混账流氓"大动干戈了。在那千钧一发的关口，穆丹不顾一切地冲出来死命相抵，萨向中才总算是躲过了劫难一场。曾多次获得过全市"拳击冠军"的胡绍介，一见平日里娇花弱柳的外甥女，在忽然之间竟然变得力大无穷，恶怒之下，满嘴叱骂道："你这个不知死活、里外不分的臭丫头，你知不知道人家是有老婆的人？你还在这里这么不知好歹！今天，我非替你爸妈好好教训教训你不可！"话音未落，照着穆丹就是几个震耳欲聋的大耳光。

接着便是耍尽了手段诡术，死活不肯离婚的黄芪，趁着穆母和硬是冒天下之大不韪地收留了"一对倒霉鸳鸯"的外婆大闹矛盾、再不肯上门的机会，愤然前来寻衅了。先是暗以言语镇压，接着许以钱物，又不顾颜面，将自己丈夫以往那些人所不齿、罄竹难书之事，全都抖了出来。明里暗里，又将他二人百般折辱一番。不料，又被瞒着妈妈悄悄前来的穆般若听了个满耳。这小丫头，天生禀就风雷之性。一张利嘴，就算比起她的母亲来，也是毫不逊色。她生平最见不得姐姐受人欺负，当下便挺身上前，与黄芪针锋相对起来。虽不具黄芪那般阴微污秽，却也更显威力。最后，将那让人窝心堵肺的话，连本带利，统统给对方还了回去。以致精于世故、巧于雄辩的黄芪，在走出她家的大门之际，还忍不住在内心惶惶惊叹："哎呀，这个家里的厉害人物可真是太多了呀！"从此，再没敢上门来。

再就一直未能顺利离婚的萨向中，在参加一个再婚朋友的喜宴之时，被心直口快的新娘子当众数落了一通："这普天之下，有多少人都在离婚，怎么唯独就你离不了呢？你不回去闹，这事情终究也难有个了结的！我可告诉你，像穆丹这么好的女孩子，惦记她的人可多着呢！你要是还这么拖拖拉拉的，可别怪我这个当姐姐的，日后给我们小妹介绍个强你百倍的男孩子！到时候，你就等着吃你的后悔药去吧……"而大发感慨，便又借着醉意回家大肆泼闹了一回：砸坏了一台电视机，摔折了几条沙发腿儿，将一些杯碗器皿砸得稀烂……已经是柴悔骨立的黄芷，当下疯了一般地扑上去与他对打对撕，一字一口血地历数他的条条罪状。不能自已时，竟也满屋子乱砸乱毁起来，又对着自己一通疯狂戕害之后，竟冲着窗户就飞奔了过去。幸而被萨曼陀母女及时赶来，上去死命地拖住，才没有酿就惨剧。

几年之后的一个中午时分，在黄芷的一番渲染性的挑唆之下，勾起萨母对"那个不顾廉耻的第三者"的满腔愤恨之情。婆媳二人便一起面目狰狞地赶去穆丹的单位，欲大出其丑。始料未及的是，穆丹在单位的人缘极佳，当即便有几个打抱不平的男同事挺身站了出来，险些将婆媳二人做了"神经病"处理。也就那么巧，在那千钧一发之际，萨向中趁着午休的间隙，前来探望刚刚参加工作的心上人了。受尽了孤独苦楚和刻骨羞辱的黄芷一见这情形，心理的防线，彻底崩摧了。她暴怒异常，满脸扭曲，恶毒的咒骂如同暴风骤雨一般地向人打了过去。最后，就连她婆婆都听不下去了，满嘴直劝："哎呀，快别这样了，又何必把话说得这么难听呢！"

黄芷哪里还能听得进去好言相劝？恶怒之下，竟又不能自控地扑上前去，抓打那张将丈夫迷惑住的如花美脸。不料，却被萨向中迎面一脚给挡了回去，紧接着，两个辣辣的大耳光，就落在了她那张涕泗交加、被愤怒扭曲了的脸上。半老徐娘当下悲绝得几乎当众挺尸！她无论如何也没有料到，丈夫居然敢当众打她，而偏袒那"狐狸精"到如此地步！既然如此，索性就与这个天打雷劈、丧尽天良的混蛋拼了！然而，就在悲怛欲绝的弃妇，打算向丈夫做疯狂反扑之际，却不知是何原因，酝酿于心中的万钧之力，在刹那间，竟然变成了一句冰冷而悲怆的话语："早知道你是这样的德行，就该让你做一百回活王八！"

话音未绝，萨向中便咆哮道："你他妈的以为我还做得少呀！"一语既出，真是动地惊天，道出无限消息！而正是因为这句冷然如寒冰侵骨的话，彻底结束了一段名存实亡的婚姻，从而成就了一桩整整历经了六年之久的苦恋。

然而，这桩历尽坎坷的再婚，却也并不尽如人意。新婚不久，被这段情感套牢多时的萨向中，就又逐渐恢复了高阳酒徒的本色。结婚不到一年，就先后上演了"老女人事件"和"东北虎事件"。前者，是在一次打麻将之时被暴露出来的：当时，只有十六岁的穆缔，被姐夫及其朋友们强拉硬拽地凑进了人数，也就那么巧，才刚一圈牌下来，他在一低头之际，正好一眼看见，坐在自己对面那个搔首弄姿、年近四旬的女人，脱光了鞋子的脚正淫样百出地勾搭在姐夫的小腿上。而姐夫则以一脸不动声色的、认为满世界人非瞎即傻的神态，大享花福……回家后，穆缔便将这事悄悄告诉了妈妈。穆母气得直骂："天打雷劈、不得好死的混账王八蛋！"又恶狠狠地骂道，"活该！谁让她有眼无珠，死活不听人劝，放着那么多清清白白的好男孩子不找，偏就跟了这么个缺德下三滥！"骂罢，却又无法就此干休，挟风带火地就给穆丹打去了电话。穆丹起初闻言，很是有些不能相信，然而细一寻思之后，也觉得萨向中近期的行为颇为反常……正在狐疑，可巧，萨向中满身酒气、一脸桃花地晃回家来了，疯傻浪人一般地踢掉两只鞋子后，满嘴叫着："老婆快倒水！"就直冲进卫生间里哇哇大吐去了。

若是换了以往，穆丹早就跟进去服侍照顾去了，可今天却不同。填在心头的恶气，使她一扫从前的温文淑雅，而圆睁起了一双凛然怒眼。正不知该从何处盘查，可巧萨向中的手机响了。穆丹本能地警觉起来。她听到他只"喂"了一声，便立刻像受了要挟似的，将声音压低了。大概是听见了她越来越近的脚步声，竟开始胡乱支吾起来。

顿时，她明白了一切。惊诧、悲痛、羞愤，立时一起涌上了心头，她不知道自己是怎么打开那卫生间的门的，只记得才刚一脚迈进去，萨向中就立刻将那手机挂断了。之后，不上三言五语，夫妻二人就为争夺那只手机，而第一次大动干戈。最后，激烈的争夺战，以那款价值不菲的手机被摔得粉碎而告终。

尽管事后，那"老女人"也曾修饰得良家妇女一般，一本正经地找上门来，义正辞严地为自己和萨向中开脱罪名："丹丹，你这么聪明的孩子，怎么能随便相信外边的那些流言蜚语呢！你看看我这个样子，像是那种不正经的人吗？再说，我都这个岁数了，又怎么可能……我和向中在一起，完全都是为了工作上的事情，此外，要真是还有半点歪的邪的，我敢以我的儿子起誓！"说着话，就红着眼圈赌起咒来。

穆丹听着，便不禁有些心动。却被一旁经多见广的辛依米冷笑着制止了："呵呵，真是好笑，这双簧都演到家里来了！"又两眼逼视着萨向中直骂，"看你这副下三滥的臭德行，你还有什么更恶心人的招数没有？你也就能骗骗丹丹这样的傻子！没心没肺瞎了眼的东西，你就是出去牵头母猪回来，也不比这个来得更恶心！"

那"老女人"被窝了一个狠，正要上去理论，外面响起了急促的门铃声。打开门看时，却是一路尾追那"老女人"而来的，气愤得如醉如狂的她的丈夫。其人面目如煞，恶俗不堪，见着那女人就踏地呼天、俚语成灾地恶骂起来，又发疯一般跳上去，抓着她又撕又打，势如拼命。

当穆丹反应过来，赶上前去劝阻之际，那男人泫然流涕道："你知道她是个什么东西吗！上个星期，我们十二岁的儿子都给淹死了！她这个臭不要脸的，居然还放不下她那点猫腻，还拿着我们那可怜的儿子满世界跟人家赌咒发誓呢！要不是她这个满嘴嚼蛆的扫把星，我儿子哪能这么早死！"哭着，索性从口袋里将那女人的手机掏了出来，公之于众了。原来，她手机上所往来的那些肉麻如林的信息，早已被人家一网打尽，当然亦不乏与萨向中之间的。在一连数十条的赫然文字面前，萨向中的"越轨之举"，可谓证据凿凿。

　　后者，则是萨向中在萨曼陀的鼎力相助下，得以成功拉到一笔巨额投资之后，与投资方中的一个耸肩而行的东北籍的女秘书，也就是那位曹伊兰，所发生的又一场"猫腻"。那个时候，他几乎每天都忙得四脚朝天，身怀六甲的穆丹则由于身体的日渐沉重，不得不整天休息在家里。一天，邻居家的一位大嫂过来探望、帮忙，以表示内心深切的感激之情——其夫原本是个下岗工人，萨向中看着他家生活实在艰难，就在剧组给安排了个颇为丰实的活儿。那位大嫂的为人很是泼辣爽直，倒也是个解闷的高手。一个中午下来，二人就无所不谈了。也不知怎么就说起了当时本地妇女群中流行的一句口号来："赶走东北母老虎，还我好丈夫"，而引发了两人无尽的感慨。那大嫂子情到激愤处，脱口就是一句字正腔圆、掷地有声的国骂，直把穆丹震吓得半天没回过神来，她依旧嗔目裂眦地直说，"明明她们自己的爷们儿不是东西，还大呼小叫、蠢驴一样，吵嚷着要赶走人家！赶走人家就管用啦？要想真正解决问题，那得从根儿上找原因不是？咳，不过话又说回来了，现在的这帮混账男人也真是让人想不通！放着自己家里花儿一样的老婆不理不问，却一个个像那饿狗见了屎似的，专往外面那些破烂货们的身上扑！咱也不明白他们到底图什么！再说了，就是真的要胡来，你倒是走远点儿，也没人知道不是？哼，连个避讳都没有，闹得满城风雨的！到时，再带一身病回来，你说你这可惜了的清白之身，不就光剩下跟着白白倒霉了吗？"

　　那大嫂越说越激愤，越来越口若悬河，直到她发现穆丹的神色陡然大变之时，才猛然住了口。内心里不禁暗暗叫苦不迭，生怕自己这无意间的情不自禁，会给丈夫再次惹来失业之灾。

　　当她惴惴不安地离去之后，资质不弱的穆丹很快就以令人拍案称奇的手段，查到了那曹伊兰的手机号。她打电话叫来了依米，与她如此这般地策划了一番。便由穆丹首先拨通了萨向中的电话，问他在哪里。回答说，在单位。又问在干什么。说，开会。其实，这个时候，穆丹已经听到电话那端的开车声了。她一个眼神暗示过去，身边的依米立刻按照她预先的吩咐，拿出自己的手机，拨通了那东北女人的手机。结果，果如穆丹所料，萨向中那边立即传来了一片手机铃声。并且，随着依米这边的掌控而闹剧般地响了又停，停了又响。

穆丹彻底被激怒了。多年来积压在心底里的委屈、悲怨与羞愤，再次一起涌上心头，她两眼喷火，气咽喉咙，对着那电话咬牙切齿地喝道："你现在马上给我回来！否则，我把你孩子剥出来喂狼！"

话音未落，手中的电话便已被摔了出去。接着，眼前所能看到的一切，也都跟着接连遭殃……以致，一向以专横跋扈拔了尖儿的依米，也被吓怔在了一旁。二人相识这许多年以来，何曾见她发过这样大的脾气？如果不是亲眼所见，她简直都难以想象。

幸而依米机敏，连忙悄悄通知了平日里几位十分要好的朋友一起前来相劝，好友这个金碧辉煌的家，才不致损失惨重。尽管如此，随后赶回来的萨向中还是没能逃过一场激烈的撕裹沸骂。最后，还是几个等着给腹中的孩子做干爹干妈之人齐齐上阵，口若悬河、嗑唾成珠地百般苦劝，才总算稍稍减缓了战氛。又岂料，那之后不到一刻钟的时间里，穆缔竟也发立如松地率领着几个彪形青年闻风而来了，正值气盛之年的壮小伙，满脸的勃然怒色，拨开人群，噔噔噔直冲到萨向中的面前，指着鼻头大骂："姐夫，我今天看在我姐的面上，再叫你一声姐夫！你也这么大的人了，我都不知道该怎么说你！以后要再想玩儿，就玩儿点新花样出来，也让大伙高看你一眼。别他妈的老是犯同样一种弱智的错！"话落手起，唰地就拔出了别在靴筒里的尖刀来，"你今天要是还认这个弟弟，就告诉我那个骚货的地址，要不然，你别怪我翻脸无情！"

那阵势，简直就将几个从小于大都市里成长起来的"干爹""干妈"们震吓得顶梁骨飞了真魂。幸而依米仗着在他小的时候，曾经多次给予关照的情面，壮着胆子上前好说歹劝，死拉硬拽的，才总算让萨向中得了个空儿，溜之大吉了。

　　几天之后，于外地出差回来的穆母拎着大包小裹的婴儿用品，一脸春风地上门来了。穆丹一见到妈妈，泪水顿时如同淮洪一般，扑在她怀里便大放悲声。母亲在其哀天动地、尚且左遮右瞒的哭诉中，多少了解了些事情的真相之后，铁青着一张饱经世态炎凉的脸，许久无言。少时，竟敛怒为喜，拨通了萨向中的电话："嘿，我说向中，你就这么忙啊？可不是我吗？哈哈，我特地赶回来看你们，可你居然连个面儿都不露一下啊！"

　　萨向中起初在看到显示屏上的号码时，心里还七上八下好一阵惊悚。现在，一听到"老娘"竟是如此开怀爽朗的笑声，因而便断定，丈母娘一定还不知道自己家里发生的那场恩怨。对着电话一通讨好之后，便心潮激荡地赶了回去。不料，迎接他的，却是从沙发上暴跳起来的丈母娘将防盗门"嘭"地关上之后，一通劈头盖脸的咒骂，和几个令他眼耳轰鸣的大耳光。他愕愕然一阵头大如斗，这才惊呼上当，忙以双手抱住脑袋，转身夺门没命地逃了出去……

　　逃跑虽则顺利，然而被丈母娘数次痛打的消息，从此，却在朋友圈中盛传开了。萨母知道之后，竟也气愤得几次扬言要去扒老萨家的祖坟！而后来，耿直的老太太是因为小孙女的出世，才真正收敛、消融了对穆丹这个曾经的"第三者"的满腔积怨，放下身价，主动上门来缓和关系了。再就是黄芪母子。尽管通过后来的交往缓和，经过一番彻骨之痛而几乎看破了世情的黄芪，终于打从心里彻底原谅了善良而痴情的情敌。但她却无法阻止来自其娘家的、一个又一个的亲人们灌输给儿子的无尽仇恨思想，他们煞费苦心地对一手营造了自己亲人大不幸的穆丹大肆侮辱、歪曲、谩骂，仍嫌不够，又进一步地陷害、栽赃，使她的形象几乎与魔鬼画上了等号。以致萨迦终日咬牙切齿，蠢蠢欲动，暗暗寻找着一切机会，欲将"狐狸精"置之死地而后快。

3

　　一个月后，穆般若独自出国留学去了。临行前，她给墨麟羲留
下了一首诗：

是谁，把千生万世的思念
开成了一树的禅？
最初的一眼，
就已深印在心间。
熟悉的笑脸，未变的容颜。

是谁，把万世千生的寻觅
踏成了一道天渊？
沧海桑田，时空幻变。
我哀伤叹息的火焰
把夜空映成了花坛，黑夜烧成了白天。

万世千生，唯有梦中，可以
不再伤叹，
可以不再熬煎。
任你融我千生冰霜，
凭你慰我万世孤单。

千生万世，唯有梦中，
残缺的心可以瞬间圆满。
万世千生，唯有梦中，
劫劫的残梦，才能留待今生同圆！

第二十一章　迷情·燃着火焰的鬼

1

穆般若的这首诗，后来被墨麟羲谱成了古琴曲。他为之命名《相思子》，此后，这首曲子便成了他所有古琴音乐会的压轴曲目。全曲深情缱绻，缠绵悱恻，感人至深。

转眼，又是一个秋天。穆般若今天回国。

他和她，已整整三年没有见面了。

般若在飞机上，于一些报刊上又看到了对墨麟羲的各种报道：

> 他宏览博学，精通诸艺，身体力行捍卫自己的信仰，视复兴国学为己任。现于京郊一处山清水秀之地开设一家民办学校，旨在复兴国学，以德兴国。回归一种真正的民族精神、爱国情怀……他认为，我们祖先的文化，是一种超乎科学之上的永恒的东西，它既有深度也有广度，任何时空的人去解读它，都可以从中获得答案、获得收益。随着人类社会的发展，不仅是在中国，就是西方社会也会认识到这一点。博大精深的中国传统文化是人类智慧的精髓……

她不觉会心一笑，她知道，他的那所民办学校，是在两年前鹿归之、安茜香和她姐姐的一场偶然的谈话后创建的。当时，几个人一致感慨说："现在的年轻人，简直就没有什么理想。他们的理想就是买房子，买车。"又无限叹息地说，"现在的一些大学里，已经不是以育人为目的，而是以盈利为目的了！何谈真正的教育？"

因而，经三人再三讨论、商榷之后，便共同出资，创立了这所"复兴国学，以德兴国"的学校。

京城之秋，第一印象就是绚烂。秋里漫洒着太多的期许与浪漫。绚丽的红叶，一丛丛，一簇簇，重重叠叠，梦幻曼妙。成百上千种的树木，在这脉脉秋意中，迎来了自己生命中最为辉煌的时刻。

秋风一起，那些数不胜数的银杏树叶儿，就像新被发现的宝藏一样，唰地点亮了人们的眼睛，直明快到人的心坎儿里去了。

位于植物园寿安山麓的卧佛寺，又名十方普觉寺。寺内古树参天，花木扶疏。墨麟羲和般若穿过琉璃牌坊、山门殿、天王殿、三世佛殿，一径儿来到了卧佛殿，看见一尊大铜佛，右手托腮，安详闭目静卧。铜佛周围，环立着十二圆觉。

般若若有所思地望着那尊大佛，良久，将目光落在了墨麟羲的脸上。

刚才，他们一同去了旁边的碧云寺罗汉堂求了签，那里求签的方式，很是新奇。堂内共有五百零八尊罗汉像，求签者完全可以随自己的心意做出决定，觉得自己和哪尊罗汉有缘，便从哪尊开始数起，再以自己的虚岁年龄为界定，一路数去。比如墨麟羲虚岁正好二十九，便从与自己最有缘的那尊罗汉开始，一气走过二十九尊，这时，将第二十九尊罗汉名和编号记住，便可以到堂内的工作人员处，去领取示签。刚才，他抽到的是第三百七十二无垢藏尊者①，题记：

> 跋山涉水求佛道，

---

①无垢藏尊者：据《大宝积经》卷二十九记载，有一佛国世界，名遍清净行世界，其佛名为普花如来，无垢藏尊者是普花如来佛前上首菩萨。佛陀在摩偈陀国菩提树下初成道时，无垢藏菩萨率领九万二千诸菩萨众前来听法。

佛法栋梁掌权衡。

为度众生常说法，

六根门头放光明。

般若抽到的是，第八十三三昧甘露尊者①，题记：

镇慑魑魅真威严，

甘露福水洒人间。

仁者当以善为本，

见义勇为美名宣。

般若觉得那签很有些意思，便禁不住一再地回味。

正想得出神，可巧，那边走来了褚晋枫和秦芙。大家寒暄着，便一起走出殿门，相约着，向西北方的樱桃沟去了。

樱桃沟是一条外广内狭的峡谷，漫沟的红果，遍布其间。两侧山峦，空阔无际，一袭清泉顺沟而下，幽静的秋水上倒映着西山的薄影。漫谷的红叶，就像是一片燃烧得漫无涯际的幻梦一般。木桥栈道穿溪而过，蜿蜒曲折。水源头泠然出现：两山相夹，小径如线，乱水淙淙……

几个华丽悦人的身影，这一路行来，回头率真是达到了百分之二百。不少游人竟也纷纷学着他们的样子，不时拾捡些完整的银杏叶，效仿古人相赠，惠而不费，暗香残留。这时，一面听着潺潺的水声，一面对着自己心头萦念之人，何为人生，何为幻梦，早已浑然不知。

此际，褚晋枫正不错眼珠儿地看着般若，深深感叹着造化的神奇。每次一见到她，他就打从心眼里兴奋，只觉得，世上有这样的女孩儿，真是一件令人神魂皆醉的事。咳，真不知墨麟羲这个平常

①甘露尊者：为五大明王之一，行使佛的教令，他威武尊严，善恶分明，博爱贤善，英勇果敢。

的寒士，究竟有些什么过人之处，竟能赢得她这样纯洁的爱情。

更让他刺心的是，三年前，秦芙从她姐姐的那场婚礼上回来后，他们的恋爱关系，本来已经是确定下来了的。不久，他还向她求了婚。她原本是答应得好好的，可是，却在穆般若才出国后的不久，她就忙忙地跟他解了约。这其中的原因，她即便不说，难道，他自己的心里还不够清楚么？

般若此刻也正凝神注看墨麟羲：时间似乎并没有给他留下什么印记，他依旧丰神俊雅，一派天仪。生活的磨难也不曾对他有丝毫的影响，他依旧那么纯净、不染杂质，宛若一泓清泉……

不知不觉，就来在了樱桃沟著名的景观"木石前盟"处——一个陡斜的崖壁上，一株仙柏于一方巨石中袅娜而出。木与石盘根相生，骨肉相连，筋脉浑然一体。石后，水声渐渐，菊英乱逐。旁边不远处，有一块状似元宝的巨石。由于那元宝石是倾斜耸立于崖上的，人站在下面观望，就不免要担心它会滚落下来。据说，当年居住在附近黄叶村的曹雪芹，就是受到了这处景致的启发，才有了《红楼梦》里的"木石前盟"的诞生。

这时，墨麟羲正看着那块巨大的"元宝石"，不住地出神沉吟。

般若在旁边感叹说："形体倒也是个灵物了，只是没有实在的好处。"

褚晋枫笑道："是啊，它如果真有实在的好处，当年，曹雪芹也不用'日望西山餐暮霞''举家食粥酒常赊'了。想必当年，曹公每到没饭吃的时候，就会常常来到此地，仰天嗟叹：'宝贝宝贝，你要真有些实在的好处，那该有多好啊，要知道，文学巨星也是要吃饭的呀！'"

众人不觉都笑了。

般若不由在内心感叹着："钱有两戈，伤害古今人品！"她今天才一回来，就听到了一桩因为钱财而闹出的荒唐事：蓝腊梅在她小妹离世后，竟逢人就说，她之所以会遭遇如此惨祸，都是因为她没有信仰、信口诽谤宗教的报应！一面又四下里忙着，要把人家生前的财产尽数收拢在自己的名下。谁知，蓝媚黛留下的三处房产，竟有两处的房本上是写着她和自己那个哑巴弟弟的名字。蓝腊梅一见，险些没被气死，拖着日益沉重的病体，硬是费尽心机地折腾了将近大半年之久，才总算如愿以偿地把她小妹生前的全部财产，都争到了自己的名下。谁知，还没来得及真正得意几天，竟然癌症扩散，一命呜呼了！她霸下来的那些财产，就又顺理成章地落在了她丈夫的名下。

她那丈夫，就把这笔轻易得来的大横财，大方地分送给了他外面的几个情妇。后来，终于因为"重婚罪"进了监狱。也因此，才让他清楚地知道了，他的那些分散在各处的情妇们给他生出来的四个子女中，竟有三个，都不是他的孩子。

"咳，可叹世人，一个个竟是如此昏痴迷昧！为了名利、情欲之私，竟能这般不顾亲情礼义！"般若正在那里不住地叹息，旁边，竟不知从哪里直冲撞上来一个血气方刚的小伙子，望着那"元宝石"，就直扑了上去，一面顿足嘶嚷道："雪芹兄！我来迟了！我来迟了啊！"

引得下面的一班和他同来的同学们轰然大笑。那小伙子愈发神采奕奕然地叫嚷道："我要是早来一步，早得和你结交，也不枉生了这一世。我要是早来一步，早得沐浴慈诲，这满身的锦绣绫罗，也不会空裹了我这棵枯株朽木；每天的玉食珍馐，也不会白填了我这粪窟泥沟……"

下面的同学，愈发爆笑滔天了。那小伙子也翻身笑瘫在了那石头的下面。

般若原本看着他便觉得有些眼熟，这时见他翻过身来，才发现竟是萨迦。

萨迦在那边自鸣得意地大说大笑着，猛一抬头，看见了这边的几个人，顿时便是一怔。少时，甚是难为情地跃起身来，招呼也不和众人打一声，便自顾一径儿飞也似的去了。也就那么巧，迎面竟又碰上了意气风发而来的穆丹和秦婳与小豆蔻。萨迦正跑得收不住脚，一见着秦婳和可爱的小妹妹，这才哧溜哧溜地停下来了。缘分之奇妙，是难以说清的。听说小豆蔻开口说话时，第一声喊出的，竟然是"哥哥"。而就是这一声"哥哥"，令萨迦大受震撼之余，前嫌尽释。小豆蔻那双幽黑的眼睛，更是攫住了他的心，让他越看越爱……

现在，他挟风带火地在妹妹红扑扑的小脸上亲了一口之后，便又继续向前跑了出去。穆丹在后面直喊："别跑那么快，看摔倒了！"却没能把他叫住。

2

此时，众人已经纷纷走上前来，和穆丹打招呼了。

如今的穆丹，已非昔日可比。她现在已是一家鼎鼎盛名的上市房地产公司的董事长了。三年前，萨向中因为曹伊兰终于别嫁他人，当众不能自己地表示出了恋恋好感："她这一嫁，不知会有多少男人要黯然神伤啊！"致使穆丹怼愤难言，觉得丢尽了颜面。因而便发誓，从此后，再不在任何公开场合和他一起出现。后来穆丹越想越气，竟多少次动过离婚的念头。后来，又被婆婆看出了苗头，将那些"天道忌满，人生在世，本就苦短，就算再怎么敞开了活，也不可能尽如人意，也不可能活出一朵花来""夫妻不可彼此仇恨，但是过于情笃也会遭到天嫉……孩子啊，责任啊"的话，说得天花乱坠、地涌金莲一般。

经过很长一段时间的心煎如沸和深思熟虑，穆丹便自己创办了一家公司。起初，身边所有的人都当作笑话看。大家都认为她这么古板的一个人，居然有胆量开公司，实在太好笑了，都准备看着她发发脾气后，草草收场也就算了。却不料，令众人大跌眼镜的却是，经过初始期的一段低谷之后，她的生意竟日趋红火了起来。一次聚餐时，一位"太子党"的人物，欲借机轻薄，拿着自己刚吃过东西的筷子，夹菜喂她，她一脸的凛然不肯俯就。幸而辛依米及时在旁插科打诨，引开注意力，又将那"太子党"递过来的菜，一口接在自己嘴里，将恭维的好话说了无数，才算替她解了围。那"太子党"，起初见穆丹这副不开化的样子还十分生气，后来经过多少次的试探接触，觉得她的确是一枝独秀。从此便不再刁难，总是尽心尽力地帮助扶持，终于，使她的事业如鱼得水，如日中天起来。

如今，大家各忙各的，平时已经很难聚在一起了。没想到，今天一个偶然的郊游，竟重又将他们聚在了一起。说话间，大家很自然地说到了展昙娜，都不免感叹着说，已经有很长时间没有见到她了。

穆丹更是再三叹息地说："这展昙娜也是，招呼也不和大家打一声，就悄悄搬家了。现在，很可能又是躲在哪个'万劫不复'的'远古深渊'里，埋头搞她的学术翻译去了。"

秦婳说："有一次舅妈带我去参加一个'海外联谊品酒会'，我看见过展姨呢。"

般若笑道："哦？是吗？那她就没给你们留下新的联系方式吗？"

穆丹便在秦婳的身后直摆手。后来，拣了一个恰当的时机，才走过去压低声音向她说："哪里，她那次一定是看错了。那次的联谊会快要结束的时候，她忽然指着一个十分华丽的女人的身影，说那是展昙娜。我一看，那是个极其拉风的女人，虽然，我只是看了个侧影。可那样的人，怎么可能会是展昙娜？再说了，那种场合，她轻易大概也是不会去的。"

展昙娜此时正站在自己新家的一个大梳妆镜前，陷入了沉思。

不久前，她刚做了一个堪称完美的美容手术——将自己左颊上那个因车祸导致的疤痕彻底切除了。

她觉得自己的命运，真是悲惨至极。仿佛从一开始，就和不幸订下了盟约。想当初，自己风华正茂之时，势力凉薄的两个哥哥，就一心想要拿着她当摇钱树，好钓个金龟婿回来，让全家人都跟着平步青云。可当她不幸遭遇了车祸之后，他们便一个个摇头跌足地远远地躲开了，关键时刻，不但没人愿意为她筹措医药费，两个哥哥在避无可避之下，竟逼着向他们苦苦哀求的老母亲打欠条。在那段黑暗无依的日子里，真是让她胆破心寒。同胞骨肉尚且如此！那时候，她才恍然大悟，难怪佛经上会说，这是一个五浊恶世，一切都是根本靠不住的。那时候，她甚至想到过要出家，从此远离这个刻薄寡恩的社会。而后来，她的遇人不淑，更又证明了上天的喜欢畸零。记得上高中时，曾经有位男生当众预言，说就凭她的一张脸蛋，就能抵得上全体女生苦苦奋斗一辈子的。当时，她还为此动了好长一段时间的气，觉得那是对她人格的践踏和侮辱。而后来，当那场不幸的车祸降临后，她在四面楚歌的情形下，不得已嫁给了才貌平平、家境平平的鹿蒙之，那些个先前紧张得连气都喘不匀的女同学们，才终于一个个狠狠地长出了一口气……一想起这些来，她就感觉自己的整张脸上，到处都是炸裂的伤口。

不知为什么，近一年里，她竟频频做着一个奇怪的梦：鹿蒙之常常泪流满面地站在她面前，直向她说对不起，说他之所以会走到那一步，全是被褚晋枫给害的！

梦醒之后，她会长时间地又陷入一种无比哀伤的情绪之中。她觉得，这绝不是一件寻常之事，因而，为了要弄清楚究竟，她开始试探着有意接近褚晋枫。最终，她选择做了殷夫人的兼职翻译。

当晚，一回到家里，穆丹就直问般若："那个褚晋枫，到底是怎么回事啊？"

般若吃惊道："他怎么回事我怎么知道？"半天，又说，"你怎么回事，话说得这么糊涂，想搞什么迷魂阵？"

穆丹便说："难道，你就一点儿都没发觉，今天在樱桃沟，他看你那眼神儿，都能把人给烧化了吗？难怪，这么多年了，他也不和秦芙结婚。"

般若正色说："你到底想说什么？不是说是秦芙主动悔婚的吗？"少时，忍不住又笑又气地说，"他们之间如何，好像和我没关系吧。"

穆丹便叹着气说："般若，我这可都是为了你好。既然，我能这么问出来，就不怕惹你不高兴。虽然那个褚晋枫，的确无论从哪方面来说，都优秀得没话说，但是，如果你心里根本就对他没有一点儿意思的话，那么，以后就要尽量远着他一点儿。感情这种事，最怕的就是稀里糊涂，纠缠不清。到时候误人又害己！这么说吧，就算你心里没有他，你能保证他也不对你想入非非吗？我的话就说到这里，该怎么着，你自己看着办好了。"

话音未落，褚晋枫的电话就追了过来。说明天下午两点中国美术馆有个大型美术展，就在她姐姐公司的附近，他想邀请她一起去。另外，他还有一个礼物要送给她。

般若听着，不由得就抬眼看了看她姐姐。穆丹的眼神里，已经充分说明，她已经知道那打电话的是谁了。

般若略沉吟了一下，说了声："好的。"就关了电话。

直把穆丹惊得呼天大叫："你看看，我说什么来着，你这丫头这是人大心大，在国外待了几年，你也学会玩火了是不是？"

般若也不解释什么，自顾转身回房休息去了。

转天，褚晋枫如约接到了般若。一路之上，他都笑声朗朗，快美难言。只觉得一股热血激荡在心间。他不禁又想起了几年前，他邀请她去参加红学会组织的那场会议之后，又精心安排的那个画展来，结果，却给她婉拒了。因而，在那场画展上，气呼呼的他就只记住了一幅名为《曼珠沙华》的画作，画的是一种开得像血一样的花，听工作人员介绍说："这就是传说中，生长在三途河边的接引之花。因其红得似火而被喻为'火照之路'，也是黄泉路上唯一的风景。"又说："当一个人的灵魂涉过忘川，便会忘却生前的种种，曾经的一切都留在了彼岸，往生者，就踏着这花的指引通向幽冥之界。这种花的花香，能唤起死者生前的记忆……"

这时的般若却目光沿着鼻梁，淡淡地问他比较喜欢哪种风格的画。

他笑得满脸生花说："当然是中国的文人画了。"

般若沉吟着，又问："为什么？"

褚晋枫迎视着她的目光，那光束令他心魂皆醉，悠然神往。他感觉自己费了好大的力气，才让自己镇定了情绪，重又回到话题上来："我们中国的书画艺术，在长期的历史发展中，形成了在世界上独树一帜的民族艺术。就书法而论，我国的书法是'情动形言取会风骚之意，阴舒阳惨本乎天地之心'的艺术。而西方国家则不同，他们的文字书写技巧，没有绘画与书法相通的认识。而中国的书画艺术则互为影响，到了元明时期，更涉及以文学、诗歌作为创作命意的补充与发展，同时，还通过各种雅谑、机趣，给观者以启迪和感悟，这，就是中国文人画的特点！"顿了顿，又说，"我觉得，这文人画，其实就像真正第一流的美女。她丰富、高妙、至真至美，充满了智慧，是一般的俗人根本无法看懂的……就像你……"

般若起先一直凝神静听，不住微微点头。现在，听了这番话，依旧泰然未变，只是淡淡地说："当今有一位书法大家，王学仲先生。他正是新文人画的倡导者，你该知道他吧？"

褚晋枫虽有些诧异于她的过分镇定，但还是一脸敬服地直说："那是当然，王老先生的大名，我可是太知道了！就连一代宗师徐悲鸿先生都称他是'禀赋不凡，盖由天授。方之古人，在唐则近北海，宋则山谷，明则倪文征、王觉斯，而非赵、董世俗之姿可相并论。'"

般若便笑道："我曾经去参加过王先生的一次画展，其中，有一幅题跋为'漫逐桃花不解饥'的文人画，给我留下了非常深刻的印象——画的是春暖花开的时节，河里，两只野鸭，前面的一只，只顾追逐那些随风飘落下去的美丽花瓣，到了最后，直落得饥肠辘辘，一无所获。而后面的一只，嘴里叼着一条鱼，正得意入神、意足心满地享受着自己的成果……"说到这里，她抬起那双慧海灿然的眸子来，看着他说，"这幅画，要告诉我们一个什么样的道理，相信不用我说，你也是明白的，对吧？"

褚晋枫的脸瞬间便惨白了，像是遭了雷击一般，像忽然失去了脊梁一般。他感到一种从未有过的失望和虚弱。这对于他这种久处顺境而又心高气傲的人而言，简直是一种从肉体到精神的重大打击。他两眼怔忡，魂魄失守，一只手不由自主地摸向了那把藏在口袋里的，未曾给出的豪车钥匙。

般若又说："谢谢你对我的一片近乎错误的谬赏。不过，我觉得，我们彼此，都有更加合适自己的人选。你说呢？"说着，便让他停了车。临下车前，又郑重向他说，"秦芙实在是个非常难得的好女孩儿，希望你能好好把握和珍惜自己的缘分。如果你不能全心全意地对她，那么，就请不要再继续伤害她。"

3

辛乌头的突然出现，让辛依米简直吓得发呆。

她已经瘦得只剩一副骨头架子了。两只深陷进去的眼睛，发出迷离、晦暗的光："姐，你有吃的吗？我饿得…快撑不住了！"

依米一听，顿时满眼泪涌，也顾不得多问，一把将她拉在怀里，又怜又恨地带去转弯即到的胡同口，给她买东西去了。

来到胡同口的第一家烤肉店，辛乌头一眼看到那些半熟的，正在烘烤着的肉串时，竟再也等不得，劈手就抢过一把来，也顾不得上面还带有斑斑血迹和店主的连声惊叫，就只管没命地饕餮起来。

辛依米在旁边看得泪水直流。对于自己这唯一的亲妹妹，她真是又恨又疼——她天性放荡，行为诡僻，男人征服世界，她征服男人！为了能有一刻不在痛苦的泥淖中挣扎踯躅，敢于向生活做出任何大胆的赌注。三年前，她把鹿蒙之经八方筹措才抵换过来的那套她的前任男友的"婚房"急急出手之后，才终于赢得了一个家境十分普通的二婚男人的青目。婚后依旧恶习不改的她，一年前，禁不住坏人的怂恿诱惑，背着丈夫，扔下不满周岁的孩子，就一个人跑去了南方。任凭家人怎么寻找联系，都杳无音信。万没想到，如今，竟是这样落魄而回。

辛依米几乎使尽浑身解数，问她这一年都出去干什么去了，她总也不肯说。现在，她是有家不能回。

她的丈夫无论如何都不肯再接受她，她就只有先硬挤在她姐姐家里了。

依米的婆婆本就对她娘家人意见重重，一见到乌头，更是天天毁骂不绝了，直闹得家里狗跳鸡飞，再无一刻的安宁时光。

慢慢地，甚至，就连依米也开始嫌弃她了。因为不好明言，便总是无故寻隙。这天，辛乌头因为实在太想孩子，却又浑身上下找不出一分钱来，本想开口先跟依米借，又怕惹她发怒。无奈之下，只好到胡同口，向一个摆烟摊的老太太悄悄借了二百块钱，给孩子买了些简便的礼物带了过去，不想，却被她丈夫的现任女朋友照着脸就给扔了出来。更让她万万没想到的是，她那不懂事的亲生的孩子，看着她的眼神，竟像个受了惊的小鬼儿一般，居然抱着那个凶神恶煞的母夜叉，满嘴呜咽着直喊"妈妈"。那一刻，她的内心里才一阵阵地痛切上来，却也只是木在那里，说又说不出，骂又骂不得。那时只觉神昏气堵，心似刀戳，意如油煎的一般，喉内早已是涩的苦的咸的酸的，绞作了一堆儿。

这事后来让依米知道了，当着全家人的面，把她好一通地痛骂："你怎么这么不要脸？二百块钱你也跟人借，居然还是个摆烟摊的老太太，你倒好意思！你还有什么比这更恶心下作的招数没有了？！你现在想起你的孩子来了，你早干什么去了？当初要不就别结婚，既然结了婚又有了孩子，你倒是凡事克制一点啊，结果还是那么浪，活生生把个家就这么给毁了！"

辛乌头被骂得狗血喷头，无奈人在屋檐下，也只好忍耐。还有一次，她因为禁不住媒体对墨麟羲的宣传，便慕名到他的学校去听了半天课。这样一来，她不禁又浑身热血沸腾、满脑子浮想联翩起来。她也真是恨，到底为什么，她穆般若就这样走运？她都两手一甩，把他丢下，出国整整三年了，可他居然还是对她那么一往情深痴心一片！从小，她们一起长大，为什么她就处处占尽风光，什么好事都让她给赶上了？

这事后来竟又被依米看出了端倪，结果，又把她劈头盖脸好一通沸骂。

这天一早，依米又在她那辆新买的车里，向她大叫大嚷："我的那些化妆品呢，怎么就不见了？你到底看见没有！那可是丹丹才送给我的生日礼物，八千多块呢！"

辛乌头一脸无辜且气哼哼地说："我没看见。"

依米红着眼睛直嚷："难道有鬼了？除了你和我，这家里难道还有别人会用得着吗？"

辛乌头极力忍耐着说："你再好好想想，别是放在别的什么地方，自己想不起来了，在这里乱埋怨。"最后，甚至于要赌咒。

依米哪里能听得进去，只管瞪着眼乱骂："你还想指天地以证鄙怀，引神明而鉴猥事吗？我可警告你，你可要小心一点儿！你小心加速你的灾祸报应！"又学着她婆婆的腔调，肆行海骂了起来："不要脸的东西，上梁不正下梁歪！只会偷嘴吃腥，坐享其成，谁对她越好，就越去祸害谁！眼皮子又浅，手爪子又贱，现在，干脆算计到自己人的头上来了！"正骂得难止难歇，随着猛然一个急刹车，那一大袋子被她掖在副驾驶座位底下的化妆品，"哗啦"一声，全现了出来。

依米一看，顿时傻了眼，这才将一张泼天大嘴给止住了。再看那辛乌头，顿时立着眼向她反骂了回来："你这母猪现在还有什么话说！是我拿了你的吗？你不就是看我现在没混好，你就和你那母猪婆婆一起，这么动黑心往死里欺压我吗！在人家穆丹姐妹面前，看看你那孙子样！"又一连大骂了半天，一脚踹开了车门，便一路飞走了出去。

辛乌头因为不能忍受姐姐的刁难愤然离去。走投无路的她，最终再次投靠在了鱼相礼的旗下——原来，她一年前的那次突然失踪，就是因为经不住这鱼相礼的大肆吹嘘，才远赴广东，去拜见了一位被当地人奉作"君皇"的得道高人。其实，不过就是一个附佛外道、炮制邪说的不折不扣的邪教骗子。刚见面时，在那"君皇"的贴身大弟子的暗示下，她除了给自己悄悄留了些回家的路费之外，所带去的两万多现金，全部都缴了"拜师之仪"。那位"君皇"，才不动声色地向她看了一眼说："倒也是个有造化的。"就让几个弟子把她带去了斋堂。晚上，那"君皇"的一名贴身女弟子走来跟她说："师父说你本来是个很有福气的人，可是因为你这一世里贪嗔痴的习性太重了，现在身上附着四个邪灵，必须要先跟着师父闭关七天，才能把那些邪灵全部超度走。"接着，就又让她再拿五万元闭关费。她正气得想要骂人，不想那位"君皇"，竟亲自走了来，远远地站在外面向她看了一阵，又一语不发地笑着走了。他那位女弟子就又峰回路转地说："只有跟师父闭过关的弟子，才能迅速让自己修炼到一个很高的境界。只有修炼到了一个很高的境界之后，才能把自己身上的所有邪气、厄运，全部驱走。通常，大部分普通的弟子，是根本没有这个福气和资格的。师父刚才既然能亲自走来看你，想来你的慧根当真是不浅。那么，你先跟我走吧，但是要记住哦，今天，你可以先去跟着师父闭关，可那闭关费，以后还是要如数交上来的哟。"

结果，当天的所谓闭关，竟是那位"君皇"和她进行的一次"男女双修"。事后，那人竟恬不知耻地跟她说，只有这种修行，才可以让人迅速达到最高的境界。又说，他的精液是高能量物质，世间绝无仅有，能让女性益寿延年，她可是占了天大便宜啦……

后来，她就这样一直被这个冒用宗教来大肆神化自己的骗子组织利用，按着他们的吩咐，每天为之制造、散发着各类迷信邪说，四处蛊惑愚骗他人。终于有一天，这个邪教组织被警方一举端掉了，她才落得个惨败而归。

很快地，辛乌头就被那鱼相礼和他的新搭档殷夫人（殷肃自从失去儿子的那天起，就对天发了誓，从此再不过问人世间的咸酸了）教唆得重操贱业了。她和这二人可算是各取所需，无所不至。凡世上的邪恶龌龊之事，全都参与——殷夫人旗下所属的十几家企业，经营房地产的，多数都是通过不正当的手段，用低价买进、天价卖出去的土地污染指数完全不达标的建筑，甚至有一半以上的地段，都使用的是才搬迁的化工厂的土地。人一旦住进去，运气好的，三五年之后，就频频感染各种绝症怪病。运气不好的，半年之内，就会被直接送进火葬场里去了；而那些经营文化产业的，就无所不用其极地尽日祸害着人心，总之，什么能让人活得道德全无、五观尽毁，他们就大肆鼓吹什么，大有不把人世间每个人都弄得"色欲迷心""兽血沸腾""罔顾伦理"，就誓不罢休之势；至于什么女人刮骨整胸，男人肾虚肾亏之事，也是无所不涉。

没多久，随着辛乌头通过他们的层层审查考核，竟又在那殷夫人的操纵摆布之下，冒胆从事起了毒品生意。

4

这天，在辛依米锲而不舍的严密追踪之下，终于把韩鑫和他的初恋女友当场堵在了床上。依米当下气得如疯似魔，三人瞬时就裹成了一团。

混战的结果是：依米当晚割腕自杀，被送进了医院急救。

穆丹得到消息，匆匆赶过去看她时，见她脸青鼻肿，左眼和嘴角处满是乌青和抓伤。当时，她正百般挣扎着不肯与医生合作，声嘶力竭地只喊着要去死。最后，还是穆丹上去制止了她。她一见了穆丹，便一头扎进她的怀里去大放悲声："他在外面偷人，他居然还动手打我！他居然和那婊子一起打我！"直哭两眼一黑，直挺挺死了过去。医生护士们便又是好一通的抢救，好半天，她才总算气转回声。仍旧一面哀号一面诅咒，口口声声只要去死，又满嘴尖叫着说，就是死，也绝不让那对奸夫淫妇如愿所偿！

穆丹看看两旁无人时，上去死死抓着她两只手骂道："你安静些吧！当初那么劝你，你就是不听！好好的日子不过，你非要出去作！现在就只剩下这点出息了吗？走走走，我带你到镜子前看看去，你看看你现在究竟还有没有个人样子了！"辛依米听了，一发哭得脚蹬手刨，呼天捶胸："让我去死，让我去死吧！我知道，这都是报应，我就是现在立刻死了，也不配有一个人来管我，来同情我！"眼看又伏在床上，连气都没了。穆丹一发急怒冲心，满口喝道："说什么屁话！你就是犯了杀头的罪，就算全世界的人都离你而去了，你也还有我呢！我管你！"依米听了这句话，才又"嗷"的一声，哭了出来，又抱着穆丹，直哭了个魂断，才总算是把要轻生的念头给打灭了。

穆丹气得一出病房就给韩鑫打去了电话，问他现在到底想干什么。

韩鑫未说先咽、欲说还羞地好半天之后，才说："当初，我是可怜她居然有那么一个没有人格底线的妈，我怕她小小年纪，就被她妈给活生生断送了，所以，我才决定要把她娶回来，好好照顾她，疼她一辈子的。谁知道……她们家人那种没有底线的人性，是骨子里遗传下来的。她和她妈……简直越来越没什么两样了，甚至更坏。可惜我搭上了自己近十年的人生，我才彻底明白了：善心，也是不能轻发的。"

穆丹拿着电话的那只手，不觉颤了一下。韩鑫为人厚重笃实，言不轻发。今天，既然说出这番话来，看来，他和依米离婚的事，是势在必行的了。她只得长叹一口气说："你要做什么决定，我不干涉，也无权干涉。但是韩鑫，我决不允许你再和依米动手。是男人，就要有男人的样子。再说，做事情，总得先解决好了一头，才好再重新开始另一头的吧？你们这样相互以恶治恶地报复下去，究竟，对谁有好处呢？"

韩鑫沉默了好一会儿，说："保证再也不会了。等她出院了，我就和她正式办离婚去。"

虽说这早已是穆丹意料中的结果，但是，亲自听着韩鑫这样说出来，她还是禁不住一股凉气直侵心窝。

这里才刚撂了电话，萨母又打来了电话说，黄芪被摔成了重伤。

袁拓的乖戾贪婪和他女儿袁骊珠的豪横跋扈简直交相辉映，让黄芪头大如斗，有苦难言。这天，就因为有人夸了句秦芙长得漂亮，便遭到袁拓的一番信口诽谤："漂亮有个屁用，私底下，还不照样是破鞋一个？听说，早就让人把她和那褚晋枫捉奸在床了。就褚晋枫那小子，那外面的女人还不得有两火车呀？就她那样的，还能有个好？"

黄芪听了，简直忍无可忍，就说："你怎么好像天生就和好女孩儿有仇似的，为什么竟和一个素无往来的姑娘都这么过不去呢？人家好与不好的，碍着你什么了呀？"

他不仅不肯承认错误，还只管横鼻子竖眼地强辩，说谁谁光是亲眼看见褚晋枫和各种女人开房，就不下几十次。又说，上个月的一场聚会上，某位领导人的大秘，当着众人的面，就一屁股坐在了他的大腿上，他的裤裆里当即就胀得那么老高，好家伙，就差没当众色情上演了。黄芪听得实在生气，但也不屑再和他争辩。

他一见黄芪又不理他了，就一头钻进书房里，替他新收的一个女学生修改论文去了。结果，几万字的文章被他一口气精简到了不到五千字，他拿起来，重新正看三遍，倒看三遍，觉得那死气沉沉又臭又长的文章，竟能被自己修改得如此尺水生波、抑扬尽致，有如神助的一般！不禁兴奋得难以控制，满屋子大笑大叫了一阵之后，竟为自己这旷世稀有的才华，感动得放声痛哭起来！黄芪听见，忙推门进去，问他究竟又是怎么了？他抹着眼泪掩饰说，他冥思苦想了很长时间，终于为自己想出了一个可以"一夜暴得大名"的妙计来了。

黄芪听了，满嘴直念"阿弥陀佛"，再三说"真是谢天谢地！"他伸出手来，就问她要三百万。黄芪吓得脸青筋麻，好半天才问："你要这么多钱干什么？"他说："这就叫作'自我炒作'法。现在很多著名的书画家都是这么运作的——开画展的当天，让提前找好的'托儿'，当着各路的高人名士，高价或是天价买走自己的一幅作品，一经媒体报道，自己的身价自然而然也就跟着炒作上去了！结果，不过也就是损失一点点的'税费'而已……"

黄芪冷笑道："就算此法可行，真能如你所愿，那么，暴得大名之后又能如何呢？难道，家里还缺你的那点'暴得大名'的钱来补贴吗？"

袁拓一听，急怒攻心："你说这话，再次证明了你自私狭隘、专以自我为中心的本性！你根本就不具备谦虚耐心地接受外界信息的素质，从头到尾，就只是一心要算计你自己的利益得失！你知道现在外面，究竟有多少落魄受难的人，正等着别人的拯救吗？你这种人，赚再多的钱，也就只是个一毛不拔的铁公鸡、吝啬鬼、葛朗台！你就只知道窝在家里盘算自己的那点小九九，你什么时候真正关心过外面那些受苦受难的生命了？"

黄芪气得从鼻子里"哧"了一声，就转身出去了。

他心里一烦躁，就把自己脱了个精光，径直走到阳台上去吹风。家里的阿姨们你看我，我看你，都躲着再不敢出来。他只顾满嘴里骂骂咧咧，跟自己生气。到了晚上，又喝得烂醉，只管满屋子寻衅，乱骂。见黄芪气怔在那里，只是充耳不闻。他一焦躁，就钻到了她的椅子下面，把椅子顶翻，黄芪当场被摔得唇裂牙落。

转天，他酒醒之后，大为惭恨，揪下一根装饰床帏的结实非常的绳子来，绾了个圈，套在了自己的脖子上，走过去将绳子的一头递给黄芪，另一头递给了他那个好不容易才回家来一次的女儿袁骊珠，让她们分别向着相反的方向使劲拉，以示对他的惩罚。

袁骊珠大骂了句："神经病！"把手里的绳子一把扔了出去，怒气冲冲地走过去，把站在墙角里的阿姨们每人痛打了一个耳光之后，就又走了个无影无踪。

黄芪被这对父女吓得神出魄消，知道袁骊珠这个时候是无论如何也喊不回来的了，只好先顾眼前，忙忍着全身的灼痛，一把拉住袁拓的手，勉强挤出一个笑容来："你那是喝醉了，难道，我还会和一个喝醉了的人认真吗？"说着，便忙又挣挫着去解他脖子上的绳索。无奈，却被他死箍着不放，整个人心狂火盛，满嘴里颠来倒去，不知说些什么。

黄芪只好用她那已经掉了两颗牙齿的肿嘴，叹着气说："好，好，好！有关你筹办画展的款项，我这就让人给你去办！"

他这才一把松开了手，满脸涎笑着让她把绳子从他脖子上拿下去了。

　　穆丹知道这件事后，当即就给黄芪打来了电话，半认真半开玩笑地说："我看，不如咱俩约个时间，一起去把婚离了算了！这样的日子，没法儿再过下去了！"

　　黄芪伏在床上，哀哀叹息着说："我实在折腾不起了，也懒得再去折腾了。现在，我也算是看明白了一件事：这日子啊，就算你再怎么想往好了过，也不管你和谁过，怎么小心翼翼地过，到头来，也还是那个样儿！我现在只希望，我哪天能两眼一闭，再也醒不过来，那才是好呢！"

　　穆丹一听，便忙丢开眼前的一切，亲自开车前来看她了。谁知，才刚坐定，水还未来得及喝一口，那袁拓便又挟风带火地走了回来。

　　穆丹和他尽管脸上都是客气的，但是五步之内，也是各怀心事。

　　穆丹虽打从心眼里十分瞧不上他，但还是满面客气地直问："这是从哪儿回来的呀？"

　　大概是想要给穆丹留个好印象，他居然给自己大造起了神话："噢，刚才我在小区门口捡到了四十万现金，等失主来着，这不，才把钱给还了回去，就赶着回来了。"说着话，竟又转身颠儿颠儿地往外就走，一面头也不回地向黄芪嘱咐道，"一会儿要是有陌生人到家里来找我，提什么拾金不昧和感谢的事，你可千万别应承啊。咱做好事，不图这个！"

　　穆丹一直目送他走出了门外，才茫茫地回过头来看着黄芪说："这块料！他还真是病得不轻。见了钱，连亲爹都不认的主儿，油锅里的还恨不得抢出来花呢，他会……"最后"咳"了一声，竟再也说不下去了。好半天，才低下头去，说道："这都是我的错。这都是我把你给害的。"

　　黄芪木然苦笑道："你那时候，不过就是个十七八岁的小毛丫头，你能懂得什么！这怨不了你，归根结底，这都是我的命。"

　　穆丹见她那副灰心凄然的样子，心里难受得就像是猫抓。

　　两人都静默着，都大有此生虚度之感。

第二十二章　乌云·在林间织好了花边

1

这是一个阳光明媚的日子。

各大新闻媒体纷纷报道着一则"文化骗子实为大毒枭"的消息。那鱼相礼终因涉足毒品交易的丑行败露（两天前，他公司里的一位副总在毒驾时，造成了一场重大的交通事故），而锒铛入狱了。而殷夫人这个幕后提供货源的主谋，因为事先得到了消息，这时不知藏匿到哪里去了。

这消息很快被传得沸沸扬扬。听说，辛乌头这次也被牵涉在了其中，只是由于她也提前听见了消息，所以脚底抹油，也提前溜之大吉了。

辛依米闻讯，急得火燎肝肠、呼天忏罪，十分后悔当初实在不应该那么绝情地对待自己这唯一的妹妹。

这天，殷媛的新任男友梅忆云——梅忆鹤的大哥，也因看了报纸，正是一头怒火，见殷媛丧魂失魄地一脚迈进门来，也顾不得还有朋友在场，指着她的鼻头就骂："看看你们家那俩老不是东西的办出的这些个畜生事，真是丧尽天良！"话音未绝，一脚赶上去兜脸就给了她两个耳光。殷媛被打得眼耳轰鸣，一摸嘴角，竟是一把殷红的鲜血。两个朋友早跳了起来，上来不住声儿地劝阻。殷媛怨气冲心，两肩乱颤着说："他们做的事，和我有什么关系？我可警告你，你再敢这么随意拿我煞性子，我就跟你拼了！"

梅忆云立刻就把头直伸到了她面前："来来来，把脑袋给你！老子还真想看看你是要怎么个'拼'法呢！"两个朋友跟在身边一头拉，一头劝，他一头挣扎，一头冷笑道，"不是我看不起你，真想做什么，就别说出来。说出来了，那还怎么做？哪天，你拿着手枪来顶着我的头，那才算你狠，也让我高看你一回！你别以为现在就可以赖上我了！你们家那俩老不要脸的，挖空了心思想要攀结我的关系，上赶着把你这便宜货当宝贝一样地送上门来的！你们他妈的一会儿伯父，一会儿干妈的，谁他妈的知道你们到底是些什么不可告人的关系？你到底是个什么货色，能值几个钱，你自己要清楚！还蹬鼻子上脸的，想要和我结婚，让我去当那出了名儿的大王八，你这种满大街一抓一大把的破烂货！你把老子当傻子，你还敢在老子跟前充贵族，外面那些站街的都比你高贵一万倍！"骂着，又照脸啐了两口，气得甩手一径儿去了。两个朋友紧跟在身后，都要笑，又不敢笑。

辛依米因为乌头的事坐立难安，便索性直接过来找穆丹姐妹了解情况了。

不久前，她从穆丹那里听见了消息，说是听展昙娜说起的，她后来私下里是和乌头有过一些接触的。

她赶到穆丹的公司时，穆丹正一脸严肃地向她的一位女职员说："你可得回去好好劝劝你妈，千万要打消了这念头！人家新婚在即，连丈夫都没了，都不幸成这样了，那么点儿钱，又能算得了什么呢？"

那女职员喏喏地直点头。

如今的辛乌头已近癫狂之态。

这段日子以来不顾性命地疯狂捞取金钱，使她的物质生活发生了翻天覆地的变化。她从前梦寐以求的东西——豪宅、豪车、高级珠宝和名牌衣服，已经是应有尽有。这些日子，她疯狂地赚钱，疯狂地享乐，疯狂地报复，无法无天，简直颠倒了乾坤。虽然，偶尔在某个深夜飒然惊醒之时，她也会猛然想到，在自己这豪奢生活的背后，竟隐藏着多少位妻子、儿女的不幸和眼泪！想到自己所得来的这一切，竟都是那些可怜不幸的人们，以自毁前程、甚至是付出性命换来的……尽管，那个时候，她也会惶惑不安，浑身冒汗。可是，这种负罪感，总是转瞬即逝。仅是这一转念之间，又使她暴怒不已了。

那些不相干的人的眼泪和不幸，又和她有什么关系？是他们要自毁前程，是他们自己不把自己的命当回事，归根结底，那都只能怪他们自己！她自己以前所过的日子，就像是睡在泥塘里一样，又有谁同情过她呢？她就是要用眼前这实实在在、豪奢疯狂的享乐，来抵补过往的一切失意。

可是，转眼间，这所有幸福美妙的一切，就全部都化为乌有了！她绝不甘心就这样坐以待毙，她要为自己最后奋力一搏。她首先趁着天黑人寂时分，摸到了殷肃夫人在香山的一处秘密别墅里，用一把尖刀，抵住了殷夫人挂满豪钻的脖子，让她赶快给她一笔巨款。

那个正准备出逃的肥婆娘，顿时吓成了一摊烂泥，颤着声儿哭天号地道："好妹妹，你冷静些！这不是我不愿意给你，我所有的账户也都和、和你们的一样，早就被、被银行冻结了……"

辛乌头哪里肯信，少不得将她百般折磨恐吓一番，又命令她把自己的双脚捆绑起来，又亲自上去把她的两只手也死死地反绑了，将她全身搜遍，又发疯般地满屋子冥搜起来。

这里，穆丹正准备带着依米过去找展昙娜。

通电话时，展昙娜说她正在去墨麟羲学校的路上。穆丹便和她约好了见面的时间，又说，让她耐心多等一会儿，她回去接上两个小不点，就立刻赶过去，依米找她有很重要的事情。

展昙娜连声说好。

穆丹才放下电话，忽然在反光镜里看见依米一脸的忧煎不安，少不得宽慰了一路。很快，她们就到了她婆婆家接走了小豆蔻。秦婳因为今天精神十分不佳，所以没有跟着一起来。

依米一看见豆蔻，立刻便啧啧叹气道："咳，这小东西，真是有小不愁大，一眨眼，就长这么大了。"

穆丹也笑道："是啊，一眨眼，就这么大了。她在我怀里吃奶的样子，就好像是昨天的事呢。"说着，不觉有些忍俊不禁，"你知道吗，昨天晚上，萨向中回来，我们豆蔻问他干什么去了，这么晚才回来？萨向中说，'不是忙吗'！你猜我们豆蔻怎么着？人家一脸严肃地跟她爹说，'怎么就你那么忙啊，国务院总理恐怕都没有你忙吧。你可真是屈才了！'好家伙，把萨向中吓得一愣一愣的，好半天都没说出一个字来。你说了得么？这么点儿的孩子，说出的话来，就像是大人教给她的一样。"

依米被逗得扑哧笑道："现在的孩子可真了不得！我们像她这么大的时候，天天除了傻吃傻笑，还懂什么呀？"说着，不觉又想起了妹妹乌头来，便又长叹着气说，"咳，乌头像豆蔻这么大的时候，天天缠着我不离身，就像个小跟屁虫一样……"说到这里，大约又勾起了伤心事，静默了好半天，才又问，"你刚才跟你公司的那个女职员，是怎么回事？听得我稀里糊涂的。怎么她在你那里上班，你还要管她妈的事呢？"

穆丹一听，便摇头叹息道："咳，不提还好，提起来真要把人给叹息死了。那女孩的哥哥，苦苦追求一个女孩子长达八年之久，上个月才总算有了结果。可就在三天前，俩人拍完婚纱照回来的路上，竟出了车祸。男的当场就给撞死了，那女孩经抢救，虽保住了命，可是刚一醒来，听到了消息，就又哭昏了过去。而我这个员工的妈妈，这时，竟置自己儿子尸骨未寒于不顾，跑过去堵着门向未过门的儿媳妇追要彩礼钱去了！还振振有辞地说什么'我儿子已经没了，你们的婚也没结成，你要是还有良心的话，就把花了我们的那些钱，都还给我们吧！'你说说，这像什么话？人家新婚在即，却没了丈夫，这事放在谁身上谁能受得了？可这位老人家倒好，居然能自私冷酷到这种地步。现在的人也不知道都是怎么了，怎么都把钱看得比命还重呢？"

正是感叹得一腔激切，梅忆云给她打来了电话。问她在哪里，说他眼下有个大项目，正想和她合作。

穆丹如实回答了他。不想他一听她现在要到墨麟羲的学校去，竟然连声说："那小子是个人物，好几年前我就看过他的书，那可真不是盖的！正好我也过去见识见识，看看他到底是怎么一个三头六臂的样儿。"

不等穆丹做出回应，他那边已经挂了电话。

这一来，竟惹得小豆蔻不高兴了。挑起一对细眉，便向依米说："辛姨，您看我妈，也不知道是什么意思！挺漂亮的一个人，周围打交道的，都是一群奇丑无比的怪人！"

看情形，她已经知道那打电话的是谁了。

依米"哦"了一声，竟不知该如何接她这话。

穆丹不禁又气又笑地向依米说："你看看，这还了得吗？一个巴掌大的毛孩子，能说出这么吓人的话来！"转而，又笑向豆蔻道，"人家有本事，能做生意就行了呗，还非得人人都长得跟你和你姐姐、小姨一样，花朵似的啊！"

豆蔻翻着白眼道："那最起码也得有个人样子呀！"

2

辛乌头全副武装，戴着一头灰暗的假发，一副宽边大墨镜，本就不大的脸，几乎全都被遮住了。她拿着从殷夫人那里搜刮来的各种银行卡，按照对方透露的密码，来到附近一个自动取款机前。

她耐着性子，将那些卡依次插入机器。屏幕上显示的结果，竟和那肥婆娘所言一般，绝大多数都已经作废，只有少数的一两张还有些，不过，离她想要的简直是个天堑。她在心里恶毒地咒骂着，挟风带火重又回到了自己的车上，气得一把揪过被她绑在后车座上的殷夫人："你这猪婆娘！就凭你这猪脑袋，生意也能做那么大！我就不信，遇到殷肃那么个奸邪的老猪狗，你就不跟他藏着点心眼儿，你就再也没有其他的私房钱了？！"

殷夫人吓得浑身乱战，甚至于要赌咒："好妹妹，真的全在这里了，剩下的，全都被银行冻结了！我要真的还有，一定拿给你！钱算什么……我这辈子也算把钱赚得没数了，可是说没，不也就是一眨眼的工夫，就全没了吗……"

辛乌头气得火燎肝肠，一转脸之际，竟一眼看见穆丹开着一辆豪车，从她的身边过去了。她心里不禁大叫一声："天助我也！"便连忙正身坐好，发动车子，紧跟了上去。

来到墨麟羲的那所学校，穆丹、辛依米和豆蔻刚下车，那梅忆云也正从一辆宾利里钻出身来。

大家还没来得及打招呼，那边的一辆尾追而来的豪华跑车里，已经尖叫着跑出了一脸激愤的殷媛："好啊！你天天推托着不肯见我，原来就是忙着在外面和人偷情约会！就连孩子都已经这么大了！"话音未落，她已呼啸而来，一把揪住未婚夫就要理论。

万不料，竟被对方抡圆胳膊，给了一顿大耳光。

殷媛哀号一声，咆哮着从挎包里掏出一把手枪来，直抵着他的脑袋："你再敢这么混蛋无情，随意羞辱我，我就杀了你，我说过的！"

谁知梅忆云竟全无惧色，满嘴冷笑着，频频点头怒赞道："啧啧，不错，我以前还真是错看了你，看来你这便宜货倒还真有一股子好气性！好啊，来，给老子冲这儿来！"他挺身便迎了上去，二人很快便扭打在了一处。

人群中顿时哄乱成一团，豆蔻吓得整个人都缩在了穆丹的身后。就在这时，一个魔鬼般的黑影呼啸而至，一把将她掠了过去。

待众人惊叫连天地回过神来，丧心病狂的辛乌头，已经用那把尖刀直抵着豆蔻的头，向穆丹发号施令了："穆大董事长，想要回你的女儿，就拿你身上的金卡来换！"

穆丹当即被吓得腿软筋麻，上下牙直打哆嗦，半天都说不出一句完整的话来。依米一见到她，顿时满眼泪雨淋漓，向她直喊："依兰！千万别冲动，有话好好说，千万别做傻事！快把孩子放下，不要吓坏了她！以前，都是姐姐对不起你，姐姐没有照顾好你，姐姐不应该那样对你，请你原谅姐姐，求你了！"辛乌头鄙夷地剜了她一眼，啐道："你给我滚开！少废话，这里没你的事！"

正在这时，墨麟羲、般若和展昙娜也一起迎了出来——原本，展昙娜今天是特地来这里辞行的。她已经办理好了所有的手续，很快就要出国定居去了。这时估摸着穆丹她们大约也该到了，大家便一起迎了出来，不料，竟撞上了这场惊心骇目之事。

那边，殷夫人不知一个人如何挣脱了那捆绑着她的绳索，踮着脚，一路溜下车来，甩开肥胖的身子，撒腿就跑，只恨爹娘没给多生出两只脚来。也就那么不幸，正好被那殷媛、梅忆云正在争夺的那把手枪走火，一枪打在了她肥壮的大腿上，可怜的殷夫人哀号一声，当即一头栽倒在了血泊中。

紧接着，殷媛手中的那把枪，便被狠狠地摔出去了多远。滴溜溜地，刚好滚落在了辛乌头的脚下。辛乌头先是一怔，随即一把将它捡了起来，那情形，真是如同恶虎添翼一般。

这边的小豆蔻，被震吓得难以控制。于是本能地使出全身之力，一把将辛乌头狠狠地推开，连声大叫着"妈妈！"便向着穆丹这边没命地飞奔过来。

辛乌头竟然被她推了一个趔趄。当她重新立稳之后，已经两眼血红地将枪口对准了正在奔跑的小豆蔻。

这边人群的震惊和愤怒，顿时犹如烈焰腾空一般。

穆丹不顾一切，发疯一般地向着小女儿扑了过去，一面竭力向辛乌头呼求："我答应你！我答应你！只要你不伤害我的女儿——我什么都答应你！"

依米更是跑得呼天抢地，哭得泪干肠断："乌头，辛依兰！求求你！别干傻事！求求你，求求你了！"话音未落，竟扑通一声，给她跪下了。

在那千钧一发的当口，墨麟羲飞身上去，将豆蔻紧紧地挡在了自己身后。

现在，辛乌头黑洞洞的枪口正对着他的胸口。

一见到他，她的手首先就软了。她也不知为什么，在这个儒雅有致的白面书生的面前，她竟总会有一种说不清的敬畏感："什么是真正的男人？平日里那些好勇斗狠、夸夸其谈，一脸癞相毕现地盯在一个女人身上，畜生一样地追逐，然后畜生一样抛弃的家伙们吗？绝不是。他们与真正的男人永远没有可比性。真正的男人，应该是眼前的这位，是这个顶天立地，有责任有担当，胸襟如海，天塌下来压不倒，海翻过来冲不垮的一切力量的凝聚者！"现在，她与他近在咫尺，既是这样迫近，又是那么的遥远！"啊，这是一张多么英俊的脸啊！以前，无论我使尽什么手段，都换不来你的一次正眼相看！现在，你终于肯这么近距离，这么认真地看着我了吗？那你就好好看个够吧！看看我究竟是不是洪水猛兽，是不是天生来就是邪恶的害人精，天生就是个贱骨头！如果，从一开始，我也能和她穆般若一样，有你这样优秀的男人一心一意地爱着我，呵护着我，我也决然不会走到今天的地步！我诅咒命运的不公，我痛恨你只把一双深情的眼睛盯在她穆般若的身上！她凭什么就样样走运！从小，我们一起长大，为什么她就处处高人一等，可以尽日装尊？而我，我他妈的每遇到一个男人，不是流氓就是骗子王八蛋！她穆般若要是也遇上了那群混蛋，你让她试试！她早死了八百回了！凭什么所有倒霉不幸的事，全都让我遇上了，而永远都跟她穆般若无缘！哼哼，不过，你也别太高兴得早了！你以为自己就真的捡到了一个天大的宝贝吗？我呸！她穆般若姐妹才是天生来的一对害人精！她姐姐穆丹，抢走了人家的丈夫，到头来，却还落了一个天大的美名，赚尽了所有人的同情心！而她穆般若，她走到哪里，不是惹蝶招蜂，屁股后面不是跟着一长串口水直流的傻蛋们？她把人家一个个戏弄、涮了个海够，最后，居然还被那群白痴们奉作女神一般！而你竟然彻底被她迷惑，让人家当猴耍，你还蒙在鼓里，沾沾自喜呢！"

此时的辛乌头心狂火盛，喉咙里简直就要喷出火来了。忽然，她全身猛一激灵，这才幡然惊醒了过来，便重又瞪起一双血眼，向墨麟羲喊道："你让开！否则，枪子儿可没长眼睛！"

墨麟羲满腔忧急地向她劝道："依兰，为什么一定要采取这种暴戾的方式来解决问题呢？你有什么过不去的事，只管和大家说，我们都会想办法帮你的……"

辛乌头轰的一声，浑身的血潮都在澎湃："天啊，他在叫'依兰'，他终于这样叫我了！"接着便是百脉闭塞，全身像要炸裂的一般。但最终，她还是又暴跳起来，粗着筋向他喊道："我再说最后一遍，你马上给我让开！"她满眼是泪，浑身是汗，已是虚弱不堪。对方虽然声音不高，却字字都能威慑她的心。她深知，哪怕再听到他的只字片言，她的意念都会轰然崩摧。

就在这时，般若竟也不顾一切地冲了上来，将墨麟羲死死挡在了自己身后。

墨麟羲吓得魂飞魄散，只顾上去又将她挡了回去，一面向她直喊："般若，你赶快回去！"

辛乌头一见这情形，最后的一点儿防线彻底崩摧了。仇恨、嫉妒、愤怒、悲怨、凄楚，顿时一起涌上了心头："哈哈，你们可真是一对儿，好！那你们就一起去死吧！"

随着一连几声的枪响，伴着众人的一片尖叫声，再抬头看时，展昙娜竟缓缓地倒下了——危急时刻，是她不顾一切地冲了上来，用尽全身的力气，把墨麟羲和般若猛然推回去了多远，以致，般若竟然被推得狠狠地跌了个跟头，许久都没能再站起来。

辛乌头再要举枪时，已被闻讯而来的、于四面包抄过来的警察，当场制服了。她在临被带走之际，还穷凶极恶、跳着脚地，对着倒在一片血泊之中的展昙娜怒骂不绝："为什么是你！为什么竟然会是你这个疯女人！我和你一定是前世的冤仇！如果有来生，我还要再破你婚姻，还要再毁你的人生千次万次！"

3

白色肃穆的医院里。

墨麟羲和穆丹接连拿到了医院的两份检查化验单。一张是展昙娜的，已经下了病危通知书，另一张是般若的，她的检查结果令在场所有人都目瞪口呆——原来，她患有非常严重的心脏病，并且，已经到了中晚期……

穆丹拿着那张化验单，简直就要哭了出来。气哽声颤地问道："医生，是不是，检查错了？我妹妹她、她一直都很健康，而我们家族里，也还、还从来都没有出现过一个心脏病患者呢，何况，上个月，她还去做过体检的，一切都很正常，怎么、怎么现在居然、居然会……"

那主治医生说："你们的心情，可以理解。不过，你们也要相信科学。心脏病这种病呢，一般只有在病发时，才能被检查出来。并且，这种病，通常又被称为'美病'。得了这种病的患者，尤其是小姑娘，通常都是面色红润，唇如涂丹的。难道，你们就没有发现，你们送来的这个姑娘，不正是如此吗？"

穆丹簌簌流着泪说："我们，我们还都以为她是、是天生丽质呢！"

那医生有些哭笑不得地说："大喜大惊在于平常人都是忌讳的，暴喜就会伤心。心气涣散，就会引发一系列心气不足的症状，比如心悸、乏力、胸闷气短、脉结代等症状。严重的还会出现冷汗不止，四肢不温，脉微欲绝及心阳欲脱的症状。反之，大惊大怒则会导致气逆，使气的运行受阻。气为血之帅，气行则血行，气滞则血瘀，气滞血瘀的结果是不通，不通则痛，就像现在这位姑娘……"

他的警言，穆丹几乎连一句也没有听明白。她满眼泪雨淋漓，满屋子蹀躞乱转，又抱着辛依米大哭起来。依米倒是多听了一句什么："和喜怒而安居处，节阴阳而调刚柔……"

穆丹直哭得泪干肠断，寸心欲碎。说这样的结果让人怎么能接受，尤其是她父亲，他如果得知这消息，该有多难过！般若她还这么年轻，她还是一株尚未绽放的花蕾，她本应该还有非常美好、漫长的人生才对啊！

展昙娜在弥留之际，得知般若的病况，居然闪烁着眼睛，主动向院方提出，愿意将自己的心脏捐献给她。

事情重大，人命关天。穆丹一个人无法做主，这时已经通知来了一大家的亲人。

经院方和病人家属的一再研究协商，最终决定，为展昙娜和般若做一次心脏移植手术。

梅忆鹤闻讯赶来之后，面无人色地望着仍在昏迷之中的般若，泪水唰地流了满脸。万分悲痛中，他又想到了那次他追她追到国外的情景：那天，般若把自己喝得大醉，泪流满面地向他哭诉道："这么长的时间，我也想尝试着把他给忘掉，可是你知道吗，那比让我去死还要难过！还要难过千万倍！"……他双手合十，颤抖着嘴唇不住祈祷着："穆般若，求求你不要这么残忍，求求你赶快醒过来吧，我也看明白了，你和墨麟羲……你们才真正是一对儿，只要你能醒过来，我发誓，从此一定永远退出。你们结婚也好，干什么都行，我都不会再来打扰你了。"又哀痛弥极地对着一旁怆惶焦煎的穆丹说，"我追了她这么多年……咳，这大概就是天意，就是天命！被注定的，永远是注定了的。"

一直目不转睛地守护着般若的墨麟羲，对于身边的一切，都已是心无所知了。

这时，他的耳边，全都是她的声音了："我真不明白，为什么现在的那些女人，都要称自己的先生为'老公'呢？真是恶俗逼人。一听到这个称呼，我就会大打寒噤！"

他便问："如果是你，你会怎么称呼？"

她笑道："当然是称呼'夫君'了。"

他听了，忍不住笑出声来："这对时下的人来说，未免有些太过古雅了。这也算了，只是这个称呼，又有什么特殊的解释和寓意呢？"

"夫君嘛，自然就寓意着是一个'比天还要出头的君子'啊……"

此时，闪现在展昙娜耳畔、脑际的，是《雷莉与马杰农》中的一节诗：

> 我受尽了煎熬，这算是什么人生？
> 漫长的岁月我一直默默忍受，
> 如今话到唇边，我把心事向你透露。
> 因为我知道自己已然奄奄一息，
> 人到临终还有什么不宣之秘？

……"有些人，有些缘，他的出现，只是为了让你更好地明白，这世间'缺憾'的本质……本来，我早就已经对这个世界彻底地灰了心……对自己的人生，也不再抱任何的希望了……可……如果，能让我的这颗心，从此和你相伴，此生，我也算是……没有什么遗憾了……"

这是"硕人"展昙娜，在这个世界上留下的最后的话。

第二十三章　娑婆世界·火中栽莲

1

北京香山的深秋时节，漫山红遍，层林尽染。一场秋霜过后，整个树木区的树叶子如同被打翻了调色板，满眼都是迫人眉睫的绚烂，在阳光的照耀下，美得无边无际。

墨麟羲、穆般若，经过这人生中种种的浮沉聚散之后，何为人生，何为幻梦，不禁恍然大悟。

转眼便是腊尽春回的时节了。这些日子以来，墨麟羲接连收到外地一些著名高校的邀请函，邀他到各地去讲学。墨麟羲问过般若之后，这一对神仙眷侣便在众亲友的一片祝福声中开始了他们的行程。

二人这一路行来，每到一处，都受到了十分热情的接待。讲课之余，他二人便由当地学校的师生陪同着，一起游览各处的古迹名胜。

两位无猜的情侣在这朴素自然的生活中，心心相印，同享浮生半日闲的清逸，高天厚地也不足比拟。

他们的最后一站，来到了义乌的一个名叫森山的小镇上。

这里是"中华九大仙草之首"——铁皮石斛的原生态栽培地，闻名遐迩的"铁皮枫斗"，就是产自这里。非常巧合的是，这里广为流传的那首《铁皮枫斗》的歌曲，词作者就是墨麟羲的那位诗坛好友，"云烟霹雳手"——谯达摩。

这一路"游历"下来，不知不觉，已是春深似海的时节了。

　　然而，却不知为何，就在他们离去后的这些日子里，秦姬竟总是有些心神不宁。这和上次豆蔻遇险之前的征兆简直一模一样——那次，她就是因为心神难安，而偷偷向自己的宝贝悉昙窥探了一番。结果，当她于其中看到有人用枪口抵着豆蔻的头，向穆丹发号施令之时，简直惊得当即就要神魂出壳了呢。现在，这种焦煎惶迫之情，让她不得不再次坐在了自己的宝贝悉昙前。

　　很快地，一幕惊人的场景便闪现在了眼前：穆般若倒在了一片春深似海的花丛中，满眼含泪地凝望着身边的墨麟羲，语调悲伤而平静："今天这样的结果，其实，医生是早就已经说过了的。只是，时间未免来得太快了些……原以为，我们经历过了那么多的磨难，一定是已经通过了上天的考验的……"

　　墨麟羲五内摧伤，那时只觉上天无路，入地无门，想要扶她回去，却又不敢轻举妄动。

　　般若满脸泪点淋漓，又说："麟羲，前世，我一定是在佛前求过千万次的。我一定是千万次地求佛，能让我在一出生的时候，就遇到你，并且，很快就能从那万千的人群中，把你给认出来。让我的心里眼里，从始至终，就都只有你一个人，绝不去走一点弯路。无论有多少外来的阻碍和磨难，也不能让我转变心意。一定是那样的，所以，我们才没有经历像其他人那样彼此苦苦寻找对方的痛苦和煎熬之路。从一开始，直到今天，我们从来都没有发生过一点点的隔阂、误会和争吵。比起那些千辛万苦才寻找到对方，却又彼此猜忌不和，如同过着战争一般生活的情侣，我觉得，自己真是太幸运了。所以，就算是现在这样的结果，我也绝不会去向谁抱怨一字。麟羲，这世上有你这样优秀的男人，真是好！"

　　墨麟羲早已是泪如瓢倾，无比痛惜地将她的脸紧贴在自己的胸前，让她不要再说话了。接着就要抱她回去。

　　般若摇着头又说："麟羲，你记住，我不要你一个人孤单地度过一生。你以后，可以想我，但是不要每天都想，更不要撕心裂肺地去想。就像我之前，在国外的那几年，那种无比纠结和痛苦地想念着你一样，那实在是太痛苦了。人生，不应该是在那样的凄苦和悲伤中度过的。我希望，在你以后的岁月里，有人能陪着你一起吃饭，一起欢笑……天黑的时候，会有人等着你回家，天冷的时候，能有人为你披上衣裳……"

墨麟羲不禁惨然大恸道："如果现实果真竟是这样无情，而我又注定是如此福薄，还敢再奢求什么？更何况，曾经沧海难为水，除却巫山不是云！"般若嗓门一阵急喘，似有万语千言，却只是紧紧握着他的手说："听我的话，回去……找秦芙吧，她……是个好女孩，她……一直在悄悄爱着你。褚晋枫……配不上她！一定……要……听我的话……"便再也说不出话来，口内只剩出气，那眼里，也再流不出一滴泪了。

看到此处，秦婳直吓得汗下如雨，涕不可止。却又不敢向人提及，只有独自承受。经验告诉她，凡是悉昙的"示警"，一定都会应验，只是时间的早晚而已。可是，尽管如此，她也还是不愿也不能相信，世上竟会有如此残酷的事情发生。捉襟倾想了半日，索性忍泪一看到底了。

很快地，又一幕景象出现了：这是般若和展昙娜即将做心脏移植手术的前夕。褚晋枫怀揣巨款，找到了般若的几位至亲，声称要尽一点绵薄之力。接着，他又亲自找到了负责那次手术的主任医生，满面忧急地向他了解着情况。当晚，他便派出一名心腹，将那医生秘密约了出去，几经试探，便开始进行所谓的"谈判"了——只要他在手术的过程中，稍稍疏忽一下，让手术不能大获成功，他便可以在拿到当下就可提前预付给他的一百万之后再拿到二百万。

那医生大为震惊，脸上却乔装不解道："我从您看那个姑娘的神情中，感觉，您似乎应该是很爱她的，可，怎么……"

他沉默的表情和冷峻的目光，让那医生的头上不住滚着汗。那医生一面不停地搔头抹额，一面尽量地敷衍，苦辞良久，才得脱身。

后来，那位医生在般若的手术大获成功、即将出院之时，将穆丹悄悄叫进了自己的办公室，向她询问了一番对褚晋枫的印象之后，心内不禁大叹："可见，伪善的面孔最难提防！"之后，便又神色凝重地再次向她叮嘱道，"这次的手术虽然很成功，但是，有一件事情我还是必须要再次提醒一下，据相关的医学统计，目前，心脏移植者已经健康存活及恢复工作超过十年的，是我国目前存活年限最长的。所以，你们还是要有充分的思想准备才好……"这时，恰巧般若来到门外，听了个满耳……

　　再往下看去，越发令人胆战心惊：原来，展昙娜是早就在上大学的时候，就和褚晋枫认识的。那时的展昙娜是学校里的学霸型校花，她的男朋友是中央美院城市设计学院有名的才俊，和褚晋枫是同一个宿舍的。褚晋枫自幼家境豪富，且又聪明多才，未免骄奢太过——目中无人，强取强求，是他一贯的作风。因为他一向自以为："钱，我从来不缺。才华，我自己还多得没地方使。只有美女，那种真正一等一的，让人怦然心动的绝色的大美女，才是上天赐给男人的珍礼！只要遇到，就一个都不能放过！"因为存了这个歪心，所以只要他看见那种美得出奇的姑娘，就会理所当然地认为非自己莫属。也正是因为这个，当同宿舍的好友将当初翩若惊鸿的展昙娜邀请到他们学校后，所造成的那种轰动效应，才激起了他势在必得的决心。然而可惜的却是，展昙娜当时的心里眼里，似乎就只有她的男朋友。他多少次玉树临风、光芒万丈地出现在她的身边，半开玩笑半认真地向她告白，甚至是各种的狂献殷勤，她都如盲似聋。眼见她和她男友之间的关系日益亲密无间，再也无缝可入了，一怒之下，他就给他们制造了一场离奇的车祸。结果，危难时刻，展昙娜的初恋情人为了保护她，自己丢了性命。而展昙娜那张堪称完美的脸上，也永远地留下了一块难看的伤疤。后来，她出院后，因为不再拥有原来那完美无瑕的容貌了，他才毅然掉头默默地消失了。然而，多少年之后，当他得知展昙娜已经另嫁他人，他却还是禁不住有一种被挑逗五内的愤激情绪。他先是想方设法用假象赢得了展昙娜父亲对他的信任，成功将他收服后，满心以为他这位饱经了世态炎凉的老人，从此再不会像以前那么刚直不阿，去坚守什么所谓的天理良心了。谁知，时过不久，还是被老人家发现了他们企业内部不可告人的商业秘密。他向那执拗的老头把大道理说了无数，结果，却还是无法改变他坚决要退出去的决定。所以，那倔强的老人家，就只有"得怪病"而亡了。

从此，他越发变本加厉，竟开始在暗地里，出钱让人从各处网罗来各种淫贱放荡的女人，尽日百般勾引鹿蒙之，直至将他整个地拖下了一个烂泥潭。他就是要让展县娜为自己当初的没有眼光，而付出惨痛的代价。

还有，墨麟羲之前事业上的种种阻滞和受挫，也都是他到处打招呼、处处给他穿小鞋的结果。甚至，就连梅忆鹤遭遇的那场莫名其妙的车祸，包括展县娜和她那位老同学掉进水里的那场祸端，也全都是拜他所赐。

2

看着看着，秦婳越发泪落如谷。再看时，眼前早已又是另外一番景象了：此时，已不知又过去了多少年。墨麟羲经霜犹茂，一派宗师风仪。他再次来到了那片春深似海、长满了铁皮石斛之地，取琴端坐，调弦转轸。丝丝微风和着那缠绵悱恻的琴声，像是在替谁倾诉着悠悠心曲：

> 是谁，把千生万世的思念
> 开成了一树的禅？
> 最初的一眼，
> 就已深印在心间。
> 熟悉的笑脸，未变的容颜
>
> 是谁，把万世千生的寻觅

踏成了一道天渊？

沧海桑田，时空幻变

我哀伤叹息的火焰

把夜空映成了花坛，黑夜烧成了白天

万世千生，唯有梦中，可以

不再伤叹，

可以不再熬煎。

任你融我千生冰霜，

凭你慰我万世孤单。

千生万世，唯有梦中，

残缺的心可以瞬间圆满。

万世千生，唯有梦中，

劫劫的残梦，才能留待今生同圆！

身后的两个少年在一旁悄悄议论着："想必，先生是在追悼一位刻骨铭心的知己吧？"

一个说："先生常常跟我们讲，传统文化是如何重视夫妇、家庭的，什么'君子之道，造端乎夫妇，及其至也，察于天地。'又说什么，'男女之爱，最能体现一个人是否是真君子。夫妇应天长地久，白头偕老。人对'性'和'色'的要求，是符合人道的。夫妇相守也是'道'的要求。可是，他本人却一生未婚。"

一个说："听说，曾经和某人是一对大好情侣，无奈情深缘浅，唯留浩叹而已！"

……再要往下看时，穆丹已经在门外欢天喜地地叫嚷开了："豆蔻，快来！你姐姐呢？快把她也喊来，看妈给你们买了多少好东西回来！"接着是辛依米的声音："这回可真是老天保佑，喜事一桩接着一桩呢，后天是你秦芙姑姑和褚叔叔的婚礼，等你小姨和你麟羲舅舅回来了，我们还要为他们筹办一场更盛大的婚礼呢！"

随着一阵丁零咣当的摆放声之后，就听胡璐嗤笑连天地问："嗨，穆缔，你那纯而又纯的女朋友，现在到底怎么样了？"

"咳，别提了！才刚对那小美娜有了那么一丁点儿的好感，就让她不争气地给扼杀在摇篮里了！噢，苍天哪，大地啊，真是太痛苦了！像咱俩姐姐这么优秀的女孩，让我到哪里去找啊！"

"春秋大梦里！"

一阵轰然大笑之后，就听穆缔以十分严肃的声音禁喝道："以后跟我说话别太随便知道吗？我现在可是有身份的人！"

胡璐大笑着说："你不过是个有身份证的人。"

穆缔的声音愈发严厉了起来："兄弟你对我也真是太失敬了。你哪里知道，等墨大哥和二姐回来，我还要应邀到他们学校里演讲去呢！那是什么地方？那可是藏龙卧虎、精英荟萃的地方，没有两把刷子，谁敢站上去？你站开了，先听我给你上一段——整个宇宙的变迁，乃至一切的自然灾害，并不是真的自然灾害，而全部都是人心所感应来的。人心向善，世界就会风调雨顺，宁静祥和，没有一样不好。人心向恶，感应来的自然就是频仍的灾难甚至是灭顶的祸乱。世上一切的忧患和苦难，都在人心的内部。人心清净，就是免疫的能力。清净心和慈悲心，能解一切毒患……"

秦姬在里面听着，越发地泪不可止了。生命的脆弱和无常，令她心惊肉跳，而人性之恶，更是让她胆颤心寒。

秦芙出嫁的前夜，秦姬终于力劝成功，秦芙毅然放弃了第二天的出嫁。

就在那一天，小秦姬由小姑姑陪同，一起回到了花溪。而也就在那天，郁闷难释的褚晋枫在一位朋友的陪同下，去一家豪华高尔夫球场排遣，不料，所乘坐的电瓶车突然失控冲下了山崖。原来，这家球场的各股东之间在经营模式和利润分配上存有巨大分歧，因而导致运营不善。

众人抢上去看时，那褚晋枫虽没当场毙命，也已经九分无气了。被送到医院整整抢救了三天三夜之后，忽然直着脖子瞪着眼喊道：“因果实在可怕！如人不信因果，必将不能挽救自身于亲手酿造的恶报！”那情形，就像是经历了什么地狱惨境一般。这时，他的眼前闪现的竟是，他抱着一个又一个娇艳欲滴的女人，重复着百说不厌的那套话：“你这风骚的小妖精，你一定不是人变的。和你做一次，我至少要缓三天……”好半天，喉咙里又像是骷喽喽往出倒痰一般，一声不接一声地说，等他死后，把他名下的全部产业都卖掉，所有的财产，全部拿去做慈善事业。并要请大德高僧为他做足一百天的法事。最后，便满嘴胡说起来，再没有人能听明白他说的到底是什么了。

只有远在花溪的秦婳，于她的悉昙里，清楚地听到他最后声嘶力竭地喊的是：“墨麟羲，这都是你欠我的！师弟！师弟——救命啊！”

3

这晚，秦芙做了一个奇怪的梦：一个金甲神人举着金锡，一路击打着褚晋枫。他直吓得魂消魄出，却无缝可藏。

那神人怒声问道：“你做人为什么如此处处不留余地？为什么对自己心爱的女人，也要痛下杀手？”

褚晋枫泪流满面地说：“这就好比一个人特别有钱，可是无论他是多么富有，都决不会在我身上花一分钱。又好比一个人官做得很大，非常有权，可是他却从不会用他的官位、权力，帮助我，给我一点点方便。那么，他即便再如何有钱，官再怎么做得大，对我而言，又有何益？甚至，这有还不如没有。如果没有了，我至少省得刺心。”说着，竟捂着心口跌在了地上。半天又说：“我对那些对我有期待、一心想要靠着我强大的力量去改变自己人生的女人，我才有办法，各种的办法！而对她，我完全没有！无论我是怎么挖空心思，绞尽脑汁地想要拉近我和她之间的距离，我都根本无法做到。无论我使出了多少种我从前人生中让自己深感得意的手段和方法，也无论我是怎么去做小服低，甚至不顾尊严地去讨好她，我都无力改变这种现状！我——根本就从来都无法得到她像对待那个什么也不是的穷小子的那种真情！甚至，就连她那妩媚得让人心碎的眼神，只要在看到我的时候，就变成了结霜的寒冰！这种痛苦，别人是永远都不会理解的！"

那金甲神怒声道："像你这种断灭了善根之辈，就该被打进幽冥背阴山去，让你永世不得翻身！"话落手起，一金锡就把他打了个粉身碎骨。

那褚晋枫的魂魄，就被两个人带到了一片开得像火一样的花海前。忽然，天空中传来了一个声音："这曼珠沙华，是生长在三途河边的接引之花，因它红得像火焰，所以又被喻作'火照之路'，是这黄泉路上唯一的风景了。当一个人的灵魂涉过忘川，就会忘记生前的种种，曾经的一切，都留在了彼岸。往生者，就踏着这花的指引通向幽冥境界。这种花的花香，能唤起死者生前的记忆……"

接着，天空中就出现了一幕幻境：一位璎珞满身、色若莲葩的菩萨，正愁容满面地向另一位尊者说："想那娑婆世界，众苦充满，三界无安，常有生老病死之忧患，更有怨憎会、爱别离、求不得诸般苦楚，如是诸苦，犹如火宅苦海，芸芸众生因陷沉沦于其中，备受煎熬而不得出离！此番他二人难免要去受那轮回之苦，可叹他们是这样的根浅行薄，到了那时，必然很快便要全部脱了根基，从此头出头没，无休止地沦落六道五趣之中，想是永无回头之日了！"……在她们身边不远的地方，颤悚悚地跪着两名涕不可止的小童。

紧接着，又是一幕：一群护法神将紧裹着一个大魔头魔战，那魔头狂笑着扔下去一个黑光淫淫的东西来，一位神将在上空连声高喊："两位小仙童速速将那秽物接住，千万莫让落入下界去祸害众生！"下面的一名小童连忙将自己的紫旃葫芦抛出去接挡，二物相撞时，一阵倾天轰鸣之后，周围的一切俱都烟消云散、恍若地陷天塌一般……

接着又是一幕：一位昏庸狠毒的帝王，由于前世被那魔王的"风月宝丹"射穿了身体的缘故，因而宿慧全脱，在位短短几年的时间里，一手创下了最为触目惊心的一次灭佛事件——会昌法难。由于其罪孽之深，涂炭生灵之重，被阎君削减了几十年的寿命。"会昌法难"之后的第二年，便暴病身亡了。之后，魂神堕于无间地狱，受尽万般苦楚，不得出离……忽然，就见那褚晋枫的魂魄仰天大哭起来，一声声叫着："师尊救我！师弟——墨麟羲！这可真是造化弄人啊，我竟是这样罪孽深重，究竟要到什么时候，才能重新返回善土去呀！"

正哭得满腔惨切，忽然身后跳出一群蓬头散发、有手无足的鬼魅来，团团将他围住，手撕头撞，抓脸薅毛，哄哄沸嚷着说："你这黑心鬼，你总算也有今天！"纷纷撕扯着让他还命。正不可开交，只见一位捷疾罗刹鬼王来到，斥退了众鬼，对褚晋枫说："万法皆空，因果不空。你这数劫数世，也算是个异数。你随我来，我送你过桥。"

褚晋枫惊魂甫定，默默地随着那鬼王走过了奈河险桥，血海苦界。忽然看见那座桥的尽头有个大石台，上面碧沉沉嵌着"望乡台"三个琉璃大字，又听那鬼王说，这望乡台是最后遥望家乡和亲人的地方，在一个人随业轮回、忘记今生的一切之前，可以在此处，最后看一眼过往的爱恨情仇和此生的梦萦魂牵之人，也可以在其旁边的三生石上，刻下今生最为刻骨铭心和来世还想相遇之人的名字。

褚晋枫酸酸惨惨地走上那望乡台，数世轮回的景象顿时尽向眼底逼来，他悲不自胜，只觉心如刀割，意似油煎一般。最后，他在那三生石上写下了"穆般若"三个字。

那鬼王一见，便再三叹息道："神鬼殊途，这个人眼下已经证到了八地天人的果位了，你将来想要和她相遇，那可真无异是痴人说梦！"

褚晋枫怵然一惊，忙问："她目前好好地活在人世上，怎么就已经证到天人的果位了呢？"

鬼王就指着那边的一条黄泉黑路让他看，又说："我们这里的消息，难道也会有假？这人是十世的善信，这果报怎么会有舛错？"褚晋枫便依言看了过去，果然看见那些凡在世行善积德的魂魄，便蒙善神接引往生了仙道；功过两平的，送交十殿发放仍投人世……忽然，一个粉面鲜洁的美脸映入了他的眼帘，正是穆般若。他不觉大为惊惨，好半天，才泪如瓢倾地飞走上去问她："你的那个手术，不是大获成功了吗？怎么，竟也到……这里来了呢？"

只见站在般若身后的那名神将凛凛地说："从来小人的阴谋，最终，无不是给君子降福的。她虽然暂时到了这里，但是马上就要领命到天界去做护法天神去了。而你，却只能头出头没、无止休地轮转于六道五趣之中了！"

褚晋枫顿时浑身僵冷得再也说不出一句话来。

就见般若向那神将说："如果不是在这里又看见了这个人，我想我可能真要就此领命述职去了。但是现在，我决定要去向天尊请命，就到人世间去做个护法神。因为那里已经被像他这样的几乎断灭了善根的人，搅得日益污秽横流了！"

话音未落，就听那鬼王满嘴叹息道："纵使千百劫，所作业不亡；因缘会遇时，果报还自受！"又指着褚晋枫对般若说："他这累劫累世的轮转浮沉，实属异数。当初，如果不是他在关键的时刻，挺身为自己的师弟挡住了那场劫难，现在，恐怕要随业受报的，也不一定就是他呢！论理，以他的业力，肯定是要被打进幽冥背阴山去万劫不复的，但是呢，就因为他是个异数，所以呢，他这回肯定还是要再转投人世去的，因为他累世的业力，是要他那个始作俑者的师弟来担负大半的！这个呢，就是'万法皆空，因果不空'的道理了。如果不信，你们就随我一起到十王面前去听候宣判好了。"

般若一听，不禁气得浑身打颤，说："像他这种奸心迷昧，侵凌道德的人，即便可以侥幸免于阳诛，其孽报必定还教阴受的！他要是还能再次转投人世，那么'天理昭彰，冥冥无私'，又究竟体现在何处呢？难怪现在的人世间满眼都是污秽横流，你们在这冥界，难道就是这样秉公执法的吗？"

鬼王便说："这俗话说呢，'是非只为多开口，烦恼皆因强出头！'万事万物，总有他的源头！这也不是一两句话，就能说得清楚的。我看您还是尽早随着这位善神，速登仙界述职去吧，又何必来管我们这里的是是非非呢？"

般若身后的那位金甲神将也连声催促着说："是啊是啊，我们还是快走吧，这幽冥境界的善恶报应，历历分明，是决不会有一毫枉法徇私的。"

般若却站在那里执拗地说："我早就听说，这冥界有一个孽镜台，无论任何人，只要往镜前一照，他生前的种种行迹，就都会自行败露。"又指着褚晋枫向那鬼王说，"我敢断定，如果把他拉去镜前的话，他的罪行，必然是罄竹难书，即便是决东海之水，都难清其秽；历万劫刀山地狱，都不足以抵消其恶的！"

那鬼王不紧不慢地叹息了一声，说："哎哟，又何必多事呢？就算拉他去了孽镜台，那结果不还都是一样的吗？"

般若怒声道："岂有此理！如果在孽镜台前照过，他依旧能转投人世的话，可见无论天上地下，都早已经完全没有'公正无私'可言了！"

鬼王连连叹着气道："何苦来哉，何苦来哉！"

这工夫，早惊动了那冥府十王，急命左右判官将他们全部都带进殿来。

那鬼王便首先上前将前因后果备述一番，十王便一齐点头说："既然如此，如果不让她亲眼看见，岂不是要让她把我们这幽冥之道看得如同风声月影一般的了！"即叫牛头马面把褚晋枫拉到了孽镜台前。只见那镜台高有一丈，镜大十围，碧沉沉琉璃造就，光闪闪灵丹炼成，面东而立，上横七字：孽镜台前无好人。人往镜前一照，数劫累生所行之事，尽现眼前。般若在那镜下看得真切，原来，竟是一段"师兄弟私下凡界"的公案。

她立在那镜下不胜嗟叹，心内万分惊惨："原来竟是这样的因果！"

就听那五殿阎君在堂上向她问道："幽冥之道如何？"

般若连忙向上说道："冥冥无私，神鬼明察，报应毫厘不爽。"

十王便一齐点头道："既然如此，功曹就先把这褚晋枫带下去，依他的业力责罚之后，还让他依业轮回去吧。"

功曹答应一声，便上来要带褚晋枫下去。

般若心中一警，忙去问那五殿阎君："虽说'万法皆空，因果不空'，但是，他累世的业力，却生生世世都要让那个所谓的'始作俑者'的师弟来担负，那么，那个'师弟'，他岂不是成了一个有漏的聚宝盆了吗——无论做多少功德，都要因他人的业力而被减损，那岂不是无论如何，都不可能功行圆满的了吗？"

五殿阎君道："世人不信有因果，因果从来放过谁！要想彻底解开这个结，除非是他，"他指了指褚晋枫，说，"除非是他本人自愿从此放弃轮回，虔心在我这幽冥境界修持向善，只有他永远停止了造业，等到他那位师弟修得功德圆满的那一天，他们才可以一起重新归返善土去的。"

般若听了，便看着褚晋枫说："轮回路险，三界无安，江山易得，大道难求；人生易老，富贵难留，你又何必再去无休止地轮转贪求呢？如果，你肯就此回头，那么，我愿意放弃我的升仙之路，留下来在这里和你一起修持，你看，这样如何？"

殿上的十王听了，便先一齐叹息道："人世善恶两条道，修的修，造的造。你是十世的善信，想那尘世上亿万的人里，想要再多找出两个像你这样根基的人来也难。你又何必这么自寻苦路呢？"

那位跟在般若身后的金甲神将，也着了忙，连声催促着，只让她尽早离开此地为上。

般若默默无言，只是目不转睛看着褚晋枫，看他如何答复。

就听功曹在旁边说道："褚晋枫此生的业力，是要先到风雷地狱受风刀刺身、雷击之灾，再到金刚地狱受飞戈攒簇、阴火焚烧之刑，后到冷漠地狱受寒冰浸骨、鸩风解体之罚的。只有等受过这些刑罚，那时或转或留，才可听凭其便。"说罢，就要拖他下去。

般若忙一步赶了上去，挡住了褚晋枫的去路："如果你同意放弃继续轮回，那么，你接下来所要受的一切刑罚，我都愿意陪你一起去承受。大约你也是知道的，我是证得了八地天人果位的，如果有我和你一起去受刑，你的痛苦，至少会得以减去一半的。"

褚晋枫泪落如雨地立在那里，木然地抬起头来说："他就那么好吗？他真的就有那么好吗？你为了他，居然就可以这么不顾一切吗？"

般若说："人世上有一种情，就叫作：除却巫山不是云。那是人世间唯一最为珍贵的一点亮色了。只可惜，你虽然曾经拥有过那么多的感情经历，却根本无法理解其中的真谛。虽说，我也深刻地理解，佛法让人不要痴缠。但是，在那漫漫的人生路上，每一个心地明洁的女子，却无一不是为了奔着这点亮色而去的。所以，为人在世，我愿意用我的一切去守护；为鬼为神，我一样愿意用自己所拥有的一切去交换……"

与此同时，睡在秦芙身边的秦姆，也正在做着一个奇梦：般若和褚晋枫同时掉进了一个没边没际的大火坑内，上有风刀乱裹，下有飞戈攒簇，二人在那熊熊烈焰之中，竟然开成了一株青枝馥郁的优昙婆罗树——身如金刚，干似琉璃，宝叶扶疏；满树玲珑的花朵皆隐藏在火红的花托之中，和着丝丝的微风，就像是在替谁倾诉着悠悠心曲：

> 是谁，把千生万世的思念
> 开成了一树的禅……

2001 年 7 月 24 日初稿
2010 年 8 月 27 日定稿

图书在版编目（CIP）数据

太阳是方的 / 温皓然著． -- 北京：作家出版社，2018. 1
（2019. 6　重印）
　　ISBN 978-7-5063-9894-7

　　Ⅰ. ①太… Ⅱ. ①温… Ⅲ. ①长篇小说 - 中国 - 当代
Ⅳ. ①I247.5

中国版本图书馆CIP数据核字（2018）第025194号

太阳是方的

作　　者：温皓然
责任编辑：王　烨
装帧设计：夏婉琳　李相龙
出版发行：作家出版社有限公司
社　　址：北京农展馆南里10号　　邮　　编：100125
电话传真：86-10-65067186（发行中心及邮购部）
　　　　　 86-10-65004079（总编室）
E-mail:zuojia@zuojia.net.cn
http://www.zuojiachubanshe.com
印　　刷：北京明月印务有限责任公司
成品尺寸：152×230
字　　数：280千
印　　张：21
版　　次：2018年4月第1版
印　　次：2019年6月第3次印刷
ISBN 978-7-5063-9894-7
定　　价：48.00元